中國百年新詩

下卷

軸心詩人與
典範詩章

黃粱

著

目次
Contents

第八章【穆旦（1918-1977）】

穆旦詩傳：拒絕遺忘歷史   011

    一、1918-1938年：初露頭角‧野獸的呼喊   011

    二、1938-1941年：昆明時期‧蛇的誘惑   013

      （一）防空洞裡的抒情詩   013

      （二）一九三九年火炬行列在昆明   015

      （三）蛇的誘惑   017

      （四）中國在哪裡   020

    三、1940-1942年：〈詩八首〉與〈還原作用〉   023

    四、1944年：活下去‧複調的靈魂之聲   026

    五、1945-1947年：內戰時期‧北平、瀋陽   027

    六、1948年的思想總結：〈詩四首〉‧南京   032

    七、1941-1947年：問答體長詩‧〈神魔之爭〉   036

    八、1949-1957年：愛國與受難‧政治交心詩   039

    九、1959-1970年：穆旦日記   042

    十、1975年：復活的詩人‧蒼蠅與妖女的歌   046

    十一、1976-1977年：對權力的批判‧〈神的變形〉   049

    結論、拒絕遺忘歷史   054

    【參考文獻】   057

第九章【昌耀（1936-2000）】

與昌耀詩的三次詩學對談 058

    一、從一首詩洞觀一世界 058

    二、以聖徒之心探尋所來處與更高處 068

    三、昌耀詩的生態詩學景觀 079

    四、昌耀簡介 087

    【參考文獻】 088

第十章【胡寬（1952-1995）】

胡寬，自由鏡像中的受虐者 089

    前言 089

    一、胡寬詩的怪異標題 091

    二、戲劇場景與荒誕意識 096

    三、反思民族群性／國家歷史 103

    四、反英雄：絕筆詩〈受虐者〉 107

    五、通向地獄之路，雪花飄舞 118

    六、胡寬詩的自由精神 123

    【參考文獻】 127

第十一章【于堅（1954-）】

于堅詩，黑暗時代的精神螢光 128

    前言 128

    一、于堅詩的多元視域 128

    （一）知識論視域：文化－自然 128

（二）心理學視域：個人－集體　　　133

（三）倫理學視域：自我－他者　　　139

　　1、時代場域　　　140

　　2、他者場域　　　142

　　3、自我場域　　　145

　　4、因果場域　　　148

（四）存有學視域：存有－空無　　　150

二、于堅詩學中的「民間」概念　　　155

（一）語言策略的虛與實　　　155

（二）詩歌空間的虛與實　　　159

（三）社會身分的虛與實　　　163

（四）歷史意識的虛與實　　　167

三、黑暗時代的精神螢光　　　170

【參考文獻】　　　175

第十二章【王小妮（1955-）】

堅守人性真實，王小妮詩章　　　176

前言　　　176

一、核心價值與主題關注　　　176

（一）核心價值：堅守人性真實　　　176

（二）主題關注：人與時代對詰　　　180

二、詩歌歷程的三階段　　　182

（一）隱逸者時期　　　183

（二）清醒者時期　　　185

（三）啟蒙者時期　　　187

三、主題類型：倫理詩、諷喻詩、風土詩 189

（一）倫理詩：〈和爸爸說話〉，1996-1997年 189

（二）諷喻詩：〈我看見大風雪〉，1999年 194

（三）風土詩：〈鄉村〉系列，2004年 201

（四）諷喻詩：〈月光〉系列，2003-2014年 205

四、王小妮的詩歌美學與精神信念 208

【參考文獻】 216

第十三章【余怒（1966-）】

余怒詩與余怒詩學 217

前言 217

一、余怒《詩學》中的詩觀點 217

二、「余怒詩」的詩學特徵 226

（一）取果核式書寫模式 226

（二）抓鰻魚式書寫模式 233

三、余怒「詩學論述」的思想特點 236

四、語言程式的開發或生命程式的創造？ 244

【參考文獻】 247

第十四章【楊鍵（1967-）】

楊鍵的招魂史詩《哭廟》 249

一、楊鍵與《哭廟》 249

二、《哭廟》分章評介 250

（一）題辭 250

（二）自序 251

（三）上卷：哭　　　　　　　　　　　253

　1、詠　　　　　　　　　　　　　　253

　2、歎　　　　　　　　　　　　　　254

　3、哭　　　　　　　　　　　　　　256

　4、悼　　　　　　　　　　　　　　257

（四）中卷：廟　　　　　　　　　　　258

（五）下卷：廟之外　　　　　　　　　265

三、虛無之境與虛白精神　　　　　　　270

【參考文獻】　　　　　　　　　　　　277

第十五章【吉狄兆林（1967-）】

英雄系譜：彝族詩人吉狄兆林　　　278

一、彝族詩人吉狄兆林　　　　　　　　278

二、吉狄兆林詩篇文化闡釋　　　　　　279

三、文化自信與地域堅守　　　　　　　309

【參考文獻】　　　　　　　　　　　　316

第十六章【張士甫－肖水】

語言維度的典範詩章　　　　　　　317

一、詩的語言空間形態　　　　　　　　317

二、文本詮釋／語言分析　　　　　　　318

（一）語言體裁：雅／俗　　　　　　　318

　1、雅言修辭　　　　　　　　　　　318

　（1）張士甫（1946-）　　　　　　　318

　（2）陳東東（1961-）　　　　　　　320

（3）海子（1964-1989） 321

2、白話修辭 322

（1）楊黎（1962-） 322

（2）車前子（1963-） 323

（3）周雲蓬（1970-） 325

（二）語言鏡像：虛／實 326

1、想像情境 327

（1）張棗（1962-2010） 327

（2）安琪（1969-） 328

（3）趙卡（1971-） 330

2、現實情境 332

（1）蕭開愚（1960-） 332

（2）葉匡政（1964-） 333

（3）尹麗川（1973-） 335

（三）語言動能：曲／直 336

1、跳躍敘述 336

（1）多多（1951-） 336

（2）藍藍（1967-） 339

（3）肖水（1980-） 340

2、連續敘述 342

（1）湯養宗（1959-） 342

（2）啞石（1966-） 343

（3）雷平陽（1966-） 345

（四）語言調性：柔／剛 347

1、抒情聲音 348

（1）翟永明（1955-） 348

（2）呂德安（1960-） 350

（3）沈葦（1965-） 351

2、思辨聲音 354

（1）歐陽江河（1955-） 354

（2）周瓚（1968-） 356

（3）呂約（1972-） 357

（五）語言意識：聚斂／擴散 359

1、召喚傾聽 359

（1）何三坡（1964-） 359

（2）史幼波（1969-） 361

（3）宇向（1970-） 363

2、溝通銘記 365

（1）嚴力（1954-） 365

（2）丹真宗智（1975-）、才旺瑙乳（1965-） 366

（3）杜綠綠（1979-） 368

三、語言維度的詩學反思 370

【參考文獻】 372

總結
詩歌文化的傳統與現代 374

一、雙重邊緣的觀察者與評論者 374

二、百年新詩文化點檢 375

（一）民初新詩文化 376

1、文化現象：文化斷裂與主體喪失 376

2、詩歌空間：文化格局的自我侷限 376

3、語言空間：偏重口語輕視書面語 376

4、審美精神：缺少思想觀念的基礎建構 377

（二）共和國新詩文化　　377

    1、文化現象：傳統與現代鏈結斷裂　　377

    2、詩歌空間：政治體質與受難心靈　　378

    3、語言空間：心靈焦慮語言躁動　　378

    4、審美精神：評價座標匱缺核心價值模糊　　378

三、傳統與現代的關聯　　379

（一）詩統：極公共極私密　　379

（二）道統：公共財　　380

（三）文統：公共財私密化　　381

（四）政統：一間想像的房子　　381

（五）回歸詩歌母親的懷抱　　382

四、「新詩傳統」的建構困境　　382

（一）縱向連結困境　　383

（二）橫向對話障礙　　384

（三）詩學視野狹隘　　384

（四）文化格局限制　　385

五、百年新詩的文學遺產　　386

六、未來新詩的文化理想　　389

黃粱作品輯要　　391

【著作】　　391

【策畫主編】　　391

第八章【穆旦（1918-1977）】
穆旦詩傳：拒絕遺忘歷史

一、1918-1938年：初露頭角・野獸的呼喊

　　穆旦（1918-1977）本名查良錚，詩人、詩歌翻譯家。祖籍浙江省海寧縣袁化鎮，先輩查慎行（1650-1727），康熙時期進士，翰林院編修，入值南書房。祖父查美蔭為清末官宦，遷居天津。查良錚性格剛毅樸實，有革新意識，愛國熱忱不讓人後。「每逢過年（春節）大家庭中要祭祖先，擺供桌，子孫們要磕頭。輪到他，他就不磕。」、「抵制日貨時，他就不允許母親買海帶、海蜇皮（當時都是日本進口的），要是買來，他不但一口不吃，後來還把它倒掉。」（查良鈴〈懷念良錚哥哥〉）

　　查良錚 1934 年發表散文詩〈夢〉於《南開高中學生》，首次署名穆旦，1935 年發表〈哀國難〉一詩，顯現其愛國情操，9月，穆旦考入清華大學外文系就讀。1937 年 7 月抗日戰爭爆發，10月清華大學、北京大學、南開大學南遷湖南長沙，文學院暫設於南岳聖經學院德涵女學舊址。英籍講師威廉・燕卜蓀（William Empson，1906-1984）開始為學生講授「當代英詩」，燕卜蓀為著名詩論集《朦朧的七種類型》作者。11月穆旦寫下〈野獸〉，此詩後來作為穆旦處女詩集《探險隊》開篇之作：

黑夜裡叫出了野性的呼喊，／是誰，誰嚙咬它受了創傷？／再堅實的肉裡那些深深的／血的溝渠，血的溝渠灌溉了／翻白的花，在青銅樣的皮上！／是多大的奇蹟，從紫色的血泊中／它抖身，它站立，它躍起，／風在鞭撻它痛楚的喘息。／／然而，那是一團猛烈的火焰，／是對死亡蘊積的野性的凶殘，／在狂暴的原野和荊棘的山谷裡，／像一陣怒濤絞著無邊的海浪，／它擰起全身的力。／在暗黑中，隨著一聲淒厲的號叫，／它是以如星的銳利的眼睛，／射出那可怕的復仇的光芒。

〈野獸〉已顯現穆旦詩風的基本特徵。節制有張力的象徵化抒情：「野性的呼喊／是誰，誰嚙咬它受了創傷？」。迴旋的聲韻：「血的溝渠，血的溝渠灌溉了／翻白的花」。結構的平衡感，八行詩，兩節；「風在鞭撻它痛楚的喘息」、「射出那可怕的復仇的光芒」，一擊打一反抗，前後呼應。

戰爭局勢趨緊，1938 年 2 月三校由長沙西遷昆明。2 月 19 日至 4 月 28 日三校兩百餘名師生組成「湘黔滇步行團」，在聞一多、曾昭掄、黃鈺生、李繼桐等教授帶領下，跨越三省抵達昆明，組建「國立西南聯合大學」。途中穆旦寫下：「我們泳進了藍色的海，橙黃的海，棕赤的海……／哦！我們看見透明的大海擁抱著中國，／一面玻璃圓鏡對著鮮豔的水果；／一個半弧形的甘美的皮膚上憩息著村莊，」（〈原野上走路〉），對土地的熱愛幻化作一幅濃烈油彩，天宇靛藍、麥浪橙黃、泥土棕赤；「甘美的皮膚」，富有人性溫度與情感肌理的形象化修辭。

二、1938-1941年：昆明時期・蛇的誘惑

穆旦 1938 至 1940 年在西南聯大外文系時期，接觸了英美現代詩人奧登、艾略特、葉慈、狄倫・托瑪斯等，深入詩歌堂奧；他結合現實生活感思，寫出了一批個性鮮明的詩作。「如今他們跟著燕卜蓀讀艾略特的〈普魯弗洛克〉，讀奧登的〈西班牙〉和寫於中國戰場的十四行詩，又讀狄倫・托瑪斯的『神啟式』詩，他們的眼睛打開了——原來可以有這樣的新題材和新寫法！其結果是，他們開始有了『當代的敏感』，只不過它是結合著強烈的中國現實感而來。」、「就穆旦而論，他從現代主義文學學到的首要一點是：把事物看得深些，複雜些。他的〈詩八首〉（1942）就是複雜、多層次的情詩。」（王佐良〈談穆旦的詩〉）

1939 年穆旦寫出：〈防空洞裡的抒情詩〉、〈一九三九年火炬行列在昆明〉、〈從空虛到充實〉，三首諷諭性濃厚的長詩。三首詩的敘述手法獨特，有幾個特徵：多元視域交錯（自我視域、他者視域），多元空間交錯（現實空間、想像空間），多元話語交錯（私密話語、公共話語），意識流敘述模式，對情感思想的複合展示。這些語言策略皆得自西洋詩歌的啟發，但穆旦運用得相當成功，詩篇呈現複雜的時代變局與詭譎的社會現實。

（一）防空洞裡的抒情詩

> 他笑著，你不應該放過這個消遣的時機，／這是上海的申報，唉！這五光十色的新聞，／讓我們坐過去，那裡有一線暗黃的光。／我想起大街上瘋狂的跑著的人們，／那些個殘酷的，為死亡恫嚇的人們，／像是蜂擁的昆蟲，向我

們的洞裡擠。／／誰知道農夫把什麼種子撒在這土裡？／我正在高樓上睡覺，一個說，我在洗澡。／你想最近的市價會有變動嗎？府上是？／哦哦，改日一定拜訪，我最近很忙。／寂靜。他們像覺到了氧氣的缺乏。／雖然地下是安全的。

「1938 年 9 月 28 日，西南聯大所租用的昆明師範裡落了十幾枚殺傷彈……1939 年 10 月 13 日，日人在西南聯大一帶投了不下百餘枚輕炸彈，意欲根本毀滅這個學校。」（穆旦〈抗戰以來的西南聯大〉）詩人將防空洞裡的眾聲交響，以話語拼貼的語言策略，呈現意識自由漫流的生活語境；連結諸多私密話語組成公共話語，以多元視域映現複雜的社會現實。二十一歲的穆旦寫出現代性強烈的詩篇，除了個人天分與西洋詩歌啟發之外，戰爭情勢的高壓對心靈之催迫也是一個不容忽視的因素。

那個殭屍在痛苦地動轉，／他輕輕地起來燒著爐丹，／在古代的森林漆黑的夜裡，／「毀滅，毀滅」一個聲音喊，／「你那枉然的古舊的爐丹。／死在夢裡！墜入你的苦難！／聽你極樂的嗓子多麼宏亮！」／／勝利了，他說，打下幾架敵機？／我笑，是我。／／當人們回到家裡，彈去青草和泥土，／從他們頭上所編織的大網裡，／我是獨自走上了被炸毀的樓，／而發見我自己死在那兒／僵硬的，滿臉上是歡笑，眼淚，和嘆息。

中國文學的藝術觀，強調對於現實與心理的抽象概括，注重文學情境的塑造而輕忽現實細節與自我考掘。穆旦的詩，不以簡

約現實鏡像與心理情感為滿足，文本流露對矛盾之個人意識的複雜反思，呈現嶄新的「詩的真實」。穆旦的詩，心理空間、現實空間與想像空間多重交錯，呈現魔幻般的語境；也因此，他的新形態詩意書寫常遭忽視與誤解。穆旦的詩，受到中國沉重的歷史現實的壓迫與啟蒙，又沒有被意識形態糾結的政治現實扭曲，大膽地走出屬於自己的道路。

（二）一九三九年火炬行列在昆明

〈一九三九年火炬行列在昆明〉節選　1939.5

（從原始的森林裡走出來亞當和夏娃，他們忘了文明
和野蠻、生和死，光和暗）
擠進這火炬的行列，我們從酒店裡走出來，
酒浸著我們的頭腦，我們的頭腦碎裂，
像片片的樹葉搖下，在心裡交響。
我說，讓我們微笑，輕鬆地拿起火把，
然而濃煙迷出了你的淚。一雙素手
閉上了樓窗，
她覺得她是穿過了紅暗的走廊。
這時候你走到屋裡，又從屋裡跑到街上，
仍舊揉著眼，向著這些人們喊——
等你吹著口哨走回。
當我回過頭去，我看見路上滿是煙灰，煙灰……

我們的頭頂著夜空，夜空美麗而蔚藍，
在夜空裡上帝向我們笑，要有光，就有了光，

我們的頭腦碎裂，像片片的樹葉，在心裡交響。

　　現實／想像的交錯，私密話語／公共話語的融會，讓這首詩呈現出神話的、歷史的、現實的、心理的，難以言傳的神祕交響。「光」的反諷運用相當潑辣，那是戰爭殘酷的火光。「我們的頭腦碎裂」，映現出時代環境的碎裂。

〈從空虛到充實〉節選　1939.9

洪水越過了無聲的原野，
漫過了山角，切割，暴擊；
展開，帶著龐大的黑色輪廓
和恐怖，和我們失去的自己。
死亡的符咒突然碎裂了
發出崩潰的巨響，在一瞬間
我看見了遍野的白骨
旋動，我聽見了傳開的笑聲，
粗野，洪亮，不像我們嘴角上
疲乏的笑，（當世界在我們的
舌尖揉成一顆飛散的小球，
變成白霧吐出，）它張開像一個新的國家，
要從絕望的心裡拔出花，拔出草，
我聽見這樣的笑聲在礦山裡，
在火線下永遠不睡的眼裡，
在各樣勃發的組織裡，
在一揮手裡

誰知道一揮手後我們在哪兒？

我們是這樣厚待了這些白骨！

從爆炸巨響過後的「遍野的白骨」到「我們厚待了這些白骨」，在「絕望的心裡拔出花草」與「一個新的國家」之間，「我們」要經歷多少生死煎熬？

上引兩首詩以象徵化抒情展現宏觀視域，深入挖掘戰爭時期的恐怖現實與人的心理掙扎；個人心理意識與集體社會意識交相滲透，間夾反諷語調，深刻雕鑿出抗戰時期的內面現實，繪出濃烈憂鬱的時代畫面。「死亡」（粗野宏亮的笑聲）張開像一個新的國家籠罩大地，摧心裂肺的時代語境。

（三）蛇的誘惑

穆旦早期詩，受到他曾經學習與翻譯的英美詩啟發，比如大詩人艾略特名詩〈普魯弗洛克情歌〉，明顯接受其影響的文本包括〈蛇的誘惑〉、〈華參先生的疲倦〉等。這種構造戲劇場景，置入角色心理衝突的寫法不是穆旦獨創；但他有效地利用他者詩學，為本地複雜的現實（日本空軍的大轟炸、昆明的愛國者遊行、恐懼焦慮的戰時人心）留下深刻圖景。

1940 年 2 月穆旦寫出〈蛇的誘惑〉，詩的副題：「小資產階級的手勢之一」；心理探索與社會批評兼具，顯現穆旦對人性層面與現實層面的雙重深化。「蛇的誘惑」與「小資產階級」，影射抗戰時期大後方權貴群體的偏安心態。詩篇架構了一個又一個戲劇場景：巷口、破爛旅舍、街頭、百貨公司，核心意象是「第二條鞭子」。這首詩前有題辭：「創世以後，人住在伊甸樂園裡，而撒旦變成了一條蛇來對人說，上帝豈是真說，不許你們吃園當

中那棵樹上的果子麼？／人受了蛇的誘惑，吃了那棵樹上的果子，就被放逐到地上來。／無數年來，我們還是住在這塊地上。可是在我們生人群中，為什麼有些人不見了呢？在驚異中，我就覺出了第二次蛇的出現。／這條蛇誘惑我們。有些人就要被放逐到這貧苦的土地以外去了。」儘管此時的中國東半部已陷入火海，在西南地區，人性與慾望依然熾熱騷動，貪婪無厭的社會現象對純真學生而言無疑是一大煎熬；但青年詩人正視這個難得的歷史情境，寫出獨特的觀感：

> 一個廿世紀的哥倫布，走向他
> 探尋的墓地
>
> 在妒羨的目光交錯裡，垃圾堆，
> 髒水窪，死耗子，從二房東租來的
> 人同騾馬的破爛旅居旁，在
> 哭喊，叫罵，粗野的笑的大海裡，
> （聽！喋喋的海浪在拍擊著岸沿。）
> 我終於來了──
>
> 老爺和太太站在玻璃櫃旁
> 挑選著珠子，這顆配得上嗎？
> 才二千元。無數年青的先生
> 和小姐，在玻璃夾道裡，
> 穿來，穿去，和英勇的寶寶
> 帶領著飛機，大炮，和一隊騎兵。
> 衣裙窸窣，響著，混合了

細碎，嘈雜的話聲，無目的地
隨著虛晃的光影飄散，如透明的
灰塵，不能升起也不能落下。

　　貧窮人群與富裕人群的階級差異，分居現實兩岸幾乎毫不相涉，但詩人說「我終於來了」，將兩個視域巧妙連結；詩人自居為哥倫布，展開他的現實冒險但又預言探索目標是「墓地」，文本呈現思維結構縱深。百貨公司「玻璃櫃夾道」選購珠寶的人潮與「飛機，大炮，和一隊騎兵」之對比，反諷激烈。

自從撒旦歌唱的日子起，
我只想園當中那個智慧的果子：
阿諛，傾軋，慈善事業，
這是可喜愛的，如果我吃下，
我會微笑著在文明的世界裡遊覽，
戴上遮陽光的墨鏡，在雪天，
穿一件輕羊毛衫圍著火爐，
用巴黎香水，培植著暖房的花朵。

那時候我就會離開了亞當後代的宿命地，
貧窮，卑賤，粗野，無窮的勞役和痛苦……
但是為什麼在我看去的時候，
我總看見二次被逐的人們中，
另外一條鞭子在我們的身上揚起：
那是訴說不出的疲倦，靈魂的
哭泣

詩人提出一個自我拷問的命題：「二次被放逐的人們」。相對於第一次放逐（從家園安居到流離大後方），第二次放逐是再次逃避現實，被放逐者無視於幾乎亡國之痛。人們渴望遮陽墨鏡與巴黎香水，「暖房」是一個心理窩居，藉以逃避殘酷絕望的戰爭陰影。但詩人不能忍受自我逃避之虛偽，穆旦不只「唱出了他們流蕩的不幸」，還得勇敢面對撒旦對個人的考驗，「呵，我覺得自己在兩條鞭子的夾擊中，／我將承受哪個？陰暗的生的命題……」。自我／他者雙向批判的觀念與想像，表現出穆旦超絕群倫的詩人意識與美學意識。

（四）中國在哪裡

　　1941 年 2 月穆旦寫出〈中國在哪裡〉，這首詩發表於 1941 年 4 月 10 日香港《大公報・文藝》，未收入穆旦生前出版的三本詩集，一首始終被忽視的重要詩篇：

　　1
　　有新的聲音要從心裡迸出，
　　（他們說是春天的到來）
　　住在城市的人張開口，厭倦了，
　　他們去到天外的峰頂上覺得自由，
　　路上有孤獨的苦力，零零落落，
　　下著不穩的腳步，在田野裡，
　　粗黑的人忘記了城裡的繁華，揚起
　　久已被揚起的塵土，

　　在河邊，他們還是蹬著乾燥的石子，

俯著身，當船隻逆行著急水，
哎唷，──哎唷，──哎唷，──
多思的人替他們想到了在西北，
在一望無際的風沙之下，
正有一隊駱駝「艱苦地」前進，

而他們是俯視著了，
靜靜，千古淘去了屹立的人，
不動的田壟卻如不動的山嶺，
在歷史上，也就是在報紙上，
那裡記載的是自己代代的父親，

地主，商人，各式的老爺，
沒有他們兒子那樣的聰明，
他們是較為粗魯的，
他們仔細地，短指頭數著錢票，
把年輕的女人摟緊，哈哈地笑，

躺下他們睡了，也不會想到
（每一代也許遲睡了三分鐘），
因而他們的兒子漸漸學知了
自己的悲觀的，複雜的命運。

2
那是母親的痛苦？那裡
母親的悲哀？──春天？

在受孕的時期，
看進沒有痛苦的悲哀，那沉默，
雖然孩子的隊伍站在清晨的廣場，
有節拍的歌唱，他們純潔的高音
雖然使我激動而且流淚了，
雖然，墮入沉思裡，我是懷疑的，

希望，繫住我們。希望
在沒有希望，沒有懷疑
的力量裡，

在永遠被蔑視的，沉冤的床上，
在隱藏了欲念的，枯瘻的乳房裡，
我們必需扶助母親的生長
我們必需扶助母親的生長
我們必需扶助母親的生長
因為在史前，我們得不到永恆，
我們的痛苦永遠地飛揚，
而我們的快樂
在她的母腹裡，是繼續著……

　　這首詩顯現了穆旦的詩學根本，理性／感性的巨大張力與結構／韻律的平衡感。「中國」被擬人化修辭分裂為父親與母親，父親這端，有逃逸到「天外的峰頂」的個人主義者，有被枷鎖銬在土地上的「苦力」。而操縱社會的軸心勢力是「地主，商人，各式的老爺」，他們只關心金錢和個人私慾，對集體的命運麻木

不仁。「他們的兒子／我們」因為年輕或貪玩，「遲睡了三分鐘」，一不留意摸到自己的靈魂，被殘酷的現實刺痛了幾秒鐘後，終究還是沉入夢鄉。

母親這端，處在幾乎不孕狀態，儘管「孩子的隊伍／我們」在清晨歌唱，讓人激動且流淚，且慢，詩人說：「墮入沉思裡，我是懷疑的」。維繫這個時代的不過是空洞的「希望」，它缺乏自我反思與改造能力，「沒有希望，沒有懷疑」只能孕育出絕望。母親，這個乳房枯瘠的民族母體，仍然躺在「永遠被蔑視的，沉冤的床上」，一個撼動人心的民族受難形象。

寫完了父親與母親，詩人筆力一轉，拋出三次反覆呼救／自我召喚。因為（過去）昏暗的歷史無法開蒙，（未來）不可能被孕生，而現在，「我們的痛苦永遠地飛揚」。一代人必須勇敢地重生，作為民族之子的我們是母親的唯一希望。

詩人，是時代真正清醒的靈魂。穆旦的純樸心靈與誠懇性格，使他不願隨波逐流；他對社會現實與歷史情境的深刻透視，不受政治意識形態的干擾與支配。這種尊重「真實」的心態與智慧將貫徹他的一生，穿越 1949、穿越 1957、穿越 1966……。

三、1940-1942年：〈詩八首〉與〈還原作用〉

穆旦 1949 年之前出版三本詩集，1945 年《探險隊》、1947年《穆旦詩集 1939-1945》、1948 年《旗》。但最早引起文化界注目，是 1943 年聞一多編選的《現代詩抄》，收錄穆旦四組詩篇：〈還原作用〉、〈詩八首〉、〈出發〉、〈幻想底乘客〉。這些文本比較注重節的勻稱、句的均齊，符合聞一多的詩美學。常被引用的是寫於 1942 年 2 月的〈詩八首〉這組情詩。格式為四行

體2節，採用寬鬆韻式易於吟誦；特點是以理性的態度思索愛情，顛覆抒情詩傳統。穆旦詩頗受英語詩人奧登影響，兩者詩風有幾種方法學上的關聯。擬人化修辭：「你底年齡裡的小小野獸，／它和春草一樣地呼吸，」（〈詩八首之三〉）。對比式意象：「這時候天上亮著晚霞，／黯淡，紫紅，是垂死人臉上／最後的希望，是一條鞭子／抽出的傷痕」（〈蛇的誘惑〉）。預設與讀者對話情境：「親愛的讀者，你就會讚嘆：」（〈幻想底乘客〉）。

〈詩八首〉因為遷就形式，出現蹇澀的詩行：「那移動了景物的移動我底心／從最古老的開端流向你，安睡。」（〈詩八首之五〉），「那裡，我看見你孤獨的愛情／筆立著，和我底平行著生長！」（〈詩八首之七〉）然而，一旦擺脫節奏／聲韻的框限，穆旦常常令人驚豔。〈詩八首之二〉：

> 水流山石間沉澱下你我，／而我們成長，在死底子宮裡。／在無數的可能裡一個變形的生命／永遠不能完成他自己。／／我和你談話，相信你，愛你，／這時候就聽見我底主暗笑，／不斷地他添來另外的你我／使我們豐富而且危險。

〈詩八首〉探索「愛情」本質，愛孕生於死，且永不得誕生，「變形」形容受到愛情折磨的男女，生命不能安寧。當你相信對方的承諾，也相信自己的愛永不渝，「我底主」就偷偷竊笑著，耍出更加危險的愛的形式與內涵來。愛之豐美是以向死挑釁為代價，愛之結合往往蘊藏死之斷裂的危機。〈詩八首之八〉：

> 再沒有更近的接近，／所有的偶然在我們間定型；／只有

陽光透過繽紛的枝葉／分在兩片情願的心上，相同。／／
等季候一到就要各自飄落，／而賜生我們的巨樹永青，／
它對我們的不仁的嘲弄／（和哭泣）在合一的老根裡化為
平靜。

愛的最高願望是：彼與此「更近的接近」，將一切偶然（陌
生的兩人）塑造為定型（親密無間的伴侶）。愛像似陽光灑在兩
片心型的樹葉上，恍惚間兩情相悅，在愛之沐浴裡兩人結為同心。
但樹葉終將飄落，而愛情巨樹長青；在光禿禿的樹幹上能夠見證
愛情曾經存在的，惟有在地底纏繞無法析離的根鬚。

穆旦自己更加在意的或許是〈還原作用〉，1975 年 9 月 19
日在與青年詩人郭保衛的通信中提到：「在三十多年以前，我寫
過一首小詩，表現舊社會中，青年人如陷入泥坑中的豬（而又自
認為天鵝），必須忍住厭惡之感來謀生活，處處忍耐，把自己的
理想都磨完了，由幻想是花園而變為一片荒原。應該怎樣表現這
種思想呢？這首小詩可以抄給你看看」，穆旦又說：「這首詩是
仿外國現代派寫成的」，詩人的美學自覺明晰。

〈還原作用〉　1940.11

汙泥裡的豬夢見生了翅膀，／從天降生的渴望著飛揚，／
當他醒來時悲痛地呼喊。／／胸裡燃燒了卻不能起床，／
跳蚤，耗子，在他的身上粘著：／你愛我嗎？我愛你，他
說。／／八小時工作，挖成一顆空殼，／蕩在塵網裡，害
怕把絲弄斷，／蜘蛛嗅過了，知道沒有用處。／／他的安
慰是求學時的朋友，／三月的花園怎麼樣盛開，／通信連

起了一大片荒原。／／那裡看出了變形的枉然，／開始學習著在地上走步，／一切是無邊的，無邊的遲緩。

現實空間與想像空間在詩行間反覆流轉，作者恰當運用了豬、翅膀、跳蚤、耗子、蜘蛛、三月的花園、荒原、變形、在地上走步，這些具有象徵涵義的意象／語詞，構造出一個具有心理深度的詩歌場。「還原作用」是自然界的化學反應，穆旦借來反映人性機制，諷諭逃避現實之枉然。穆旦以非抒情話語擴充了詩歌語域，有利文本中哲思辯證之運行。

四、1944年：活下去・複調的靈魂之聲

穆旦是一個勤學深思的詩人，面對複雜矛盾的時代環境，他不想逃避現實也不想簡化心理負荷，而是以複調的靈魂之聲應對，詩篇呈現出曲折幽深的人性景觀。1944年6月的〈贈別〉：「你的跳動的波紋，你的空靈／的笑，我徒然渴望擁有，／它們來了又逝去在神的智慧裡，／留下的不過是我曲折的感情，／／看你去了，在無望的追想中，／這就是為什麼我常常沉默：／直到你再來，以新的火／摒擋我所嫉妒的時間的黑影。」這是一場深度的自剖，具有宗教情感與心理意識雙重向度；「嫉妒」兩字下得精湛，從宏觀角度回看人性。1944年9月的〈活下去〉心理氛圍也相似，舞臺上靈魂的幻影犬牙交錯；這是震盪著恐怖壓力的關鍵年代，一個民族正在經歷它的生死存亡之秋：

活下去，在這片危險的土地上，／活在成群死亡的降臨中，／當所在的幻象已變猙獰，所有的力量已經／如同暴

露的大海／凶殘摧毀凶殘，／如同你和我都漸漸強壯了卻
又死去，／那永恆的人。／／彌留在生的煩憂裡，／在淫
蕩的頹敗的包圍中，／看！那裡已奔來了即將解救我們一
切的／飢寒的主人；／而他已經鞭擊，／而那無聲的黑影
已在甦醒和等待／午夜裡的犧牲。／／希望，幻滅，希
望，再活下去／在無盡的波濤的淹沒中，／誰知道時間的
沉重的呻吟就要墜落在／於詛咒裡成形的／日光閃耀的岸
沿上；／孩子們呀，請看黑夜中的我們正怎樣孕育／難產
的聖潔的感情。

這首詩運用了五重對比意象：「活在成群死亡的降臨中」、
「你和我都漸漸強壯了卻又死去」、「即將解救我們一切的飢寒
的主人」、「於詛咒裡成形的日光閃耀的岸沿」、「孕育難產的
聖潔的感情」，寓希望於絕望之中的五重奏，生存的不確定感瀰
漫。這是一片「危險的土地」，「幻象」變得猙獰，意謂著現實
已無路可逃。危險也有內外雙重涵義，一個是（生的煩憂）的心
理現實：「在淫蕩的頹敗的包圍中」；一個是（成群死亡降臨）
的歷史現實：「凶殘摧毀凶殘」。但詩人堅定地說：「活下去」。
穆旦以卓絕的自由意志，將〈活下去〉高舉在時代狂濤之上，讓
後人看見了抗戰末期，一個民族掙扎求生之艱苦，令人動容。

五、1945-1947年：內戰時期・北平、瀋陽

1940 年 8 月穆旦從西南聯大畢業，留校任助教，其後到聯大
敘永分校接收外文系入學新生，從事教學工作，1941 年 8 月底返
回昆明。12 月 8 日太平洋戰爭爆發，12 月 9 日中華民國政府正

式對日宣戰。1941 年 12 月 23 日中英在重慶簽署《中英共同防禦滇緬路協定》，中英軍事同盟形成。1942 年初，日本侵占馬來西亞後入侵緬甸，英國依照協定求助；中華民國組建了協防緬甸的遠征軍，2 月中旬至 3 月初中國遠征軍陸續向緬甸進發。「1942 年 2 月，由於杜聿明入緬甸作戰，向西南聯大致函徵求會英文的教師從軍，我從系中教授吳宓得知此事，便志願參加了遠征軍。」、「在杜軍中被派往軍部少校翻譯官，給參謀長羅又倫任翻譯。當時和英軍及美軍軍官常有聯繫，他們要了解遠征軍作戰情形，我即為之翻譯。」（〈穆旦年譜〉）

中英兩國軍隊預定在曼德勒匯合，但日軍陸續奪取仰光與仁安羌後，英軍率先向印度方向撤兵；日軍快速進襲令中國遠征軍右翼暴露，聯合作戰破局各自潰退。5 月 7 日杜聿明將軍接獲蔣介石撤退命令，9 日率第五軍直屬部隊和新二十二師退入野人山，在熱帶雨林迷路，一路上忍受飢餓與蚊蠅肆虐。因中緬邊界已布滿日軍，8 月初殘部輾轉抵達印度。據戰後統計，穿越野人山的部隊有三萬餘人葬身原始森林。穆旦隨軍在印度加爾各答養病，1943 年年初回國，暫居昆明；1944 年在重慶中國航空公司任職；1945 年至貴陽航空公司任職。

1945 年 8 月 10 日日本宣布無條件投降戰爭結束，但隨之興起第二次國共內戰。在延安，共產黨八路軍總司令朱德同日發布大反攻〈第一號命令〉，令山西、河北、山東、綏遠的八路軍和新四軍推進察哈爾、熱河、遼寧，配合蘇聯及外蒙軍作戰，搶先進入東北接收日軍武器裝備。

因抗日戰爭的戲劇性逆轉、中國共產黨全面崛起等時代因素刺激，1945 年穆旦詩歌寫作出現第一次大爆發，當年共寫了二十五首詩；第二次詩歌大爆發是文革結束的 1976 年，當年詩作倖

存二十七篇。抗戰勝利穆旦返鄉經由武漢返回北平，一路上看到城鄉破敗、百業凋零、物價飛漲的景觀。「對於北平人民，和平不是自由，而是加速死亡。在敵人的統治下，一個小公務員可以養活一家五六口人，雖然他們必須吃混合麵，買配給煤。可是八年來他們『過得去』，沒有日本人使他們面臨如今他們面臨的這種飢寒的深淵。三個月來的中央統治，已使物價升高了廿倍，而且還在持續飛跳中。」、「物價一漲數驚，正好囤積收購，一轉手而成巨富。政府沒有辦法統制，彷彿還在間接推動，使財富在未來的幾個月集中於少數人之手，使中產變為赤貧，使大後方的痛苦呻吟迅速地傳到從未遭殃的北平來！」（穆旦〈回到北平，正是「冒險家的樂園」〉）穆旦1945年7月書寫的〈通貨膨脹〉一詩為時代慘劇留下證詞：「我們的敵人已不再可怕，／他們的殘酷我們看得清，／我們以充血的心沉著地等待，／你的淫賤卻把它弄昏。／／長期的誘惑：意志已混亂，／你借此傾覆了社會的公平，／凡是敵人的敵人你一一謀害，／你的私生子卻得到太容易的成功。」（節選）

　　1946年4月穆旦赴瀋陽，任昔日長官羅又倫（青年軍二〇七師師長）的英文祕書。6月由二〇七師資助，在瀋陽創辦《新報》任總編輯。1947年8月《新報》突遭查封，查封的直接起因，是該報披露國民黨遼寧省政府主席徐箴「有貪汙嫌疑」。1947年2月28日臺灣發生「二二八事件」，3月8日黃昏國民黨軍隊受命抵達基隆港屠殺手無寸鐵的臺灣人民。3月，穆旦在大陸寫下〈荒村〉一詩，表達國共內戰中大地之荒涼，整個中國猶如荒村：「荒草，頹牆，空洞的茅屋，／無言倒下的樹，凌亂的死寂……」，「被遺棄的大地／是唯一的一句話，吐露給／春風和夕陽——」，詩人觸摸著社會現實與歷史糾結，發出悲憫之聲。〈荒村〉節選：

春晚的斜陽和廣大漠然的殘酷

投下的徵兆，當小小的叢聚的茅屋

像是幽暗的人生的盡途，呆立著。

也曾是血肉的豐富和希望，它們張著

空洞的眼，向著原野和城市的來客

留下決定。歷史已把他們用完：

它的誇張和說謊和政治的偉業

終於沉入使自己也驚惶的風景。

乾燥的風，吹吧，當傷痕切進了你的心，

吹著小河，吹過田壟，吹出眼淚，

去到奉獻了一切的遙遠的主人！

　　國民黨政權「誇張的歷史和說謊的政治」是因，「使自己也驚惶的風景」是果，這個難以想像的悲劇之果還將持續下去；但人民「奉獻了一切」，去到了沒有未來（死亡之域）或倖存一絲未來的遠方（農民革命），歷史的鬥爭方興未艾⋯⋯。

　　穆旦的理性立場免除各種意識形態的綁架，他洞觀政治權謀與煽惑群眾的各種危險徵兆，批判尖銳毫不留情：

　　〈時感四首〉之一　　1947.1

　　多謝你們的謀士的機智，先生，／我們已為你們的號召感動又感動，／我們的心，意志，血汗都可以犧牲，／最後的獲得原來是工具般的殘忍。／／你們的政治策略都很成功，／每一步自私和錯誤都塗上了人民，／我們從沒有聽

過這麼美麗的言語／先生，請快來領導，我們一定服從。
／／多謝你們飛來飛去在我們頭頂，／在幕後高談，折
衝，策動；出來組織／用一揮手表示我們必須去死／而你
們一絲不改：說這是歷史和革命。／／人民的世紀：多謝
先知的你們，／但我們已倦於呼喊萬歲和萬歲；／常勝的
將軍們，一點不必猶疑，／戰慄的是我們，越來越需要保
衛。／／正義，當然的，是燃燒在你們心中，／但我們只
有冷冷地感到厭煩！／如果我們無力從誰的手裡脫身，／
先生，你們何妨稍吐露一點憐憫。

〈時感〉是對時代局勢的感思之作，共四首，首刊於《益世
報·文學週刊》（1947.2.8），〈時感〉之二之三之四後來結合〈詩
四首〉，組成《飢餓的中國》（七首）發表於《文學雜誌》第二
卷第八期（1948.1）。為什麼上引的〈時感〉之一被作者單獨移除，
因為〈時感〉其他三首批評對象是國民黨官僚政治，而第一首針
對的卻是共產黨人民革命的暴力手段：「每一步自私和錯誤都塗
上了人民」、「用一揮手表示我們必須去死／而你們一絲不改：
說這是歷史和革命」。在 1944 年 9 月書寫的〈活下去〉，詩人
其實已有潛藏批評，但語意較為晦澀——「而他已經鞭擊……等
待午夜裡的犧牲」是作為「在淫蕩的頹敗的包圍」的對立面出現；
前者指涉共產黨暴力革命，後者批判國民黨官僚政治。穆旦是當
時唯一一位將兩黨的醜惡本質都看清的時代先知。

1949 年之前，穆旦已察覺中共暴力革命的殘酷。湘南暴動中
共政策是「殺盡階級的敵人，焚毀敵人的巢穴」，到處殺人放火。
廣東海陸豐暴動口號：「准群眾自由殺人，殺人是暴動頂重要的
工作」，領導者彭湃下令一人殺二十人的指標。1930 年 12 月江

西「富田事變」，紅二十軍因中共黨內清洗被全殲。1942-1945年「延安整風」政治運動，超過一萬名知識分子被迫害致死。

六、1948年的思想總結：〈詩四首〉‧南京

穆旦1947年10月從瀋陽返回北平家中，12月考取自費赴美留學。1948年5月起，先後任聯合國糧農組織救濟署南京辦事處譯員與美國新聞處英文編譯。〈詩四首〉寫於1948年8月，〈詩四首〉之一：

> 迎接新的世紀來臨！／但世界還是只有一雙遺傳的手，／智慧來得很慢：我們還是用謊言、詛咒、術語，／翻譯你不能獲得的流動的文字，一如歷史／／在人類兩手合抱的圖案裡／那永不移動的反覆殘殺，理想的／誕生的死亡，和雙重人性：時間從兩端流下來／帶著今天的你：同樣雙絕，受傷，扭曲！／／迎接新的世紀來臨！但不要／懶惰而放心，給它穿人名、運動或主義的僵死的外衣／不要愚昧一下抱住它繼續思索的主體，／／迎接新的世紀來臨！痛苦／而危險地，必須一再地選擇死亡和蛻變，／一條條求生的源流，尋覓著自己向大海歡聚！

「新的世紀」是對即將到來的新中國的稱謂，十四個月後果然成真。但穆旦反諷此「新」，不過是舊民族習性：「謊言、詛咒、術語」的新包裝，跳脫不了遺傳的牽制，並由此構成歷史。暴力只能誕生被美化的死亡，善與惡（雙重人性）反覆交戰與匯合，最後達成人性扭曲的必然後果。「人名／毛澤東」、「運動／無

產階級革命」、「主義／共產主義」，不要被這些僵死的外衣蠱惑；要以運動中的主體去應對運動中的客體，不要一次（懶惰而放心）地把個人賤賣給集體。一個民族正在面臨痛苦而危險的命運，選擇蛻變？或是選擇死亡？人民點滴的抉擇塑造了國運匯流的歷史大海。〈詩四首〉之二：

> 他們太需要信仰，人世的不平／突然一次把他們的意志鎖緊，／從一本畫像從夜晚的星空／他們摘下一個字，而要重新／／排列世界用一串原始／的字句的切割，像小學生作算術／飢餓把人們交給他們做練習，／勇敢地求解答，「大家不滿」給批了好分數，／／用麵包和抗議製造一致的歡呼／他們於是走進和恐怖並肩的權力，／推翻現狀，成為現實，更要抹去未來的「不」，／／愛情是太貴了：他們給出來／索去我們所有的知識和決定，／再向新全能看齊，劃一人類像墳墓。

「他們太需要信仰」，因為這個民族向來匱乏信仰；因為「公平與正義」向來缺席，人民的意志暫時被團聚起來。「一本畫像」隱喻想像的未來藍圖，「夜晚的星空」隱喻虛無的願景；人們以「原始的字句／本能衝動」和「小學生作算術／嘗試錯誤練習」作為行動準則；「飢餓」是驅動因，「大家不滿」是歷史成果。人們當真推翻了舊現實，來到一個新現實：「與恐怖並肩的權力」、「抹去未來的『不』」；兩者合謀構成了極權體制，侵害人權，禁制思想言論，以暴力階級鬥爭作為革命手段的新中國。人民將付出昂貴的代價，放棄知識和決定（抹除個人主體），成為劃一的人類（塑造虛無集體）。1948 年 8 月，穆旦對這個未來

體制及其內容物的預言式形容是：墳墓。〈詩四首〉之三：

> 永未伸直的世紀，未痊癒的冤屈，／秩序底下的暗流，長
> 期抵賴的債，／冰裡凍結的熱情現在要擊開：／來吧，
> 後臺的一切出現在前臺；／／幻想，燈光，效果，都已集
> 中，／「必然」已經登場，讓我們聽它的劇情──／呵人
> 性不變的表格，雖然填上新名字，／行動的還占有行動，
> 權力駐進迫害和不容忍，／／善良的依舊善良，正義也仍
> 舊流血而死，／誰是最後的勝利者？是那集體殺人的人？
> ／這是歷史令人心碎的導演？／／因為一次又一次，美麗
> 的話叫人相信，／我們必然心碎，他必然成功，／一次又
> 一次，只有成熟的技巧留存。

「長期抵賴的債」，政客空洞的承諾從來就沒有兌現，冰塊
解體，歷史現出原形。「人性」塑造了歷史的本然與必然，「舊
名字／國民黨」被換上了「新名字／共產黨」，而其結果依然是：
「迫害和不容忍」、「正義流血而死」。勝利者是誰？「集體殺
人的人／時代的劊子手」，歷史真令人心碎，人民無法伸冤傷口
永不痊癒。「我們」與「他」，複數是被統治者，指稱中國廣大
的人民，單數是唯一的極權統治者，影射毛澤東。他的成功是善
於運用美麗的話、成熟的技巧（權謀之術），繼承集權帝制數千
年積累的厚黑學遺產。〈詩四首〉之四：

> 目前，為了壞的，向更壞爭鬥，／暴力，它正在兌現小小
> 的成功，／政治說，美好的全在它骯髒的手裡，／跟它
> 去吧，同志。陰謀，說謊，或者殺人。／／做過了工具再

來做工具，／所有受苦的人類都分別簽字／製造更多的血淚，為了到達迂回的未來／對壘起「現在」：槍口，歡呼，和駕馭工具的／／英雄：相信終點有愛在等待，／為愛所寬恕，於是錯誤又錯誤，／相信暴力的種子會開出和平，／／逃跑的成功！一時間就在終點失敗，／還要被吸進時間無數的角度，因為／麵包和自由正獲得我們，卻不被獲得！

「後壞的共產黨」鬥贏了「先壞的國民黨」，團結的暴力戰勝分崩的暴力，政治揮舞他「髒汙的手」，盲目的群眾一起附和，「陰謀，說謊，或者殺人」成為全民共享的生存手段。「做過了工具再來做工具」，前面工具是受格，被利用為工具；後面工具是主格，把別人當工具利用。惡性循環的結果是：受苦者製造了更多的血淚。「相信暴力的種子會開出和平」，以暴力革命達成無階級社會的謬論。人民革命的目標本來是為了「麵包和自由」，生活溫飽，心靈安樂；但結果將會適得其反，「麵包和自由正獲得我們，卻不被獲得」。這是穆旦對社會人心與歷史進程的智慧洞見，未來數十年的歷史面目果真如此猙獰！

穆旦〈詩四首〉提供給後人深刻的社會觀察與歷史省思，填充／校正了「第二次國共內戰」時期文學史內涵的蒼白扭曲。他的詩雖然也帶有政治涵義，但沒有受到特定意識形態綁架，具有獨立思想與詩的真實。穆旦具有高節品格與仁慈胸懷，不受現實環境的鼓動與誘惑。穆旦的詩充滿沉厚複雜的現實感，觸目絕望然而心不消沉，精神徬徨卻又思想清明，呈現出一個卓絕詩人的高貴品質。

七、1941-1947年：問答體長詩‧〈神魔之爭〉

穆旦寫過幾首對話體長詩，〈神魔之爭〉（1941.6）、〈隱現〉（1943.3）、〈森林之魅〉（1945.7），以及 1976 年的〈神的變形〉。〈神魔之爭〉在結構上設定了幾個角色進行交叉對話：東風（自然力）、神（正義）、魔（邪惡）、林妖（人民）；主題：神與魔的鬥爭，象徵涵義：理想與現實的巨大落差。當東風說：「我的孩子，雖然這一切／由我創造，我對我愛的／最為殘忍。我知道，我給了你／過早的誕生，而你的死亡，／也沒有血痕，因為你是／留存在每一個人的微笑中，／你是終止的，最後的完整。」林妖報以最後合唱：「誰知道生命多麼長久？／一半醒著，一半是夢。／我們活著是死，死著是生，／呵，沒有誰過得更為聰明。／／小河的流水向我們說，／誰能夠數出天上的星？／但是在黑夜，你只有搖頭，／當太陽照耀著，我們能。」總結是：「我們知道自己的愚蠢」，明顯帶有虛無主義色彩。或許因此，1945 年穆旦第一本詩集《探險隊》出版時，新聞檢查單位刪除了此詩，頁碼保留詩文從缺。1947 年 5 月詩人自費出版《穆旦詩集（1939-1945）》，將此詩列為壓卷。我將〈神魔之爭〉看作是文化議題的辯證性歸結，而非宗教性祈禱詞；基督宗教的思想模型，被詩人借用來處理心靈的現實試煉命題。

穆旦的象徵化抒情詩，將生命經驗提升轉化，從宏觀視點（雙向）觀察／分析自我與現實。這種敘述策略，在長詩〈隱現〉有更成熟的表達。詩前題辭：「讓我們看見吧，我的救主。」宗教情感更加強烈。「隱」即理想，「現」指涉現實，顯在主旨：「讓我們看見吧」（渴望實現理想），潛在主旨：「我們應該忽然轉

身」（事實上無能），延續〈神魔之爭〉的矛盾修辭與辯證結構。
詩分三部分：宣道、歷程、祈神，典型的三段論證。〈隱現〉的
宗教化內涵並無新意，但從文化層面提出信仰的重要性：「我們
的很多中心不斷地衝突，／或者我們放棄／生活變為爭取生活，
我們一生永遠在準備而沒有生活，／三千年的豐富枯死在種子裡
而我們是在繼續……」，缺乏信仰的民族不斷跌落自造的陷阱。
在人性層面它觸及良知：「我們是廿世紀的眾生騷動在它的黑暗
裡，／我們有機器和制度卻沒有文明／我們有複雜的感情卻無處
歸依／我們有很多的聲音而沒有真理／我們來自一個良心卻各自
藏起」。詩遵循理性辯證而趨向宗教性召喚（相信真理與普世價
值），藉由心靈覺醒消弭理想與現實的劇烈鬥爭（光有機器和制
度成就不了文明）。

〈隱現〉節選　1943年3月作，1947年修訂

　　主呵，因為我們看見了，在我們聰明的愚昧裡，／我們已
　　經有太多的戰爭，朝向別人和自己，／太多的不滿，太多
　　的生中之死，死中之生，／我們有太多的利害，分裂陰
　　謀，報復，／這一切把我們推到相反的極端，我們應該／
　　忽然轉身，看見你／／這是時候了，這裡是我們被曲解的
　　生命／請你舒平，這裡是我們枯竭的眾心／請你糅合，／
　　主呵，生命的源泉，讓我們聽見你流動的聲音。

　　文本中的渴望：理想與現實的連結，個體性小我與超越性大
我的連結，發生於詩人內心也投射向整個民族，因為這首詩的主
語是「我們」。1943年的〈隱現〉是1940年的〈我〉「幻化的形象，

是更深的絕望，／永遠是自己，鎖在荒原裡，／仇恨著母親給分出了夢境。」更加複雜的辯證演繹。穆旦詩對於民族性格的透視與歷史動態的解析，細緻、深刻、全面，啟人深思。

從詩學層面而言，穆旦詩的冷靜對話模式提供多重視域，三段論證的敘述秩序井然，構造出具有思想深度的詩歌空間。可能是擔心〈隱現〉的宗教意味太濃，穆旦將二百多行的長詩節縮成四十九行的版本〈合唱二章〉（後來更名為〈祈神二章〉），但整體力量削弱許多。

另一首對話體長詩是〈森林之魅──祭胡康河谷上的白骨〉，敘述作者 1942 年跟隨中國遠征軍轉進野人山的死裡逃生之行，完稿於 1945 年 9 月，距離事件已經三年整。野人山事件之慘烈在杜聿明的《中國遠征軍入緬對日作戰述略》中有記載：「自六月一日以後至七月中，緬甸雨水特大……洪水洶湧，既不能徒涉，也無法架橋擺渡……原始森林內潮溼特甚，……螞蟥叮咬，破傷風病隨之而來，瘧疾、回歸熱及其他傳染病也大為流行。……一個發高燒的人一經昏迷不醒，加上螞蟥吸血，螞蟻啃嚙，大雨侵蝕沖洗，數小時內即變為白骨。……沿途白骨遍野，令人怵目驚心。」或許是杜將軍對熱帶叢林無知，或許限囿於撤退命令之緊急，總之這一場慘劇完全是無妄之災；孫立人將軍即率部直接奔向印度，沒有貿然進入叢林，從而保存了中國遠征軍唯一的完整建置。〈森林之魅〉並沒有寫成戰爭奇譚或叢林探險故事，而是鋪陳人文與自然的啟蒙式對話，這是詩人與小說家的差異所在。在多次「森林」與「人」的交談之後，詩篇結尾以全知視點唱出祭歌：

在陰暗的樹下，在急流的水邊，／逝去的六月和七月，在

無人的山間，／你們的身體還掙扎著想要回返，／而無名的野花已在頭上開滿。／／那刻骨的飢餓，那山洪的衝擊，／那毒蟲的嚙咬和痛楚的夜晚，／你們受不了要向人講述，／如今卻是欣欣的樹木把一切遺忘。／／過去的是你們對死的抗爭，／你們死去為了要活的人們生存，／那白熱的紛爭還沒有停止，／你們卻在森林的週期內，不再聽聞。／／靜靜的，在那被遺忘的山坡上，／還下著密雨，還吹著細風，／沒有人知道歷史曾在此走過，／留下了英靈化入樹幹而滋生。

穆旦詩沒有墮入刻板敘述，一味地讚頌光明批判黑暗，而是採取矛盾觀點林立的多重對話，呈現更加複雜的人性／社會全景圖像，這種風格特色在穆旦對話式長詩極為顯著。詩歌空間裡理智與感情的對詰是穆旦詩的強項，比較一下穆旦與郭沫若、艾青的浪漫現實主義的單向度激情書寫，真有天壤之別。穆旦詩充盈著思想照明的力量，結合醇厚樸實的性格，支持著詩人貞心持志，將詩歌這條漫漫長路走到底。

八、1949-1957年：愛國與受難・政治交心詩

1947年5月穆旦在瀋陽自費出版《穆旦詩集（1939-1945）》，收錄詩篇五十八首。10月穆旦回到北平，重編新版《穆旦詩集》，並對文字進行修訂，分四部，共計詩歌八十首。「此集文稿交其父母保存於北平家中。據穆旦夫人周與良說明，詩集『一直沉睡在穆旦父母家中，直到1980年（當時他父母均已去世了）由穆旦的妹妹查良玲才把一本紙張又黃又脆的「穆旦詩集」手稿轉交

給她。』」（〈穆旦年譜〉）本書 2010 年曾經出版，書名《穆旦自選詩集 1937-1948》。

1949 年 1 月穆旦在南京聯合國糧農組織東南亞辦事處任譯員，後被派往泰國曼谷。8 月底穆旦自曼谷赴美國留學，進入芝加哥大學攻讀英美文學碩士，半工半讀，生活艱辛。1949 年底穆旦與周與良女士結婚，1952 年穆旦通過文學碩士學位考試，周與良獲生物學博士學位。穆旦堅持回祖國服務，兩人謝絕了去臺灣與印度德里大學的聘請，1953 年 1 月一起回國。

1953 年 5 月穆旦受聘於天津南開大學外文系，全心投入外國文學理論與詩歌的翻譯工作。1955 年 9 月南開大學展開「肅反運動」，穆旦因參加中國遠征軍與留美經歷成為肅反對象。穆旦與夫人原本可以留在外國度過完全不同的生活，穆旦卻一心要回祖國服務，而且表明：「在異國他鄉，是寫不出好詩，不可能有成就的。」周與良回憶：「當時留學生拿的都是國民黨政府的護照，又正值朝鮮戰爭時期，美國反華反共情緒正盛，而且我為理科博士畢業生，美國政府根本不批准回中國大陸。後找到一位猶太律師，花錢代向移民局疏通，加上我的導師 B.Palser 教授向移民局寫介紹信。」、「我們夫婦聲稱回國是定居香港，才最終獲准回香港。……實際上我們根本沒有進入香港，直接由中國旅行社接回深圳。」（〈穆旦年譜〉）

從肅反運動起穆旦全家不再安寧，穆旦給組織寫了〈檢省歷史與思想問題〉，但沒什麼用。1957 年 5 月 1 日「整風鳴放」揭開序幕，穆旦受《人民日報》副刊主編袁水拍約稿，5 月 7 日發表〈九十九家爭鳴記〉一詩。穆旦原本的用心是：「百家爭鳴固然很好，／九十九家難道不行？」我遊走在邊緣保持沉默總可以？誠實的敘述顯然弄巧成拙，此詩被批判為「毒草」。

穆旦緊接著在 7 月的《人民文學》發表了七首詩：〈美國怎樣教育下一代〉、〈感恩節——可恥的債〉、〈三門峽水利工程有感〉、〈「也許」和「一定」〉、〈去學習會〉、〈我的叔父死了〉、〈問〉。前兩首寫於 1951 年，後五首寫於 1957 年。莫名其妙發表對於美國教育與宗教信仰的批判詩，目的可能是：為自己的「留美背景」消毒。穆旦在〈美國怎樣教育下一代〉攻擊美國為帝國主義好戰分子：「那隻手呀，正在描繪戰爭的藍圖，／那圖上就要塗滿你的血肉！」〈感恩節——可恥的債〉裡稱上帝為：「你們腐臭的玩具」，真是用心良苦。〈三門峽水利工程有感〉是歌功頌德詩：「呵，我歡呼你，『科學』加上『仁愛』！」讀了讓人想吐。〈「也許」和「一定」〉表明自己跟隨黨的立場反右到底：「敵人呵，隨你們的陰影在誹謗／因為，這最後的肯定就要出生；／它一開口，陰影必然就碰上光亮，／如今，先讓你們寫下自己的墓銘。」〈去學習會〉語調有點精神恍惚：「是春天呵！吹來了一陣薰風，／人的心都跳躍，迷醉而又擴張。／／下午兩點鐘，有一個學習會：閱讀，談話，爭辯，微笑和焦急，／一屋子的煙霧出現在我的眼前。」上述五首都讓人噁心，（被環境所迫的）明顯的政治坦白，但穆旦夾雜了讓人揪心的兩首。〈我的叔父死了〉：「我的叔父死了，我不敢哭，／我害怕封建主義的復辟；／我的心想笑，但我不敢笑：／是不是這裡有一杯毒劑？／／一個孩子的溫暖的小手／使我憶起了過去的荒涼，／我的歡欣總想落一滴淚，／但淚沒落出，就碰到希望。／／平衡把我變成了一棵樹，／它的枝葉緩緩伸向春天，／從幽暗的根上升的汁液／在明亮的葉片不斷迴旋。」此詩與前述五首完全不搭調。

　　〈問〉採用穆旦擅長的矛盾修辭寫法：「生活呵，你握緊我

這支筆／一直傾洩著你的悲哀，／可是如今，那婉轉的夜鶯／已經飛離了你的胸懷。／／在晨曦下，你打開門窗，／室中流動著原野的風，／唉，叫我這支尖細的筆／怎樣聚斂起空中的笑聲？」「傾洩悲哀」與「聚斂笑聲」之間蘊藏了多少無言的時代悲劇？

〈詩七首〉發表後沒有為穆旦扳回劣勢，反而累積更多攻擊標靶。1957年6月8日，中共中央發出毛澤東起草的〈組織力量反擊右派分子的猖狂進攻〉，「反右運動」展開。9月，穆旦詩在《詩刊》、《人民文學》受到輪番批判。穆旦被迫寫了公開檢討書〈我上了一課〉，發表於1958年1月14日《人民日報》。詩人為自己辯解：「採用一個虛構而誇張的故事，作者把他所要批判的幾點融化在虛構的故事中。這比較曲折，但生動；有可能被『誤解』。」同時在結論時回歸政治正確論述：「關於這，毛主席在『在延安文藝座談會上的講話』已經給了最明確的指示，我一定要好好學習它以便以後能學習寫出較好的東西來。」詩人此後明智地閉嘴，直到1975年奇蹟似地詩性復活。

九、1959-1970年：穆旦日記

1958年2月法院到南開大學宣布：「查良錚為『歷史反革命』，『接受機關管制』，逐出講堂，到南開大學圖書館監督勞動。」1958-1961年穆旦接受監督勞動三年。據周與良回憶：「在管制的三年內，良錚除了去圖書館勞動外，晚間回家一言不發，只是寫交代材料，看報看書，很少和我和孩子們談話。他變得痛苦沉默，一句話也不願意說。」（〈穆旦年譜〉）

《穆旦詩文集》提供了1959-1977年間斷續紀錄的穆旦〈日記手稿1-4〉，內容間接反映了時代氛圍與社會現象，相當有歷

史價值。〈日記手稿1〉（1959-1960）摘要：

> 把自己整個交給人民去處理，不再抱有個人的野心及
> 願望。（1959.1.1）
>
> 黨從全面看問題所以肯定大煉鋼鐵的成就。（1959.9
> 月底）
>
> 如何做黨的「馴順工具」？有四點認識：……（三）
> 作黨的馴順工具，是否就不用思想？否，這正是發揮至
> 大創造力的時候，可以我國高速工業建設為例。黨的宗旨
> 及組織原則，都以發揚民主為第一，絕非「唯唯諾諾」可
> 以了的事。必須明是非及掃除個人主義，而後才能跟著黨
> 走。（四）是否不自由？自由有兩種：為所欲為、損人利
> 己的自由，在這個社會是沒有的，但卻有合理發展個性的
> 自由。你只要以黨的方向為自己的方向，即感到自由。
> （1959.9月底）
>
> 世界觀是由立場決定的。要如何改？要學毛主席思
> 想。主要問題：接受黨的領導。（1960.3.23）
>
> 暴力：美帝是否已放棄暴力了？國家本身即暴力。暴
> 力有階級性。帝國主義本質。（1960.3.23）

將穆旦的改造日記，疊映在穆旦夫人對這段時間的回憶之
上，讓我們更接近監督勞動的實質內涵：身體勞動是手段，洗腦
（思想／心靈改造）是目的。穆旦很理智地（想像中）完成自我
改造，而得以在三年後脫身。在這段期間，他完全停止了譯著，
中斷與親友的書信往來，留下的唯一印記就是自我洗腦的殘酷紀
錄。1962年管制如願解除，穆旦降薪留用，在南開大學圖書館做

職員，「監督使用」，從事圖書整理、卡片抄錄、清潔衛生等工作，並定期「寫檢察」。穆旦子女們回憶：「1962 年父親解除了管制，在圖書館留用為一般職員。這時他開始了他的最大的一項翻譯計畫——《唐璜》的翻譯工作。白天他要勞動和匯報思想，只能把晚上和節假日都用於翻譯。幾年含辛茹苦，廢寢忘食，到 1965 年，這部巨著終於譯完。」（〈穆旦年譜〉）

雖然在逆境中，穆旦熱忱助人的性格未改。他得知南開中學摯友董庶（雲南大學副教授）1950 年代病逝，便定期給在雲南的董家寄錢相助，直至「文革」前夕。1966 年「文化大革命」爆發，穆旦被批鬥、抄家，關入「牛棚」。據子女回憶：「記得 8 月的一個晚上，一堆熊熊大火把我們家門前照得通明，牆上貼著『打倒』的大標語，幾個紅衛兵將一堆書籍、稿紙向火裡扔去。很晚了，從早上即被紅衛兵帶走的父親還沒有回來……」（〈穆旦年譜〉）1967 年起穆旦在勞改隊接受批判監督勞動。「1968 年，我們家的住房被搶占，我們的傢俱、被褥和日用品全部被擲在後門外，……從此我們一家六口人被掃地出門，搬到一間僅十七平方米，朝西的房間。這間房我們住了五年。許多物品、沙發、書籍都放在樓道和廁所裡。」（周與良〈永遠的思念〉）1968 年周與良被打成「美國特務嫌疑」關押半年。四個未成年子女相依為命，給被看押的父母送飯。1969 年南開大學的「牛鬼蛇神」一律下放到河北省保定地區完縣，從事農場繁重的體力勞動，穆旦與家人隔離分居於不同公社。

1972 年農場勞改結束，穆旦回到南開大學圖書館，抄寫卡片、打掃廁所。〈日記手稿2〉內封寫著「改造日記　查良錚」，扉頁豎行題字：「敬祝毛主席萬壽無疆」。〈日記手稿2〉（1968-1970）摘要：

這次文化大革命要清理階級隊伍，把國民黨殘渣餘孽肅清。對這些被肅清的人有三種辦法：「他們中的許多人將被改造，他們中的一部分人將被淘汰，某些堅決反革命分子將受到鎮壓。」自己堅決爭取作這第一種人，即「許多人」中之一。（1968.11.26）

學習貧下中農管理學校和工廠管理中小學的建議。教育權掌握在工農手中，這體現我國是真正工農掌權的社會主義國家，而且教育的內容也不再是資產階級那一套了。這是自有歷史以來的偉大創舉，中國為世界教育做了榜樣。（1968.12.3）

學習毛主席教育文選。擇錄：「中國新詩的出路；第一條民歌，第二條古典，在這個基礎上產生出新詩來，形式是民歌的，內容應當是現實主義和浪漫主義的對立統一。太現實了就不能寫詩了。現在的新詩不成形，沒有人讀。我反正不讀新詩，除非給我一百塊大洋。」（〈成都會議講話，1958〉）（1969.2.18）

上午開校批鬥現反會，6人。廣播「改造世界觀」。晚批鬥XXX，裝瘋。（1970.5.22）

1957年的「反右運動」，全國有五十五萬知識分子（官方數字）被打成右派。北京大學八千九百八十三名學生、一千三百九十九名教職員中，共有一千五百餘人被抓，情況最為嚴重。1966年文革浩劫從天而降，知識分子再度面臨殘酷的政治大清洗。一連串政治運動讓受害者經歷十年至二十年的勞改或監禁，甚至喪失性命。穆旦盡力寫出合乎組織要求的自我檢討日記，證明本人

已改造成功，從而讓自己與全家的生存狀況不再惡化。穆旦除了學校教學，業餘從事文學翻譯，從未參加任何社會組織與活動，為人謙虛篤實，親愛家庭熱忱助人，連這樣的人也受到政治運動戕害，可見牽連層面之深廣與恐怖。

穆旦日記提供了三種文獻效應：第一、呈現一個（想像中）自我改造成功的知識分子形象。第二、反映特定時代荒唐的政治運動與殘酷的思想迫害。第三、保存一個人心靈飽受折磨的真實紀錄。然而，穆旦並沒有就此屈服……。

十、1975年：復活的詩人・蒼蠅與妖女的歌

1973 年中美關係解凍，昔日同學周鈺良（周與良兄長）將親戚從美國帶來的《西方當代詩選》轉贈穆旦，他開始系統地翻譯英美現代派詩歌，如奧登、艾略特、葉慈等，對現代主義詩歌體會更加深入。1975 年，穆旦與下放到山西臨汾的昔日西南聯大同學、詩友杜運燮（1918-2002）通信聯繫，並寄去當時在大城市方能買到的食品。1976 年 6 月 28 日穆旦給杜運燮的信中提到：「是自己忙，腦子裡像總不停，結果寫點東西，寄你三篇看看。〈蒼蠅〉是戲作，因為想到運燮曾為你們的五六隻難刻畫得很有意思，說它們樂觀地生活，我忽然在一個上午看到蒼蠅飛，便寫出這篇來。」〈蒼蠅〉書寫於 1975 年，它標誌著穆旦生命底層的詩性復活了：

蒼蠅呵，小小的蒼蠅，／在陽光下飛來飛去，／誰知道一日三餐／你是怎樣的尋覓？／誰知道你在哪兒／躲避昨夜的風雨？／世界是永遠新鮮，／你永遠這麼好奇，／生

活著，快樂地飛翔，／半飢半飽，活躍無比，／東聞一聞，西看一看，／也不管人們的厭膩，／我們掩鼻的地方／對你有香甜的蜜。／自居為平等的生命，／你也來歌唱夏季；／是一種幻覺，理想，／把你吸引到這裡，／飛進門，又爬進窗，／來承受猛烈的拍擊。

這首詩的結構和語調確實接近於即興之作，但將理想剖析為「幻覺」，則非一朝一夕的領悟。玻璃內不斷撞擊窗戶卻無法飛離的困境，豈非詩人的心靈投影？1975年穆旦寫出〈妖女的歌〉，一代詩人終於重新挺起傲岸的肩頸：

一個妖女在山後向我們歌唱，
「誰愛我，快奉獻出你的一切。」
因此我們就攀登高山去找她，
要把已知未知的險峻都翻越。

這個妖女索要自由、安寧、財富，
我們就一把又一把地獻出，
喪失的越多，她的歌聲越婉轉，
終至「喪失」變成了我們的幸福。

我們的腳步留下了一片野火，
山下的居民仰望而感到心悸；
那是愛情和夢想在荊棘中的閃爍，
而妖女的歌已在山後沉寂。

「妖女的歌」典故來自希臘神話的海上女妖，半人半魚的怪物，她唱著蠱惑人心的歌曲，用歌聲迷惑航海者，把經過船隻引向礁石，導致船毀人亡。後人用「海妖／女妖之歌」比喻甜言蜜語和蠱惑人心的言論。〈妖女的歌〉承襲這個象徵脈絡，只不過「她」躲在山後，她要求跟隨者獻出一切：自由、安寧、財富；而我們因為愛她，「一把又一把地獻出」，我們懷抱著愛情與夢想，一路跟隨披荊斬棘，奮力打擊封建勢力，「我們的腳步留下了一片野火」。「我們」比喻一代人，「野火」形容破壞一切的毀滅能量。吸引一代人奉獻青春甚至犧牲性命的理想並沒有實現，我們得到了什麼？「喪失」，意味著一無所有。引領一代人瘋狂盲目地鬥爭，讓人們既尊崇又恐懼的「妖女」是誰？毫無疑問指涉至高無上的毛主席。「妖女的歌」拆穿共產主義平等社會的理想，從來就是謊言與騙局。

　　〈妖女的歌〉是一首思想密度很高的作品，風格沉鬱，批評意識尖銳，不再墮入彷徨虛無之境。無論〈妖女的歌〉之「愛情，夢想」或〈蒼蠅〉的「幻覺，理想」，結局都相似：「喪失」或者「承受猛烈的拍擊」，一代又一代民族菁英被中共極權政體剝奪了思想權、言論權，甚至生存權。

　　〈妖女的歌〉，1996 年李方主編的《穆旦詩全集》中，寫作日期定為 1956 年；2006 年《穆旦詩文集》初版與 2014 年《穆旦詩文集》增訂版，修改為 1975 年。修改日期原因不詳。1949 年至 1974 年間，穆旦僅寫九首政治交心詩；在嚴酷的政治環境中，穆旦即使寫了詩，可能也全數銷毀，或許〈妖女的歌〉是此一時期唯一倖存者，是詩人對 1955 年 7 月展開的全國性「肅反運動」殘酷鬥爭的覺悟。寫作日期從 1956 年修改為 1975 年，推測是主編為通過出版審查的護航之舉，1975 年的寫作年代方便於將詩篇

的批判目標導向（妖女）江青，但詩人豈會如此糊塗。

十一、1976-1977年：對權力的批判・〈神的變形〉

1976 年 1 月 19 日晚，穆旦騎自行車在昏暗的宿舍樓區摔傷，為了不給家人增加負擔未及時送醫，延誤治療導致後來不得不動手術。他靠拐杖支撐行動自己料理生活。子女回憶當時情景：「偶爾進入他的房間，總是看到他在聚精會神地伏案寫作，或是執筆沉思，問話也常常得不到回答，看得出他那緊張的思維並沒有因此被打斷，譯起詩來，喝水吃飯都常常忘記。勸他休息，他說：『不讓我工作，就等於讓我死。』」（〈穆旦年譜〉）

7 月 26 日唐山大地震，全家搬至室外臨時帳棚，穆旦繼續譯詩與寫作。因眾多地震傷患等待醫療，天津地區醫院不對普通病人開放病房。舊日好友江瑞熙（筆名羅寄一，1920-2003）建議穆旦到北京開刀，1977 年 1 月 1 日穆旦回信：「我在目前腿的情況下去北京是無望的，除非去北京的醫院開刀，因為天津的醫院不能解決。」2 月 17 日農曆除夕穆旦與家人吃過年飯，關上房門繼續工作。周與良回憶：「他在住院前夕整理文稿，撕掉幾紙簽文字，且極少言笑。」24 日住進天津總醫院準備進行手術，25 日回家更換衣物午飯後突發心臟病，26 日凌晨病逝。

穆旦 1976 年留下了二十七首詩篇，另存三十多首有題無文，可能內文佚失或已被作者銷毀。「彷彿在瘋女的睡眠中，／一個怪夢閃一閃就沉沒；／她醒來看見明朗的世界，／但那荒誕的夢釘住了我。」這首〈「我」的形成〉延續〈妖女的歌〉思維，但不再借用既有的象徵符號，而是新創了「瘋女的夢」這個嶄新意象。「瘋女」將瘋狂錯亂的社會現象視為現實常態，「明朗的世

界」是共產主義理想的反諷語;「我」被迫陷入瘋女的睡夢中,成為荒誕現實的一部分。〈「我」的形成〉感情沉鬱理智清明,煥發出曲折深奧的詩意迴響。〈好夢〉切剖荒誕現實:

> 因為它曾經集中了我們的幻想,/它的降臨有如雷電和五色的彩虹,/擁抱和接吻結束了長期的盼望,/它開始以魔杖指揮我們的愛情:/讓我們哭泣好夢不長。//因為它是從歷史的謬誤中生長,/我們由於恨,才對它滋生感情,/但被現實所鑄成的它的形象/只不過是謬誤底另一個幻影:/讓我們哭泣好夢不長。//因為熱血不充溢,它便摻上水分,/於是大揮彩筆畫出一幅幅風景,/它的色調越濃,我們跌得越深,/終於使受騙的心粉碎而蘇醒:/讓我們哭泣好夢不長。//因為真實不夠好,謊言變為真金,/它到處拿給人這種金塑的大神,/但只有食利者成為膜拜的一群,/只有儀式卻越來越謹嚴而虔誠:/讓我們哭泣好夢不長。//因為日常的生活太少奇蹟,/它不得不在平庸之中製造信仰,/但它造成的不過是可怕的空虛,/和從四面八方被嘲笑的荒唐:/讓我們哭泣好夢不長。

〈好夢〉對現實因果進行了歷史性探究。穆旦將知識分子與共產黨的關係詮釋為「我們的愛情」,帶有激情而盲目的心理因素。「歷史的謬誤」指稱:1949 年之前國民黨的專制獨裁,為了擺脫國民黨政權(由於恨),我們對它(共產黨革命集團)滋生情感,而集體墮入幻影;共產主義理想最後證明是無法充飢的大餅,餅畫得越來越大(百家爭鳴、超英趕美、大煉鋼鐵、人民公

社、反蘇修反美帝），我們越是跌得粉身碎骨。無數次的政治運動（儀式），塑造一群人性麻木的工具人與投機分子（膜拜的一群）。共產黨自視為唯一的大能者，要求人民無條件跟著它走（製造信仰），結果可想而知，「空虛與荒唐」而已。

〈愛情〉，延續「愛情關係」的脈絡繼續發揮。開頭點名「愛情是個快破產的企業」，她「只准理智說是，不准說不，／然後資助它到月球去旅行」，月球上的愛情可想而知會缺氧，很快讓人窒息。「雖然她有一座石築的銀行，／但經不起心靈祕密的抖顫，／別看忠誠包圍著的笑容，／行動的手卻悄悄地提取存款。」穆旦預言，中共政權絕非鐵板一塊（石築的銀行），「存款」總有被提光的一天；穆旦憑藉什麼理由這樣斷定？詩人相信「心靈祕密抖顫」的力量。

穆旦懷抱熱情回到中國，歸國後受盡屈辱，對共產主義烏托邦徹底幻滅；但他敢將自己的覺醒書寫下來，勇氣非凡。穆旦的最後大作是對話體長詩〈神的變形〉。這首詩依序的說話主體是：神、權力、魔、人、魔、人、權力。神一開端就自我反思：「可是如今，我的體系像有了病」，魔鬼很快想要取代神的位置，「由地下升到天堂」。人，原來設想：「我們既厭惡了神，也不信任魔，／我們該首先擊敗無限的權力！」、「哪裡有壓迫，哪裡就有反抗；／誰推翻了神誰就進入天堂。」但事與願違，「總是絕對的權力得到了勝利！」絕對的權力衍生絕對的腐化。全詩結束於權力的獨白：

　　　而我，不見的幽靈，躲在他身後，

　　　不管是神，是魔，是人，登上寶座，

　　　我有種種幻術越過他的誓言，

　　　以我的腐蝕劑伸入各個角落；

不管是多麼美麗的形象，

最後……人已多次體會了那苦果。

　　穆旦早期詩聚焦於理想與現實的爭持，涉及人道主義呼求：「他們是工人而沒有勞資，／他們取得而無權享受，／他們是春天而沒有種子，／他們被謀害從未曾控訴。／／在這一片沉默的後面，／我們的城市才得以腐爛，／他們向前以我們遺棄的軀體／去迎受二十世紀的殺傷。」（〈農民兵〉1945）；批判摧毀一切的暴力：「從我們今日的夢魘／到明日的難產的天堂，／從嬰兒的第一聲啼哭／直到他的不甘心的死亡：／一切遺傳你的形象。」（〈暴力〉1947）。但直到〈神的變形〉，穆旦的思想終於昇華而結晶。整部中國當代史的核心命題就是：奪取權力、壟斷權力、濫用權力。從袁世凱稱帝、軍閥割據、蔣中正獨裁專斷、毛澤東神威顯赫，「權力」都是唯一且絕對的標的。1941年的〈中國在哪裡〉，穆旦曾經提出一個直覺性感思：「因為在史前，我們得不到永恆，／我們的痛苦永遠地飛揚」，如果將「史前」解釋為「沒有進入意義的建構」，我們終於明白穆旦的意思：中國當代史，依然在意義之外徘徊，它找不到自身的存在意義與價值。依此推論：大陸地區的中國當代史是無意義，甚至是反意義的黑暗漩渦，只有物質進程而精神進程倒退，穆旦以詩人的卓越直覺袒露了這個不能言說的祕密。

　　〈城市的街心〉　1976.4

　　大街伸延著像樂曲的五線譜，／人的符號，車的符號，房子的符號／密密排列著在我的心上流過去，／起伏的慾望呵，

唱一串什麼曲調？——／不管我是悲哀，不管你是歡樂，／也不管誰明天再也不會走來了，／它只唱著超時間的冷漠的歌，／從早晨的匆忙，到午夜的寂寥，／一年又一年，使人生底過客／感到自己的心比街心更老。／只除了有時候，在雷電的閃射下／我見它對我發出抗議的大笑。

〈聽說我老了〉　1976.4

我穿著一件破衣衫出門，／這麼醜，我看著都覺得好笑，／因為我原有許多好的衣衫／都已讓它在歲月裡爛掉。／／人們對我說：你老了，你老了，／但誰也沒有看見赤裸的我，／只有在我深心的曠野中／才高唱出真正的自我之歌。／／它唱著，「時間愚弄不了我，／我沒有賣給青春，也不賣給老年，／我只不過隨時序換一換裝，／參加這場化裝舞會的表演。」／／「但我常常和大雁在碧空翱翔，／或者和蛟龍在海裡翻騰，／凝神的山巒也時常邀請我／到它那遼闊的靜穆裡做夢。」

　　如果穆旦留給我們的文學遺產，更多一點類似上述兩首詩，那該有多好？它暫時擺脫了政治意識形態的糾纏，單純地面向歲月人生，悲哀夾雜著溫馨，冰寒摻合著溫暖。詩，親近著人，陪伴著人，向我們喃喃低語，使人生不至於完全墮入黑暗。

〈冬〉四之四　1976.12

在馬房隔壁的小土屋裡，

風吹著窗紙沙沙響動，
幾隻泥腳帶著雪走進來，
讓馬吃料，車子歇在風中。

高高低低圍著火坐下，
有的添木柴，有的在烘乾，
有的用他粗而短的指頭
把煙絲倒在紙裡卷成煙。

一壺水滾沸，白色的水霧
彌漫在煙氣繚繞的小屋，
吃著，哼著小曲，還談著
枯燥的原野上枯燥的事物。

北風在電線上朝他們呼喚，
原野的道路還一望無際，
幾條暖和的身子走出屋，
又迎面撲進寒冷的空氣。

〈冬〉共有四章，上引為第四章，寫作日期標記 1976 年 12 月，這或許就是穆旦留給我們的最後詩章了。寒冷的空氣在穆旦的詩裡徘徊，還將徘徊多少年代？

結論、拒絕遺忘歷史

1976 年 9 月毛澤東去世，1977 年 2 月穆旦去世。1981 年《九

葉集》上市，收錄九位詩人詩選（包含穆旦、杜運燮等）。1986年杜運燮主編的《穆旦詩選》出版，1987年穆旦逝世十周年紀念文集《一個民族已經起來》出版，1996年李方主編《穆旦詩全集》出版，1997年穆旦逝世二十周年紀念文集《豐富和豐富的痛苦》出版。2000年7月《穆旦詩集1939-1945》被鄭重評選為「百年百種優秀中國圖書1900-2000」之一，但共和國新詩界對穆旦1949年之後的詩創作依然沉默以對。

2006年李方主編《穆旦詩文集》（二卷），收入更完整的穆旦文本，包括詩歌、散文、書信、日記、年譜，翻譯集結為《穆旦譯文集》（八卷）。《穆旦詩文集》編後記中李方說：「因為經歷使我深知，『完整的穆旦』尚有大量研究需要扎扎實實地推進。由於主客觀原因自己確是力不從心，難能勝任。」又說：「作為中國現代詩史上堪稱奇崛的『穆旦現象』，卻始終未如某些聰明的臆測那樣『熱』起來。」2014年出版《穆旦詩文集》（增訂版），收錄更為完備。2015年洪子誠、奚密、吳曉東、姜濤、冷霜主編的《百年新詩選》，再度對穆旦1949年後的詩創作視而不見；原因很簡單，穆旦後期詩超越中共思想檢察的容忍底線。

然而杜運燮、李方與穆旦家人持續的努力沒有白費，如果沒有他們費盡心機尋求出版機會，世人對穆旦的認識將始終停留在〈詩八首〉、〈森林之魅〉等前期詩篇。2002年杜運燮、周與良相繼辭世，李方的堅持與承擔貢獻卓著，「終可告慰過早辭世的詩人穆旦，告慰抱病為穆旦一生作品的整理與出版奔波卻未能見全集問世的周與良夫人，告慰在病榻上為全集謀畫編輯體例、聯絡各方編委、托付珍藏史料卻終懷遺憾而鶴歸的老詩人杜運燮，並回饋海內外幾代讀者對穆旦作品完整再現的期盼。」（《穆旦詩文集》編後記）善哉斯言。拒絕遺忘穆旦！拒絕遺忘歷史！

穆旦作品的時代感鮮明思想性深刻，在 1937-1976 年大陸地區的新詩創作中，罕有人可與比肩。穆旦是唯一一個橫跨兩大政治實體（中華民國、中華人民共和國），並且以具體文本對兩大執政集團（中國國民黨、中國共產黨）都進行了深刻反思與歷史批判的唯一詩人。穆旦的詩歌歷程，觸及兩大主題：一、中國政治的出路，二、中國文化的出路。對社會現實的解析與批判，穆旦詩篇貢獻良多；但對文化的傳承與再生，可惜穆旦早逝未能完成。穆旦的詩觀大抵受到西方文化影響，比如：「首先要把自我擴充到時代那麼大，然後再寫自我，這樣寫出的作品就成了時代的作品。」、「奧登說他要寫他那一代人的歷史經驗，就是前人所未遇到過的獨特經驗。我由此引申一下，就是詩應該寫出『發現底驚異』。」、「白話詩找不到祖先，也許他自己該作未來的祖先，所以是一片空白。」、「我有時想從舊詩獲得點什麼，抱著這目的去讀它，但總是失望而罷。它在使用文字上有魅力，可是陷在文言中，白話利用不上，或可能性不大。至於它的那些形象，我認為已太陳舊了。」（穆旦〈致郭保衛函〉，1975-1976 年）

　　穆旦詩的結構思維與語言策略，明顯受到西洋詩歌影響：疏離式觀察視點與戲劇化生活場景布置來源於艾略特，深刻絕望感的反諷修辭與整體性宏觀視域學習自奧登。穆旦對傳統文化的認識稍嫌薄弱，也承襲了五四時期文學革命的觀點，學習傳統文化不夠充分與深入。穆旦晚年多次意識到這個問題，〈穆旦年譜〉（1975 年）中提到他：「還注重收集中國古典詩歌，試圖探索新詩與傳統詩的結合之路，但又感『舊瓶裝新酒有困難』。」傳統文化積疊於日常生活涵養，不能僅靠知識學習，在中國文明精神被摧毀殆盡的共產主義國度，與文化傳統重新鏈接不是短期能輕

易解決。但穆旦拒絕遺忘歷史的傲骨書寫，又彷彿是文明精神萬古常新的在場證明；政統是暫時的變易的，道統是永恆的不易的。

中國文明與十方世界曾經發生多次衝突與融合，六朝時期的印度佛教思潮，唐朝的中亞西域文藝，明朝的歐洲科技文明，都促成文化轉型的創造性契機。以西方文化為借鑑創造新文學，藉此打破／擴張固有文化的傳統界限，可讓僵化的文藝體系得到更新。但文化更新是長期調適的過程而非全盤顛覆傳統，目的是重塑文化主體，將新形式、新內涵包容進傳統文化資產中。

穆旦獻身於詩歌的一生，為漢語新詩樹立一個精神性典範；穆旦堅守心靈真實、澄明歷史真相的勇氣與決心，是詩歌精神的真正體現。穆旦，明辨是非鑑別善惡的誠摯寫作者，一位精神堅挺的時代詩人，他將鼓舞後來者持續播種，深耕易耨。

【參考文獻】

杜運燮等主編，穆旦紀念文集《一個民族已經起來》（南京：江蘇人民出版社，1987年）

穆旦著；李方主編，《穆旦詩全集》（北京：中國文學出版社，1996年）

杜運燮等主編，穆旦紀念文集《豐富和豐富的痛苦》（北京：北京師範大學出版社，1997年）

穆旦，《穆旦詩集1939-1945》（北京：人民文學出版社，2000年）

穆旦著；李方主編，《穆旦詩文集》（增訂版）（北京：人民文學出版社，2014年）

第九章【昌耀（1936-2000）】
與昌耀詩的三次詩學對談

一、從一首詩洞觀一世界

「從一首詩洞觀一世界」，從一首詩可以照見一個人的全體，他的身體國土、心靈風景；從一首詩可以洞觀全體的詩，詩之家園的板房與植株。上述詩的原理如何驗證？它的構成條件為何？「從一首詩洞觀一世界」顯影出來一方「詩的視域」，此一視域之特徵是啥面目？詩人「洞觀的法則」是什麼？閱讀者又憑藉什麼方式能體驗這一切？與昌耀詩的第一次對談，將開啟詩的審美精神的核心要素：「決定性經驗」與「整體性價值」。

詩的經驗之基本特徵有三：一、思無邪，詩是祈使人心恢復感通萬有的中心道路，詩之道直指人心，使你莫可逃避；詩聚斂你的心，使心靈專注得其靜穆。二、連結感，詩連結傾聽與召喚，人與天地產生能量頻率共振關係，因於精神同盟之感召天人應合所以身心安寧。三、啟明生命，詩擊破心靈內外的重重框限，燃放蓄藏在生命底層無始以來的存有之光，瞬間照亮生之無明，覺知心地寬廣，大喜悅生起。

詩的經驗與審美經驗之差異在於，詩的經驗是斷然發生的「決定性經驗」，此一決定性──經驗者創造標的之同時，生命也被此一經驗創造性地改變；創造標的同時創造自身，謂之決定

性經驗。詩的經驗之特殊性：感應無端、無終始、無盡藏之美；詩之波流瀰漫十方，恆在靜默、恆在變化、恆在召喚。

詩的「整體性價值」：一首詩容納一整個世界，一世界之成住壞空全縮影在那兒；一首詩同時洞觀實相與空相，可見與不可見並體孿生，真實與真實的倒影、虛幻與虛幻的背面；一首詩同時擁抱愛與死。詩，相信意念可以革新生命，相信意念可以改變世界。

詩的審美精神起源於「詩的統一場」，詩的統一場律有三則。第一則：空間音色與心靈氛圍的統一場（同質性）、心靈活動與造型表現的統一場（同時性）、生命意識與創造意識的統一場（主體性）。詩之能量波流協調統合身心內外呼息，喚醒意識層層積疊之歷史，召喚生命主體性現前。

第二則：詩浩大整全之能量統攝作者的生命成詩性主體（原生意義之詩人），孕育創造契機，詩篇誕生；詩篇浩大整全之能量吐納閱讀者，使讀者的生命被改變統整為詩性主體（衍生意義之詩人），詩意迴響循環重現，全體誕生於詩歸依於詩。「詩→詩人→詩篇→詩人→詩」，形成一浩大整全之統一場。

第三則：世界緣起於一根本場域，再從此一場域擴延變異，從一粒沙可洞觀一世界，從一絲絲微粒子可組合成一個個完整生命；詩亦如是來自根本場域，每一行每一字都含藏了來自根本場域之完整生命體。從一行詩之波動可鑒識一首詩之氣質，從一首詩之體性映照一世界之實相。從一首詩篇令人冥想全體的詩篇。詩性召喚現前時，自我消泯，再無詩之內外差別境界。

詩非關修辭非關紀事，詩之特徵在文字鑿刻自身之需要，而非敘述他者之需要，詩文字煥發潔身自許的純淨感。文字與人心兩相坐忘處，詩之況味始出，讀詩者請「默照本心」。詩由文字

構成，但出離文字相，非關古典與當代，皆然。文字構築了一道通往人心與鏡像之間的橋梁，在人心與鏡像之間阻隔了全世界，全世界的修辭之蓮莖、意義之電桿在你眼前晃蕩。

文字是通往詩境之橋，而非詩本身；詩正是那未曾道出的，為了道出不可道，請「凝神於文字虛白處」，始與詩境感召相通，誠意交談。文字是精神能量之波流，而非涵納意象的編織物；詩是運動中的生命體，而非雕塑。詩是自然生成之河流，文字是溪中石；感應詩之脈動，請涉水而上，「緣溪行」。

何謂基礎抽象？將千絲萬縷的現實、錯綜複雜的現象，還原為「真實」的基本構造。詩人「洞觀的法則」：尋找現象的關鍵介面，穿越現實的裂隙，發現元素與元素間的連結線索，透視現象謎霧，直面真實之核，以幽微不著痕跡的手法解剖世界的筋骨。此乃「詩」的經驗過程。

何謂精神空間？空間音色成形來自外部空間表象剝落，時間感漸趨消泯，空間反轉向內，內面空間誕生之際。空間反轉向內與時間歸元交互作用，人心映照之萬有還原自時間開端之大靜穆，由此開啟「本質之詩」的世界——靜默、喜悅、大神祕，精神空間建築於此。此乃「詩」的文學標的。

〈鷹・雪・牧人〉　　1956.11.23於興海縣阿曲乎草原

鷹，鼓著鉛色的風
從冰山的峰頂起飛，
寒冷
自翼鼓上抖落。

在灰色的霧靄
飛鷹消失，
大草原上裸臂的牧人
橫身探出馬刀，
品嘗了
初雪的滋味。

〈鷹‧雪‧牧人〉創造一則「雪的來源」的神話性解釋，
牧人迎接雪降的姿態，也響應著虔敬的儀軌。「初雪」是上天賜
與的潔淨玉泉，來自不知方所的聖潔之源；「品嘗初雪」映現詩
的決定性經驗，人與天地素面相見，與「道」連結之路初次開啟。
　　這首詩同時顯現昌耀的詩觀「降臨」與存有觀「天人相應」，
表達厚重篤實的人性情感，通過傾聽與召喚展現無言之大美。
〈鷹‧雪‧牧人〉是根植於大地的詩章，素樸而大器，歲月被
還原至時間開端之大靜穆，開啟本質之詩的世界。昌耀詩之文化
涵義在此，莫將之定位於邊疆詩，或了無現代性之保守詩人。心
靈的歸宿在土地，人文之前是天心，身心統合並開敞方能整全人
性。昌耀詩蘊藏著對詩歌虔敬孺慕之情，以廣大之愛胸懷土地家
園，跳脫當代新詩：操作文字技術，沉溺個人情思、意識形態辯
證之諸種病端。

　　　〈草原初章〉　1963.3.10夜

是啼血的陽雀
在令人憂傷的暮色中鳴啾麼？
大草原激盪起來了，

播弄著夜氣。

村舍逐漸沉沒。

再也看不清白楊的樹冠。

再也辨不出馬群火絨絨的脊背。

只有那神祕的夜歌越來越響亮，

填充著失去的空間。

……一扇門戶吱啞打開，

光亮中，一個女子向荒原投去，

她搓揉著自己高挺的胸脯，

分明聽見那一聲躁動

正是從那裡漫逸的

心的獨白。

　　初章即序曲，存有的奧祕之門初啟，向人間發出召喚。大自然的律動催發身心醒覺，無名而永恆的召喚出自天心，也來自人心深層的渴望。一個女子欲與天地脈動契合，勇敢投向荒原夜歌激湧的懷抱，多麼聖潔而美麗之奔舞！緣起於心靈與天地交感，人間始有初章，道與不可道並存俱現於詩境。詩之道應如是——靜默、喜悅、大神祕之創生與覺受。

　　〈草原初章〉乃純然聖詠，一篇對生之祭典的禮讚。身體甦醒與心靈渴望鼓動女子投向天地懷抱，與天地鳴啾之神祕激盪契合，詩的決定性經驗的象徵圖像。草原誕生了初章，初夜之美麗與莊嚴為人生揭開序幕。

〈日出〉　1982.3.29

聽見日出的聲息蟬鳴般沙沙作響……
沙沙作響、沙沙作響、沙沙作響……
這微妙的聲息沙沙作響。
靜謐的是河流、山林和泉邊的水甕。
是水甕裡浮著的瓢。

但我只聽得沙沙的聲息。
只聽得雄雞震盪的肉冠。
只聽得岩羊初醒的錐角。
啞豁口
有騎驢的農藝師結伴早行。

但我只聽得沙沙的潮紅
從東方的淵底沙沙地迫近。

　　一首詩同時洞觀實相與空相，可見與不可見並體孿生，虛實彼此相生，陰陽來去相盪。河流山泉之陰柔反襯日出陽剛聲音，專注傾聽——太陽能量的呼息聲、地軸轉動的叫喚聲、宇宙磁場的吐納聲——是身體之超覺體驗而非感官之知覺聽聞。〈日出〉是一首頌歌，啟動萬物生生不息之大合唱，人與天地滋生親密的連結感，生命得到沐浴與啟迪。詩性召喚沙沙作響，萬物呼應精神提昇，此之謂詩的整體性價值。

〈立在河流〉節選　1987.6.24

立在河流我們沐浴以手指交互撫摸。／這語言真摯如詩，失去年齡。／我們交互戴好頭盔。／我們交互穿好蟒紋服。／我們重新上路。／請從腰臀曲直識別我們的性屬。／前面還有好流水。

〈一隻鴿子〉　1989.6.17

一隻鴿子惦記著另一隻鴿子。／曠野有一隻鴿子如一本受傷的書，／潔白的羽毛潔如書頁從此被風翻閱，／潔如一爐純淨的火。／而她安詳的雙眼已為陰翳完全蒙蔽。／太陽黯淡了。有一隻鴿子還在惦記著／另一隻鴿子。在不醒的夢裡／曠野有一隻鴿子惦記著另一隻小白鴿。

　　〈立在河流〉是理想主義者的一幅想像圖繪，對伊甸園之憧憬。儘管歲月之流、歷史之流滔滔不絕逝者如斯，「一方偎倚自然的理想人文世界」對詩人而言仍舊是引人遐思的烏托邦。理想主義者之夢在「六四事件」後書寫的〈一隻鴿子〉裡潰敗為「不醒的夢」，生命的熱情只剩餘燼。惦記，一方面是懷念與認同死者，另一方面人文化成的世間與天機圓成的自然正式斷裂，人被永恆拋擲在自為造作的社會中。〈一隻鴿子〉是昌耀詩前後期的轉捩點，前期寫作富藏人心與天心相勾連之美；後期寫作更多品味社會生活之輾轉折磨，民族在慟饗苦難時連天地也備受煎熬。堅持理想主義者的信仰與理想主義者為信仰而受難，這是作為時代詩人的昌耀難以蛻改也不願逃脫的命運。

〈紫金冠〉　　1990.1.12

我不能描摹出的一種完美是紫金冠。
我喜悅。如果有神啟而我不假思索道出的
正是紫金冠。我行走在狼荒之地的第七天
仆臥津渡而首先看到的希望之星是紫金冠。
當熱夜以漫長的痙攣觸殺我九歲的生命力
我在昏熱中向壁承飲到的那股沁涼是紫金冠。
當白晝透出花環。當不戰而勝，與劍柄垂直
而婀娜相交的月桂投影正是不凋的紫金冠。
我不學而能的人性覺醒是紫金冠。
我無慮被人劫掠的祕藏只有紫金冠。
不可窮盡的高峻或冷寂唯有紫金冠。

「紫金冠」是人文精神的象徵，來自對整體性價值的形象思維。「紫」、「金」、「冠」三個字都帶有「極」的涵義，光譜之極，金屬之極，榮耀之極。〈紫金冠〉包藏了崇高、拯救、醒覺、淬鍊、永在、不可窮盡等高昂思想，〈紫金冠〉賦有極內在、極超越之精神冠冕象徵義。紫金冠高懸在人文世界的峰頂，為混濁人世閃耀一點觸痛良心的明光；紫金冠也祕藏在人性深處，時時啟示不學而能的良知覺醒。

〈紫金冠〉與〈立在河流〉有共通語境，自信的肯定句型，斷句明確。〈紫金冠〉意象繁複，精神實體卻單純，如果不能與詩精神相應，耽溺意義闡釋終究迷失於文字相。文字是精神能量之波流與光芒，詩是運動中的生命體與精神召喚，誠意交談始與詩境感通，「交談」意味讀者的內心也在經歷創造之艱難。

一行詩來自何處？一首詩來自何處？一行詩來自詩之鋒刃迎面一刀劈裂，詩之肌理裸裎；一首詩來自詩之鋒刃迎面一刀劈裂，身心奧義開顯。一行詩蘊藏一首詩的基本韻律，一首詩映照全體詩篇的根本場域。從一首詩洞觀一世界，〈紫金冠〉呼應信仰之根本，可見生命的更高處還有不可見之生命。

　　詩的「整體性價值」喻義詩所開鑿的不是片面的、狹隘的價值觀，而是整全的、開放性的價值場域。「好比一方折疊復又打開的金箔，見到幾滴沉重的奶汁濺落其上。……那是一種去偽存真，去蕪取精的方式。那是一種潔身自許的純淨。那是一方以聲光折疊而成的純白手帕。幽渺的馨香只由高貴的聽覺合成。」〈純粹美之模擬〉彷彿空間精神在建築它自身，超越個別殊異之美而直筆美之全體。

　　詩的經驗絕非一般性的審美經驗，參照〈降雪·孕雪〉開端：「恕我狂言：孕育一個降雪過程，必是以蒸蒸眾民為孕婦，攝魂奪魄，使之焦慮、消渴、瞳子無光，極盡心力交瘁。」，「而雪降的前夜，又必是使蒸蒸眾民為之成為臨盆的產婦，為難產受盡煎熬，而至終於感受到雪之既降時的大歡喜。」詩的經驗攝魂奪魄，過程受盡煎熬，又讓經驗者感受到創造的大歡喜。

　　詩的「決定性經驗」表達：經驗創造標的之同時轉化了創作者，生命被決定性經驗變化革新。昌耀寫於 1997 年的〈告喻〉詩章即如此令人心魂震驚。〈告喻〉距離寫於 1956 年的〈鷹·雪·牧人〉相隔超過四十年，此時天心不但悠邈不可見聞，人文更是破碎成物欲沼澤。歷史現實展現了雙重斷裂：文化傳統與現代意識之斷裂（〈深巷·軒車寶馬·傷逝〉「只餘隔代的荒誕，而感覺自己是漏網之魚」）、身體實存與生命虛無之斷裂（〈時間客店〉「他們為『時間』的修復甚至於不願捐獻出哪怕一根繩

頭」），層層斷裂粉碎了倫理關係真誠信靠的根本信仰（整體性價值）。「當革命擊碎革命者的頭顱」之時代場景戰戰兢兢引退，緊接著上場的戲劇必然就是狂亂的愛與愛之叛逃。詩人以其詩歌的決定性經驗，以其一生經驗的決定性瞬間，告喻我們信仰的可能性及其艱難。

〈告喻〉　1997.6.19

　　一種告喻讓我享用終身：僅有愛，還並不能夠得到幸福。深邃的思維空間有無量的燭光掀動，那並不能成為吸引年輕人前去的賭場。我想起雨季氾濫的沼澤。懷著從未有過的清醒與自信，我終於信服於一種告喻：僅有愛還並不能夠……幸福。

　　我已習慣準時站在黎明的操場靜候天堂之門為我傾灑一片聖光。我已多次讚美靈魂潔淨的賜與，那是你們孩童的無伴奏合唱。純粹的童聲，芳馨無比。

　　我已講述擊碎頭殼的暴食。
　　我再講述揭去齒冠後的牙腔朗如水晶杯。
　　暴飲吧，狂怒者，我願將你豎立的怒髮看作一炷煙燧。是觀念的反叛。是靈魂的起義。

　　而僅僅有恨也並不能夠……幸福。

二、以聖徒之心探尋所來處與更高處

昌耀詩，寶藏「初」的詩歌場氣息。「初」關涉所來處與更高處，昌耀如何以聖徒之心感思「初」的神聖涵義，將「詩」化作一方聖域？昌耀詩的整體文化圖像中，詩篇和土地家園、文化傳統、美之原始、聖潔精神如何架構連結關係？與昌耀詩的第二次對談，將從充滿聖啟之光的詩歌場域，探溯「初」的各種人文蘊含。

詩人以聖徒之心，溯源所來處，仰望更高處，相信「詩」是一方聖域。朝聖，以淨穆身體向聖地朝覲；或以虔敬之心，將環繞身體的此時此在皆化育／充盈著神聖光輝。詩人感應心念之初的氣息，並在身體中召喚一完整場域與之對應；心念之初的氣息，謂之「主」，身體的完整場域，謂之「體」，主體連結而滿懷決心與願景，詩之氣息方能上揚與天接應。昌耀的詩，以聖徒之心感思「初」的神聖涵義，將個體意識連結上超越意識，以文字召喚孕育萬物的生命原鄉，吐露雪鄉思慕。

〈雪鄉〉　　1983.6.28-10.8

那時，冰花在孕育。
桃紅也同時在孕育。

不要偷覷：深山
有一個自古不曾撒網的湖。
湖面以銀光鍍滿魚的圖形。

山頂有一個披戴紫外光的民族：
　　——有我之伊人。

　　冰花與桃紅之孕育，來自充盈生之契機的天地之心，啟動天機玄運，萬物因之生生不息。鍍滿神祕圖騰的聖潔豐美之湖，象徵生命始源之地，人之「所來處」。對人之所來處的追思，使詩人渴慕與孕育伊人之神聖場域產生連結，恍如神話般，與天心親近而懷抱愛情。〈雪鄉〉一詩來自「初」的召喚，渴望接近神聖之源，雪鄉思慕的對象是天地「孕生」之奧義。

　　昌耀詩寶藏「初」的詩歌場特徵。初，一方面懷抱所來處：土地家園、文化傳統；所來處奠定生存根基，人在人間的皈依處。一方面關涉更高處：美之原始、聖潔精神；更高處流貫超越意識，人與無始以來的存有之光素面相親。這些命題深刻涉入：人與人文場域、自然環境的親密連結，構成了昌耀詩充盈聖啟之光的詩歌空間。

　　1982年的〈春潮：她的夢一般的讚美詩〉乃昌耀描繪藏族生活氣息的組詩〈雪、土伯特女人和她的男人及三個孩子之歌〉（共五首）開篇之作，一首迎接春天的讚美詩。與「初」連結的詩歌場，處處洋溢著生活之芬芳——

　　西羌雪域。除夕。
　　一個土伯特女人立在雪花雕琢的視窗，
　　和她的瘦丈夫、她的三個孩子
　　同聲合唱著一首古歌：

　　——咕得爾咕，拉風匣，

鍋裡煮了個羊肋巴⋯⋯

是那麼忘情的夢一般的
讚美詩呵——
咕得爾咕，拉風匣，
鍋裡煮了個羊肋巴，
房上站著個朵沒牙⋯⋯

那一夕，九九八十一層地下室洶湧的
春潮和土伯特古謠曲洗亮了這間
封凍的玻璃窗。我看到冰山從這紅塵崩潰，
幻變五色的山樹枝由漫漶消融而至滴瀝。
那一夕太陽剛剛落山，
雪堆下面的童子雞就開始
司晨了。

　　《禮記・月令》：「天氣下降，地氣上騰，天地和同，草
木萌動。」當春神降臨之際：「房上站著個朵沒牙」，地氣與人
心也迅速變化呼應——「九九八十一層地下室洶湧的／春潮和土
伯特古謠曲洗亮了這間／封凍的玻璃窗。」春潮洶湧瀰漫了天地，
連「童子雞」也迫不及待迎接春之降臨：一元復始，萬象更新。
這是昌耀（一個瘦丈夫）寫給他的藏族家人，一首迎接季節之
「初」，猶如古謠曲般樸素的讚美詩。「土伯特／圖博」，藏地
稱謂。
　　〈雪鄉〉中猶如聖女之伊人，〈鷹・雪・牧人〉中裸臂的
牧人聖徒般的儀式，〈草原初章〉中投奔夜色的處女，〈春潮：

她的夢一般的讚美詩〉童子雞司晨，在在彰顯了昌耀詩篇從「初」的感思中透發出來的神聖訊息。「初」是孕育生命之根基，現代人早因身心麻木靈光消逝而遺忘殆盡。

　　昌耀青年時期自願來到青海僻地墾荒，無畏高原冰寒的艱辛生活，豈料受政治迫害長期歷盡折磨，唯有當地藏族牧民敢以善心款待；乃以人子之謙卑寫就詩章，願望連結孕育生命的神聖場域，用詩傳遞感恩之心與人性之光。「他已屬於那一方天空。／他已屬於那一方熱土。／他應是那裡的一個沒有王笏的侍臣。」（〈慈航・極樂界〉）

　　昌耀富有藏地特徵的重要詩篇，應屬 1981 年〈慈航〉與1984 年〈青藏高原的形體〉兩大組詩。〈慈航〉亦蘊蓄著「初」之涵義，「在那樣一個年代裡，靈魂可能比肉體更需要一個安居的地方。所以我寫的是靈魂的棲所。」（昌耀〈答記者張曉穎問〉）

　　　〈慈航〉節選　　1980.2.9-1981.6.25

　　　　於是，她赧然一笑，
　　　　從花徑召回巡守的家犬，
　　　　將紅綃拉過肩頭，
　　　　向這不速之客暗示：

　　　　——那麼，
　　　　把我的鞍轡送給你呢
　　　　　　　　　　好不好？
　　　　把我的馬駒送給你呢
　　　　　　　　　　好不好？

把我的帳幕送給你呢

　　　　　好不好？

把我的香草送給你呢

　　　　　好不好？……

美呵，——

黃昏裡放射的銀耳環，

人類良知的最古老的戰利品！

是的，在善惡的角力中

愛的繁衍與生殖

比死亡的戕殘更古老、

更勇武百倍！

　　〈慈航〉組詩共十二首，上引為第七首（標題慈航）。組詩起筆於 1980 年 2 月，昌耀方才脫掉「右派」帽子的精神桎梏，頗有以詩澄明心志之意。組詩最後一首〈極樂界〉關鍵性的一行：「聽一次失道者敗北的消息」，隱約傳達詩人心靈底層的聲音，「失道者」隱喻執政者倒行逆施失去民心。

　　「初」除了孕育開端義，尚有基礎根本義。生命原鄉在人間的落腳處是「家」，是生存不可取代之基石，家之安然溫暖召喚每一個離家的遊子，召喚田野鄉途中分擔人類勞動步履艱辛的黃牛。〈在山谷：鄉途〉傳達勞動者的人性情感，感念土地無私的承載：

〈在山谷：鄉途〉　1982.8.14

在山谷，傾聽薄暮如縷的
細語。激動得顫慄了。為著
這柔情，因之風裡雨裡
有寧可老死於鄉途的
黃牛。

　　薄暮特有的緩慢傾斜的波光，使天地的顏色更顯柔和，萬物
迴響著幽微細緻如清溪般的聲響，彷彿家園中的溫馨交談；天穹
地野間，夕照燦爛如黃金，瞬間溫暖了人與人之間的胸膛，彼此
關懷之情油然滋生。倦鳥歸巢罷！請將飛行的羽翼掉轉往家園滑
翔，孩子們奔跑在回家的路上，心頭夢想點滴匯聚——

感覺到天野之極，輝煌的幕屏
遊牧民的半輪純金之弓弩快將燃沒，
而我如醉的腿腳也愈來愈沉重了：
走向山谷深處——松林間
似有簌簌羽翼剪越溪流境空，
追逐而過：是一群正在夢中飛行的
孩子？……

前方灶頭
有我的黃銅茶炊。

　　〈在山谷：鄉途〉流淌著家園與個人間親密融洽的情態，人

賦予「家」一份凝聚人情、舒展人性的包容感；「家」是一個有機生命體，一個使人類消解生存艱辛、安頓身心的地上居所。詩篇最後聚焦於始終熱暖的「灶頭」，它不息地提供生存的溫度，召喚人性還鄉。〈在山谷：鄉途〉提點的「家」是滋養人性的詩意居所，也是存有的根基；〈深巷・軒車寶馬・傷逝〉探尋另一種「初」的涵義，為傳統的人文精神造像。

〈深巷・軒車寶馬・傷逝〉　1994.9.25-10.6

　　無盡的深巷，綠苔斑駁的泥牆一如夾峙其間的綠苔斑駁的土路，我驚異植根於深古的這種先聲奪人的寂寞：我站立在巷口已先自有了一種身心的肅敬。

　　無盡的深巷，而且是窄窄的。

　　我驚異於這條無盡的深巷究竟通往何處，而且還能通往何處。沒有一個人影。

　　我窺望在巷口，彷彿止步於歲月之間的一座斷崖，有一種蒼茫感。

　　但我憑直覺感覺到在巷底深處有一種門庭夾峙下的隆重：一乘寶馬軒車徐徐向前駛出，然而又永遠不得駛出。簾子後面端坐著一位稱作「士」的人物。

　　是以我感慨於立於時間斷層的跨世紀的壯士總有莫可名狀之悲哀：前不遇古人，後無繼者，既沒有可托生死的愛侶，更沒有一擲頭顱可與之衝殺拼搏的仇敵，只餘隔代的荒誕，而感覺自己是漏網之魚似的苟活者。

〈深巷・軒車寶馬・傷逝〉流露一股傳統人文精神浩瀚吞

吐之氣，「植根於深古的先聲奪人的寂寞」，先聲者，無盡的深巷傳播出靜默、浩蕩、無窮的氣息，吞吐窺望在巷口的詩人。奪人者，奪人魂魄之意，使窺望者身心肅然敬畏而生蒼茫之感觸。「門庭夾峙下的隆重」，門庭夾峙者，精神高聳之人文圖像。在莊重而肅穆的恭敬護衛之通道中，顯現「一乘寶馬軒車」與「一位稱作『士』的人物」。「士不可以不弘毅，任重而道遠」（《論語·泰伯》），士作為傳統人文精神之護持者，在現代社會中唯剩寂然莊嚴之幻影，唯剩古典的人文圖象而已，永遠不得駛出歷史的深巷。

「一座斷崖」隔開傳統與現代，而使跨世紀的壯士懷抱先行者孤絕之悲哀。「士」乃傳統人文精神之繼承者與實踐者，但尊道崇德的人文性情在追索名利權位的現代社會難以為繼，而引發詩人孤獨苟活之傷逝感；不是傷感「小我」堅持理念之精神孤絕，而是傷懷「大我」崇高精神畢竟無法跨越時代斷層而開疆闢土。然詩人已為文化傳統樹立一座當代詩性典範，綠苔斑駁而氣勢綿長之精神脈動環繞在字裡行間，似乎隨時可衝破文字的柵欄奔馳進當代人心靈最深處。文化傳統也蘊含「初」的基礎根本義，是詩人念茲在茲的文明核心價值。

〈純粹美之模擬〉　　1994.10.2

那是一種悠長的爆炸。但絕無硝煙。因之也不見火耀。但我感覺那聲響具足藍色冷光。

那是一種破裂。但卻是在空際間歇性地進行著，因之有著撕碎宇宙般的延展、邃深。

是一種冷爆炸，立體之節奏清脆得稜角分明，於是感

覺到那切開的裂痕是豐滿的肉色了。

詩題「純粹美之模擬」，「純粹美」不是特定類型的美，而是美自身；「模擬」不是解析而是再現，探求美之為美的特徵與內質，從與美交融感應中重現美的聲響、光澤、氣息、動作等美的構造因素。「悠長的爆炸」不是美的表象，而是觸發美的瞬間，心靈感應到俱足藍色冷光的悠長顫動，這是對美之生發的知覺想像。美之綻現粉碎著既定宇宙秩序，在空際無限邃深地延展著自身，美之波動節奏鮮明，而被美之波動所衝擊的界面則如溫柔可觸之肌膚般被美雕塑著……

好比一方折疊復又打開的金箔，見到幾滴沉重的奶汁濺落其上。
啊，我感覺那是天堂裡的藝術家按照一種獨出心裁的構思，將一摞白瓷盤三三兩兩疏朗有致地摔碎在玉石大廳從而伴生的音質樣本，有一種凌厲中的整肅，有一種粉碎中的完美。有著一種如水的清醒。

美的音色不是視覺上可以獲致的簡單印象，美是一種詩意迴響，是纏繞於身心而使身心全體豁然洞開的光芒，猶如黃金大海之微波上滴落幾滴醇白奶汁，心靈閃耀的珍貴時光；猶如墨綠玉石地板上疏朗有緻地摔碎白瓷盤，感官知覺的無盡跌宕。美不是樂器可以演奏的音響，也不是聽覺的形象轉換能聚焦。文本詩意迴響的重心不是具體聲響構造的旋律，而是音質樣本中傳達的聲音質地所觸動的知覺迴盪與心靈想像。「如水的清醒」是純粹美對心靈之洗滌與開啟；美是榮耀，不是誘惑……

那是一種去偽存真，去蕪取菁的方式。那是一種潔身自許的純淨。

　　那是一方以聲光折疊而成的純白手帕。幽渺的馨香只由高貴的聽覺合成。

　美是知覺的淬鍊與統整，美將感官與心靈匯整於詩的統一場中，並轉化為思想，美的覺知因之加疊了人文思維景觀，「潔身自許的純淨」是思想由於美之引導而產生雙向作用力：純淨了心靈直覺，精粹了美感經驗。〈純粹美之模擬〉深入探測，實乃「詩之禮讚」。「一方以聲光折疊而成的純白手帕」所發散的詩意迴響終究只能由心靈冥想來體驗與印證，不是感覺與思維向度能夠直接標定。將美的本質對應於心之初萌的純淨，此乃美之為美所以歷歷分明的緣故。「初」，既是所來處，又因納涵開端義之極內在本質，故能抵達更高處之超越境界。

　「詩，自然也可看作是一種『空間結構』，但我更願將詩視作氣質、意緒、靈氣的流動，乃至一種單純的節律。但那元始的詩意應早在人類紀元開創之初就已在那裡流動裕如了，有太初的透明、天真、單純，隨後相當的歷史沉積使其變得龐雜斑駁，而多給人雄渾、穆武、壯烈感受──我作如此理解的詩，實質上是一部大自然與人交合的『無標題音樂』，我們僅可有幸得其一份氣韻而已。」（昌耀〈我的詩學觀〉節選 1985.11.5）

　　〈故居〉　1990.1.9

　　故居已老如古陶。世界闃然。
　　內室清明，窗玻璃貼滿眼睛。

天花板有飛鳥迷途。

門樞不時膏注傳奇免生蠹蟲。

樓道腳蹤迤邐如船隊穿梭海峽。

青草地點燃新月雞鳴照亮篝火。

簷滴溢滿幾代隱身人的夢戲。

掛在老地方。秒針仍在叩動過去時。

我嘲弄過時間螺螄殼兒。

我為自己在一根扁擔安身曾反覆論證。

我曾以草繩圖謀吊斷自己的後頸。

有過三娘教子，九節鞭抽殺傍晚。

而火警與花盆同時留下懸念。

老鄰居的容貌已記不太真切。

最近有人告訴我歿的已歿，走的已走。

來的已來，生的已生，活的尚還活著。

我哭了。無疑我們都將是隱身人，

故居才是我們共有的肌肉。

柔腸寸斷。你才明白柔腸寸斷。

「無疑我們都將是隱身人，故居才是我們共有的肌肉。」本詩將家的觀念推擴為故居：傳統家園，再外延為我們所共有的家國，一個因為反覆階級鬥爭而柔腸寸斷的家國。

〈故居〉是昌耀詩文中少數直接觸及歷史情境的文本，寫於1990 年 1 月 9 日，名篇〈大山的囚徒〉寫定日期為 1979 年 11 月 23 日，〈告喻〉則寫於 1997 年 6 月 19 日，三件文本呈現三個不同的時代語境。「我是大山的囚徒。／六千個黃昏，／不堪折磨的形骸，／始終／拖著精神的無形鎖鏈」。〈大山的囚徒〉長

達三百四十八行，詩篇重心在於個人遭遇之訟理與訴情；詩人在1957年「反右運動」中因詩作被誣為反黨毒草受到二十二年的勞改懲處，1979年以詩回顧。〈故居〉寫於1989年「六四事件」後，詩中觸探的時代命題比較複雜，包括運動、檢舉、勞改、下放、大字報、批鬥場景等皆以隱喻模式呈現，似乎「文化大革命」的無形鎖鏈仍然牢不可破地烙印在詩人身上。1997年〈告喻〉一詩，面對物質猖獗精神沉淪的世紀末景觀，昌耀以超越愛恨的聖潔信仰渴望得到救贖，〈告喻〉本身即是一篇時代禱詞。

明白〈故居〉乃詩人對時代悲劇場景的宏觀回顧（溯源所來處），有助於理解三天之後書寫的〈紫金冠〉，詩人內心對精神重建的迫切渴望與堅定意志（仰望更高處）。

三、昌耀詩的生態詩學景觀

在昌耀詩的寫作歷程中，詩人、詩篇與生存環境之間綿密的連結感，呈現一幅完整的「生態詩學」景觀；在生態詩學景觀中，詩是身心安然之居所，召喚整全的「人」誕生於文字中，落實了「無蔽」的存有與「原初」之回歸。詩既是生命的「本真意識」之開顯，又是一個以「全息形態」對應宇宙的廣闊天地。生態詩學是具有「開放場」特徵的人文生態網絡：一首詩，其底層必扎根於廣闊深厚之文化傳統；一首詩，其視野必超越小我之觀想而涵蓋乾坤。與昌耀詩的第三次對談，探索生態詩學開放與連結之五種詩學層相。

什麼是生命主體中不可熄滅的光？身體中不可缺席之慾望？什麼聲音必須斷然從喉嚨中被歌詠？什麼遮蔽了不可遮蔽者，詩必須疾聲說「不」！「詩」是文字的愛與死，賦予文字捍衛生命

尊嚴，追求心靈自由的勇氣，抵抗濁惡死恨對生命的無情壓迫。在開放性的詩歌場中，「身體」是絕對的在場證明，「昌耀」活著，即是文明核心價值的守護與歷史真相的深刻見證。

　　語言是一種「解釋」現象的工具與方法，詩則是通過語言的創造性重構與身體的詩化過程，突穿隔著語言中介解釋現象的侷限，召喚現象之體驗朗朗現前，直接「觸摸」現象自身。詩的開放場過程，首先是拆解語言符碼約定俗成的概念化牢籠，而進行修辭性的文學變形，程式化的身體被賦予造型功能的解釋現象的能力，而蛻變為解釋性的身體；詩的原生性能量與願景和解釋性身體進行更深層對話，再度摧毀語言符碼的修辭陣地，催生「語言的詩」之創生與身體的「詩意轉化」。詩的開放場特徵為，充實著「語言的詩」和「詩化身體」之能量與願景之詩歌場；詩、語言、身體三位一體，相生相盪，息息相關。在詩的開放場中語言符碼徹底轉化為詩的符碼，使詩篇中的語言產生開放與連結之動能，煥發跨越時空界域之詩意迴響；而詩人因承擔詩歌空間之創造性重整，身體也同步砥礪而開展。詩是一朵身體的蓮花，語言是花瓣。

　　開放與連結之動能使詩歌場形成一個有機生成，互為主體之對話場域；開放場無蔽、原初、變化之精神特質，開啟「詩」無端、無終始、無盡藏之大美。相對於語言場是現實指涉與現象詮釋的框定性容器，詩歌場詩意地言說像似夢境中的花朵含苞待放的想像歷程，故詩之生發、運動與影響不知其所來之，取之不盡來之無窮。具備生態詩學特徵之文本，詩歌空間輻射五種詩學層相：詩－詩人，語言符號－文化空間，人文－自然，詩－思想，詩文本－闡釋文本，彼此相生相應。昌耀文本的詩歌空間及其詩意迴響，完備五種開放連結之生態詩學景觀。例舉詩篇分享體驗：

〈降雪‧孕雪〉　1993.1.1晨光之中

恕我狂言：孕育一個降雪過程，必是以蒸蒸眾民為孕婦，攝魂奪魄，使之焦慮、消渴、瞳子無光，極盡心力交瘁。

而雪降的前夜，又必是使蒸蒸眾民為之成為臨盆的產婦，為難產受盡煎熬，而至終於感受到雪之既降時的大歡喜。

我就這樣臥床不起了，不絕呻吟，仰望窗牖喃喃期盼：此夜太長太苦，天為何還不見亮？為何天還不見亮呢？迷瞪瞪昏死過去，一忽兒醒轉，天仍是不亮，實苦不堪受。當迷瞪瞪忽又昏死過去，不知過了幾個時辰一覺醒來，天已透明，感到身心竟有無比輕鬆。奔到窗邊揭開布簾朝外一望：啊，果不然麼，到底是雪降了。胖胖的雪體袒陳四處正在酣眠之中，有著長途奔波抵達終點後的那般安祥。外界正是如此寧靜、甜潤而美。一切的一切都與昨日截然有別，且塗有一層富貴鄉的溫柔。於是，我以一個男子而得分娩後的母親才能有的幸福感受，心想，前此有過的種種磨難或不適對於生機總或是必須的吧，這個情債支付的人生也是永世的輪迴吧。

雪孕是一件必行而艱難的事。

我自當逐一去體驗我本應體驗的一切。

〈降雪‧孕雪〉的詩歌空間構造是將天氣流變、大地苦難與個人磨練，三方交疊在孕雪降雪的過程中，天、地、人聚合成統一的能量場；在「雪」的詩意迴響召喚下，再現天地與生民本

為生命共同體之親密和諧關係。天將降雪時刻的壓抑氣象與詩人身心之焦慮困頓，藉著孕雪／降雪過程而解脫釋放，天人同步孕育，共同澡雪而精神昇華。詩人依詩意連結之道創造詩篇，開啟生命轉化的契機，「詩－詩人」相依為命，因「雪孕」受盡煎熬，復因「雪降」獲得身心歡喜。

〈時間客店〉節選　1996.5.18

此時，店堂伙計、老闆與食客也同時圍攏過來，學著那位婦女的口吻齊聲問我：「時間——開始了嗎？」他們的眼睛賊亮，有如荒原之夜群狼眼睛中逼近的磷火。未免太做作、太近似表演。我心想。其實，我幾已怒不可遏了。

「夠了，」我終於喝斥道：「你們這些坐享其成者，為時間的開始又真正做出過任何有益的貢獻麼？其實，你們寧可讓時間死去，拔一毛利天下而不為。」我發覺自己的眼睛充盈著淚水。是的，沒有人幫助我。我的料想沒錯，儘管圍觀者覺得「時間」與他們有關，表現出異乎尋常的焦灼或關心，但他們為「時間」的修復甚至於不願捐獻出哪怕一根繩頭，——譬如我曾暗示客店老闆，請准許從其懸掛在門楣的索狀珠簾中只是讓我任意抽取一根。我終究未能、也無能補齊「時間」材料，哪怕只是採用「代用品」。我流淚了。如此孤獨。

人是一種有著致命弱點的動物。

而這時，我發現等候我作答的那位女子已不知在何時辰悄然離去，這意味著機會的全盤失卻。機會不存，時間何為？或者，時間未置，機會何喻？我痛心疾首。幸好，

當此之時，我已從痛楚之中猛然覺醒，蒸汽瀰漫的店堂、人眾以及懸掛在梁柱吊鉤的鮮牛肉也即全部消失。時間何異？機會何異？過客何異？客店何異？沉淪與得救又何異？從一扇門走進另一扇門，忽忽然而已。但是，真實的淚水還停留在我的嘴角。

〈時間客店〉藉著語言符號籌劃幾個角色：老闆、伙計、食客、女子、詩人，設定主要物件：形如壁掛編織物的時間、懸掛門楣的索狀珠簾，構造出一個象徵性文化空間：時間客店。本詩從探問時間意識入手，求索存有場域中的實存與虛無現象，以語言符碼之互動連結，投射出一座因為生存異化而淪喪存有基礎的時間劇場。時間的象徵性蘊義已丟失的人間生活，沉淪與得救率皆了無生趣，忽忽然生命飛逝，我們只是時間的陌生過客，不能為虛無的存在添置一點生機。

在〈時間客店〉蒼茫的詩歌場中語言符號經過了詩意轉化：「請准許……讓我任意抽取一根。我終究未能」。然而時間客店中瀰漫著深沉的悲涼，又回頭修正了語言意向，而使詩人醒轉：「我已從痛楚之中猛然覺醒，……懸掛在梁柱吊鉤的鮮牛肉也即全部消失。」「語言符號－文化空間」彼此參照、相互嵌印；語言符號映現文化空間，而時間劇場也扭轉語言意向。

〈立在河流〉　1987.6.24

立在河流
我們沐浴以手指交互撫摸
儀如綠色草原交頸默立的馬群

以唇齒為對方梳整肩領長鬣。

不要擔心花朵頹敗：
在無惑的本真
父與子的肌體同等潤澤，
茉莉花環在母女一式豐腴的頸項佩戴。

立在河流我們沐浴以手指交互撫摸。
這語言真摯如詩，失去年齡。
我們交互戴好頭盔。
我們交互穿好蟒紋服。
我們重新上路。
請從腰臀曲直識別我們的性屬。
前面還有好流水。

〈立在河流〉詩歌空間構造的重點在於「人文－自然」交融互涉，全詩彷彿以長鏡頭窺望之伊甸園景象，人如同野馬野花般被擁懷在悠揚山水中，自然之豐美潤澤與人文之和諧純真，被融匯成一幅相互編織的太古圖畫。是的！在詩人意識裡，自然靜潤如斯！人文靜潤如斯！歲月流水靜穆安然如斯！這是永恆迴響著「本真」信息的浩蕩遼闊的「太初」詩章。

詩與思想之瞬間轉換，在〈與蟒蛇對吻的小男孩〉一詩展現怵目驚心的示範。本詩的場景是夏日的小鎮街頭，出現了一個脖子盤纏著大蟒的小男孩，彷彿在都市的文明街景中忽然搭架出蠻荒劇場。蟒蛇兼具美麗與危險雙重屬性，極端震盪之詩意迴旋啟動了思想——「那孩子嘬起嘴唇與之對吻作無限之親昵。他微微

啟開圓唇讓對方頭頸逐漸進入自己身體」，蟒蛇滑入喉嚨的詩意瞬間：象徵靈魂之蟒蛇與象徵肉體之男孩展開靈肉交纏之吻，瞬息幻現靈肉合一猶如信仰般的思想。「詩－思想」因相互愛戀無畏地連結；詩意之愛推動了思想共振，而思想凝注亦催生了詩意迴響：

〈與蟒蛇對吻的小男孩〉節選　1994.10.14

感覺到了那種呼喚。那孩子噘起嘴唇與之對吻作無限之親昵。他微微啟開圓唇讓對方頭頸逐漸進入自己身體。人們看到是一種深刻而驚世駭俗的靈與肉的體驗方式。片刻，那男孩因愛戀而光彩奪人的黑眸有了一種超然自足，並以睥睨一切俗物的姿容背轉身去。

啊，少年薩克斯管演奏家的優美造像。

那時，我視這位與蟒蛇對吻的小男孩是立於街頭的少年薩克斯管演奏家了。從這種方式，我感到圓轉的天空因這種呼吸而有了薩克斯管超低音的奏鳴，充溢著生命活力，是人神之諧和、物我之化一、天地之共振，帶著思維的美麗印痕擴散開去。

昌耀詩從時間的縱向變遷來看，突出了一個人靈魂的運動軌跡，一個孤獨的理想主義者無畏地跟隨歷史進程，體驗天人和諧、物我化一的神聖場域，感受時代景觀裡遍地之荒誕與虛無，而完成一部內涵人類經驗結構之探源、包容與拓進，具備史詩視野之靈魂交響詩。昌耀詩的空間橫向拓殖是不間斷的開放與連結，詩歌空間的輻射向度與經驗內涵整全而廣大，形成一整體自足之生

態詩學景觀，契入存有的原初體性，而昭示靈魂無蔽之普世價值。單一視點的現象觀察與詩意言說之整體性透視，交織幻化，而完成一座共榮個人歷史、人文關懷、自然景觀、社會氣象與時代氛圍之精神空間建築。昌耀以聖徒虔敬之心進行靈魂反思，一方面吞吐其感應天心、關懷人文的詩章，成就詩人浩蕩的胸懷；另一方面也因其精神堅持，一生經受難言之世俗憂傷，然詩人以平常心從容應對泰然處之。

昌耀詩，從「初」的詩歌場對文明核心價值之探溯，到生態詩學景觀宏闊的文化圖像，一生行儀磊落堪作時代典範。昌耀詩根植於土地家園、文化傳統、美之原始、聖潔精神，無所藏私於小我，也竭盡心力對文化與族群抱持大愛，詩篇染印了詩人真誠的身心勞動之血汗，堅持精神信仰而輝耀存有之光。

「犄角揚起，／遺世而獨立。／／犄角揚起，／一百頭雄牛，一百九十九支犄角。／一百頭雄牛揚起一百九十九種威猛。／……號手握持那一支折斷的犄角／而呼嗚嗚……／／血酒一樣悲壯。」（〈一百頭雄牛〉）昌耀詩之豪邁坦蕩不言自明，誠摯的語言波流直擊讀者的胸膛。吾更喟嘆「詩文本－闡釋文本」之對話場域中，詩之無邊熱情與人文關懷，歷歷分明映照萬象，常使吾心感受啟蒙之灼燃；乃報答以聖徒志業，將詩篇巖層中的礦脈開採，使之釋放出火焰與光。

長者風範，必將經歷百代而不朽，請聽斯人之獨白：詩人立定天地而胸懷世紀之號召——

〈斯人〉　1985.5.31

靜極——誰的嘆噓？

密西西比河此刻風雨，在那邊攀緣而走。

地球這壁，一人無語獨坐。

四、昌耀簡介

　　昌耀本名王昌耀，1936 年出生湖南省桃源縣。1950 年 4 月三十八軍一一四師在桃源地區招考，少年昌耀瞞著家人去報考，被錄取成為該師文工隊一員，1951 年春隨軍赴朝鮮作戰，1953 年朝鮮前線負傷致殘，傷癒入河北省榮軍中學就讀。1955 年 6 月昌耀高中畢業後響應「開發大西北」號召，赴青海參加墾荒工作，1957 年「我以詩作〈林中試笛〉被打成右派，此後僅得以一『贖罪者』身分輾轉於青海西部荒原從事農墾，至 1979 年春全國貫徹落實中央『54 號文件』精神始得解放。」（《昌耀的詩》昌耀後記），「這是一個對於我的生活觀念、文學觀念發生重大影響的時期。我以肉體與靈魂體驗的雙重痛苦，感悟了自己的真實處境與生存的意義。」（昌耀〈一份「業務自傳」〉）

　　昌耀大伯父王其梅，1933 年加入共產黨，是 1935 年北京「一二・九」學生運動組織者之一；解放後擔任西藏黨委書記處書記、政協副主席，1967 年文革中以西藏自治區最大「走資派」被嚴酷摧殘致死。昌耀父親王其桂，1937 年去山西薄一波領導的抗日決死隊任指導員，後赴延安抗日軍政大學就讀，1951 年年初「土改運動」中因家族祖產問題被批鬥，逃到北京五弟處避難，自首後判兩年刑期送勞改，文革期間在興凱湖上勞動時落水自溺。昌耀母親吳先譽，王其桂被判刑後她獨自面對鄉民羞辱，從自家二樓跳樓尋死，痛苦地殘活到 1951 年秋天才斷氣。

　　2000 年 3 月 23 日清晨，昌耀不堪忍受肺癌的痛苦侵襲，從

醫院三樓的陽臺朝曙光縱身一躍，結束他命運顛沛卻精神昂揚的一生。生前出版詩集：《命運之書》、《一個挑戰的旅行者步行在上帝的沙盤》、《昌耀的詩》；2000 年 7 月《昌耀詩文總集》倉促出版，2010 年 10 月《昌耀詩文總集》（增編版）問世。

【參考文獻】

昌耀，《昌耀詩文總集》（西寧：青海人民出版社，2000 年）

昌耀著；燎原、班果增編，《昌耀詩文總集》（增編版）（北京：作家出版社，2010 年）

燎原，《昌耀評傳》，（北京：人民文學出版社，2008 年）

第十章【胡寬（1952-1995）】
胡寬，自由鏡像中的受虐者

> 　　未來是什麼呢土撥鼠滿懷信心地說未來就是大地上豎立一根
> 木頭木頭上面插上幾根燒焦了的鵝毛鵝毛上面沾滿了唾沫
>
> 　　　　　　　　　　　　　　——胡寬〈土撥鼠〉，1981年

前言

　　面對胡寬的詩是一件艱難挑戰，即使撥弄〈土撥鼠〉幾根弦，都要有承受大鳴大放大破大立的心理準備。土撥鼠的心理向來很猥瑣，「土撥鼠在陰暗的地窖裡浮想聯翩」，土撥鼠居然神通廣大，「土撥鼠利用大熊星座和巨蟹座之間的矛盾招搖撞騙挑撥離間坐收漁人之利」。捫心自問一下，你是土撥鼠嗎？

> 　　你迫不及待地往嘴裡塞了一塊糖匆忙之中連糖紙都沒有剝
> ／戈壁灘被太陽漆得黑黝黝的／山巒上鑴刻著「人面獸
> 心」幾個字／50世紀／今天早晨／電話／螢光屏顯示器／
> 快速移動／是T・B・S打來的／你輕輕地吐了一口氣
>
> 　　窗簾外燈光閃爍／蚊子張開了富有性感的嘴唇／寫字檯／
> 日記備忘錄／梁武帝（公元464－公元549）／你撕掉了這
> 一頁／你準備上廁所時當手紙用／你點燃了香菸吸了一口

氣又把菸捻滅了丟進永久牌痰盂裡／你似乎有些沉不住氣了／颶風驟起／牆壁上映出了土撥鼠碩大的身影／你想告訴聯合國教科文組織／土撥鼠盯著你／土撥鼠盯著你／土撥鼠目光炯炯／你也鼓足勇氣盯著土撥鼠／你感覺到了對方冰冷的目光／你心潮起伏／你悔愧難當／你們的曖昧友誼可以追溯到古生代

〈土撥鼠〉的語言策略和文學意圖皆脫離常態，它鄙視無上（梁武帝）的權威與永恆（永久牌痰盂）的泥潭，以不合條理的即興話語，不受制約的語意散射，對規範化與封閉性的社會生活進行嘲諷。「土撥鼠在地鐵車站販賣蟑螂的牙齒／土撥鼠演奏巴赫古典樂曲時竟然響屁連天／土撥鼠寫信時開始結尾總愛文縐縐地寫您好嗎您老保重顯得情意纏綿／土撥鼠躺在森林裡鼾聲如雷／土撥鼠到處發表電視競選演說籠絡人心使很多反對派幡然醒悟紛紛倒向土撥鼠一邊而使土撥鼠在星星王國裡成為多數派／土撥鼠篤信上帝但誰也不知道土撥鼠的上帝是誰……」，長達一百多行以土撥鼠作為主詞的叨絮語，喋喋不休地亂刀斬豆腐。

〈土撥鼠〉是社會和諧假象中的不和諧噪音，它對中心內涵、形式框架這些詩歌文本的基本元素提出挑戰，將加諸在身體／語言／思想上的重重鎖鏈解脫開來，解構隱藏在範式背後的文化教條與社會規章。「土撥鼠」是非法的猥瑣物種，此一核心意象既指涉當代中國的極權政體也嘲諷鄙陋盲動的人民群眾。〈土撥鼠〉對世界與自我進行雙向解構，以堅定的自由意志默默咀嚼「人」的價值與尊嚴，這是胡寬詩歌的核心命題。似曾相識的「碩大的身影」投射在牆上，你盯著牆上的怪異身影發問：「那是誰？」，

不會有人回答你。真奇怪，未來木柱上肥滋滋的「鵝肉」跑哪去了？鵝毛上的「唾沫」又是誰的口涎？

　　胡寬，1952 年出生於四川省重慶市，祖籍湖北，父親是「七月派」詩人胡征（1917-2007）。1955 年 2 月，父因冤案，被迫由部隊轉業到西安作家協會擔任駐會作家。5 月，患麻疹尚未痊癒的胡寬隨其母舉家遷往西安途中又感風寒，併發支氣管哮喘，被此病折磨終生。7 月，父母先後因「胡風反革命集團案」牽連被捕入獄，家被抄，胡寬隨外婆、哥哥、表姨流落西安城外，靠外婆和表姨給人縫補為生。胡寬只讀了六年小學加一年中學就撞上「文化大革命」，此後純屬自我學習。1979 年胡寬開始新詩寫作，為西安新詩開拓者之一。1995 年 10 月 30 日，詩人在旅行訪友時，因哮喘發作搶救無效，猝然去世。胡寬留下近兩百萬字手稿，熱愛他的朋友以罕見的速度集資、編輯，1996 年 7 月出版了《胡寬詩集》這本恢弘巨著。

一、胡寬詩的怪異標題

　　胡寬起筆就處於創作巔峰狀態，一直到絕筆長詩〈受虐者〉，這種情況堪屬奇蹟。胡寬的新詩創作從未正式發表，僅在少數朋友與西安大學生之間傳抄。原因除了籠罩全家長達二十多年的政治陰影之外，胡寬的詩，無論形式面或內涵面都超前時代太多，至少對 1980 年代的共和國新詩而言絕對是實情。猶如先知的胡寬在 1981 年透視的「未來」，恰好是中華人民共和國時時刻刻的現實：一根人民犧牲柱上幾抹中共權貴貪饞的口水。

　　胡寬的詩光看標題就極為怪異，比如〈不是題目的題目的題目〉，詩前題辭：「──為了對付毀謗，心臟和大腦的矛盾，性

機能保持了中立。詩人要出嫁了……卵到了失效期,還指望誰呢?」誰來解開書寫於 1980 年的語言之謎?

> 歲月／最近的情況很糟／已經幹起了投機的勾當／越來越像個／市儈。／飢餓的慾望／鼓動著兩腮／把靈感／咬得遍體鱗傷。／詩歌常常接受賄賂／溜進低級的飯館／大口大口地喝光了／腐爛的菜湯。／我雖然／對這些玩意兒司空見慣／不管是過去和現在,／但有時也會頭腦發昏／趁著五月沒有留意,／便摟著神經的妓女／醉心接受／她那痙攣的乳房的／撞擊。／「等一等」／靈魂從黑黝黝的拐角處閃了出來／臉色鐵青地捏著拳頭／慷慨陳詞／企圖阻止我,／但完全是／徒勞的。／我要去／真理的廁所／參觀發洩／(這還不夠神聖嗎?)／或者是尋找／牢固的歸宿。／每一隻青蛙／都會做出這樣的選擇。

歲月像個投機的「市儈」,詩歌言說裡沁滿了被和諧的「腐爛的菜湯」,每一隻青蛙鑽進心愛的「牢固的歸宿」自得其樂呱呱叫,還日復一日被迫參觀黨的「真理的廁所」。真讓人洩氣!這些景觀居然數十年來一成不變,胡寬有預知未來的能力嗎?「就像深思熟慮的起重機／對中國的問題／非常苦惱。／可下肢卻被捆在／軌道上／只能揮動僵硬的手臂／趕趕天空的蒼蠅。／而死氣沉沉的黃昏／蒙著臭烘烘的被子／照樣昏睡到上午九點鐘。」胡寬的詩可拍成實驗性電影,那隻「深思熟慮的起重機」像個被五花大綁的小丑,每天還在知識分子的腦漿裡晃蕩;從 1949 年一直晃到如今,還要繼續表演多久?但胡寬接著轉換鏡頭:「『血水、血!!!……』／報紙戴著一萬度的近視鏡／氣

急敗壞地宣布／『輕一點／我們可憐的太陽／得了難產症』／世界惶惶不可終日／流星跑來跑去／乞求醫生。」、「難蛋身價百倍地／擊敗了所有的競爭對手／吸著中華牌香菸／進入常委會。／……／可她還是生了／生了一個毫無用處的／肉滾滾的月亮。／一點也不像祖宗。／我，失望極了。」所以嘛！難怪胡寬的題辭要說：「卵到了失效期，還指望誰呢？」孕生出怪胎的民族，未來堪憂。但身為詩人不得不關注未來，「『朝哪裡去呢？』／詩歌／咬牙切齒。／顯然／它想離開我……我的生命／你這又老又醜的少年／嫁到哪裡去呢？」預言出路已被堵死的世紀傷心人，無限悲憫無限絕望！正當人人憧憬著「改革開放」終於啟動，胡寬卻洞察了時代的痼疾。

詩題為什麼是：「不是題目的題目的題目」？題目即「問題」，「問題的問題的問題」，無限溯源地追索問題的根源；但前面加上否定詞「不是」，意思即「無解」，沒辦法解釋當代中國為什麼變成這副德性？毫無意義的現象與本質。一個意識昏昧心靈醜陋精神沉淪的國族，如何能有未來？

胡寬詩的標題、形式與內涵具有怪誕的一致性，它們對應著怪誕的現實；當「今天派」詩人還蒙著眼睛「尋根」，高舉口號「我不相信」的時候，胡寬已經先鋒到看不見背影了。當胡寬洞見狂熱群眾的毛崇拜之荒謬：「土撥鼠從盥洗間裡出來時興高采烈地聲稱自己做了一個罕見的無與倫比的絕代佳夢此夢只屬於天才的思索他的夢價值連城是在盥洗間的馬桶上做的因此盥洗間及馬桶都被作為聖物供人參觀學習供人頂禮膜拜土撥鼠又多次竄回這裡重溫舊夢但效果不佳」，而朦朧詩人們走向全國各地朗誦抒情詩與口號詩。胡寬的悲痛與絕望其來有自：「土撥鼠發現其他的土撥鼠被宰割後剁成了碎片做成肉羹被放進電冰箱感到悲痛欲絕但

後來他飢餓難耐就悄悄地打開電冰箱往肉羹上灑了很多芥末胡椒粉吃得津津有味」（〈土撥鼠〉）。

胡寬如果要配合時代吶喊幾聲，也一向與眾不同。〈漂亮的幾聲吶喊〉，光看標題就令人振奮！「喂，黑夜，聽著：／你這個善於偷懶的傢伙，／你都躲藏在什麼地方呢……」，胡寬也想要跟上時代光明的腳步啊！也想把黑暗找出來，接下來詩人列舉了三十個黑暗可能的藏匿地點：「是在那間被遺棄了的孤寂的工具棚裡，／是在那座滿不在乎的傻呆呆的水塔頂上，／是在那堵神祕的——披掛著綠勳章，驕傲得像個英雄似的土牆後面，／是在誰也無法進去的檔案室的裡間」，「是在遭受鐵輪的踐踏而痛苦地抖動著的軌道上，／是在謙卑地等待著主宰者發號施令的淳樸的皮鞋裡，／是在炫耀著自己的闊綽而精心地算計著每顆沙粒的礦野上，／是在不滿於外部世界而漲紅了脖頸的果酒瓶裡」。上述八個繪聲繪影的地點，各具象徵涵義，而且是具有心理深度的形象。詩之結尾，詩人終於找到黑暗藏身之所：

> 呵，夜，我知道了，知道了／你在這裡，／在我的心臟／我的肺腑／我的這間積滿了歲月的灰爐的斗室，／在那蕩漾著血汁的痰盂裡……／當白晝的長劍刺穿了慌亂的窗櫺的時候，／我就把你／鄭重其事地交給它。

就像無所不在的時代暗夜，黑暗也穿透了詩人的心臟與肺腑，但要喝令「我」交出「心」來，沒那麼容易；除非「當白晝的長劍刺穿了慌亂的窗櫺的時候」，這是一句多麼漂亮的吶喊！「白晝的長劍」，光明被導引進來，「刺穿了慌亂的窗櫺」，極權體制的柵欄被光劍劃開，黑暗夾著尾巴逃逸無蹤。

胡寬摒棄保守持遲鈍的文學修辭，將文字鍛造成鋒利的刀刃；「標題」即詩的臉譜，胡寬詩的標題猶如劍光一閃劃破黑暗：〈H的前言——只要營養跟得上〉、〈1980年8月X日Y時Z分摩天海報：今晚演出超級微型荒誕派影片《銀河界大追捕》〉、〈K・81命名大會……記住〉、〈在旅途中寄給月亮的最後通牒〉、〈W樂章改頭換面的奏鳴曲〉，這些標題不只具有現代感，甚至顯現後現代特徵。但命名無論如何前衛，胡寬的詩不是語言遊戲，它與時代情境殘酷地連鎖在一起。1981年，胡寬就敢於這樣寫，〈別遺忘了被海水吮吸的骨頭〉：

> 兩條鯊魚／在搏鬥／天氣／晴轉多雲／風力Ｖ級／當然／氣候／平庸得很／你這個歹徒／你是大壞蛋滾／它們兩條鯊魚／激烈地／搏鬥著／持續了／很久很久／人們都／熟視無睹／嚼著／罐頭／「鯊魚牌」／準確地說／這些人／也是罐頭／百分之百的／標準／再加無恥／我擦了擦／鎮靜的／嘴巴／眺望著／它們結實的／肌肉／有一會兒還看見它們在黃昏的時候親吻／互相吃著心肝肺和太陽／大海哭了／我不相信她／我不相信大海的眼淚／我也決不對她屈服

> 兩條鯊魚／在搏鬥／它們似乎／非常的／耐心

　　殘酷血腥的時代影像，冷靜精確的政治觀察與歷史判斷。這首詩影射文革結束後鄧小平與華國鋒的政治鬥爭，1981年6月28日華國鋒正式辭去黨主席職務，敗下陣來。鬥爭過程之激烈，胡寬用兩條嗜血鯊魚的搏鬥塑造戲劇場面，對劇場下嚼著「鯊魚

牌」罐頭的群眾也展開批判。「大海」為什麼哭呢？更嚴峻的批判在後頭，「我不相信大海的眼淚／我也決不對她屈服」，鯊魚來自大海來自中國共產黨的栽培，別期望有不嗜血的鯊魚出現。標題早就說出歷史真相：「別遺忘了被海水吮吸的骨頭」。

　　胡寬的詩不但見證歷史、預言歷史，也超越歷史；他毫不留情地深入人性深處，一方面批判統治集團不義的歷史過程，另一方面對民族群性之撻伐也不餘遺力。他以精湛的動態影像與冷靜的反諷語調，構造出蘊含深刻思想與道德批判的時代劇場，輕描淡寫但深入骨髓。1982 年〈腳〉節選：

> 家裡人有腳的並不多／他們習慣於沒有腳的生活／弄不清楚是怎麼從那些碎石、荊棘、泥淖、漫長的年代走過來的／而且繁殖力又是非常驚人／他們討厭我的撐在地面上的這塊筋肉／雖然只是一隻

　　當 1981 年胡寬的詩〈爆炸新聞〉將生存處境描寫為：「到處找不到讓腳舒服的一雙鞋」，隱喻行走之艱難，才隔一年，胡寬已意識到批判的力道不夠徹底，連「腳」都沒有的人民群眾要「鞋子」幹嘛！荒誕之極真實之極。

二、戲劇場景與荒誕意識

　　胡寬的詩具有歷史縱深與宏觀視野，語言和結構皆充滿「荒誕派戲劇」特徵。胡寬 1980 的詩題中即出現「荒誕派影片」的字眼，顯然他對起源於西方的「荒誕派」有過研究。胡寬除了詩歌之外也寫小說、電視電影劇本、實驗戲劇，1980 年寫出【荒誕

劇本《V劇》】（年表記載），1988年與朋友創辦「丘八霧」劇團，導演過此劇。胡寬之母曾短暫任職於中國戲劇家協會，或許對胡寬從事戲劇創作有過影響。胡寬的小說、戲劇，我推測應有強烈的實驗性，如一篇小說命名為〈電話：504932〉，可惜無緣一睹；不知道李震（1963-）在《胡寬詩集》〈詩序〉中指稱的胡寬兩百萬字手稿現在流落何方？

　　「在對不可靠的生活方式之荒誕的諷刺性揭示背後，荒誕派戲劇面臨一層更深的荒誕性——人類在世界上生存狀況本身的荒誕性。」、「荒誕派戲劇家用以對我們正在瓦解的社會進行——主要是本能的、無意識的——批判的手段，立足於使觀眾突然面對一幅關於一個瘋狂世界的怪誕而混亂的圖像，這是一種休克療法。」、「荒誕派戲劇訴諸於觀眾更深層次的心靈，它激發心理活動，釋放並解放隱藏的恐懼和受壓抑的敵對心理。……觀眾由於看到世界已變得荒誕，於是承認這個事實，從而走出同現實妥協的第一步。」（艾斯林〈荒誕的意義〉）我認可艾斯林（Martin Esslin，1919-2002）對「荒誕派戲劇」的定義，但不同意啟蒙意義的普遍性；與現實妥協根深蒂固的民族群性，讓真正的洗心革面變得異常艱難。胡寬詩以荒誕派戲劇的手法進行對社會、族群、文化與歷史的深刻揭示，其初始目標絕非啟蒙群眾而是自我解放，寫下來讓自己心理上好過一點。胡寬是悲劇時代的少數精神倖存者，作為一個清醒的人無法對屍橫遍野的人性沼澤視若無睹，詩人試圖以荒誕化的文字見證歷史真相。

　　〈夕陽下活剝大狗熊〉節選　1985

　　　N在街上遊遊蕩蕩

為置辦婚事他買了很多的晚禮服土豆化妝品老鼠藥指南針避孕套塑膠桌布都塞進挎包裡背在肩膀上

像往常一樣整個地區以及社會各個領域的慾望被滿足

並得到合適的發洩而後顯得無精打采的

充滿歌聲充滿呻吟但沒有哭泣

甚至街道的鼻孔也堵塞得嚴嚴實實的沒有流淌出黃色的鼻涕

有兩隻貓蜷縮在汗水溝旁邊一隻猥褻另外一隻

N上去踢了它們一腳它們對他嫣然笑了笑

還送給他半個酸蘋果

N回到家的時候曙光熹微他看見家門口

人山人海的有濃重熱烈的過節氣氛

費了九牛二虎的力氣N才擠了進去

出了什麼事N感到困惑

我們是來給N送葬的

你們是誰

我們是他的腎結石的朋友

N匍匐著向前摸索終於來到自己的房間

房間裡布置了黑紗和輓幛顯得莊嚴肅穆

有些傢伙喝得醉醺醺地闖了進來硬逼著N和妻子喝交歡酒硬逼著N在大庭廣眾之下咬妻子的舌頭和乳房

硬逼著N跪在他們面前贖罪後來又遭到了他們的一頓毒打之後這些傢伙才離開N的房子N還要裝出一副歡天喜地的模樣歡送他們

夜深了N在自己的遺像面前佇立了很久

香煙繚繞N給自己獻了花圈

他回顧一生知道自己雖然浪跡紅塵若干世紀充其量也
不過是個二流選手

他需要知道些什麼呢他真不知道應該詛咒誰

他對於當今社會不知道他的遺囑的確切內容感到非常
痛心

鼓聲齊鳴送葬的隊伍都湧向了街頭

N舉起了一條黑幡也混了進去

N的伯父手裡拿著哭喪棒走在最前面

新郎新娘介紹戀愛史

有人殺了一隻雞將雞血灑在棺木上

四個童男童女分立棺木兩旁

捧瓦罐的親朋好友騎上了水牛

隊伍浩浩蕩蕩地開始了長途跋涉

N想起臨走時忘記了到廚房去看水錶電錶用了多少度
這個月的費用應該怎樣結算另外還有屋門上的鎖也該修理
了窗臺上的花盆晚上必須搬進屋子裡吃剩下的菜要留著不
要倒掉造成浪費

到了三岔路口時大隊人馬疲憊不堪

趁著混亂之際N寫了一篇為自己開脫罪愆的悼祭文章
後竟在眾目睽睽之下逃回家去過太平日子了

這是文革階級鬥爭的歷史演練，但沒有人會得到什麼啟蒙
吧？人民司空見慣還嫌血腥度不夠濃；不過文本的結構頗有創意，
深得我心。艾斯林說：「荒誕派戲劇著眼於一種本質上的抒情詩

形式的濃度和深度。」、「荒誕派戲劇超越了喜劇和悲劇的範疇，將笑聲和恐怖結合在一起。」〈夕陽下活剝大狗熊〉確實做到這一點，它將歷史情境濃縮進日常生活的婚喪慶典中，從而獲致既親切又疏離的怪誕感。文本氣質也頗符合尤奈斯庫（Eugène Ionesco，1912-1994）所言：「我把我的喜劇稱為『反戲劇』、『喜劇性的正劇』，而把我的正劇稱為『假正劇』或『悲劇性的鬧劇』。」（尤奈斯庫〈戲劇經驗談〉），受難者彷彿不是 N 也不是群眾，而是任何人都無能干涉的歷史本身。

荒誕派戲劇把「語言」視作多維意象中的一環，不再只是角色對話的工具，從而獲得運用語言的自由；有時候語言成為喋喋不休的廢話，而「非言辭語言」反而呈現出有意義的經驗。1986年的〈A.J. 胖子〉出現了：多組數字群、數學公式，間夾著「絞盡腦汁、腦汁幾乎被絞盡、大螞蟻搬家、墮落、連續的、最低情緒、明天的時光、王八蛋、心律不整」，結束於「FOLLOW ME」，實驗性強烈的語言組織。乍看之下它是非理性組合，但你是否聯想到現實環境中那些政治口號之荒誕與非理性，以及隨時隨地強迫你順從的語言暴力，你是否認清了「FOLLOW ME」的煽惑與盲從？〈A.J. 胖子〉在對詩語言的解構背面，隱藏著對非理性的歷史與荒謬的政治運動之批判；那些不合邏輯、互相矛盾的共產主義教條與暴力競賽式的階級鬥爭，任你想破腦筋也鬥不成一個符合理性的實體。「A.J. 胖子」是誰？共產黨領導人，〈A.J. 胖子〉，共產主義宣言。

荒誕派戲劇擅長運用道具，在情節不再是主要敘述脈絡的詩歌空間裡，道具的運用變成犀利的武器。胡寬的〈同呼吸，共命運〉就靈活運用了一盆「仙人掌」，這盆擺在陽臺的渾身皆刺的仙人掌，變成了家庭的重心。最初它被敘述者丟棄到垃圾場的瓦

礫之中，以便向過去的情感告別；但這個舉動造成媽媽神情沮喪，
「我又把它撿回來放回原處。／是自己的惰性在作祟，是的。／
想改變點什麼又無能力去改變。」這可不是一齣現實主義戲劇。
這首帶有戲劇元素的荒誕詩雖然角色單純，媽媽、我、仙人掌，
地點是客廳與陽臺，它所呈現的心理層相卻相常複雜。「仙人掌」
是根源於沙漠但新品種繁多的堅韌物種，它勇於雜交對任何環境
都無所畏懼；將這種特性擺到一個被政治意識形態長期洗腦的中
國家庭裡，馬上對照出格格不入的異質性。

〈同呼吸，共命運〉節選　1995

　　維繫我們和睦相處的，
　　僅僅是家庭這個古老的元素
　　和由此演繹杜撰出來的一幕幕荒誕不經的
　　歷史話劇。
　　我們彼此都很孤傲、敏感，
　　一直設法避免刺激對方。

　　仙人掌闖入了我的世界，
　　是當我心中的孔雀經過風暴洗禮振翅欲飛，
　　尋求與現實世界對話的良好契機之際。
　　它流淌著汩汩綠血，
　　刷清我渾沌的意識，
　　將孔雀初次綻開的七彩羽屏裝扮得璀璨奪目。
　　了不起的傢伙！
　　我得承認，在諸多方面，在生活的舞臺上

我是一個失敗者，一個瘸腳的賣藝人
（通常採取逃逸的策略，
例如擺弄植物、培育情感、彌補靈魂缺陷等），
幹起來也常常勞而無功，
並很難掩飾自己的真實面孔。
媽媽則不然，自信、靈活加上幾分狡點，
有時還故意把她的生活和豢養的花木說得孤苦無告，
不厭其煩地周旋於房間與陽臺之間，
周旋於夢境與理性、非理性與非夢境之間。

媽媽很有耐心。
媽媽屋前的陽臺上，
一盆仙人掌斜倚在那裡
朝我們
虎視眈眈。

　　仙人掌的肉質性堅毅與多刺的批評意識，以其「真實」形象
撫慰或刺痛著人心之「虛無」，也藉此返照出典型的家庭和諧假
象。胡寬以家庭和諧假象譬喻社會場域與國家範疇的「被和諧」
景觀，呈示現實生活中的一切對話早已淪為虛假的擺設；理性等
同於夢境，而非理性才是現實。這是詩人對民族群性／國家歷史
之思考，一次深刻的詩意呈示。
　　胡寬詩與荒誕派戲劇在形式與內涵上有共同傾向，迫使讀者
認識這是一個殘酷而荒謬的世界，並發現生命自身即具備殘酷荒
誕的因子；當荒謬性使人意識到意義的缺乏，在世存有的價值方
才可能實現。胡寬詩鋪設的戲劇場景內含荒誕意識，我稱名為「荒

誕戲劇詩」；詩人對世界之殘忍與愚昧投出蔑視之眼，試圖以詩刺破被物質蒙蔽的假象，揭露精神廢墟。

三、反思民族群性／國家歷史

胡寬對民族群性／國家歷史的反思相當徹底，有時尖銳到讓人不知所措；正因此，胡寬的詩在生前從未正式發表。當代中國的精神廢墟是誰造成的？共產黨及其領導者是元凶？或人民是元凶？如果人民無法意識到共產黨及其領導者是惡魔？那麼人民豈不就是惡魔的同謀？人民為什麼心甘情願被催眠？一直把廢墟當作家園。胡寬 1984 年的〈催眠曲〉觸探了這個命題：

> C走進了一座廢墟／這座廢墟早已聞名遐邇／C想乘機拿點稱心如意的東西／出來的時候他兩手空空的／傻瓜／D對著神情沮喪的C嚷著怎麼搞的／你為什麼一無所獲難道對任何東西都不滿足了嗎／你自己去試試吧／說完後徑直就走了／D興沖沖地走進了廢墟／結果D和C一樣也是一無所獲／D高喊裡邊耍的是什麼鬼花招啐／D又在廢墟的門前貼了一張「切莫上當」的布告／D回頭看了看／想進廢墟碰碰運氣的人們已經排起了長蛇似的隊伍／太陽越升越高／根本不理睬D／這個廢墟的名聲還是經久不衰

C 和 D 是這座廢墟中兩位不受催眠的清醒者，他們都是詩人的分身。「廢墟」是什麼？生命痕跡與生存希望被全數摧毀的場所，隱喻受極權體制囚禁的當代中國。令人驚嘆的是，願意進入體制接受催眠的人如此之眾，為什麼？胡寬沒有給出答案。「廢

墟」、「催眠曲」、「碰運氣的人」相互依存，共同造就了當代中國歷史景觀；被催眠的夢遊者才是充盈舞臺的主角，而清醒的 C 與 D 永遠被踢到邊緣，甚至踢下歷史舞臺。

胡寬準確的意象運用來自他思維上的宏觀視野，1984 年〈請在這裡信心百倍地正視她〉正是如此，形式簡潔但思想崇高：「彷彿有一把叉子／叉起了我　中國和詩／一邊靠近黑黝黝的嘴巴／一邊對準腥膩膩的峽谷／天　又不知從何處展開」。一首具有神話般廣闊場景與浩大能量的五行詩，這是一把驚天動地的三叉戟，同時叉起「我、中國、詩」，等於說：自我與世界同時被叉起來，為什麼？因為詩，「詩」就是標題上的「她」，這是詩人的信仰。如果沒有詩的存在，民族的墮落群性與國家的黑暗歷史之間就沒有空隙可容納任何事物了；因為詩人「信心百倍地正視她」，人天之間產生了一絲連繫，「我」遵循這條精神線索，從「黑黝黝的嘴巴」（死亡）與「腥膩膩的峽谷」（慾望）中脫逃而倖存。了不起的一首詩，深刻而大器。

胡寬詩對當代歷史進程進行了挖掘與批判，形象生動的譬喻手法讓人印象深刻。「總有一天／女人要難產／隧道會被壞蛋們搞得烏七八糟的／挖隧道這差事他們幹了很多年／隧道通向何方不知道」，在陰暗的歷史通道裡，無視時代潮流，共產黨人盲目地挖掘據說帶有中國特色的社會主義通道，沒有人知道隧道通向何方？他們在隧道裡幹了哪些事？「他脬起戳滿針眼的胯部／細雨中／蟾蜍／這裡／開始天翻地覆／玩紙牌罵街／這裡／賣了十年／他姊姊的屁股」──1986 年的〈偽證〉，胡寬公開了一個陰暗的勞動場所，以「男人吸毒、女人賣淫」隱喻墮落無恥的時代，袒露階級鬥爭的荒唐罪行；胡寬對「文化大革命」十年浩劫，構造出具有荒誕意味的象徵場景。

「我剛從墓地回來⋯⋯／這裡曾經發生的鬥雞場景還清晰地呈現在腦海裡／骨頭雞毛和皮屑夾雜／人的齷齪氣味堆滿了／垃圾組成的堡壘／不可言狀的怒火從孩子們的胸膛裡溢出」，這首寫於 1990 年的詩〈無痛分娩〉，回顧了 1989 年發生於北京天安門廣場的「六四事件」歷史悲劇。人民解放軍開槍驅趕學生與人群，屠殺過後，曾經洶湧著百萬名學生與市民的廣場，只剩下「雞毛和皮屑」與「垃圾組成的堡壘」：

> 我是一個異教徒／去參加復活節／走在熙熙攘攘的街道上城市／像正在收縮的子宮——躺在血泊之中／傾聽我的朋友們飢餓的呼號／我對現狀無比振奮我傳染上了紅斑狼瘡

城市在大屠殺洗禮後「躺在血泊之中」，對民主、法治與人權之渴望的「飢餓的呼號」，哀聲遍野；這種情景令我的免疫系統過度亢奮，「紅斑狼瘡」不斷侵蝕我的器官組織與神經系統。雖然「異教徒」注定要被處以極刑，詩人無所畏懼。

〈留給 3 月 28 日的箴言〉是一首博古通今的詩章，傳統的人物現代的意象，連結起無邊無際的古與今、天與地、民族群性與國家歷史：

> 諸葛先生，／靠著一棵類似像樹的／軀幹，／向遠山／矚望良久，／思忖著：／那時，／我像蝌蚪一樣年輕／鳥兒般的自由／想像／天堂的模式和／營造天堂。／盡心竭力地貢獻／年華青春，／使其日臻完善⋯⋯／但因此也錯過很多幸福和機會。／時至今日，／仍留下一堆龐雜的事務／堆積著。／我已衰弱凋零，／形同廢人，／慢慢地咀

嚼／懊悔。／伸出臂膀的樹，／用濃密的葉子，／為他遮住了／刺目的／太陽。

他和它／這樣站立，／形成了靜止的畫面

剎那間，／他胸中充溢著／異常優美的／希冀。／可以重新開始嗎？是的。／重新開始。／他們是老朋友／並很有／同感。

　　這首詩寫於 1995 年 4 月 9 日，胡寬預知自己時日無多了嗎？他還剩下七個月光陰。這首詩具有雙重聲調，一重詠史詩一重詠懷詩。詠史詩的主題是漢末三國時期的諸葛亮，外在形象：鞠躬盡瘁死而後已，心理意識：肩負國家興亡的道德責任感。民族群性／國家歷史在此形成正向的連結，人心永不放棄希望，國家充滿未來願景。但諸葛先生在歷史上是一個異端，不識時務的老頑固，模仿這種角色的歷代英豪不是被流放、自絕，不然就是慘烈犧牲。從詠懷詩的角度來看，胡寬假借諸葛亮的遭遇自我安慰，「他們是老朋友／並很有／同感。」盡人事聽天命，只能這樣了！在「橡樹／人文精神」的樹蔭下，「刺目的太陽」暫時被遮住了，那邪惡又猙獰的紅太陽我們該拿它怎麼辦？一代又一代有良知的文人、志士不斷思索著！慨嘆著！胡寬創造了一個永恆的「靜止的畫面」，歷史在此停格數秒。

　　民族群性與國家歷史息息相關，時代不是哪一個大人物可以憑空造就，而是一群人的共業。胡寬對國家歷史進行宏觀性思維，細緻考察人群的性格與行為，讓既真實又虛無的社會動亂，轉化為既荒謬又令人傷痛的詩意敘述。他的詩無論篇幅長短都具有史

詩般恢弘氣象，呈現現代性強烈的荒誕戲劇。

四、反英雄：絕筆詩〈受虐者〉

胡寬1979年12月寫作新詩〈冬日〉，1995年10月絕筆於〈受虐者〉，前後歷程十六年。十六年間胡寬以自由意志書寫獨立的思想，新詩文本充滿實驗精神與批評意識。他與腐朽的社會徹底決裂，不畏懼作為國家內部的敵人，時時發動文字反叛的大軍，不愧是一個真正的先鋒派詩人。從胡寬落筆的第一首詩，就能看出他寬闊的思想視野和獨特的語言策略。〈冬日〉：

> 欲望的樹，朝著慵倦的天空，
> 搖動著枯萎的手：
> 「夠了，夠了，這厭煩的日子，
> 永無休止的單調，
> 我已經不願再默默地忍受。
> 難道命運就不能，
> 給我另一種安排，或者⋯⋯」
>
> 天空泛起了灰色的笑容，
> 打著長長的，冷漠的呵欠，
> 又從它身上扯下了幾片乾癟的黃葉，
> 丟在慘淡的路上，
> 算是回答了它「莊嚴」的請求。

胡寬反主體抒情的書寫模式，放在1970年代末1980年代初

的中國語境中，與諸多「今天派」詩人早期文本做比較，差異巨大；北島、芒克、舒婷、顧城、江河等人，多數據守著浪漫主義或浪漫現實主義的堡壘。多多（1951-）當時的寫作儘管也超前時代，光從詩題：〈當人民從乾酪上站起〉、〈少女波爾卡〉、〈手藝——和瑪琳娜‧茨維塔耶娃〉、〈日瓦格醫生〉，就能推測出蘇聯詩的語境來歷。胡寬詩充滿原創性的疏離與荒誕，從第一首詩〈冬日〉就顯現這樣的特徵。1980年的〈遺憾的遭遇〉描寫一個男子與街邊少女的偶遇：「臃腫的、乾癟的、狹長的、衰老的、陰沉的、歪扭的、各式各樣的臉。／一大堆肉模型，／晃來晃去，／莫非也是為了美／為了襯托這白色的與紅色的美麼？／／我的喉嚨裡伸出了一隻手，／想去撫摸一下小亭和少女，／可是，始終都不敢這樣做……／這就是那種被稱作人的東西／所具有的尊貴天性。」對「人」的尊貴天性之反思，誠乃胡寬思想的特色，這是胡寬詩歌的立足點。這件文本具有超現實主義風格，這種類型的共和國新詩，我個人視野中僅有周倫佑、余怒、安琪、杜綠綠，胡寬是先驅。

〈冬日〉的獨特性有兩點：從形式面來說，陌生化的劇場情境，擬人化的萬象交談，平淡的語調瀰漫著反諷意味。從內涵面來說，胡寬對「人」的現實困境進行了終極關懷，觸及在世存有的虛無與絕望。「荒誕派戲劇表達了由於以下認識而形成的憂慮和絕望：人類被無法穿透的黑暗層層包圍，他們決不可能知道他們的真正本性和目的。」（艾斯林〈荒誕的意義〉）〈冬日〉的內涵確實具有類似的虛無傾向。

胡寬的詩從創作初始就成熟精煉毫不生澀，詩與時代環境緊密連結，運用日常生活語言但加以誇張和變形；詩歌空間充滿戲劇化元素，呈現時而緊繃時而鬆弛，時而諧謔時而悲愴的二重奏，

表達詩人面對歷史鬧劇時悲歡交集的深邃情感。〈冬日〉流露作者深刻的反思，他看穿：祈求他人之助（包括老天爺的憐憫）來實現自我解放之不可能；詩人擁有洞察時代之明晰智慧，正足以克服內心的焦慮與絕望。胡寬詩介入現實的文學意圖相當強大，但絕非模擬現實的現實主義者，而是拆解現實的解構主義者。他的詩蘊含解構企圖，具備解構詩學特徵，在洞穿人性詭計與集體虛妄時，將希望寄託於絕望之中。

〈受虐者〉長達六百一十五行，詩歌情境的地點：醫院候診室，核心意象：親子哺乳，以十二段嬰兒的心理意識／身體活動前後牽連，以（我／他自由轉換的）獨白語調一氣呵成。「親子哺乳」是生命的原型意象，最深刻的人類生存活動，本然具有神聖性涵義。胡寬將此神聖性活動進行拆解，將「場所精神」徹底顛覆，從本質上摧毀母子連結的正當性，解構中國共產黨至高無上的神話幻象與執政合法性。底下依序闡釋十二個情境段落：

> 他在襁褓裡活動了一下身軀。
> 由於姿態的改變，覺得舒服多了。
> 這樣的舉動既不誇張、也不做作，十分理想，
> 完全符合規範。
>
> 張開嘴，徐徐吐出肺葉裡的陳舊氣體，他用舌尖
> 試探性地碰了一下左邊乳房。沒有異常情況發生
> 一切如舊！
> 或者說，試探起碼沒有引起
> 「上峰」──他母親──的反感！
>
> ──〈受虐者12-1〉

這裡的「他」指嬰兒，也是某些段落的「我」，主語／視點之轉換使長詩的敘述語調靈活有變化。「母親」即上峰（乳峰相對於懷中嬰兒位置居上），隱喻中共統治集團。「左邊乳房」，共產主義奶水的泉源。「嬰兒」即受虐者，受上峰強迫哺育又飽受驚嚇的中國人民。以全知視點展開敘述架構戲劇場面，拉開序幕。

> 以目前的形勢來看
> 他只有將希望寄託於左邊的這個乳房上了
> （左邊的乳房面積似乎比右邊的大幾釐米）。
> 實際上這種孤注一擲式的依賴之舉是非常
> 愚蠢和不明智的。
> 有資料表明：兩邊乳房的乳汁蘊含量基本相同。
> 左邊的奶水常常不充沛，且呈現出稀薄透明狀。
> 他近來有明顯感覺，他想「上峰」的體會將更深刻。
> 所以，他盡量地控制自己，裝得若無其事，
> 避免其飢餓、嗜吃之狀暴露無遺。
> 這樣做當然很困難，
> 要付出一定的代價：壓抑、扭曲、變形！
> ──〈受虐者12-2〉

「右邊乳房」，被資本主義思想盤踞、右派分子巢穴，一切偏離無產階級革命道路的思想與行動的根據地。「左邊的奶水」越來越稀薄，顯示走極左路線導致社會破敗經濟貧瘠的實情。表面上依賴於「左」，心理上傾向於「右」，因而產生生命意識之扭曲與變形。「愚蠢和不明智」是超然的價值判斷（偶爾插入的

全知全能式判斷），對人民偏愛左乳房的非理性心理提出理性反駁。

> 就說坐在他對面咫尺之遙的孩子、婦人和老者吧，／此刻，他們都是他的競爭對手現又淪為他真正的敵人，／他們圖謀不軌，會侵佔「上峰」，取他而代之，吮吸她，占有她，／一旦陰謀得逞，／其後果不堪設想……／念及此，他不禁冷汗涔涔。／「我該怎麼辦，實施何種策略，採用什麼戰術／才能避免傾覆之災而爭得一線生機？」我是主角，／我和「上峰」的關係非同尋常，我有權立足歷史舞臺的一隅──這方寸之地，／我要證明，棄嬰是何等可恥庸俗的行為，／要當機立斷，把不良居心扼殺在萌芽之中。
>
> ──〈受虐者12-3〉

「乳汁」的分配與歸屬隱喻「權力」，為鞏固權力，要把一切敵對勢力「扼殺在萌芽之中」；敵對勢力是生存競爭的假想敵，是慾望擴張與膨脹的必然產物。共享的生存場域墮落為受生物本能支配的原始殺戮戰場，胡寬闡釋了階級鬥爭的人性根源。

> 可供他選擇的道路只有兩條：／要麼，繼續吮吸左邊的乳頭，不斷重複上一次的動作。／直至長大成人，壽終正寢而杳無變化。／要麼，向右邊挺進，奮勇搏擊，嘗試全新的感覺，／並承擔由此帶來的不良後果／（可能會激怒她、刺傷她、甚至從此失去與右邊接觸的機會。／雖然作為母親的她通常是仁慈的、溫馨的、寬容的和充滿愛心

的／但據說愛有時也是殘忍的）。／會不會有第三條道
路呢？

——〈受虐者12-4〉

　　對於自出生始即吮吸左邊的紅色嬰兒來說，與共產黨決裂是
殘忍的抉擇；於是出現了幻想的自我緩衝區：「第三條道路」。
緊接著，母親在大庭廣眾之下幫嬰兒換尿布，「（這時他毅然取
消了攻擊右邊的計劃）。／他首先想到了啼哭。」幻想被殘酷的
現實終止。吮吸過右邊乳房的嬰兒群體不是沒有，但通常夭折、
腰斬或成為獄中常客，不在此敘述視野中。

　　「『上峰』上下左右搖晃著他，振幅不大／嘴裡還嘟嘟噥噥，
像是嘆息，也像是哀怨，／平靜的湖水泛起陣陣漣漪……／『她
要告訴我些什麼？』」變換鏡頭，一段尋常的親子相守影像，激
發嬰兒的問題意識，反思親子關係：

> 從更深層的意識中來剖析他對她的尊崇、／恭順、仰慕、
> 服膺可能會找出合乎邏輯的解釋。／「那麼，我自身的行
> 為究竟有沒有意義？」／他被這個愚蠢的想法長期困擾，
> 精神曾瀕臨崩潰的邊緣。／這源於他對待人和事的誠懇執
> 著的態度。／可見「上峰」對他的影響已經進入了神示的
> 境界，根本無法抗拒。／／母親在流淚。

——〈受虐者12-5〉

　　胡寬提出了當代中國的終極困境，「父親，母親，不如共產
黨的恩情親」，中國共產黨將自己的定位神格化的作法，是操作
倫理關係來形塑超倫理效應，等於創造了一種偽宗教，黨的領導

人取代了上帝，「天大，地大，不如毛主席的恩情大」，此即所謂「神示的境界」。中國共產黨（哺乳母親）的先驗性無上存有造成了中國人民（吸乳嬰兒）的心理矛盾情結：為什麼會有先在的不對等的階級差異呢？中國共產黨永遠先於高於中國人民，也是唯一合法的國家領導者，這是一個當代神話，一條偽造的臍帶。你要想想啊！有了黨的慈悲，人民才被賜予了存在基礎，嬰兒如何可以反對母親呢？母親多麼傷心啊！「母親在流淚」。

> 右邊的乳房對於他就像達摩克利斯劍，／足以毀滅他千百次。／可是在夢中他見到的右邊的乳房從來就不使他感到懼怕，／右乳光滑如玉、晶瑩剔透，生著一對天使般的美麗翅翼，／脫離了母親的軀體，飄然而至，與他攜手／相伴前行。／他興奮地難以自制。
>
> ——〈受虐者12-6〉

現實中的「右邊乳房」像鋒利的長劍擱在頭頂，隱約告誡著他不可靠近自由場域，會惹來殺生之禍。但夢想中的「右邊乳房」卻超越肉體的物質性，在幻想中飛起，像天使般導引嬰兒脫離母親軀體，掙脫束縛嚮往自由是生命的本能。「達摩克利斯劍」是懸於王位上方僅用一根馬鬃纏掛的利劍，象徵至高無上的政治權力也隱喻權力的致命危險。充滿毀滅能量的達摩克利斯劍，與自由飛翔的乳房天使形成矛盾與對比。

「『別相信女人的眼淚和諾言，女人屬魔鬼轉世，／只有傻瓜才會上當受騙。』／這是母親對她自己兄弟奉送的至理名言。」，原來掉眼淚是普世的生存策略，是母親拉攏嬰兒組成統一戰線的必要武器。那父親的角色呢？他站在哪一邊？父親會吮

吸她的右邊乳房嗎？

> 多愁、善感、神經質和猝不及防的女性歇斯底里／大發作
> 加上沉穩、冷漠、不露聲色的惱怒與男子的激情，／使得
> 他倆既互相排斥又互相吸引、順利地／轉化為「永恆的
> 愛情」，／最終造就了他──他們的精華與糟粕的／混
> 合物。

──〈受虐者12-7〉

這一段是對共產黨黨性的剖析：毛澤東冷漠瘋狂的陰鬱性格
與反國民黨獨裁統治的民主派人士的激情結合，造就了中共的崛
起。一陰一陽巧妙融合說得通，但他們的精華是什麼？糟粕是什
麼？漆黑而渾沌。總之，民主養分被排泄掉了，而專制毒素在體
內的累積越來越多；畸形嬰兒被成分混亂的歷史奶汁灌輸得抬不
起頭來，只好逃避現實或阿Q一下──

> 除了吮吸、就是浮想聯翩，就是吸吮就是聯翩浮想……
> 但壞事終究會變為好事，他有駕馭時局
> 的能力，天生就有，等著看吧。
> 他屏住氣息，圓睜雙眼，呶著嘴，鼓動鼻翼，
> 與炯炯目光的「上峰」對峙了幾十秒鐘，
> 終於還是功敗垂成，退下陣來。
> 「憑什麼我只有輸的份兒，只有輸？」
> 一種恥辱、憤懣油然而生，在胸腔裡膨脹起來。

──〈受虐者12-8〉

這一段諷刺共產黨內被政治清算劃歸右派的分子，忍受著奇恥大辱卻無力反抗，憑藉空話虛度日，自我安慰了殘生。「『上峰』把乳頭從他嘴裡拔出，這次哺乳活動／暫告一段落。／真傷透腦筋了。」沒有斷奶決心的嬰兒永遠長不大，也永遠受制於他人的欺凌擺布與自我的心理框限。

> 這是生而為鳥也是生而為人的悲劇
> 「我不能懷疑我的巢穴──我的襁褓──
> 也不能動搖誓死捍衛可愛的巢穴、不容外來
> 勢力干涉侵犯的信念，就像我無法改變『上
> 峰』與我的血緣關係和由此關係派生演繹
> 出的種種糾葛、矛盾、繁文縟節、無聊瑣事。
> 狂風惡浪過後一切歸於平復。
> 他憋尿的能力是一流的。
> 這個『上峰』的心裡應該有數。
> （他已經差不多近二十六分沒有便溺了）
> 　　　　　　　　　　　　　　──〈受虐者12-9〉

　　矛頭一致對外，攘外必先安內，缺乏宗教信仰的民族被倫理關係搞得價值錯亂，永遠服膺「盡人事，聽天命」那一套宿命論，人事又陷入長幼有序「繁文縟節」的糾葛裡，到頭來還是一切聽黨的安排；不然呢，她不幫你換尿布你該怎麼辦？「生而為人的悲劇」是反諷語，要說的其實是「生而無法做人」的悲哀，缺乏自由意志的存有者豈有資格稱之為「人」？

　　「上峰」衣衫單薄，渾身溼漉漉黏乎乎的，／見到散發著

菸味酒氣的男主人，她情慾／漾溢、美艷放蕩、性感十足。／他在他們眼中頓時成為無足輕重的角色。／他這顆與卵子成功結合受孕的精蟲遭到了不公正的待遇，／被擱置一旁而受到冷落……／這種時刻，他真想撲上去，狠狠地掐住她、／撕咬她、折磨她、蹂躪她、摧殘她偉大的精神和高貴的肉體，／飛蛾投火般的與她和她所代表的／世界同歸於盡！

——〈受虐者12-10〉

「嬰兒／人民」的精神奮起啦！不是為了追求個人的獨立與自由，而是為了維護「母親／黨」的純潔性。怪哉！為何如此？因為民族的集體性精神錯亂，因為黨與國家、黨與人民、黨與黨員之間不正常的倫理關係，讓中國共產黨永遠正確地凌駕在一切存有之上。胡寬切入到當代中國問題意識的核心了！「她及時地洞察了我刻毒的巨測居心，／把赤裸裸的我丟入浴盆，仔仔細細地遍體／搓揉，讓清澈的聖水洗刷掉我體內外的／垃圾和汙穢。／以求達到母子間的默契與和諧。」以聖潔的名義施行赤色受洗大典，極權政體典型的「一體化」國家恐怖主義作為；而中國共產黨對人民長期進行的種族改造，事實上就是民族自我滅絕。當代中國文化逐漸淺薄化物質化，當代中國人變得更功利更殘忍，徹底唾棄了仁義道德的價值理念。

動輒就變得焦灼紛亂的心緒又跌向了／絕望的邊緣。／「操你奶奶的」這句話太漂亮了／唱這歌詞也非常帶勁。／不記得是在哪首歌裡聽到過。／他覺得自己眉宇間時常會有一層神祕的光暈環繞迴旋。／這光暈投向軀體和四肢

的荒灘，戈壁，／給沙粒塵埃似的肢體細胞塗抹上煌煌
之色／變成珍稀的鑽石珠寶⋯⋯「山不在高，有／仙則
靈」，「小人物自有亂世福」，想到這一點，／他的兩頰
也不禁綻出羞澀的緋紅，／為自己具有的凌雲壯志而忍俊
不禁。／關於猩猩同類的進化問題的論爭可能會延續下
去，／正如左乳和右乳的孰是孰非⋯⋯

——〈受虐者12-11〉

　　胡寬發覺自己掌握當代中國問題的鑰匙了，不虛此生；雖然
絕望的心情依舊，但勇猛插入了這一句：「操你奶奶的」，導演
忍不住躍上前臺。操你奶奶就是變亂政治秩序，徹底否定「母親
的母親／共產主義思想」的合法性。突發式狂想，讓嬰兒「軀體
和四肢的荒灘，戈壁」變成「珍稀的鑽石珠寶」。「進化問題」
諷刺共產黨的反進化反人類罪行，讓文明人變回徒存動物本能的
猩猩；左乳與右乳孰重孰輕的論爭，向來就是莫須有的偽命題。

　　千載難逢的機會來了！
　　可不是，漏洞出現了——她將要
　　走進治療室去接受醫生的詢問，不會再
　　顧及他要尋找吮吸的目標或幹些別的什麼事情。

　　上帝給予每個人的機會都是均等的。如果
　　無端喪失將是對生命的褻瀆，將是不可
　　饒恕的，絕對不可饒恕。
　　明擺著嘛，讓他費盡心機、垂涎已久、朝思
　　暮求地去爭取去獲得去占有那個右邊（右邊的乳房

並非就比左邊的乳房經濟實惠）的乳房。

右邊的！

切莫喪失良機。

名為「浩浩」的他鼓起勇氣，自己給自己壯膽增魄，

在「上峰」的胸脯前掙扎蠕動，摩拳擦掌，

向著預定的戰略目標——進行前所未有的艱苦鏖戰！

但願此番努力和衝動不會等於零。

——〈受虐者12-12〉

　　〈受虐者〉塑造了一個具有時代象徵涵義的「反英雄」，一個「在『上峰』的胸脯前掙扎蠕動」的奮鬥者。戲劇沒有終結，嬰兒還在母親的掌握中，浩浩（十幾億人哪！）還在覬覦「右邊乳房」，樂此不疲地選邊站的權力遊戲。後來的歷史證明了胡寬的遠見，無論哪個領導者上臺中國一樣生靈塗炭，中國共產黨維護自己權力的政治目標不會改變。「不會等於零」實際上預言了「等於零」，反諷的說詞；「受虐者」依然自我虐待著，人民沒有覺悟的中國沒有光明的出路。胡寬的〈受虐者〉揭開當代中國的終極困境，以既荒誕又殘酷的影像擊碎群眾心理意識的保護殼，催促人們擺脫身為「奴隸」的奴性，面對現實勇於做「人」，這是胡寬詩探索民族群性／國家歷史的終極觀照。

五、通向地獄之路，雪花飄舞

　　胡寬詩精神強健，一路走來抬頭挺胸意氣高昂。胡寬生存在汙濁黑暗的年代，一輩子孤軍作戰。面對這個「猶如注射了嗎啡

酊而飄飄欲仙」的古老民族，胡寬自問：「我到底扮演了何種角色？／我在為誰代言？／／我從來沒有像今天這樣哀慟。」（〈黑屋〉，1993）但胡寬沒有被擊垮，他依靠洞觀真理的智慧，與寬容廣大的愛，屹立不搖。〈雪花飄舞……〉就是這樣一首劃時代傑作，猶如山谷清泉流離四下，以無所拘束的奔騰態勢，將歷史洪流席捲一切的動態過程，以精湛的文字捕捉下來。

全詩一百二十四行分作八個詩節，詩意波濤撞到巖石激起浪花又向前翻滾，話語能量一瀉千里。〈雪花飄舞……〉自由轉換軌道的言說模式，動態的敘述波流讓人眼花撩亂，也契合歷史變動之渾沌。我將這首詩分剖為前後兩部，前半的核心意象是「最後的晚餐」，後半的核心意象是「通向地獄的路」。

　　〈雪花飄舞……〉前部節選　1995

　　雪花
　　撲滅了黎明……

　　你的身影
　　晶瑩剔透，出現在街市上，
　　叼著雪茄菸
　　握緊的拳頭，
　　從衣袖裡悄然滑出，
　　「我們都是神槍手」
　　你反覆吟唱，暗自慶幸，
　　駐足觀望，
　　沒有一張陌生的臉龐！

陌生的臉龐，
司空見慣的景物，
一切照舊。
土坯和洋包子們以及半土不洋的大雜燴，
在風雪中
糾纏、摻和在一起，
營營苟苟，又各奔東西。
你，花的精靈，
浪的眼珠，
千萬簇神焰、億萬顆鬼火，
翻騰燃燒，
在遼闊的海空中化為灰燼。

雪花
落在塑料袋裡，
落在西紅柿和土豆上，
落在乾癟的馬面魚上，
還有半公斤麵粉，一瓶色拉油，
被雪花浸潤的聖潔的淚水，
加上
割去了四分之三的胃，
一側殘留的腎臟，
在美妙的雪夜中我們回家去烹制
最後的晚餐來
享用。
一切都

沒有開始也沒有結束，

只有最後。

「最後的晚餐」這個文化符號來自基督教《聖經‧馬太福音第二十六章》，描寫耶穌遭羅馬兵逮捕前夕，與十二位門徒共進最後一餐，耶穌預言：你們其中一人將出賣我，後果然成為事實。詩裡「最後的晚餐」沒有開始也沒有結束，意味著時時刻刻都是最後一餐。無始無終的最後一餐就是生活本身。它有什麼內容？淚水、四分之一的胃、半邊腎臟，混合魚乾、西紅柿、土豆、麵粉，淋上油攪拌，底層民眾勉強果腹的一餐；但持續吃下去會讓靈魂腐爛屍骨無存。「最後的晚餐」裡出賣眾人的叛徒是誰？按前面鋪陳的元素推斷，就是撲滅了黎明的「雪花」；瘋狂飄舞的雪花又隱喻什麼？半土不洋的大雜燴、千萬簇神焰、億萬顆鬼火；「我們都是神槍手」，得意洋洋地在街市漫遊尋找鬥爭對象的殺手，是你是他也是我，在蠅營狗苟的邪惡狂歡裡，每個人都成為「人性本惡」的屈從者與「人性本善」的叛徒。

　　〈雪花飄舞……〉後部節選　1995

我們相伴走過一段黑沉沉的

通向地獄的路，

她不能免除苦難，免除讒言，免除傷害，

（有人稱你是取悅冬天的娼婦，她也如此。）

只有涓涓地消殞，

化為無形。

我很懊悔

無法彌補，
根本不可能彌補。
但我不分晝夜卻可以發洩
吃著、幹著、睡著、醒著、幹著、吃著
發出奇怪的吼聲
盡情地嚎啕慟哭，
放浪形骸。
多麼幸運，多麼榮耀。

雪花很孤獨。
很孤獨。
伸出利爪扼住這個世界。
你舉步艱辛，精疲力竭。
瘟疫似的孤獨可以摧毀一切，
很多優秀的人物
傑出的事業都被它毀壞了，搞垮了，
浩劫之後
纖小卑微的你卻生活得恬淡
處子般的寧馨，
腳步踉蹌，但朝氣蓬勃。
嘴角竟露出一絲溫煦的
笑靨。

雪花飄舞。

雪花

落在道路、庭院，

橋梁、煙囪、岩石，

聳立的樓廈，

頹唐的殘牆斷垣，

汙水井，

動物屍骸的標本上

……

掩埋了一切光榮、理想和罪惡，

飄舞的

雪花，

落在了生與死的界碑上，

落在了一切應該落和不應該落的地方。

　　雪花很孤獨，被雪花籠罩的人也很孤獨；雪花是娼婦，人也是娼婦。在雪花飄舞的歷史場景裡，家園、道路與生靈變成殘牆斷垣、汙水井與動物屍骸。這是一場瀰天蓋地的瘟疫，「落在了生與死的界碑上」，混淆生與死的界線；「吃著、幹著、睡著、醒著、幹著、吃著／發出奇怪的吼聲」，混淆人與獸的界線。這段「通向地獄的路」，何時終止？如何終止？胡寬的答案始終蘊藏在問題裡，胡寬將歷史的出路還給每一位在場者。

六、胡寬詩的自由精神

　　胡寬如果心存「詩是什麼？」的框架，胡寬寫不出破壞常規的文字；胡寬如果心存「現實是什麼？」的框架，胡寬無法突破現實世界的圍堵與壓榨。《胡寬的詩》寫作時間為 1979-1995 年，

以獨創的形式揭示人的生存狀況，克服種種焦慮與絕望，體現人類對自由意志的不懈追索與勇敢實踐，足以作為中國百年新詩自由精神的最高典範。胡寬的詩對監禁人們的政治意識形態、極權專制政體進行毫不妥協的批判，以奇蹟般的自由飛翔的詩歌，穿越時代嚴密的監管與審查，正面襲來瞬間刺傷人們的雙眼。讀者不知所措之餘，驚惶發問：「這是來自哪個星球的飛行器？」

　　胡寬詩拆解散文／詩的界線，詩／戲劇的界線，喜劇／悲劇的界線，以各種形態的語言在詩歌空間裡自由穿梭，帶有狂想詩的氣質與解構詩的特徵。胡寬詩充滿實驗精神，不受框限的言說方式具有顛覆性力量；除了荒誕劇形式之外，其它的語言策略還包括：清單體、小說體、日記體、對話體、冥思體等，豐富而多元。

　　胡寬的詩以清單形態陳列，如〈1980 年 8 月 X 日 Y 時 Z 分摩天海報：今晚演出超級微型荒誕派影片《銀河界大追捕》〉：

> 導演──混濁的茶水
>
> 攝影師──蛋殼般的小島（月亮，暫時保密）
>
> 效果──用鎖鍊綑綁著的獨特
>
> 特技──驚天動地的夢囈
>
> 化妝師──？？？
>
> 罪犯的卓越扮演者──流星及其同伙蚊子（特邀）
>
> 觀眾──百分之零點九九的大氣層中的畜生

　　胡寬的詩以小說形態書寫，如〈土撥鼠〉：

那次土撥鼠去S城買雞　突然從天上飛下來一隻老鷹叼走了雞　（無恥之尤連聲招呼都不打）　土撥鼠手裡只攥著幾根雞毛雞毛也讓風吹走了　土撥鼠當即向S城政府提出了控告S城政府召開了祕密會議　會議舉行了2882次其中舉行了1600次預備會議　為舉行會議進行了募捐並蓋了190座大型禮堂　動用了該城的65％的勞動力投了84％的資金　政府的最高首腦出席了新禮堂落成儀式並為大會剪綵　最後會議宣布　土撥鼠犯了貌似無辜卻有辜　有辜有辜無無辜罪被判驅逐出境　怎樣執行這項判決由誰執行這項判決以及驅逐出境的注意事項等等　為此又舉行了5567次會議討論實施方案　實施方案研究了400次　也未達成協議（這項權力只好交給哲學家了而這位哲學家還未被發現呢）　只是提了一個初步設想　為此S城舉行了隆重的狂歡節熱烈慶祝這次判決的偉大勝利　土撥鼠抱著那隻雞參加了狂歡節　還被譽為S城最受歡迎的客人和光榮市民　S城的報紙也在顯著的位置報導了這個歷史事件

胡寬的詩以日記體紀錄，如〈死城〉：

丙日星期一永恆晴朗／我親愛的小鳥，飛來吧。／今天有兩個太陽，其他三個都請假了，鬼曉得他們都去幹了些什麼。小河在頭頂上直著嗓子唱，天空中僵臥著幾具冬眠的蜥蜴，誰也不去驚動它們，粗野的海放肆地吻著星星稚嫩的嘴。

胡寬的詩以對話形態演出，如〈護身符〉：

蠅拍　不乏陳詞濫調，今天，我要大笑幾聲，直到現在（確切地講）我都弄不清楚我們究竟是什麼東西，在由時間和空間組成的嚴密空洞的物質容器中還能繼續偽裝多久。

　　魑魅翁　我活著（想到此我臉頰發燙），我要把鄙俗的唾沫吐到自己的身上，我思維和遊戲，消化各種各樣的食物，用碎鋸末拖地板，鸚鵡學舌似地唸庸人的單詞，突發性地煩惱和歇斯底里撒潑裝模作樣地相信白內障如何治療失戀和怎樣克服心胸狹隘等等，我要走了這純粹是一場誤會。

　　繩拍　安息吧　安息
　　魑魅翁　別吹滅我的天燈
　　繩拍　照辦無誤

胡寬的詩彷彿修行者的孤獨冥思，〈旅途中的曼妙境遇〉：

那個／金屬殼子，／在／山巒與河流、洞穴與洞穴／之間。／滑動／喘息著。／被／黑夜，／咀嚼得／支離破碎……／殘留的情慾／肆意瀰漫，／從未／冷卻過。

　　胡寬詩以多重語調交錯的言說方式，塑造一種缺乏整體性，外表看來支離破碎的詩歌空間。胡寬以無秩序、非理性的戲劇場景，對應荒謬虛無的現實，催促人們嚴肅思考：「人」的存在價值？「我」的生命主體？胡寬以「荒誕戲劇詩」映現社會實相，重建歷史景觀，抒發生命沒有出路的苦悶與悲憤。

胡寬在無人救援的冥河中孤獨泅泳，無視於任何他者的存在而寫，無視於任何規則禁忌而寫。胡寬以無所懼、無所求的寫作態度，開拓了自由心靈的廣闊天地，立下自由寫作的精神性標竿。胡寬退藏在沉默中，以廢話抗擊廢話，以真實面對真實，用愛與寬容凝視自我與他人。胡寬既是書寫者也是行動者，他的詩具有強悍的攻擊性與破壞力，展現作為行動者的自我期許。詩是永遠的先鋒部隊，以永不屈服的文字積極召喚後來者。

【參考文獻】

胡寬，《胡寬詩集》（桂林：漓江出版社，1996年）

黃晉凱主編，《荒誕派戲劇》（北京：中國人民大學出版社，1996年）

阿諾德・P・欣奇利夫著；李永輝譯，《論荒誕派》（北京：崑崙出版社，1992年）

第十一章【于堅（1954-）】
于堅詩，黑暗時代的精神螢光

前言

　　于堅，詩人、紀錄片導演，1954 年出生於雲南省昆明市，十六歲進工廠當工人九年，雲南大學中文系漢語言文學專業，曾任雲南師範大學西南聯大新詩研究院院長。德語版詩選集《O 檔案》，2010 年獲德國亞非拉文學作品推廣協會主辦的「感受世界」文學作品評選第一名。本章分析于堅詩蘊含的多元視域：（一）知識論視域：文化－自然（二）心理學視域：個人－集體（三）倫理學視域：自我－他者（四）存有學視域：存有－空無。根據虛實互涉之多重關係：（一）語言策略的虛與實（二）詩歌空間的虛與實（三）社會身分的虛與實（四）歷史意識的虛與實，探討于堅詩學中「民間」概念的具體涵義。從詩歌空間比較兩個共和國詩人：韓東和于堅，兩種生命典型詩人意識的差異。

一、于堅詩的多元視域

（一）知識論視域：文化－自然

　　每一存有物形式與質料自寓自足的天性是「自然」概念的核心，而「文化」乃指人主動發展並附加在自然之上的人為產品與

活動之總成果。文化的原始動因與真正目的本在完成人的天性，可是塑造文化結晶的變因錯綜複雜，文化符碼層疊覆蓋，文明發展與人「實現生命」的標的相互背離；文化逐步遠離自然，人也越趨背離自己的天性，建構文化的語言符碼光怪陸離，語言的溝通與銘記變得愈加困難。探索自然與文化的本質差異和文化符碼對人與自然的雙重遮蔽，是于堅詩經常探索的主題。

在〈蘋果的法則〉裡「自然」顯現為一只蘋果，它「根據永恆的法則被種植培育」，當它被摘下裝進籮筐，「少女們再次陷入懷孕的期待與絕望中／它們和土地都無法預測／下一回下一個秋天／墜落在籮筐中的果實／是否仍然來自神賜」。自然的法則是永恆之道（不易）與無法預測之道（變易），「神賜」的果實神祕而神聖，無法以人工完全掌握。

自然的本性與法則在于堅的詩裡常被落實到具體事例演示，〈避雨之樹〉昭示了一棵胸懷母性的亞熱帶叢林巨榕，伸枝布葉護衛生靈。它那千手觀音似的手臂裡，懷抱著蛇、鼴鼠、螞蟻、鳥蛋、蝴蝶與兩隻鷹，它像一隻美麗的孔雀周身閃著寶石似的水光：「它是那種使我們永遠感激信賴而無以報答的事物／我們甚至無法像報答母親那樣報答它　我們將比它先老／我們聽到它在風中落葉的聲音就熱淚盈眶／我們不知道為什麼愛它　這感情與生俱來」。

人的天性根源於自然的饋贈與影響，對自然的寬容大愛孳生難以言說之情。可是人文發展的模式化傾向與自然的天真無偽隔絕日遠，人只能在想像的天地裡自由馳騁，「黑馬　你來看電視　我來嚼草」，文化與自然之道判然兩分，人只能間接透過文化符號回看天地之光，「它在嚼草／周身閃著黑色的光芒／彷彿它是一個放牧者一個牛仔／世界以及我都是它的馬群」（〈黑

馬〉），馬的馳騁開張對照出人的拘謹褊狹。在〈春天詠嘆調〉裡，人被初春的氣息感染，再度激活豐富的想像力，滿身陽光、鳥羽、樹葉的「春天」撞翻了室內「穿著黑旗袍的花瓶」，惹得大地「那些紅臉膛的農婦」咧嘴大笑——

> 昨夜你更是殘酷　一把抽掉天空擺著生日晚宴的桌布／那麼多高貴的星星　慘叫著滴下／那麼多大鯨魚　被波浪打翻／那麼多石頭　離開了故居／昨夜我躲在城堡裡　我的心又一次被你綁架／你的坦克車從我屋頂上隆隆駛過　響了一夜／我聽見你猛烈地攻打南方　攻打那個巨大的鳥籠／像聽見了印度智者的笛子　蛇在我身上醒來／可我不能出去　我沒有翅膀　也沒有根

　　人無法扎根於土地也無法飛翔於空中，只能通過「縫製裙子來適應你」、「戴上綠色假髮混進花園」、「為你寫作詩章」等行為接近春天，只能指望著下一個三月的夜晚，天空再度掛滿金色葡萄。自然的生機盎然對只能模擬現象的文化修辭而言，是可望不可及的存有，〈春天詠嘆調〉呈現了文化與自然的本質差異。〈在馬群之間〉，更進一步超越理性思考，任由「我」奔馳在荒野的兩群馬（黑夜與曙光）之間：

> 我奔跑在兩個馬群之間
> 馬群　為黎明的露水所凝固的馬群
> 集聚在燃燒之前的火焰
> 黑壓壓的一片　紅壓壓的一片
> 當我跑過它們的時候

它們脫離了馬的屬性
像跑馬場的觀眾那樣揚起頭來
似乎在判斷我是不是它們的一員
我要跑得更加優美
在想像的美和速度中超越它們
我必須在這些野馬合攏過來將我踏平之前
從它們中間　像一匹真正的駿馬那樣穿過

詩裡的「我」以想像之美與速度幻化為「駿馬」，表達人對融入自然重新與萬物合一的渴望。〈我夢想著看到一頭老虎〉，于堅試圖從隱喻後退，消解圖書館（知識庫）與神話（文化原型）對人認識世界的遮蔽，將人與世界的對話擺置於開放無蔽的場域，以此重建「知識的基礎」：

我夢想著看到一頭老虎
一頭真正的老虎
從一隻麋鹿的位置　看它
讓我遠離文化中心　遠離圖書館
越過恆河　進入古代的大地
直到第一個關於老虎的神話之前
我的夢想是回到夢想之前
與一頭老虎遭遇

〈從隱喻後退〉一文，于堅談到：「這種隱喻是命名式的。它和後來那種『言此意彼』的本體和喻體無關。最初，世界被命名為一種聲音，那個最初的人看見了海，他感嘆道，嗨！他說的

這個聲音和他眼睛所看到的、目擊的事物是一元的。在這裡，能指和所指尚未分裂，它們密不可分。說『嗨！』的人並非想到或思考了海，他僅僅看到了目前的海。海獲得了一個人的音節，在這裡，海是一個能指的所指，能指和所指都是目前的海，『嗨！』是一個元隱喻。」、「在我們的時代，一個詩人，要說出樹是極為困難的。shù 已經被隱喻遮蔽。他說『大樹』，第一個接受者理解他是隱喻男性生殖器。第二個接受者以為他暗示的是庇護，第三個接受者以為他的意思是棲息之地……第 X 個接受者，則根據他時代的工業化的程度，把樹作為自然的象徵……能指和所指已經分裂。只可意會不可言傳。」

從隱喻後退，是于堅詩學的核心，不想成為隱喻的奴隸，不想在封閉的語言系統中進行「次生性」寫作，就必須讓「詩」與世界的本體重新連結，具有命名的功能而非停留於無止盡的形容。「對隱喻的拒絕意味使詩重新具有命名的功能。這種命名和最初的命名不同，它是對已有的名進行去蔽的過程。在這一過程中，詩顯現。」

于堅的知識論立場帶有經驗主義者特質，著重以人類的感官察知獲得經驗性知識，避免文化陷落於以符號衍生符號的自我複製，與自然生生不息之道斷隔；強調詩在消滅文化中介的去蔽過程中與創造的「原生性」產生聯繫。在〈自然的暗示〉一詩，于堅安排了一位鋼琴師，「他又彈了一曲暴風驟雨／才悄悄地離去」，走出廳堂卻被大雨淋溼，此即諷喻文化陷落於「次生性」位階的侷限。〈上教堂〉一詩，神與教堂作為認識「人的天性」與「創造的本源」之中介，它的遮蔽性同樣不言而喻；詩人走出了神的居所，天空迴響著教堂的鐘聲，「我和所有走在路上的行人一樣／聽著　沒有停下來／我們得在雨點落下來之前　撐開雨

傘」，文化模型框限了人對自然的認知視域。

〈我夢想著看到一頭老虎〉試圖穿越物擬人、人擬物的隱喻媒介，以直面「一頭老虎」的經驗重新喚醒人的天性，讓自然的本真與自足能對文化產生啟蒙作用。「從隱喻後退」不只是一種詩歌方法，祛除文化中介對人認識世界的遮蔽，還隱含著解構極權體制與共產主義對真實／真理的框限，從人性根本處產生解放作用，為催化人的「自由意志」奠定基礎。

（二）心理學視域：個人－集體

于堅詩從生命經驗出發，重視觀察與思考，對個人與集體之間的關係有獨到見地，對人類的行為模式、心理機制常加探尋。在一個一黨專政的極權政體裡，由國家掌控的武裝部隊與宣傳機器，制約群眾的心理，規範群眾的行為，于堅詩對此現象有精闢的分析。〈對一隻烏鴉的命名〉這篇名作就是對一特定年代，個人與集體之關係細膩的解剖。文本中出現了三隻黑鳥：第一隻，「在往昔是一種鳥肉　一堆毛和腸子」，黑鳥是少年時期在故鄉樹頂征服的烏鴉，只是一隻飛禽。第二隻鳥來自黑暗，「對付這隻鳥　詞素　一開始就得黑透／……／烏鴉　就是從黑透的開始　飛向黑透的結局」──

> 在它的外面　世界只是臆造
> 只是一隻烏鴉無邊無際的靈感
> 你們　遼闊的天空和大地　遼闊之外的遼闊
> 你們　于堅以及一代又一代的讀者
> 都是一隻烏鴉巢中的食物

這隻烏鴉只能是隱喻，它被形容為「黑透」，「黑透　就是從誕生就進入永遠的孤獨和偏見／進入無所不在的迫害和追捕」；它不是一隻鳥而是一只黑箱，已蛻變為極權政體的代稱，隱喻國家機器對人民的生活監視與心靈控管。

　　第三隻鳥是有著烏鴉顏色的鳥，它出現在「那一日」，「那日我像個空心的稻草人　站在空地／所有心思　都浸淫在一隻烏鴉之中／我清楚地感覺到烏鴉　感覺到它黑暗的肉／黑暗的心可我逃不出這個沒有陽光的城堡／當它在飛翔　就是我在飛翔／我又如何能抵達烏鴉之外　把它捉住」，經過了那一日，作者對烏鴉的形容再度蛻轉，它的黑暗就是我的黑暗，它的血腥就是我的血腥，這是一次重大發現。個人與集體不再是兩個簡單的對立階層，而是混成一團漆黑，一團無法結構／解構的謎團。它的形象又一次變化，成為一隻繃直的鳥掛在天空，發出令人戰慄的死亡恫嚇聲：

　　　　可是當那一日　我看見一隻鳥
　　　　一隻醜陋的　有烏鴉那種顏色的鳥
　　　　被天空灰色的繩子吊著
　　　　受難的雙腿　像木偶那麼繃直
　　　　斜搭在空氣的坡上
　　　　圍繞著某一中心　旋轉著
　　　　巨大而虛無的圓圈
　　　　當那日　我聽見一串串不祥的叫喊
　　　　掛在看不見的某處
　　　　我就想　說點什麼
　　　　以向世界表明　我並不害怕

那些看不見的聲音

「一串串不祥的叫喊」不只掛在天空的某處，也迴響在「我」的內心，令人無所遁逃。然而詩，是自由意志的伸張，以黑透的詞素對付黑透的迫害與追捕；從人本心理學的角度而言，是對個人主觀積極性的關注與重整，藉以抵銷死亡對生存意義的侵蝕與壓迫。這首詩的寫作時間標明：1990 年 2 月，文本中的「那一日」，我推論乃指涉 1989 年的「六四事件」。〈對一隻烏鴉的命名〉是于堅對個人與群體的巨大苦難，一次深刻銳利的反思，將個人置入集體的最深處，它就是我，我就是它，極權政體已將置身其中的每一個個人綑綁成命運共同體。因此，對烏鴉的「命名」，不但是心靈的自我療癒更是精神啟蒙，言說同時包含著受難與尊嚴；「烏鴉」不再是一個事不關己的象徵符號，「永恆黑夜飼養的天鵝」，或是「代表黑暗勢力的活靶」，而是極權國家裡每一個人民生存的基本命題。

對生存的無邊黑暗之照明是備受爭議的長詩〈O 檔案〉之主題，探討個人如何被制度消解於集體之中，「人」成為無意義的存有者，只是一個編號一個數字，被縮減為「O」。由於黑暗的無邊際（遍在）與不具備自我啟明的條件（無明），生活其間的人往往更不易察覺。〈O 檔案〉以被持續擠壓與框限的系列符號場對應人的一生，啟明「人的格式化」生存現象，提出一個無法迴避的時代命題。人的格式化根源來自極權政體盲信功能主義的社會控制要求，以行為操縱防止個人越軌顛覆社會秩序，盲信由上而下的規範合理性。從行為主義心理學的角度而言，人的格式化最大弊端是戕害人性的自由發展，它造成了人性的格式化，以致於無法避免僵硬的人性操作僵化制度的惡性循環，妨礙社會正

常發展。社會秩序實際上符合個人利益與公共訴求，但它必需是由共同生活其中的人以公共秩序與個人自由為共同考量，以人性尺度所作的調節。

在〈O檔案〉中，「人」只是一個由文件建構的「檔案」，出生史、成長史、戀愛史，思想、工作、生活、情感、心靈、死亡都無所遁逃於列檔管理。這些檔案由專人填寫、分類、鑑別、編號、歸檔、裝訂、移交、清點、校對，放進檔案櫃，加上五道鎖嚴密控管。這首長詩採鉅細靡遺的檔案體書寫，運用三大類格式化語彙：官僚文件用詞、社會生活習語、文學語言修辭，以斷章式節奏，依語法反覆、意象嫁接等方式，形塑韻律構造詩意。「從動詞到名詞從直白到暗喻從‧到‧／一個墨水漸盡的過程　一種好人的動作　有人叫道『O』」，人就像那枝鎮日塗寫著虛無的枯筆，永遠逃逸不出那張白紙。以格式化語彙組構格式化空間的〈O檔案〉，凸顯了「人」格式化命運之可悲復可笑的境況，個人再無任何隱私可言，只能戰戰兢兢地活在彼此監視相互告密的無形牢獄裡，連枕邊人才能詳知的個人睡相都裸裎在檔案夾裡。〈卷五　日常生活〉節選：

> 他的床距地面1.3米　最接近頂蓋的位置　一個睡眠的高度／噪音小　乾燥通風　很適於儲藏　存集　擱置　堆放／晚上10點　他拉上窗簾　鎖好門　熄燈　這是正式的睡眠／中午　他睡長沙發　不脫衣褲　只脫鞋　蓋上一床毯子／睡覺的好日子　是春天　睡得長　睡得好　睡得不想醒／睡覺的壞日子　是6月至9月　熱　悶　一次睡眠要分幾回／多次小覺　才能完事　秋天睡得最長　蚊子蒼蠅不來打擾／不用搔抓　放心睡　大覺　冬天他9點上床　有電熱毯

〈O檔案〉以紀實攝影的理念與風格重建歷史記憶。「紀實攝影」將目光聚焦在社會人群的基本生活狀況，關懷文明進程的弊端，對人類的痛苦遭遇充滿同情，以樸實冷峻的鏡頭，顯示社會生活豐富的肌理，見證歷史揭示真相，擔當文化反省與社會批判的責任。

〈O檔案〉在紀錄存有真實的同時，也隱含了作者的批評意識，將「陶冶 矯治 校正 清除」並列的反諷意圖穿插於字裡行間。〈卷二 成長史〉節選：

> 藥物過敏史：症狀來自醫生 母親等家長的報告／「寶貝」日服3回 每次4-6片 用藥後面部有紅斑／「好孩子」日服3回 每次1片 症狀同上 紅斑較輕／「乖」（外用 塗患處）塗抹後患者易發生嗜睡現象／「大灰狼來啦 媽媽不要你啦」（興奮劑）服後患者易暈眩／微量元素配合表：（又名施爾康）愛護 關心 花朵 草／芽 苗苗 小的 嫩的 甜蜜的 金色的 （每片含25微克）／天真的 純潔的 稚氣的 淘氣的 （每片含25微克）／牽著 領著 抱著 帶著 慈祥地看著 溫柔地撫摸著／輕拍 搖晃 叮嚀 囑咐 循循善誘 鍛煉 嫁接／陶冶 矯治 校正 清除 培養 關懷 誤傷 （各50微克）／名牌催眠靈：明天或等你長大了（終身服用）

于堅在〈我是一個故鄉詩人〉訪談錄提到：「〈O檔案〉不是語言的實驗活動，我重建了歷史，保持了記憶，表達了存在，我為讀者重建了一個可以體驗的語言之場，閱讀令你重溫噩夢。」〈O檔案〉是當代中國個人與集體關係的重要參考座標，文本中

的問題意識鮮明，富有深刻的啟蒙意義與歷史文獻價值。

〈在詩人的範圍以外對一個雨點一生的觀察〉探索在集體下墜的惡劣環境中個人存在意義的立足點，帶有存在主義心理學對「意義」不懈探求的色彩。極權政體專制性國家治理與嚴密式社會管控，逼迫個人只能往既定方向求取生存，如何在下墜的宿命中奪取自由生機就是詩人一生的艱難考驗。詩中的「一個雨點」，彷彿老子《道德經》所闡釋：「水善利萬物而不爭，處眾人之所惡，故幾於道」。「水」如何能善利萬物？它自身必須具備「源泉」的涵義，它是源源不絕的滋潤生命的本源；所以保持住溼潤極其重要，無端逞能只會落入死亡的陷阱。

于堅長期任職於雲南省文聯，對社會身分進行了自覺省思，不得不「與同樣垂直於地面的周圍保持一致」，「總得依附著些什麼／總得與某種龐然大物勾勾搭搭」；詩人為了凝聚創作動能、推展文化理念，水滴不得不暫時攀住「鐵絲」等待機緣，雖然結局仍然要下墜而消散。但——

　　　直線　掉到大地上
　　　像一條只存在過一秒鐘的蛇
　　　一擺身子　就消散了
　　　但這不是它的失敗
　　　它一直都是潮溼的
　　　在這一生當中　它的勝利是從未乾過
　　　它的時間　就是保持水分　直到
　　　成為另外的水　把剛剛離開咖啡館的詩人
　　　的褲腳　濺溼了一塊

這滴水「濺溼了詩人的褲腳」，已經在文化領域留下不可抹滅的痕跡，它終將為詩人堅持的「在場」書寫提供歷史性的文本見證。不同於「地下／流亡詩人」採取和執政當局不合作的反抗姿態，于堅的角色選擇表面上看來溫和甚至妥協，但具體的精神立場卻是更為堅硬獨立；他對個人與集體的思考超越了意識形態對抗的侷限，表現一個立足於時代（處眾人之所惡）的詩人深思熟慮的社會責任感與文化懷抱。

（三）倫理學視域：自我－他者

于堅戮力經營的組詩〈巨蹼〉，曾經多次以〈往事二三〉的標題零星發表，2012 年匯聚二十五首詩聯合展示；這組詩是對文化大革命的暴力本質與摧毀倫理道德的歷史過程，一次深刻的反省。1957 年毛澤東展開批判資產階級知識分子的「反右運動」，將無數的知識分子與政治菁英遣送僻地勞改強迫洗腦。1966 年再度啟動瘋狂的文革，改造層面擴及每一個人的身心內外，誰也不能倖免。文化大革命，全稱「無產階級文化大革命」，簡稱「文革」，是中華人民共和國 1966-1976 年間的一場全國性政治運動。毛澤東行為的思想依據：觀念形塑人的行為，文化知識結構主宰中國文明制度的超穩定狀態；欲破除此種框限，需要進行全民思想改造運動，以共產主義思想取而代之。但毛澤東發動文革還有更重要因素，即 1958-1962 年執行的「三面紅旗」政策，造成三千萬至四千萬人餓死。毛澤東因政治路線錯誤遭黨內同志孤立，為避免共產黨改走修正主義與挽回個人權勢，煽動群眾進行對人性的野蠻鬥爭與對文化的瘋狂破壞，真正目的是爭奪權力。

〈巨蹼〉之寫作，目的並非挖掘時代醜陋的瘡疤，而是倫理秩序重建的艱難嘗試，試圖在自我與他者之間重新找到連結點。

這首富有倫理學意義的大詩，對文革時期中國人的道德生活進行了系統性思考，梭巡人與人、人與家庭、人與社會、人與國家之相互關係，從人際關係被摧毀殆盡的時代廢墟裡，反向揭示人在群體生活中倫理秩序與道德尺度的核心價值。〈巨蹼〉以自我與他者的關係為軸心展開敘述，通過：我與父親、我與家庭、我與親族、我與鄰居、我與社會、我與國家等面相，展現不同領域的人物對歷史事件的人性迴響。〈巨蹼〉組詩（二十五首版）可以概要分做四個部分：時代場域、他者場域、自我場域、因果場域，本節在每個場域選擇三首詩進行闡釋與評論。

1、時代場域

〈夜晚即將開始〉

夜晚即將開始／烏鴉在大海上叫喚／想起少年時代／那些沉默的長輩／我父親被紅衛兵帶走／下樓的時候／他們拉起窗簾

此詩拉啟文革的布幕，這一場「夜晚」將持續十年之久，地點：我家，事件：紅衛兵帶走父親，精神背景：夜晚即將開始、烏鴉叫喚，現實背景：沉默的長輩、紅衛兵下樓、拉起窗簾。〈夜晚即將開始〉以全知視點展開敘述，「想起少年時代」是第一人稱敘述的回憶模式，事件的時間隱而未現。〈夜晚即將開始〉以序曲的形態預示了組詩的幾個主要動機（主旋律）：黑暗、死亡恫嚇、恐懼、祕密查抄、逮捕。

〈海洋〉顯現赤色風潮瀰漫全境：「紅色的海洋並不存在／但它比蔚藍色的大海更接近事實／接近我對無邊無際的理解／接

近我對驚濤駭浪的感受／紅海洋　海水並不存在／1966 年的中國廣場／我幾乎被這虛無的遼闊淹死／我的夢裡全是救生圈／血紅色的大海也許在日落時分／晃一下　美麗無比／就暗了／不會無休無止／直到／每一顆鹽／都流出血來」。溺水者唯有在夢境中才敢呼救，況且是意象式的沉默呼救！「我的夢裡全是救生圈」是核心意象，這一行之前藍海漂滿紅袖套，紅衛兵撲天蓋地滾動的紅色海洋，廣大而虛無；這一行之後海鹽也將染成赤紅，以：「不會無休無止」表達肯定式指向：「直到／每一顆鹽／都流出血來」，海洋之鹽隱喻人民，苦海無邊！

〈我們必須看這個展覽……〉

我們必須看這個展覽
我們必須排著隊
態度端正地　從
那些五毒俱全的壞人們
的照片下面　一一走過
他們排著隊　一個個穿著
統一的囚服　坦白了罪行
他們的罪惡　來自
另一種質量　彷彿
我們的循規蹈矩
是一種平庸的罪行
態度端正　齊步走
我們的頭一齊從牆壁的左邊
轉向牆壁的右邊　像產品

在接受檢驗　所處的位置

不同　端正嚴肅的姿態

是一致的　彷彿罪惡

已經從他們的牆上

鄭重地　傳遞到我們體內

　　這首詩非常嚴肅地提出一個詞：「罪惡」，這個詞的涵義將貫通全組詩，意謂著罪行遍及整個文革時代。這個全國性展覽（文革）由「五毒俱全的壞人們」所領導，展示「罪惡」的嘴臉，並將「罪惡」鄭重地渲染到群眾身上；「我們必須看這個展覽」，人民被迫觀看並成為同案犯。這首詩相當大膽地為這些領導者穿上「囚服」，間接進行了道德審判；但領導者的面孔仍然隱晦不見，允許每一代讀者進行無窮盡的指認。

　　〈巨蹼〉鋪陳時代場景運用了三種模式：〈夜晚即將開始〉是微觀小敘述，聚焦於某個家庭的受難場景。〈我們必須看這個展覽……〉是宏觀大敘述，展覽的場面奇異浩大象徵時代。〈海洋〉是宏觀與微觀交混的魔幻敘述，「中國廣場／紅海洋」、「我的夢／救生圈」被共同鎚打在時代的鐵鉆上，並導致「每一顆鹽都流出血來」，每一個人都被染成恐怖而傷殘的腥紅色。

2、他者場域

　　「十二歲　一個／忠誠的弟弟／但孩子們全體／背過身去不許他碰他們的／陀螺和髒話　他爸爸是／反革命分子　他就是一個／大人」，〈他孤獨得就像一個牧羊人……〉傳達革命對家庭的影響，連孩子與孩子之間最單純的童伴關係都被摧毀。「反革命」原意是指一切反對革命，與革命政權對立，企圖推翻革命政

權的行為。在中共建國的革命發展過程中，反革命被視為嚴重的負面行為，成為政治犯的罪名。文革期間，紅衛兵派系宣稱自己擁護毛主席而指責敵對派系為「反革命」，「反革命分子」成為文革時期任意迫害他人的一頂方便帽。

人際關係最徹底的摧毀還沒到盡頭，一旦抵達盡頭人只有瘋狂一途；但瘋狂的究竟是被迫害者還是迫害者？具有主體性的自我在哪裡？誰又是他者？誰能脫離時代的影響而獨自倖存？

〈他日夜不停地懷疑……〉

1967年春天
表哥精神分裂
他日夜不停地懷疑
有人要迫害他
你不過是個小工人
誰會來抓你？　不聽
他對三個哥哥和一個姊姊說
你們是不是來專政的？
單位上就決定　把他送走
表哥不走　像一塊大石頭
死死地睡在母親生下他的老床上
他用一生的力氣來
睡這一覺　根本掰不動
單位上的人沒有辦法
只好蹲下　像千斤頂那樣
把他連床一起頂起來

抬到瘋人院去了

　　精神上的被迫害感來自人民彼此揭舉告狀，導致人與人的信任完全喪失；唯一值得信賴地方的只有母親的子宮，或找到替代品：「母親生下他的老床」。「專政」這個詞全稱是「無產階級專政」，「無產階級」原指僅從勞動取得收入的產業工人，「專政」指無產階級得壓制資產階級對共產主義革命的反抗，打破階級分化的社會關係，以創建一個新的無階級社會。「無產階級專政」在文革中成為主要的意識形態與運動口號，劃定中共內部的路線鬥爭，卻以摧殘全國各階層人民的身心靈與毀壞珍貴的文化資產為代價。「瘋人院」形容上述的理論思想與革命行動。

　　暴力階級鬥爭對人的影響極為深遠，文革之後仍然陰魂不散。〈他總是在深夜一點十分的時候……〉描述一個機車廠的車工，一生當中時時刻刻擔心害怕，隨時活在恐懼之中，「他總是害怕著　害怕什麼／他沒有想過　他是機車廠的／一名車工做什麼都像是在犯罪／擔心有人在後面盯著他」。矗立在廣場中的領袖銅像所象徵的極權勢力，日夜威脅著從它的腳邊走過的小市民；心理上的威嚇終於損害了他的身體，「他心臟病發作／在廣場的中央　跳了一陣舞／然後倒下去　死了／南屏街那個廣場／在深夜一點十分的時候／只有一個不朽的人物／無所畏懼地站在那裡」。

　　以上三首詩提出三個案例，作者藉由對具體庶民的命運關注，將自我與他者重新連結起來。雖然作者以同理心賦予文本中的角色情感支持，在敘述語調的控制上卻極其節制，接近客觀化敘述，只在文脈進行的適當時機披露關鍵詞，巧妙運用對照情境：「小孩們－大人」、「專政－瘋人院」、「車工－不朽的人物」，

深刻地完成重建歷史現場的文本任務。

3、自我場域

〈巨蹼〉裡有幾首詩以第一人稱敘述家族受難經歷，無論詩篇裡的文學自我是否即作者的真實自我，這種嘗試對寫作者而言都是一項艱鉅挑戰。對他人受難經歷的書寫，困難點是身體性介入與臨場感重建；對自我生命經驗的書寫，困難點在於保持心理距離與知性觀照；尤其生命經驗率涉到人性根本：愛與死，情境構造的拿捏更是艱難。〈暗藏在草根裡面的鐵蹄……〉結構重心在這一句：「他們要我揭發爸爸／吃飯的時候說了些什麼」，人倫關係被徹底顛覆；兩個本來與父親友好的同志突然變得面目猙獰，令孩子大為困惑。「我沉默著　低頭看著左撇子／父親的左手和右手／那一年　我剛剛學習作文／我已經知道　怎麼把祖國／想像成金色的草原　可是我／還沒有學會更高級的／虛構──　從我父親／因為書寫過度　長著繭子的／指節　聯想到一把／蠢蠢欲動的／匕首」。第一人稱敘述充滿了自傳氛圍，「我沉默著低頭看著左撇子」，傳達出細膩的身體感。把「祖國」想像成「金色的草原」，將「指節」與「匕首」並列，真實與虛幻開始混淆邊界。運動的高潮還在後面，真實與虛幻相互置換的時刻終於降臨──〈巨蹼〉上場：戴著紅袖套的紅衛兵神氣高昂走街串巷，先將一切神聖的事物踩在腳下，顛倒天地，接下來要對付的才是人……

〈巨蹼〉

桂花八月盛開

紅色巨蹼在起舞

大象尖叫　年輕的紅衛兵喉結突出

北京來的　左臂上的紅袖套多神氣

為這塊布我暗暗決心當小偷

書籍在他的皮鞋下嘩嘩響

有一頁抬起頭來晃了一下

我記得是齊白石的蝦　然後死了

父親的頭髮忽然下起了雪　胸前掛著黑牌

穿著一只鞋　手錶上的指針　向後倒去

那時候我還不知道西班牙有個畫家叫達利

這個叫做父親的分子馬上就要拉出去槍斃了

就像電影裡那樣　我渴望看到這一幕由我父親來演

他高呼後倒下　一覺醒來　全是假的

紅衛兵高舉光芒　太陽後退三千里　春城無處不落雪

黑暗大面積退去　箱子瓷碗抽桌日記本一樣樣

亮起來　我父親的舌頭終於滾滾流下

他四十歲　交代出如下罪行：

追求我母親　一個三十年代出世的美人

銅匠與商人的後代　昆明閨女　喜歡數學

性關係開始於1953年

出嫁的那天是7月11日　老曆說　這天適宜婚嫁

那是一個晴天　我父親補充道　她母親在哭

她哥哥穿著毛呢西裝　她姊姊套著絲綢旗袍

小姨妹捧著紅玫瑰　他繼續交代

他不說普通話　在四川老家

有四合院一座　金魚五缸　南瓜一架

> 良田百畝　旁邊是沱江　寒山寺的夕陽是鍍金的
> 食不厭精　二十歲去南京讀大學
> 在大學組織過文學社　罪行是寫詩
> 「玉階生白露」　唸了一句
> 血就順著他的耳朵淌下來了
> 我等待著一聲槍響
> 另一次看見父親的血是在廚房裡
> 他忽然嚷起來　紅色的汁液滴在切開的蘋果瓣上
> 我媽媽的湖藍色裙子在臥室深處一閃一閃

　　這是一個亦真亦幻的場景，敘述者是我，敘述對象是我父親，關鍵時刻是生死。一旦生存變得虛幻而不踏實，如期到來的死亡反倒令人難以置信，「手錶上的指針　向後倒去」，顯示了生存的臨界點。于堅催生了一個比歷史真實還要深刻的詩的真實，以居家生活情境將血腥殺戮場面覆蓋過去，創造生死交疊引人深思的魔幻景觀。

　　逼近死亡的經驗終將對自我產生啟蒙作用，接下來安排的場面是〈性欲〉中的「批鬥會」。群眾圍觀當眾羞辱犯人的公開罪行大會，實際上對所有參與者產生了人格掃蕩作用，「人」只有淪落為禽獸才能苟活下去。

> 有一次　我和一些孩子旁觀批鬥會／當教語文的女教師
> 被紅衛兵／揪住乳房　往下按　兩只真正的乳房／從神聖
> 的課文裡掉出來了／我那暗藏在胯間的小獸／忽然拚命地
> 朝著她豎起角來／她是我父親的同案犯／第三個要抓起來
> 的人或許就是我／巨大的火焰也阻擋不了那場雪崩／我噴

寫著自製的橡皮子彈／陰暗　潮溼　隱密的炎症／口號聲
震天動地／沒有人注意到我上下溼透／周身散發著腥氣

　　這是一隻野獸的告白！逐次逼近的死亡恫嚇終於形成大雪
崩，暴力與性在死亡面前快速地交換面具。世界必將毀滅而後新
生，聯繫自我與他人之倫理秩序與道德尺度總崩潰，或許將促使
人類再一次思考：何謂人性的根本？

4、因果場域

　　無產階級專政的構想最早由革命理論家馬克思提出，由蘇聯
共產黨奠基者列寧（Lenin，1870-1924）加以發展。無產階級專
政是指作為多數者的無產階級取得統治權的國家政體；然而，
1917 年俄國革命的結果，並不是由占多數者的無產階級專政，而
是由一個宣稱代表無產階級利益的政黨專政。無產階級專政最終
演變成：工農無產者質變為特權資產者的極權政體，大陸地區由
毛澤東領銜的中國共產黨的革命結果亦復如此。對「馬克思列寧
主義」者而言，所有歷史都是階級鬥爭的歷史，無產階級要翻身
就必須以暴力顛覆資產階級，進行社會革命奪取國家政權；一旦
這個假想的歷史進程被認可並執行，共產黨的暴政皆可透過唯物
史觀的解釋而正當化，鞏固以強迫思想改造與暴力階級鬥爭為主
要手段的一黨專政。
　　〈鞋匠〉選擇一個修補皮鞋的鞋匠為敘述對象，他幫無數的
人修補皮鞋，本人卻經常赤腳走路，可見他是一個真正的無產者，
但他被革命者逮捕了！無產者成為無產階級革命的替罪羔羊，他
彷彿是一個運動的領頭人實際上卻毫無權力可言：「那個下午一
群革命者帶走了／鄰居馬崇武　他是鞋匠／他手藝精湛　總是繫

著骯髒的腰圍／用一只鋁盒吃飯／他修補的鞋子走上了完全不同的道路／他必須為此負責／他赤腳走在前面／彷彿是帶路的人／轉過街口不見了」。

文革不但摧毀倫理道德，也對傳統文化造成劇烈破壞。〈漢字在黑暗中崩潰……〉一詩，以「漢字」象徵傳統文化，以「紅色芭蕾舞鞋」象徵芭蕾舞劇《紅色娘子軍》，該劇在文化大革命期間被列為樣板戲之一。讓漢字穿上紅色芭蕾舞鞋跳舞，象徵傳統文化全面崩潰；但作者對傳統文化的信念堅定不移，「一」即不可動搖的精神信念，「一」即回歸生機蓬勃的人性之根：「道生一／那怕只剩下一橫　文明也會復活／66年夏天我在故鄉一少年／不懂哲學不知道宇宙玄機／我只是緊握著身上　那生機勃勃的／一豎　在虛無的包圍中　絕不放手」。

組詩〈巨蹼〉以〈從火焰獲得的實詞叫做灰燼……〉作為總結，夾雜在火焰與灰燼之間是死亡永無休止的迴聲，它將伴隨著一代又一代人的感情與思想，繼續將死亡與罪惡擴大？或消弭於無形？「我」與「父親」在這首詩裡共同完成了一件事，從火焰抵達灰燼。這是文化大革命的總成果？或者是「無產階級專政條件下繼續革命」的永續惡果，「文字」所承載的文明之光彷如死灰不再復燃。無論如何，「我」與「父親」再度聯名成珍貴的「我們」，天倫是任誰也剝奪不了的倫理之根。

〈從火焰獲得的實詞叫做灰燼……〉節選

1966年夏天　大街在起火
口號聲擊碎空氣　就要波及家門
我父親　畢業於南京大學的書生

拉上窗簾　讓我幫他燒掉他的青春書
這麼多冊子　這麼多詩　這麼多算命者
這麼多頁碼　這麼多紙　散發著汗酸味
一場雪在西伯利亞的荒野上　燃燒
一本舊雜誌的插頁　攝於俄國　灰燼
只有一洗臉盆　火焰之死很快　只要
不再投入文字　搖晃兩下　就倒了
吐出一口青煙　像是中彈的妖精
鬆了一口氣　死灰一缽意味著我們已經
逃脫死亡　我的臉被烤得火熱

　　于堅以〈巨蹼〉組詩探究：文化大革命對倫理秩序、道德尺度與文明精神的摧毀實況。他採用多重視角敘述受難者的親身經歷，試圖重建被刻意模糊的歷史真相；以詩性文字連結自我與他人，將生死愛恨一體包容，撫觸罪惡承擔痛苦，摒棄激情的吶喊，批判力道卻深刻見骨。〈巨蹼〉是繼〈O檔案〉之後于堅重要的詩學成就，材料的選擇與剪裁巧妙細緻，結構布局八方照應，語調和緩思想深邃，讀之令人痛心而難忘。〈巨蹼〉二十五首2016年擴充為《巨蹼》八十三首，寫作時間橫亙二十年，內容更加豐厚，從文革時期的生存實錄／反思，擴延為極權體制的生存實錄／反思。《巨蹼》詩集，2020年正式出版於澳門。

（四）存有學視域：存有－空無

　　存有學探討「存有者」自身，及「存有」的本質特性；任何事物賴之而成為「存有者」的完全顯現就是「存有」，存有的闕如則是「空無」。存有學的發展，最終會觸及超越一切有限存有

的「最高根源」。于堅表達這個向度哲學認知的詩歌創作在 2000 年以降有更多嘗試，長詩〈面具〉觸及這個領域：「戴著死者的面具／我們來到世界上／取下這張惟妙惟肖的紙／我們就死」，從存有學的角度探索「我是什麼？」的命題，「抬面具的人們已經散去　跟著大路上的灰／只留下一張相片　餐具般光滑／曾經盛滿海鮮　通宵達旦　痛飲狂歡」，抽空了幻影般的現象之後，存有的根基上只剩薄薄的一張相紙。「請為我畫上蔚藍色額頭和波浪牙齒／請為我畫上三千丈白髮和長舌頭／請讓我素面朝天一望無際」，「素面朝天」表達人與最高根源產生連結的渴望。

　　探討存有學向度的詩篇，于堅的書寫策略依然使用日常生活語言，但詩歌空間保留更多虛白，情境的組織更加自由。以下選擇三首短詩進行闡釋，〈土豆的故事〉描述一次車行高速公路的遭遇：

> 忽然在高速公路中間出現
> 黑乎乎的一堆　不開燈
> 像是某種陰謀　緊急煞車
> 發現那是一堆裝在麻袋裡的土豆
> 有一袋散開了
> 發出某些鄉下男人的氣味
> 當他們聚集在一起時
> 納悶上路　驚魂未定的歸途
> 看不見城市　沒有加油站
> 兩邊黑沉沉的土地彷彿在醞釀著野蠻
> 我不再參與政治和黃色段子的談論
> 我一直想著這些土豆

想了很久　很多年

彷彿在那個夜晚

我重新被種下

　　這首詩雖然在結束前收攏到一個焦點，但是「我被重新種下」與高速公路上「麻袋裡的土豆」兩者的關係，要產生意義連結與詩意迴響仍然很不容易，正是懸而未決的閱讀感受牽引出一片思考空間。

　　讓我們試圖回溯詩性思考的痕跡：「土豆」原本扎根於泥土，現在被遺棄於高速公路上成為離開故居的異鄉人。「黑乎乎的一堆」面目模糊命運未卜，影射異鄉人的本質。公路兩邊「黑沉沉的土地」對於車中人而言並不友善，激發了作者無處扎根的反省。「驚魂未定的歸途」心靈一路虛懸，「我重新被種下」入土踏實猶如返鄉，詩在存有與空無之間多次來回運動，最終在「想了很久很多年」後完成如獲新生的精神啟蒙。

　　寫於 2007 年的〈黑馬〉也是一首探索存在意義的詩，以「離開」這個動詞牽引一系列行動，離開市中心、商業區、銀行取款機、超級市場貨架、辦公大廈、百貨公司。接著又離開小區的住宅、加油站、醫院、圖書館，再來⋯⋯

離開手機　電話和夜晚的燈光

甚至從欣欣向榮的郊區離開

甚至離開了那些在田野的邊緣

剛剛出現的度假區

只有它獨自一個要去

那個方向　那個方向

什麼都看不見
漆黑一片
它是一匹剛剛卸完了貨的
黑馬

　　這匹「黑馬」顯然不是一匹黑色的馬，那個「漆黑一片」的方向也不是黑暗之地。這首詩進行了幾次虛實之間的詩歌空間運動：都市文明的工具制約為實，進入荒野的自由逍遙為虛；貨物的擔負為實，卸貨消除負擔為虛。黑馬走進一片漆黑之中，豈非無形無象！那是一種大自由與大孤獨的境界，靈魂在此得到真正的安息；而靈魂的安頓（一種最深刻的存在感知）對於人而言才是真實的存有。文本中這匹「卸完了貨的黑馬」，所影射者乃詩歌不為人知的創作艱辛與精神境界。

　　2012 年的〈左貢鎮〉彷彿莊周夢蝶的當代詩歌版，探索現實與夢境何者為真實存有？何者位居空無所在？地點安置於一個邊境小鎮，舊門板鎖孔插著黃銅鑰匙，藤椅上的老婦人安詳小憩，午後時光定靜：

我曾造訪此地　驕陽爍爍的下午
街面空無一人　走廊下有睫毛般的陰影
長得像祖母的婦人垂著雙目　在藤椅中
像一種完美的沼澤　其實我從未見過祖母
她埋葬在父親的出生地　那日落後依然亮著的地方
另一位居民坐在糖果舖深處　誰家的表姊
一只多汁的鳳梨剛剛削好　但是我得走了
命運規定只能待幾分鐘　小解　將鞋帶重新繫緊

可沒想到我還能回來　這個夢清晰得就像一次分娩
塵埃散去　我甚至記起那串插在舊門板鎖孔上的黃銅鑰匙
記得我的右腳是如何在跑向車子的途中被崴了一下
彷彿我曾在那小鎮上被再次生下　從另一個母腹

　　這首詩將「現實與夢」兩個時空疊置在同一場景，現實中的
我與夢境中的我幻化為不同的兩個人，或者說兩個我並存於平行
宇宙。現實與夢境像似鏡中對映，彼此相互投射；究竟「可沒想
到我還能回來」是現實裡清醒的說夢？還是夢境中人正在回想虛
幻的現實？誰也說不清。這首詩以現實與夢境的迅速交錯，傳達
出歲月魔幻般的隱然脈動。于堅的詩經過這一場形上幻影的洗禮
彷彿更上一層樓，觀察視域從現實生活的縫隙穿越過去，凝神虛
白，詩歌空間的結構更加精煉，詩意迴響餘韻綿長。
　　凝神虛白的詩學在〈芳鄰〉裡發出異彩，于堅超越了現實主
義與意義詩學的侷限，寫了一首出牆詩，既踏實於大地又凌空逍
遙翻飛，這是回歸漢語詩歌正脈的簡樸大器之作。

房子還是這麼矮
櫻花樹已長得高高
向著晴朗朗的藍天
亮出一身活潑潑的花
就像那些清白人家
在閨房裡養出了會刺繡的好媳婦
這是鄰居家的樹啊
聽春風敲鑼打鼓
正把花枝送向我的窗戶

「芳鄰」詞性古雅，〈芳鄰〉有風詩韻致。「春風」來自天地無隔的大愛，你聽！它正把生生不息的芳馨，歡喜鼓動八方分享。芳鄰指稱的不是一個對象，而是一種關係，一種持久的友善與真情；「我的窗戶」打開了眾人的窗戶，「花枝」的迎送代表人情的往來與聯繫，是「里仁為美」的具體展現。春風漫蕩解散圍籬，在世存有「活潑潑的花」與最高根源「晴朗朗的藍天」，一體向著「無限」敞開了歌詠。〈芳鄰〉是于堅意境詩學的代表作，它超越一時一地的現實環境；詩人在天地勃發的春氣中消泯了自我，解散意義實體的沉重負荷，存有與空無在詩歌殿堂中歡悅攜手。

二、于堅詩學中的「民間」概念

「民間寫作」與「知識分子寫作」在共和國詩壇曾經被喧嚷得十分熱鬧，兩種寫作立場呈現多方多元的議論，于堅被標誌為「民間寫作」的主要詩人。本節試圖從于堅寫作生涯的具體文本，釐清「民間」所代表的文化涵義，分做四個面相分別探討：（一）語言策略的虛與實（二）詩歌空間的虛與實（三）社會身分的虛與實（四）歷史意識的虛與實。

（一）語言策略的虛與實

漢語有豐富的語言樣態，從麗辭、雅言到白話、方言，中間夾雜通過翻譯文本而衍生的西化語法，後來又增生網路場域的變形話語。從古典漢語到現代漢語，語言組織繽紛語言類型豐美，這些都是漢語的文化資源，當代文字工作者盡可從這些資源中吸收養分，從事創造性的轉化。漢語文本依語言體裁分做兩大類型：

一類是貼近日常生活的口語書寫（白話修辭），一類是凸顯文化涵養的書面語書寫（雅言修辭）。影響語言體裁選擇有兩種因素：一種是作者的文化體質，一種是作品的書寫向度、寫作主題。寫作者因於文化體質差異，語言體裁會有顯著不同，表現為「風格性語體」。寫作者面對不同的題材相應而生不同的語言調性，這是「文本性語調」。語言不是工具而是存有物，是文化與身體塑造了你的語言。詩／語言是共生關係，在雙向建構過程中相互影響，而其交會點則是身體。什麼樣的身體擺出什麼樣的姿態，說出什麼樣的話語。〈便條集155〉：

> 老教授／在一棵柏樹下／練習太極拳／姿態優美／像一隻正在長出羽毛的／白鶴／他忽然搖身一變／像雜誌那樣打開／于堅我告訴你一件事／我兒子／要到美國去了

　　于堅詩的語言策略，從語體而言屬於口語書寫，貼近現實語言，試圖創造出庶民視角和生活語調，經營對於世界的貼近觀察與在場思考，這是民間寫作中「民間」的第一層涵義。但口語只是于堅詩學的構成因素之一，這是語言策略的表層（實）；語言策略的裡層（虛）則是隱喻與象徵，兩者在文本裡共同發生作用。例舉〈事件：停電〉前五行：

> 在我們一生中　停電是經常遭遇的事件之一／保險絲上的小啞劇　發電廠的關節炎　合法的強姦與暴力／光明的斷頭機　我們對之習以為常　泰然處之／當它突然逮捕了所有光　世界在黑暗中／我們毫不緊張　聲色不動照常學習和生活

以上五行詩，除了第一行平鋪直述之外，其他四行都充滿隱喻。如果將「停電」當作是一個象徵，對映整個時代之陷落黑暗，「合法的強姦與暴力」、「光明的斷頭機」、「逮捕了所有光」、「照常學習和生活」，不都是隱喻麼？如果初次閱讀錯過了陷阱，于堅在最後幾行還會安排一處坑口，這次你就非掉下去不可了：

> 沒有電　開關還在　電錶還在　工具還在　電工／工程師
> 和圖紙還在　不在的只是那頭狼／那頭站在掛曆上八月份
> 的公狼　它在停電的一剎那遁入黑暗　我看不見它／我無
> 法斷定它是否還在那層紙上　有幾秒鐘／我感覺到那片平
> 面的黑暗中　這傢伙在呼吸諦聽／這感覺是我在停電之
> 後　全部清醒和鎮靜中的唯一的／一次錯覺　唯一的一
> 次　在夏天之夜　我不寒而慄

　　對文化與時代的深刻觀照顯現出于堅詩的銳利鋒芒，而日常生活語言的親切感則是必要的傳播性包裝；「口語」本身不是詩，而是方便溝通的工具，充滿語言汁液的口語隨著生活場景自由流動，比起著重文學修辭因而相對靜斂的書面語，具有更加直接的感染力。「口語是語言中離身體最近離知識最遠的部分。但是，不能迷信口語，口語不是詩，口語絕不是詩，但比書面語，它的品質在自由創造這一點上更接近詩。」（于堅〈詩言體〉）

　　于堅的口語書寫帶有一種個人化的敘述動能，我稱之為語言之「勢」，勢是一種潛藏的能量，導引語言之河向前流動與積累能量。勢亦講究虛實，以〈死亡入口〉為例：

我們在一本書中用紅筆

畫下各種長線　短線

以示心領神會　抓住了要點

我們閱讀　將某頁折起一角

在黑暗的海洋上斬獲純光一道

做為心靈得救的標誌　為的是

徹底永遠地忘卻這些箴言

沒有那麼　神祕　那麼遙遠

那麼不可預測

傳說中的死亡入口

就在這

　　這首詩的語言動能由：「我們在……我們閱讀……」和「沒有那麼……那麼……那麼……」，兩系列的主語反覆帶動詩意軌跡。全詩分做三個部分：1-6 行、7-9 行、10-11 行，節奏越來越短促，詩歌空間逐次窄縮；前面九行是必要的踏虛導引，餽贈足夠的禮物塞滿你的懷抱，最後兩行反轉亮出劍鋒，迎面劈破，「就在這」，以死亡之吻瞬間將你掏空，這才是致命的實招。〈死亡入口〉以「我們／集體」作為敘述主體，編排普遍性的庶民視域，最後導入「詩人／個體」獨特的思想觀點，產生對照性震盪。

　　口語詩的閱讀門檻很平民化，但要領略堂奧就得細心品嘗，這是民間寫作一大特徵。就像寫於 2007 年的〈只有大海蒼茫如幕〉，兩度現身于堅詩集的首章，所指一片空無，捨棄多餘的妝扮。語詞不過是一種情感牽引，一次心靈召喚，海天遼闊之際，人言有盡天意無窮，神祕帷幕等待您親自來掀啟：

春天我們在渤海上

說著詩　往事和其中的含意

雲向北去　船往南開

有一條出現於落日的左側

誰指了一下

轉身去看時

只有大海滿面黃昏

蒼茫如幕

（二）詩歌空間的虛與實

　　于堅建構詩歌空間的方式以現實經驗為基準點，想像空間為參照點，大多數時候從生活經驗（實）出發，再循線往精神世界（虛）漫衍。這種書寫方式有時指涉蕪雜文本冗長，優點是平易近人，敘述軌跡明確。于堅的寫作意識正如〈事件：寫作〉所言：「在我們一整代人喧囂的印刷品中　寫作是唯一的啞巴／哦，神啊，讓我寫作，讓我的舌頭獲救！」他的寫作使命是要逼使現實的虛無現身，奪回生命的實存價值。「寫作是為天地立心」（于堅〈我是一個故鄉詩人〉），寫作對于堅而言，堅持說真話並渴望洗滌一代人的視界，寫作觀隱含著魯迅毫不妥協的批判精神與社會責任感。

　　于堅的詩以日常經驗為嚮導，鋪設樸實的詩歌空間親近讀者，這是「民間」寫作的第二層涵義。于堅邀請讀者跟著〈事件：尋找荒原〉一起接近荒原：「橫越雲南　大約九百公里　在迪慶州／我拾到它的一些碎片　狼毛　苔蘚和一些恐龍殘骨／純淨的土地　使我心滿意足　沒有車轍和玻璃渣／一群紅壓壓的山羊（我指的是土地）沒有人看守」。開頭是生命經驗的分享，經過

敘述導引，再逐漸滲入想像的元素，思想主題悠緩現身；而催發思想、揚昇意志才是于堅詩歌的精神內核——

> 瞧啊　荒原　這個偉大的主角　白血病患者神經質的女人／來了　邁著豹那種輝煌的步子／穿過鍍金的天空　進入悲劇的大廳／崇高的陰影　使方圓二十公里的地區　都屏住呼吸／作為侍者　我相當緊張　如果某一個詞不合規範／這個貴婦人完全可能大怒　砸碎一切　揪散頭髮／我擔心被它吃掉　又擔心它對我不屑一顧／二十歲我就熱戀荒原　永恆啊　我熟知你的每一根毛髮／為此我吃盡苦頭　詩人三十一歲　仍然孑然一身／不朽的握手只是一瞬　我還來不及像維吉爾那樣吻它的手指／它已經走過我　遁入黑暗的機場

「荒原」本是異於人世規矩的狂野自然，于堅卻以富麗堂皇的大廳與貴婦人形象，形容「它」的輝煌與高傲，開人眼界。至於「侍者」與「貴婦人」是什麼關係？「不朽的握手」象徵什麼？那是另外一回事；對文本的闡釋是開放性場域，詮釋權交給渴望思想的讀者。有時于堅的寫作會反向操作，先界定精神領域與想像世界，但終將回歸現實場域。〈青花瓷器〉：

> 燒掉那些熱東西
> 火焰是為了冷卻不朽事物
> 冰涼之色為瓷而生
> 一點青痕彷彿記憶尚存
> 感覺它是經歷過滄桑的女子

敲一下　傳來後庭之音

定型於最完美的風韻　不會再老了

天青色的脖頸宛如處子在凝視花之生命

內部是老婦人的黑房間

庭園深深幾許

怎樣的亂紅令她在某個夏日砰然墜地卻沒有粉碎

已經空了些年

那麼多夏季之後

我再也想不出還可以把什麼花獻給它

有一次我突然把它捧起來

察看底部

期望著那裡出現古怪的文字

卻流出一些水來

　　這首詩分做三個部分：1-2行界定精神領域，3-11行建構想像天地，12-18行回歸現實層面。于堅的詩相當重視思考痕跡與行為過程，從宛如處子到老婦人的黑房間，從靜觀瓷色到拿起花瓶，這些跡痕令于堅詩歌的手作感鮮明，文本充滿現實生活豐富的肌理，而又不失思想辯證與形上探索的樂趣。

　　于堅的詩重視細節鋪陳，而細節來自對現象的細膩感知，這是于堅的真本事。如果純粹出於視覺觀察，不算什麼，但出於體覺敏銳就異於常人。〈焦烟〉意思複雜耐人尋味：

驕陽下有某種氣味／像是燒焦的鐘聲／在摩天大樓和地鐵線之間／銀行取款機附近也有／某種塑料在發臭／或許某輛汽車的內臟餿掉／正午　消防隊員在沖洗紅色救火車／

是我自己在冒煙　還是世界的鍋在熻／無人報告火警　合
唱團高歌入雲／這味道在別處我曾有所聞／他年在瓦拉納
西旅行／焚屍的柴堆在恆河畔冒煙／有人逝去　即將轉世
天堂／少女們扶著祖母去沐浴／我聞見類似的氣味／它稍
淡　接近於秋天的稻香／但這個太濃了　也看不見死亡／
百貨公司的秋裝剛剛上市／恆河遠在天邊　某物在焦熻／
令我不安我得細察青萍之末／因此在出租車等紅燈時／一
直盯著後視鏡

　　這首詩的核心意象是「焦熻」，某種氣味流蕩在都市裡，「像
是燒焦的鐘聲」，聲音與氣味的合成體，「鐘聲」，不管是教堂
報福音還是寺廟晨鐘，都隱含光明澄澈之義；這原本屬於開敞昇
揚的氣象，現在卻流洩出「發臭」、「餿掉」的封閉氣息，並與
現代化的象徵物：「摩天大樓」、「地鐵線」、「銀行取款機」
相偎依。它比「焚屍的柴堆」還難聞，它既不是個體性的「物質
死亡」，就有可能是另一種：集體性的「精神死亡」。詩人巧妙
地顧左右而言他，盯著後視鏡瞧。這首詩的感知微妙細節豐滿，
聲音、氣味、形象三方呼應，思維深刻卻又不離現實場景。
　　于堅詩突出細節的手法還有一種更根本的詩學功能：對被封
閉於「整體性」之內的現實，進行詩意爆破與突穿。現實的固化
與人心的固化是一體兩面，集體性濃重的現實將人心綑綁成奔忙
的螻蟻與齊整的歌聲；百貨公司的秋裝上市掩蓋「焚屍的氣味」，
合唱團高歌入雲蔽障「內心的火警」。細節就像無形的刃尖，巧
思布置就能把現實的刻意包裝戳成麻袋一樣。
　　詩歌空間的虛與實，對於于堅詩來說是一體兩面，虛境／實
相、細節／整體總是彼此照應；立足於現實又能超越現實，才稱

得上是民間寫作的當代典範。于堅的詩彷彿一枚剛剛釘進牆壁的釘子，光芒四射，虛實兩端都同時散發出詩意迴響：

〈一枚穿過天空的釘子〉

一直為帽子所遮蔽　直到有一天
帽子腐爛　落下　它才從牆壁上突出
那個多年之前　把它敲進牆壁的動作
似乎剛剛停止　微小而靜止的金屬
露在牆壁上的禿頂正穿過陽光
進入它從未具備的鋒利
在那裡　它不只穿過陽光
也穿過房間和它的天空
它從實在的　深的一面
用禿頂　向空的　淺的一面　刺進
這種進入和天空多麼吻合
和簡單的心多麼吻合
一枚穿過天空的釘子
像一位剛剛登基的君王
鋒利　遼闊　光芒四射

（三）社會身分的虛與實

于堅在〈棕皮手記：故鄉費里尼〉一文裡提到：「在過去的歲月中我很少離開昆明，將來的日子也不會離開。但在昆明，我越來越成為一個沒有故鄉的人。」失去故鄉的因素有兩個，一個是：「六十年代的意識形態革命使我們失去故鄉的內容。」一個

是：「現代化的推進使昆明煥然一新，人與世界的關係、價值觀、道德、速度都完全改變了。」昆明雖然改變了但于堅說他不會離開，這聲明裡自有他堅持的信念：離開了土地，人也就失去其存在意義；對土地的深厚情感使于堅成為一個「故鄉的詩人」。〈故鄉〉一詩開端說起：「從未離開　我已不認識故鄉／穿過新生之城　就像流亡者歸來」，而結語是：「就像後天的盲者　我總是不由自主在虛無中／摸索故鄉的骨節　像是在扮演從前那些美麗的死者」。于堅的詩觀重視身體的在場，「摸索故鄉的骨節」即表達身體的在場，唯有身處故鄉，人才能與厚實土地、廣大生民、文化傳統產生血肉相連之感。

　　〈無法適應的房間〉也提到：「我無法適應這個房間／它的氣味令我噁心　它的窗簾令我盲目／它的水和器皿使我更加乾渴　它的玫瑰是醜惡的／它的椅子像陷阱　它的鹽有劇毒／它的貓對我懷有惡意　它的鴿子是魔鬼養的群雞」。很顯然這個「房間」指涉的不是一間套房，而是隱喻整體社會。在此氣味難聞的社會現實裡，詩中的「我」不但苦悶，甚且被敵視，「我是這個房間的敵人　細菌　和悶悶不樂的幽靈／但這是上帝賜予我的唯一的住房　如果我不能適應／我就無家可歸」。

　　這是于堅的自我審判！于堅誕生在 1950 年代的昆明古鎮，這是他的原生故鄉；于堅的社會身分首先是一個昆明市民，長期服務於雲南省文聯，近期的職業則是雲南師範大學文學院教師。但于堅將「庶民」視為自己主要的社會身分，而「詩人」則隱匿於精神領域進行監督與批判，這是「民間」寫作的第三層涵義。文聯與雲南師大都是體制內組織，但于堅始終堅持做一個批判性格強烈的民間詩人，政治上無形的監視與騷擾在所難免。〈事件：翹起的地板〉披露了蛛絲馬跡：「多年寫作　一直以為是在　與

鐵對抗」，但就在書房地板牆角根，「出現了洪水　我發現這個地下組織　已經祕密地／活動多年」，更嚴重的事態在後頭：「但它後面　連接著一個不講是非的　水庫／鑿穿一切岩石　鐘　花朵　圖紙　壩／無孔不入　像是死牢裡的蚯蚓　只要　拱出去／向剛剛完工的世界宣布　事情還沒有完　還有縫／它才管不著　地道的出口　是警察局的地毯／還是一個詩人的　殼」。于堅以書房翹起來的地板與凹下去的坑，「它時常會冷不丁地絆我一腿」，表達「自由寫作」的艱難，「偶爾要蹌蹌一下」總是生活常態。

　　于堅是一個視寫作為天職的詩人，面對這些逆流阻礙時心態很平常，不會干擾他繼續深掘下去。〈後面〉這首詩也提到被長期監視的苦惱與樂趣：「後面　我聽見您的肺葉像廣場一樣張開／詭計多端的老跟班　監視我這麼多年」，「您還在後面嗎？還在調焦距嗎？……／要是您哪天下崗了　請通知一聲」。〈彼何人斯〉對體制壓抑個人與心靈追求自由，兩者的衝突進行省思，天天陽奉陰違可不輕鬆啊！鏡中的「我」到底是誰？「我一唱歌你就應和　我卑鄙你尾隨而至／我下流你順水推舟　我脅肩諂笑　為大王／塗白自己的左腮　你遞上一面小圓鏡／照出我藏在眉宇間的彌天大謊　霧　雪光和火焰」。真面目究竟能藏在哪裡？面具後面的臉還是我嗎？「每次回家　我都害怕／燈火闌珊處　驀然回首　你已不在鏡中」。

　　于堅的寫作始終堅持「中庸」的精神狀態，從不過度激情洋溢，也不會乾巴巴地說理，虛實之間拿捏得宜；社會角色的扮演也是如此，貼近群眾與時代氛圍的市民，使他得以近距離觀察與思考社會脈動，並在寫作實踐中疏離與沉澱，發出詩人獨特的聲音。「老子白天模仿老鼠　唯唯諾諾　夜裡學習大象／光明磊落

我是上帝的臥底　我是將來派入今天的／間諜」；「唯唯諾諾」
是庶民現實生活的表面姿態，「光明磊落」是詩人精神生活的內
核。于堅經歷文革的洗禮，選擇「中庸」立場，乃為避免重蹈革
命反革命的惡性循環。「中庸」不是妥協，而是持續一生的天道
與人事的均衡，執其兩端而永葆中道。何謂詩歌精神？天寒地凍
之中，于堅一路走來容貌樸質而骨氣清剛。

〈真實的冬天在郊外的指甲上……〉節選

> 另一個冬天在我的內心
> 沒有實質的寒冷和孤獨
> 與具象的家具尖銳對立
> 與溫暖的棉被對立
> 與玻璃窗上的霧對立
> 與活著這個事實對立
> 我能感受到沒有溫度的嚴寒
> 如何把我一步步推進黑暗的冰箱
> 魚的游泳練習全部凍結
> 我作為它的刺翹在虛構的冰上

「詩歌精神」就是那根翹在冰上的「刺」，敢於正視一代人
虛偽地「活著」這個事實；詩人穿透時代謊言的漫天大霧，無懼
於嚴寒環境與心靈孤獨。

口語寫作與書面語寫作是語言體裁的選擇差異，與詩歌精神
無關；庶民與知識分子是社會身分的認同差異，也與詩歌精神無
關。對詩歌精神的堅持，才是詩人立足於「自由寫作」的真正判

準。空有庶民身分卻不具自由寫作的立場與獨立的批評意識，談不上民間寫作；空有知識分子身分卻不具自由寫作的立場與獨立的批評意識，也談不上知識分子寫作。

（四）歷史意識的虛與實

「民間」寫作第四層的涵義有關於傳統和歷史，組詩〈巨蹼〉中的〈王向東的父親是造反者……〉觸及這個命題。王向東的父親要造的反是哪些？「他母親是小腳　愛燉小米粥／愛吃桃　他爹擅長書法／熱愛李昱的詞　長年累月／迷戀著兩樹梅花　一潭新月」，以上都是傳統的象徵物。「十六歲　與地主大院決裂／占地兩畝的豪宅　王向東家爹／摔門就走　離鄉背井／一不怕苦二不怕死／二十三歲成為機關幹部」，這是要革封建思想與地主的命了。王向東的父親接受共產主義意識形態的洗禮，成為黨的標準工具，「他勇敢地向組織　揭發他愛人／暗藏在枕頭芯裡面的紙／天天洗冷水澡　準時去辦公室」，「孩子們在冬天烤太陽／他大罵　不求上進！　他兒子王向東　就和我們一道低著頭／逃進翅膀裡去了」。新世代還沒有準備好接受這一套裝扮，但歷史繼續前進，革命鬥爭五六個回合就到了七十歲，王向東的父親現在是一個老革命——

> 第六次搬家　單位分給他／一大套房子　全單位／最大的一套　剛剛安好吊燈／但沒有老家的莊園大／白髮蒼蒼的老戰士／蹺著腿　坐上新買的沙發／滿屋的油漆味　有點嗆／嘆了一句　亮啊！／就中風了　臨終前／這個外地人說的是：／「我想家啊　媽媽」／把戴著墨鏡　一貫被父親視為／思想落後的王向東　嚇了一跳／孝子　就把他父

親的棺材／運回河北省的王家莊去了／在老家　機關大院
長大的／王向東　第一次／看見了梅花

「家」和「媽媽」這兩個詞陰魂不散，倫理與道德居然怎麼
革都革不掉！這個造反者最終還是顛覆不了人性的根本，而「梅
花」所象徵的傳統精神依舊矗立在故鄉泥土上。這首詩透露出一
個訊息：家、媽媽、梅花所隱喻的不變道統是「常道」，造反揭
發與思想改造的變易政統是「非常道」，這是歷史意識的實與虛，
常道與非常道的更替是中國歷史演變的核心規律。從文本透發出
來的訊息觀察，于堅的寫作站在捍衛恆常道統這一邊，輕視無常
流變的政統，這是「民間」寫作第四層的文化涵義。

恆常的道統是「純棉的母親」、「永遠改造不過來的小家碧
玉」，比輕薄造作的時尚純粹大方，「比她的時代美麗得多／與
那鐵板一樣堅硬的胸部不同／她豐滿地隆起　像大地上／破苞
而出的棉花／那些正在看大字報的眼睛／會忽然醒過來　閃
爍」，「經過千百次的洗滌　熨燙／百孔千瘡／她依然是100%
的／純棉」（〈純棉的母親〉）。恆常的道統是「某隻夢裡的蝴
蝶」，像個隱匿的詩人；是亙古彌新的精神大道，「第一千次提
到文王　我喜歡那種祕密會議般的竊竊私語／那不是祕密　他的
謬論總是引領我回到那些死去的大道」（〈事件：心靈的寓所〉）。

流變的政統由「國家意識形態」所掌控，官方宣告的意識形
態滲透進社會結構的最深處，極權政體通過絕對的權力控制／影
響多數人民的思想與行為：「告訴我／下一輪是誰要脫下短褲去
洗澡／誰可以做第二次夢／／日復一日的大合唱／令我的少年
時代骨瘦如柴」。極權政體通過有意識地放大先知形象，為其
追隨者們塑造出一個具有超凡魅力的個人崇拜榜樣：「生下來先

看見你的印堂／在婦產科的白牆上閃閃發光／才看見陰暗的媽媽／……／我的奮鬥是／用一生來仰你的鼻息／牢記你的嘴臉／……／像兒子記住父親／像情種們記住蒙娜麗莎」（〈A〉）。

再以〈飛行〉這首五百零八行的長詩作為觀察對象，「大地布滿河流和高山的臉　是一個個自以為是的國家　曖昧的表情／／歷史從我的生命旁後退著　穿越絲綢的正午　向著咖啡的夜晚／過去的時間在東方已經成為屍體　我是從死亡中向後退去的人」，國家、歷史在于堅的眼裡都是虛幻變易之物。但主宰人類命運的又是什麼？現代化？「焦慮的羽毛　為了投奔天空拍賣了舊巢」，全球化？「在一小時內跨過了西伯利亞　十分鐘後又抹掉頓河／穿越陰霾的布拉格　只是一兩分鐘　在羅馬的廢墟之上

逗留了三秒／省略所有的局部　只留下一個最後的目標」，還是推動現代化全球化的傲慢帝國與跨國公司？「我會掏出來嗎？

那裡離潮溼非常　非常遙遠／國家的陰道是乾燥的　殺人的廣告布滿陽光」。于堅的詩是現實的戲劇，行動的詩章，不斷往前走的存在感負載著它，〈飛行〉會抵達哪裡？一點兒都不重要，那不叫飛行而是降落，「不過是九個小時　不過是按了幾個鍵Enter！／我已經在一大片拼音中間　晃著兩只陶瓷的耳朵」，于堅最終還是動用了沉實不變的此在根源：「身體」，來回應歷史變動的命題。

沈宋裁辭矜變律，王楊落筆得良朋。
當時自謂宗師妙，今日唯觀對屬能。
李杜操持事略齊，三才萬象共端倪。
集仙殿與金鑾殿，可是蒼蠅惑曙雞？
　　　　　　　　　　──唐・李商隱〈漫成五章〉節選

李商隱（813-858）作於唐宣宗大中三年（849）的〈漫成五章〉，涉及品文、論詩、評史、述政、談兵等五個面相，概括了詩人的主題關注與價值取向。上引詩段談及沈佺期、宋之問推敲辭藻為詩，矜誇自己創制的「變律」；王勃、楊炯落筆作文，與盧照鄰、駱賓王合稱「初唐四傑」，得當時名家聲望。從晚唐李商隱的眼光來看，當時稱雄文壇的沈、宋、王、楊，熟稔對仗的雕蟲小技；反觀李白、杜甫才是真正的大師，兩人才氣相當，天、地、人與世間萬象都在筆下精闢展現，翻騰創造性契機。但才華橫溢的精神典範，卻因下位者進讒言上位者無肚量而被排擠，現實社會總是蒼蠅的營營聲音覆蓋了晨雞報曉。

于堅的詩是為黑暗時代報曉的精神啼鳴，那些胡亂飛揚的蒼蠅之輩豈能明白其中要義！「蒼蠅」就是歷史軌跡上的非常道，只是爭寵功名惑亂時代的短暫流行；「曙雞」則是運通天地的常道，是氣勢雄渾萬古長青的文化正脈。「歷史意識的虛與實」，從創造意識來考核，是檢驗作者詩歌精神的最佳判準；從歷史脈絡來度量，是裁定作品審美評價的不二法門。

三、黑暗時代的精神螢光

于堅的寫作始於 1970 年，經歷文革時期的浩劫與改革開放後的社會陣痛，走過風起雲湧的新詩潮運動高峰與低谷，1985 年參與創辦地下文學刊物《他們》，1999 年盤峰詩會堅守「民間寫作」的陣地。當二十一世紀的權貴資本主義大潮猶如洪水猛獸，迫使倖存的理想主義文人與自由寫作者斷戟卸甲、隨波逐流，于堅始終堅守詩歌精神從事自由寫作不改初衷。

于堅是擅長敘述綜論天地的詩意書寫者，也是觀察萬象樸實

做人的草根生活者。于堅的詩，審美意識、哲學涵義與宗教精神
三方兼具；于堅是知其不可為而為之的詩人，在黑暗時代裡閃爍
精神的螢光。

〈這黑暗是絕對的實體〉

這黑暗是絕對的
實體　不是箱子裡的箱子
不是鎖上加鎖　不是鐵鏈子
不是即將倒塌的煤窟
不是隱喻　不是面具後面
死屍體的臉　搬掉即可
上帝沒創造移動它的那種力量
許多聰明人終於覺悟　投明棄暗
道不行　乘桴而亡
有些偉大的螢火蟲對它心存僥倖
舉著燈在伸手不見五指的虛空中撲騰
使夜空看起來沒有那麼死硬
那麼不可救藥　那麼令人絕望

　　于堅 2008 年將時代容貌形容為：「這黑暗是絕對的實體」，
彷彿連全能的上帝也被囚禁於鐵籠中。南京詩人韓東（1961-），
則在 2003 年以〈無題〉闡述困獸的心境：「黑暗太深，如雙目
緊閉／如挖去眼球／寂靜使耳輪萎縮／既如此／手腳又有何用？
／／一塊頑石之內／思如奔馬／方寸之地／衝撞不得出／／就
把這封閉的一團獻給你吧／使盡地拋出去／擊中一條母狗／／

或永不墜地／一顆星星發出自己看不見但照耀山川的／無聊的光輝」。

　　于堅與韓東乃1985年創刊於南京的《他們》文學雜誌核心人物，「他們詩人群」還有：小海、王寅、呂德安、丁當、陸憶敏、劉立杆、朱朱、朱文等人。于堅與韓東對黑暗時代的形容，呈現出兩種不同的詩歌空間，兩種不同的生命姿態。于堅認知時代被封鎖在鐵硬的「絕對實體」中，但依然相信舉著燈（詩的微明之光）在「虛空中撲騰」能削減黑暗的強度，從積極面堅守自由心靈的漫遊姿態。韓東詩的敘述主體在暗黑裡蜷縮成一團肉球，儘管也想像著詩的星芒照耀山川，但相對於「思如奔馬」的生命潛能而言，寫作的成就被反諷為「無聊的光輝」；韓東詩對於「籠中困獸」的生命真實，從消極面進行形象化的闡釋。

　　再例舉于堅〈大象〉與韓東〈和愛犬共命運〉做比較。中國西南邊境的雲南野性叢林遍布，有利於于堅詩保留渾沌精神；身處急速現代化的南京大都會，韓東詩往往呈現小市民的無奈。韓東的愛犬軟軟地躺在詩人懷抱，被睡夢中草原的氣味困擾，「我也像他一樣不明白／像他一樣困惑／適應了天空下大地上的生活／被環繞和擁抱、蹂躪和痛毆／我的夢也醒來就忘／陽臺生動的陰影裡／他是異種迷惘的孤兒／我又是誰的遺物？」韓東寫於2011年的〈和愛犬共命運〉，反映在高速前進的時代巨輪底下，理想主義者之夢被輾成碎片的殘酷景觀，詩人與迷惘的愛犬同樣精神衰落。

　　于堅的〈大象〉也寫於2011年，大象猶如蒼茫的國王，以「自然」為後盾，永恆與無限是它的棲居之所：「巨璞沉重如鉛印察看祖先的領土／鐵證般的長鼻子在左右之間磨蹭／邁過叢林時曾經喚醒潛伏在河流深處的群獅／它是失敗的神啊　朝著時間的黃

昏／永恆的霧在開裂　頓位解體　後退著／垂下大耳朵　在黑暗裡一步步縮小／直到成為恆河沙數」。大象雖然也不敵時代變化但仍然是神，形象悲壯精神煥發：「造物主為它造像／賜予悲劇之面　鑽石藏在憂鬱的眼簾下」，于堅的真面容隱約乍現。

　　于堅與韓東有一個判然有別的精神立場，對改變歷史進程的觀點差異極大。韓東的〈自語〉由三首短詩組成自我鏡像，自我省視相當嚴肅。第一首〈此刻〉與第二首〈逆轉〉，談到了我「收縮得幾近於無」，談到我的外面已經空了，「裡面卻被塞滿」，存有者已無力去實現自我，幾近被空無吞噬，這是相當難能可貴的心靈醒悟，「詩的真實」逼人眼目。第三首〈在未來〉語調冷靜，呈現靜態化的未來觀：「在未來，將有事情發生／我懷著等待的心情／懷著盼望／既無等待也無盼望時／事情仍然發生／就像在道口，火車開過來／懷著無畏的恐懼迎上去似無必要」。時代的滾動就像那列火車，量體龐大、聲音吵雜、高速運行。韓東站在旁觀者的立場空想等待，缺乏參與改變歷史進程的動能與信念，于堅對未來的願景卻有另一番想像。

　　于堅的自我省視態度同樣嚴肅，但不會自廢武功，這是源自對生命的神聖信念，對家園的深情大愛，對文化的崇高懷抱；相信黑暗與光明是相對性存有，光明再微小，只要生命主體的自由意志堅定，擁有自覺選擇價值的能力，黑暗再巨大也吞噬不了他。「動是生命！動是自由！動是解放！動是美！」

　　　　把動說出來，動是什麼？
　　　是一千種，一萬種動的形狀，只和身體有關，我說不出來！我想知道動是什麼！
　　　我想把動告訴別人！

對，把我們心中的感激與歡樂告訴所有人！

把我們身體的解放告訴所有人，讓每一個人都動起來！

　讓我們為動命名！

命名吧！為神聖的動命名！

　命名吧！為這個給我們身體自由的動命名！

命名吧！為這個讓我們重獲生命的動命名！

　命名吧！命名！

好吧──讓我們命名──彼岸！

　彼──岸！

彼岸？

　一個名詞？一串音節？兩個漢字？十六劃？

撇撇豎，撇橫勾，豎橫撇捺，豎折豎豎？橫撇橫橫豎
──bǐ àn彼──岸！

　這就是動？

動被說出來了？彼岸？

　是的，彼岸！

它能動嗎？

　它不動，它是一個名詞。

　　　　　　──〈關於《彼岸》的一回漢語詞性討論〉節選

「說」永遠只是一個名詞，「做」才是動詞。

　于堅的詩語言樸實風格硬朗，不斷穿越社會藩籬釐清歷史真相，語調、意象、思想、精神都烙印著正大光明的容貌。于堅的詩中國語境鮮明，這是他的受難也是他的尊嚴，以文本為時代釋義、為歷史正名是他一生的抱負。于堅的詩精神堅挺接應天地，擁懷苦難人世，與時代命運共呼息。彼何人斯？三才萬象

共端倪！于堅是困頓歷史召喚出來的能動的詩，黑暗時代的啟蒙
之光。

【參考文獻】

于堅，《一枚穿過天空的釘子》（臺北：唐山出版社，1999 年）

于堅，《于堅集》五卷（昆明：雲南人民出版社，2004 年）

于堅，《只有大海蒼茫如幕》（北京：長征出版社，2006 年）

于堅，《在漫長的旅途中》（北京：作家出版社，2008 年）

于堅，《對一隻烏鴉的命名》（香港：香港中文大學出版社，2011 年）

于堅，《于堅新作快遞：巨蹼 24 首》（《詩歌 EMS 週刊》總 157 期，2012 年 8 月）

于堅，《我述說你所見》（北京：作家出版社，2013 年）

于堅，《彼何人斯》（重慶：重慶大學出版社，2013 年）

于堅，《巨蹼》（澳門：中國藝文出版社，2020 年）

黃粱等著，《地下的光脈》（臺北：唐山出版社，1999 年）

韓東，《重新做人》（重慶：重慶大學出版社，2013 年）

布魯格編著；項退結編譯，《西洋哲學辭典》，（臺北：國立編譯館，1989 年）

孫京濤，《紀實攝影—風格與探索》（濟南：山東畫報出版社，2004 年）

理察・皮佩斯著；蔡東杰譯，《共產主義簡史》（新北：左岸文化，2005 年）

李商隱著；劉學鍇、余恕誠編，《李商隱詩歌集解》（北京：中華書局，2011 年）

第十二章【王小妮（1955-）】
堅守人性真實，王小妮詩章

前言

　　王小妮，滿族，1955 年生於吉林省長春市，1978 年考入吉林大學中文系，參與發起「赤子心」詩社，詩社成員：徐敬亞、王小妮、呂貴品、劉曉波、鄒進、白光、蘭亞明。王小妮崛起於朦朧詩時期，1980 年開始發表新詩，1985 年遷往深圳，2005 年起任教海南大學，遠離各種文化爭端，筆耕不輟作品豐碩。王小妮詩歌的核心價值：堅守人性真實，關注命題：人與時代對詰。三階段詩歌歷程：隱逸者時期、清醒者時期、啟蒙者時期，扣緊歷史脈動；三大主題類型：倫理詩，風土詩，諷喻詩，呼應時代命題。本章擬就 1980-2016 年的詩篇進行系統評析，闡述詩歌文本中蘊含的人文精神與審美價值。

一、核心價值與主題關注

（一）核心價值：堅守人性真實

　　王小妮詩章誕生於中國東北的高寒地帶，茁長於堅韌的筋骨血氣中；詩不沉迷於修辭，與土地的連結踏實，始終貫串的核心價值是：堅守人性真實。王小妮的詩與時代變動緊密牽連，比如

〈到鄉下去〉：「龍和蛇／在糧食的黃頭髮上走。／糧食好像睡著了／沒有來龍去脈。／龍一年年絞著蛇／把我們送到了今天。」「龍和蛇」是驅動歷史的時代潮流，「沒有來龍去脈」形容糧食與土地不受潮流影響的古老關係；相較於時間對人心的劇烈絞動，鄉土景觀更加堅毅而恆常。這首詩有一個隱藏的歷史背景，文革時期知青大規模被捲入的「上山下鄉」運動。「到鄉下去／其實是想逃到二十年前去」，敘述者勾起記憶。

詩集《我的紙裡包著我的火》徐敬亞的序言提到：「久居都市的王小妮，在 60 年代末那場大雪中，突然變成了一名農村泥房子學校裡的中學生。那些保留著自漢代以來耕種方式的農業景觀，使流放般的生存中露出了一種揭開皮肉的生命新鮮。從來沒聽說過、沒有看到過的天地相映、人畜互憐的自然風貌，不能不使一個初級都市人的意識發生某種傾斜與偏離」（徐敬亞〈一個人怎樣飛起來〉）。〈到鄉下去〉有兩層意旨，第一層表達時間對人的無情催迫，不但下鄉的「那個人已經在亂髮中消散」，甚至所有人都「四分五裂」；第二層顯現土地的恆常感，稻浪與炊煙無視於虛無潮流，「誰和稻子在一起／誰就是稻子的波浪。」到鄉下去讓人性復甦，人與土地重新產生連結。

1980 年帶有民謠氣息的詩〈碾子溝裡蹲著一個石匠〉，以樸實的語調描寫庶民生活，詩人立足於大地與民眾同感——

叮噹，叮噹，／碾子溝裡蹲著一個石匠。／棉衣跟石頭一般顏色，／眼光跟石頭一樣呆滯，／身軀跟石頭一個形狀。

一座大山，一個石匠。

他告訴我，／早年，這兒成日成夜／忙著老石匠和他的姑娘。／他們感動了仙人，／派金馬駒來幫忙。／從此，成千成千的碾子／從溝裡滾向四方。

叮噹，叮噹，／他講到那個石匠，／嘴裡劃出笑紋。／他講到那個姑娘，／眼裡閃動著慈祥。／他講到那個金馬駒，／放下活計，／凝望著溝頂的山梁。

呵，眼前一尊石像。

石匠重新拿起家什：／瞎話，瞎話，／沒見實啊，／光是老輩人這麼講。／他深深埋下頭。／他的棉衣跟石頭一般顏色。／他的眼光跟石頭一樣呆滯。／他的身軀跟石頭一個形狀。

呵，一個山溝，一個石匠！

叮噹，叮噹，／是什麼催我快一點離開／催我再回頭一望。／碾子溝裡蹲著一個石匠，／一生與那個瞎話為伴。／他的心滾燙滾燙，／他腳下的石頭，冰涼冰涼。

　　詩篇運用首語反覆（叮噹，叮噹），句法反覆（棉衣跟石頭一般顏色／眼光跟石頭一樣呆滯……），類疊修辭（一座大山，一個石匠。／一個山溝，一個石匠。）塑造民間歌謠的身體搖盪感。節奏、句法、語詞的反覆，一方面傳達情感的積疊，一方面將主題旋律層次遞進。

大山、石匠與傳說之間具有隱密關係，如果大山影射時代場景，蹲在山溝裡的石匠即人民象徵，「那個瞎話」可以衍義為從天而降的「無階級社會」的空幻理想。王小妮的詩關注尋常人性與生活情感，反映勞苦大眾生活的艱辛，早期詩即流露諷諭特徵。「諷諭詩」鋪陳人物形象、事件情境，影射政治事件或社會議題，內蘊提醒當政者或訴求民眾覺醒的不忍之情。

> 那些整夜／蜷曲在舊草蓆上的人們／憑藉什麼悟性／睜開了泥沼一樣的眼睛。／／睡的氣味兒還縮在屋角。／靠哪個部件的力氣／他們直立起來／準確無誤地／拿到了食物和水。（〈清晨〉節選）

　　「睜開泥沼一樣的眼睛」的人們和「眼光跟石頭一樣呆滯」的石匠，都是勞苦無助的民眾。每日，陽光飽含著苦汁淋溼大地與眾生，「是什麼念頭支撐了他們／頭也不回，走進太陽那傷人的灰塵。／／災害和幸運／都懸在最細的線上。／太陽，像膽囊／升起來了。」天意為什麼如此殘虐？而人間又逆來順受？詩人的追問還將持續下去：「巴士很久很久不來。／燦爛的太陽不能久等。／好人和壞人／正一寸一寸地轉換。／光芒臨身的人正在糜爛變質。／剛剛狠瑣無光的地方／明媚起來了。／／神／你的光這樣游移不定。／你這可憐的站在中天的盲人。／你看見的善也是惡／惡也是善。」在〈等巴士的人們〉這首詩，作者發出天問式的道德質疑：為什麼時代總是善惡不分？好人棲居黑暗地帶灰頭土臉，壞人卻風光明媚招搖過市。

　　〈清晨〉與〈等巴士的人們〉都採用「太陽」這個至高無上的形象；它帶給人間不是尋常意指的光明、熱情、真理等正向價

值，而是傷害、盲目、混淆善惡等負向價值。「紅太陽」在中國當代語境裡指涉毛澤東與中國共產黨，詩人對它所蘊含的人造真理發出質疑。王小妮的詩對戕害生命價值的極權體制與政治運動，抱持冷靜的觀察與批判，既不屈從也不怒吼，以和緩的語調敘述社會現象，以人性真實作為價值判準。

（二）主題關注：人與時代對詰

　　王小妮詩歌的核心主題是人與時代對詰，以庶民生活映現時代圖像，從時代的裂隙洞觀人性迴響。對於集體而言個人是什麼表情？「我想像我是一掃而過的火車／望見貼在某扇玻璃上的某些影子／所有人都恍惚不清地被忽略」（〈兩列交錯而過的火車〉），個人面貌模糊生命主體淪喪。對於個人而言集體又是什麼德行？「原來北京也會晴／北京也配有五顏六色。／／北京晴得奇了／行人的衣裳表情，還有他們的心／全都露出來。／……／人們照樣趕路／錢還是藏進最深的口袋／心都在暗處蹦跳。」（〈北京大晴〉）詩篇一下子剖開了北京（首都，極權政體象徵）精心包裝的裡外三層。

　　個人與集體之間的關係，作者鋪設了尋常的生活場景來探索。〈我沒有說我要醒來〉節選：「為什麼沒有人懷疑早晨？／為什麼沒有人發現／光芒正是我們的牢獄？／太陽迫使我們／一層層現出人的顏色。／我並沒有說／我要在其它人類喧嘩的同時／變化成人。／／他們瞪著眼說最明亮的是太陽／他們只想美化外星球。／我看見太大的光／正是我被拿走的自由。／／手臂被燃燒成白光／我變成這噪雜早晨的一個部分。」太陽這個無所不在的政治符號迫使每個人交出自己，陽光成為喧噪的「牢獄」，剝奪我安靜的「自由」；嘈雜的政治口號灼燙每個人，強迫人民

進入赤化／異化的國家熔爐中。

　　王小妮的詩來自對生活經驗的深刻體會，不管是與巴士站的人群一起等車，還是滲透玻璃窗的陽光與噪音，都是一位普通市民的日常經驗。但詩人的視野穿透了現象表層，挖掘生活埋藏於地底下的根鬚，隱約的錐心刺骨之痛飄蕩在字行之間。

　　在〈看到土豆〉這首詩，王小妮敘述遇見「一筐土豆」的經驗，勾起作者對東北老家的回憶。「偏偏是那種昂貴的感情／迎面攔截我。／是那種不敢深看的光／一層層降臨。／身上嚴密的縫線都斷了。」面具剎時卸下，情緒將要崩瀉。詩的最後一節，激情持續推湧，思想的冷靜卻把文字擲向一個奇異高度，「沒有什麼打擊／能超過一筐土豆的打擊／回到過去有多難。／可是今天／我偏偏會見了土豆。／一下子踩到了／木星正在著火的光環。」這首詩呈現兩種有意思的隔絕，首先是個人與集體之間阻隔著嚴密的縫線（心理防線），其次是現在與過去之間遠隔渺茫的太空（記憶斷裂）。

　　王小妮詩篇裡「集體」有兩種象徵涵義，一是群眾一是國家機器，用來對比於孤獨的「個人」；如果「我」在群眾與國家中都備感孤獨，「人」究竟能夠在何處安身？極權體制的赤色光芒無孔不入，甚至侵入個人潛意識深處。〈睡著了的宮殿是輝煌的紫色〉敘述同床異夢的兩個人，一個人夢見宮殿閃光，「我的腳步／孔雀一樣幽藍著跳躍。……我看見我正在其中」，另一個人「睡著了就連夜被追殺」；差別不過是，一人逃避到現實之外，一人滾落於現實深淵，詩篇以此暗示「現實」是如何不堪忍受。

　　當執政集團以利益誘惑，直接把好處送到個人眼前，「那個在銀夾克裡袖著手的信使。／／我們隔著桌子對視／桌上滿滿的滾著紅透頂的臍橙。／光芒單獨跳過來照我／門外的旅人蕉像壓

扁了的屍體／古典武士正受著刑罰。」(〈在冬天的下午遇到死神的使者〉)「紅透頂的臍橙」象徵紅利也影射它來自紅色政權,「旅人蕉」扁平的軀幹對映受虐的詩人。面對不能接受也無法拒絕的尷尬處境,靈魂只能躲在身體深處發呆,「跑也不行／掙扎也不行／縱身一跳也不行。」對付招誠的信使不能大意,他是「死神的使者」,以死神轉喻死亡的製造者:「中國共產黨」。

場景移到大都會重慶,一齣繁華的悲喜劇正在上演,這次死神化身為酒樓的掌櫃,用酒將人心麻醉:「梔子花跑出賣花人的蓑衣。／轉彎的路口都香了。／我沒招手花就悠悠地上樓。／／隨處插遍梔子的花／連作惡的人／也趕緊披上了僧人的素衣。／潔白趁著酒興進城。／／我止不住想笑／好事情也有止不住的時候。」(〈在重慶醉酒〉)

詩人表面醉酒內心定靜:「誰藏在笑的後面／誰導演了這齣人和酒的雙簧」,王小妮從社會繁華的假象看出:「舊棉桃的空殼又爆出新棉花」,「天堂裡總在祕密加建地獄」;「舊棉桃」隱喻極權政體,「新棉花」猶如花樣翻新的謊言。從高層酒店往外看,「能看見的只有海市蜃樓」,都會的繁華彷彿水上煙花,形式像天堂內涵似地獄。〈在重慶醉酒〉以沉迷酒精的集體癲狂形容奢靡世態,凸顯現實的虛無,描述時代的真實面貌。

王小妮的詩呈現出:在極權統治的國度裡,人追索靈魂與堅持良知的艱辛歷程;時代虛無景觀與人的自由意志交相對詰,煥發出深刻宏闊的詩意迴響。

二、詩歌歷程的三階段

王小妮的詩歌歷程分做三個階段:隱逸者時期、清醒者時期、

啟蒙者時期。每一階段都以傷心絕望為情境主調，一方面呈現做人的艱辛，一方面表達精神堅持；在逼近現實界限的關鍵時刻，詩篇閃爍動人的人性光輝。

（一）隱逸者時期

「隱士文化」在中國源遠流長，隱逸緣自現實對人心的壓迫，人逃情於山水，或匿名於城市角落。〈一塊布的背叛〉敘述強調集體的社會裡保留個人隱私的艱難，詩人感嘆：「我沒有想到／把玻璃擦淨以後／全世界立刻滲透進來。／最後的遮擋跟著水走了／連樹葉也為今後的窺視／紋濃了眉線。」、「什麼東西都精通背叛。／這最古老的手藝／輕易地通過了一塊柔軟的髒布。／現在我被困在它的暴露之中。」文本使用了「背叛」這個沉重字眼，有其深意。抹布對個人的背叛代表它與集體站在同一陣線，在嚴密控管的極權體制裡絕對不允許任何一小撮脫離群眾；但詩人揮出了反戈一擊，「只有人才要隱祕／除了人／現在我什麼都想冒充。」敘述者以脫離人形的願望表達做人的悲哀。是什麼讓個人對集體畏懼成這樣？連在自己的家裡都躲不成。「人」又是什麼玩意？「外面的針一定刺遍了你的背／神情停在閃電的尖端。……／在這沒知覺的時刻／只有你是肉體／所以你全身都被傷害。」（〈脆弱來得這麼快〉）相互監控與互揭隱私的社會裡，尚存人性知覺的「人」都必然要受苦。

〈颱風正在登陸〉以同樣激烈的身體反應，傳達人性深處對現實的恐懼、抵抗與超越，退怯／激進的雙向張力在人面對海邊巨浪時達到極致：

救生員／不要阻止我／我要到海揚起來的身前去。／我要

用手／碰一碰那全身暴跳的水。

我絕對認識它／哪怕它突然生滿了／液體的翅膀。／我認識那想飛的願望中／每一根水的羽毛。

海脫落了無數牙齒／把生命像橡皮一樣擦掉。／最悲傷的人中／一定有我的朋友。／但它絕不會吞沒我／讓我去碰一碰那電一樣的水。

翻捲著的水／張開沒有防範的心／最苦澀的驚奇組成深淵。／純藍變成白／變成黑。／那深淵之底／正從頭頂上發出油亮的鼓聲。

我高舉著善意／其實我／只是舉著自己的手。／一雙摸鹽洗菜的平凡之手／也暗藏了號角。／和水講話，要走到最近／連平安也不能／阻止我。

我是唯一／不會被這激烈液體／傷害的人。／它正要上岸來／觸摸我寫出無數藍字的手。／讓法律條文退後／這世界將取消救生員。

天和地／同時打開一面鏡子。／我只是去會見另一個／抖動著的我。／我能知道平靜在幾點鐘到來／只要我碰一碰那水。

為什麼這個「寫出無數藍字」的我，敢於碰觸帶電的水無懼

死亡威脅？這是詩人的清醒宣誓，「讓法律條文後退」，人間的律法頓時失效。「這世界將取消救生員」，生死界限消泯。「天和地／同時打開一面鏡子」，詩鏡浩大無邊無際，此時只剩下「我」面對另一個「抖動著的我」。對現實的恐懼始終隱藏在生活背面，但詩人不願向恐懼屈服，坦然走向「非凡的會面」，當自由意志超越死亡威脅，詩人求得「平靜」並將恐懼降服。〈颱風正在登陸〉的非理性氣息濃厚，深入推究，隱藏著人試圖越界的強烈渴望；「連平安也不能／阻止我」，遁世者破除只求安逸的心理侷限，催生「人」的價值復甦，詩人再一次舉起精神旗幟。

（二）清醒者時期

從隱逸者跨越到清醒者，詩人走過漫長歷程。隱逸者的特徵：「不認識的就不想再認識了」、「不要妄想在本時代出門」、「我沒有說我要醒來」，生活心態傾向退縮與逃避。清醒者的特徵：「我的眼睛濺起毀壞的光斑」、「我開始喜歡這散發出苦味的水」、「我要放牧這漫天大雪」，原本消極的心態轉向面對與承擔。〈火車經過後窗〉寫於 2003 年：

> 火車／有時候運人／有時候運黃牛／有時候運機器。／我的後窗被隆隆震動。／沒見到雙層旅遊列車／沒有天堂地獄上下連通的那一種。

> 我看見人或牛疲勞的眼神／火車看見我每天每天臨窗洗手。

> 鐵路就是斷頭臺／牛斷得快一點／人斷得慢一點／人和牛比，微微顯得要高興。／沒空去注意機器／沒有人活得過

一堆鐵。

水過來給我洗手／說明一件事情結束了。／而火車還得趕路／火車不敢停頓／每天準時到我的後窗口鳴笛／就是空喊一聲。

　　火車像似人們盲目的生活，「趕路」且「不敢停頓」，生命每天疲勞地走在赴死之途，毫無意義地準時「鳴笛」，集體「空喊一聲」。「個人」此時站在旁觀者的位置，凝視著盲茫的「集體」；但這個人「每天每天臨窗洗手」也跳脫不出視窗的限制，洗完手只能轉身離去，既不想為現實添加什麼材料，也無能改造一成不變的風景。

　　〈兩列交錯而過的火車〉寫於 2004 年，「兩個相遇的時候，瘋子一樣加速度。」藉由下午 2 點 30 分南北交會的列車，詩篇呈現瘋狂加速的時代風景。「不可能交談。／不可能臨時停車。／進城的和出城的看不清對方的臉。／悲劇通常是喜劇的七倍／這事兒我專門盤點過。」瘋狂的集體雖然裝滿了「幻想家和失意者」，但個人面目模糊，生命依然被集體挾持著，「所有人都恍惚不清地被忽略／長哭一樣鳴笛」。

　　兩首詩都以火車為核心意象，觀察者不動情緒；相較於〈碾子溝裡蹲著一個石匠〉那個胸懷悲憫的敘述者，兩個時代的情境同中有異。1980 年的石匠：「他的心滾燙滾燙，／他腳下的石頭，冰涼冰涼。」個人與時代都還形貌清晰，敘述者還會「回頭一望」。二十五年後親歷了過多悲劇的敘述者，對瘋狂時代再沒心情多看一眼。兩首詩的悲劇性不改，只不過政治口號從美麗的「瞎話」換成長哭般的「空喊一聲」；「瞎話」隱含著蒙昧氣息，

但語氣強硬,「空喊一聲」氣虛,彷彿喊話者自己也很難相信。

〈清晨〉流露詩人對於他者的悲憫,〈一塊布的背叛〉表達了詩人的自我悲憫;然而經過時間歷練,詩人看透了,「鐵路就是斷頭臺……沒有人活得過一堆鐵」,不再逃避現實也不再被集體動搖情緒,王小妮從悲憫的隱逸者轉化成清醒的旁觀者。

(三)啟蒙者時期

〈他們說我藏有刀〉

如果我有刀/這刀刃在哪,鋒線在哪/它暗藏在心的殺機在哪兒。

我的窗口掛在樹上/四周生滿龍眼芒果和枇杷。/這個人已經退卻/兩手空空,正在變回草木。

如果還有青春年少/自然要鑄一對好劍/每天清晨蘸上暗紅的棕油磨它/在利器最頂端留住我的呦呦青光。

時光不再讓金屬近身/鋒刃只解決雞毛蒜皮的事情。

〈他們說我藏有刀〉寫於 2008 年,詩題暗示有人從詩文本嗅出刺客氣息;確實,王小妮的詩隱約藏有鋒刃香,不愧東北漢子的本色。這鋒刃之光不是因為物質屬金所以尖銳,而是詩歌精神堅毅挺拔。王小妮的詩性情醇厚,不失赤子之心,詩心無私直道行路,故能澄明世間萬象。「他們說我藏有刀」,而詩人回應:「鋒刃只解決雞毛蒜皮的事情」;一下子把詩的視野從「近身廝

殺」拔高到「開闢鴻蒙」的格局。

王小妮的詩從不言語凌厲，但底線未嘗退讓，〈清明的傍晚〉反諷意味濃厚：「這一天實在得傷心／上西天的臺階早滿了／周圍全是匍匐前進的傢伙。／動作慢了，就做不成一個幸福的人。／皇曆說，這一天就叫清明／不是它說，誰知道清明是個什麼東西。」是啊！在這個欺宗滅祖的時代，誰知道「慎終追遠」是啥意思？時代與人心何曾「清明」？「清明」一語雙關，簡明扼要的兩面刀鋒，一下子撥開現實的迷霧。

〈端起牛奶的孩子〉是組詩〈六月在威爾士〉開篇，寫於受邀訪問英國期間。在威爾士鄉間牧場，詩人樸實描繪出聖境之光：「那男孩端不動大瓶牛奶／正像一小塊土地不能舉起海。／但是他要試試。／／用力捧著那白的液體／想把它平放在古老的木桌上／把一個聖物放在另一個聖物上。」不過是一個小男孩喝牛奶的畫面，它要說什麼呢？首先，這首詩沒有傷心之情，也沒有令人畏懼的黑暗，用不著越獄；王小妮有一首詩叫〈失眠〉，每天起床，就是「從自由向著不自由去『越獄』」。然而這裡是他鄉，那些本土恩賜都自動免除了。「看那男孩仰臉喝牛奶／不敢再往多了想」，為詩境留下一片巨大空白，那片虛白我權稱之為「未來」。當那男孩勇敢擎起自由意志，喝下一大口「白」，啟發詩人躍出身體意識的汙濁水面，剎那瞥見清潔之光。這是一首蘊蓄啟蒙意義的詩章，內蘊深邃的胸懷與憂思：國土天清地潔之日何時才能降臨？詩人「不敢再往多了想」。

〈他們說我藏有刀〉、〈清明的傍晚〉、〈端起牛奶的孩子〉的寫作手法我稱為「低限詩學」，不是語詞數量上的低限，而是語言美學上的低限。三首詩都靠最後一行撐開深遠廣大的詩歌空間；如果拿掉：「鋒刃只解決雞毛蒜皮的事情」、「不是它說，

誰知道清明是個什麼東西」、「不敢再往多了想」，文字恰恰停留在現實表面，止步於詩歌空間的門檻邊；忽然一道光閃現，產生亮出比首的審美效應，引領讀者穿門入戶，文字鋒刃劈開現實的硬殼，無盡藏的詩意燦然現前，啟蒙之芳馨迎面撲送。

三、主題類型：倫理詩、諷喻詩、風土詩

王小妮的詩有三種主題類型：倫理詩（人境）、風土詩（地誌）、諷諭詩（時事），倫理詩探討人際關係與生命處境，以組詩〈和爸爸說話〉為代表，涉及悼亡主題，通過生命與死亡的交談顯影人性。風土詩從鄉村的風土人情體察時代脈搏，承續田園敘事詩的傳統，但賦予詩歌場景象徵涵義，以〈鄉村〉十首最具特色。諷諭詩不走借古喻今的老路，而是藉由意象的變形，探索時代氣象與群眾心理，以分段詩〈我看見大風雪〉、系列詩〈月光〉為標誌。無論倫理詩、風土詩或諷諭詩皆內蘊批評意識，回歸人與時代對詰的核心命題。王小妮以冷靜坦率的語言、多重指涉的意象、推排結構編織時空，為時代建構出一座精神宏偉而情感顫巍的詩歌殿堂。

（一）倫理詩：〈和爸爸說話〉，1996-1997年

〈和爸爸說話〉由七首詩構成，敘述爸爸臨終前父女的交談，探索主題是倫理和死亡。傳統倫理思想的核心觀念是「仁」，由先秦・孔子（前551-前479）的《論語》言談確定根基。「仁者愛人」（《論語・顏淵》）、「孝悌也者，其為仁之本歟」（《論語・學而》）、「仁遠乎哉？我欲仁，斯仁至矣」（《論語・學而》），「仁」是一個人生命領域本自俱足之德，它通過推己

及人的過程而得到完善。「出門如見大賓，使民如承大祭，己所不欲，勿施於人」（《論語・顏淵》）、「克己復禮為仁，一日克己復禮，天下歸仁焉」（《論語・顏淵》），個人領域與公共領域在社會生活中產生交融，豐富了彼此，建構整體社會和諧的基礎。

中華人民共和國成立後，毛澤東為了建構空幻的共產主義理想，透過各種極端手段剷除菁英階層，廣設人民公社消滅個人領域（私有制），提倡階級鬥爭批孔揚秦，一切公共領域皆納入黨的領導監管。在長期的政治運動與殘酷的相互鬥爭之下，家庭倫理瀕臨斷裂，人際關係難以互信，個人與社會繃緊在「被和諧」的假象下，繼續其行走在懸崖邊緣的悲劇命運。〈和爸爸說話〉透過死亡前夕的非常時刻，以深刻的倫理之愛，擊退漆黑飢餓的「烏鴉」與成群結隊的「紅螞蟻」對生命的侵蝕，樹立價值指標，將「仁」的文化精神永續流傳。

組詩〈和爸爸說話〉首先映入眼簾是死亡意象：「爸爸，我還看不出／消失在哪一步才算美麗。／才能有歌唱／從含滿高純度鉛礦的嘴裡發生。／／瓦盆全都飄升到半空／天上掛滿了泥灰色的月亮。」（〈這一天〉）、「爸爸，我知道這火焰寒冷的用意。／它想從裡面／單獨燃燒一個人。」（〈把火留在身上〉）將「含滿高純度鉛礦的嘴」與「歌唱」銜接，形成一個對比連結意象，為覆滅的死亡注入揚昇的生命訊息。「寒冷的火焰」也是對比連結意象，「寒冷」形容熄滅的死亡樣態，而「火焰」延續生命熱情。「你走了以後，天開始變黑／是火苗長久地留在了我的身上」，通過父親之死女兒承續了精神火苗，「火在神祕時蔓延。／／不斷地喝水寫字／用我自己的方法日夜養著／這溫度。／／你給了我的／我就會千方百計地留住它。」雖然父親之死讓女兒「頭髮

裡流著秋天的枯水／我的身體裡裝滿了牛黃」，但詩人說：「我開始喜歡／這散發出苦味的火」。女兒傳承了「枯」與「苦」的滋味，這是一種勇敢的承擔，並以「詩歌書寫」保持其精神性，此乃詩人戰勝死亡的方式，也是王小妮演繹父女情深的方式。

　　父女情深的場景在詩裡隨處可見，倫理的親密臍帶阻延了死亡入侵，以情感重量顯示生命之珍貴：「你輕輕地拉著我的頭髮請求。／你在睡沉了以後／還揉搓著它們。／好像世界上值得信任的／只有這些傻頭髮。／好像它們恍惚地還可能幫你。」（〈這回是你贏了〉），「從今天開始／我已經不怕天下所有的好事情／／最不可怕的是壞事情／爸爸，你在最高／最乾淨的地方看著」（〈我不再害怕任何事情了〉）。「最高」、「最乾淨」是父親之死樹立的精神標竿，它對女兒產生了深刻影響，「爸爸，我試到了日落的速度／正是你給我講解／柳樹上落下兩隻黃鸝的速度／我試出了我的前面還有多麼遠」，確定生命方向彰顯自由意志，它終將推動個人去完成生命理想。「最不可怕的是壞事情」，自由意志使生命無懼於極權體制對人的壓迫。

　　生之勇氣展現了「天倫／倫理秩序」的不可催折性，物質生命的傳承得到確保；而死亡迫使生命反思，精神生命更進一步得到鞏固與提昇。倫理之愛不但是生命與生命連結的基礎，更是生命之根（內在真理），它超越一切思想觀念（外在真理）；倫理之愛甚至解構了革命情感與歷史負擔對個人生命的畸形塑造，「爸爸」終於敢講真話。〈到最後我才明白〉節選：

　　　　四十年中／太陽走來走去，你卻永遠在。／你一直想／做離我最近的真理。

可是，到了最後的一刻／你翻掉了棋盤，徹底背叛了。／把兩隻餓烏鴉一樣的真理放掉／你成了我真正的爸爸。／像那些時候，你拉著我／手裡只拿著自己的手。／我們自己早已經是真理了。

什麼樣的大河之水／能同時向左，又向右？／你的眼淚，我第一次看見了。／你說，別把頭髮剪短／你要隨時能夠拉住我／說出你一生都不能說的話。

「太陽」隱喻共產黨的人造真理，它在個人瀕臨死亡前夕被「你拉著我」的倫理情感斷然捨棄，「你成了我真正的爸爸」，真是淒涼！「餓烏鴉一樣的真理」，共產主義的意識形態幻象終於在死亡前夕遁走，它再也不能對個體生命進行壓迫，這是倫理之愛艱難的勝利。另一首〈誰拿走了你的血〉，詩人將生命與死亡、個人與集體、女兒與父親，三種相吸相盪的張力聚攏於一，情感濃烈精神昂揚。〈誰拿走了你的血〉：

你孩子般的大眼睛後退著
望著旋風一樣走進來的醫生。
你突然支撐成囚牢裡
暴怒的白色勇士。
你要站起來捍衛你的血。

爸爸，你的血早在流。
在塵土那樣小心翼翼的一生中
紅螞蟻成群結隊爬過。

你的血液被和平又悄然地取走
清涼的風一季又一季
收回了紅葉。
拿走了你的血的人
連愧怯都沒有
連半截影子都沒有。

寬恕那質地不壞的梨木辦公桌。
你終生的坐騎
藏進地下室，掛滿了灰塵的椅子。
它一生都在收集著你
還是不能退回去
做一棵開滿梨花的樹。

從前，我輕飄飄地對你說
我不想被釘到一張桌子後面
我以為，推開了最後的門
四面八方都變成了我的原野。
脫落的花立刻褪掉了顏色
我不過和你一樣
是又一個失血者。

拿走了我們血的
不可能拿走我心裡的結石。
我們一起揚著臉
看見天色多麼自然地變白。

大地正緊緊含住眼淚
不讓它流出來。

爸爸！
今天我把你最喜歡的
三只番茄和一團白棉糖
擺放到風霜經過的窗臺上。
像等待一隻翠鳥到來
我要把你的血一點點收集。

「紅螞蟻」，紅色隱喻再度躍出水面，它是沾滿血腥的赤色幽靈（紅衛兵），文革時期橫掃神州大地。死亡無法倒退成為生命，梨木桌不能再度開滿梨花；生命遲早會凋殘衰損，但「心裡的結石」（良知）任誰也無法奪取，那是人性的根基。從失血者到成為集血者是一段漫長路途，生命需要死亡的啟蒙；翠鳥經過窗臺，廣大無依的塵土般的眾生需要招魂！

〈和爸爸說話〉涉及倫理之愛，凝聚父親對女兒的託付，以死亡凸顯生之憾恨；不是「心願」尚未完成，而是「生命」居然無法實現。王小妮以倖存者的角色說話，為時代留下歷史證詞，以具有人性溫度的語言娓娓道來生命真實。共產黨崇尚階級鬥爭鐵律，詩人服膺於倫理法則；面對倫理破敗的社會，詩人不得不成為道德意義乃至文化精神上的倖存者。

（二）諷喻詩：〈我看見大風雪〉，1999年

1999 年 7 月我途經深圳暫宿王小妮家，有幸拜讀了剛完稿的〈我看見大風雪〉，並承蒙惠贈簽名詩稿。此詩有先秦・屈原（前

352- 前 281）〈離騷〉備嘗憂患遣懷作辭之意，主題統一在大風雪的籠罩下，詩情寒冽天地寬茫；五段式布置意緒曲折綿長，最終立定超越大風雪的宏偉願望。我「看見」大風雪，意即通過雪之大滌，詩人洞察了時代苦難的根本原因；它隱含「諷喻詩」諷刺時政警醒人心之義。

第一段：「千萬個雪片擁擠著降落／這世界／再沒有辦法藏身了。」雪有洗滌與澄明之功，世界無法「藏身」，暗示「真相」即將裸露。「上和下在白膠裡翻動／天鵝和花瓣，藥粉和繃帶」。「雪」是本詩的核心意象，意象功能與意義指向正反交錯相當複雜，是一個複合式意象；天鵝、花瓣隱喻喜悅，藥粉、繃帶暗示痛苦。意象的多重指涉反映動盪蕪雜的歷史與顛沛流離的人心，大地承受的苦難超乎想像。第一段：

> 誰和誰纏繞著。
> 漫天的大風雪呵
> 天堂放棄了全部財產。
> 一切都飄下來了
> 神的家裡空空蕩蕩。
>
> 細羊毛一卷卷擦過蒼老的身體。
> 純白的眼神飛掠原野
> 除了雪
> 沒有什麼能用寂靜敲打大地
> 鼓勵它拿出最後的勇氣。

雪，用寂靜敲打，鼓勵大地拿出最後的勇氣。大風雪壓迫眾

生，但詩人迎向寒冷絕不低頭：「我要告訴你們／是誰正在把最大的悲傷降下來」。第一段呈示向天地祈禱的意念，展現詩人追索問題的決心。

第二段，「我想，我就這樣站著／站著就是資格」，「站著」對比於「跪下」，表達抗議與不服從，詩人以堅挺不屈的精神迎向風雪的挑戰：

> 雪越大，創面越深。
> 大地混沌著站起來
> 取出它的另一顆同情心。
> 藥一層層加重著病。
>
> 寬容大度的接納者總要出現
> 總要收下所有的果實。

漫天的大風雪席捲時代，山脈的溝紋被風雪切割，「雪越大，創面越深」。「無產階級革命」是猛藥，這顆藥「一層層加重著病」；但詩人滿懷信心無畏死亡掩埋，「寬容大度的接納者總要出現」，詩篇持續加固著精神信念。第三段：

> 我不願意看見
> 迎面走過來的人都白髮蒼蒼。
> 閉緊了眼睛
> 我在眼睛的內部
> 仍舊看見了陡峭的白。
> 我知道沒有人能走出它的容納。

人們說雪降到大地上。
我說，雪落進了最深處
心裡閃動著酸牛奶的磷光。

我站在寒冷的中心。
人們說寒冷是火的父親。
而我一直在追究寒冷的父親是誰？

放羊人突然摔倒在家門口
燈光飛揚，他站不起來了。
皮袍護住他的羊群
在幾十年的風脈中
我從沒幻想過皮袍內側的溫度。
在潔白的盡頭
做一個低垂的牧羊人
我要放牧這漫天大雪。

大河源頭白骨皚皚
可惜呵，人們只對著大河之流感嘆。
誰是寒冷的父親
我要追究到底。

　　沒有人能脫離「大風雪」的籠罩，廣大酷寒的歷史性壓迫深
入時代根基，人的情感被凍結在零度以下。「火」象徵毀滅，隱
喻當代歷史景觀，而毀滅來自極權政體殘酷的「寒冷」。詩人繼
續追索：「大風雪」猶如一群惡獸到處肆虐，但清醒的洞察力鏊

清它的腳蹤。人們「對著大河之流感嘆」影射《河殤》紀錄片對傳統文化的溯源與批判流於膚淺濫情；詩人洞察的歷史景觀迥然不同，「大河源頭白骨皚皚」，暗示國家歷史的暴力本質肇始於「中國共產黨」，那才是製造遍地死亡的根源。「寒冷的父親」，以男性霸權構築的極權統治面具，在女性陰柔的滲透裡瓦解，露出真面目，時代真正的苦難之源暴露出來。第三段以遞進結構推動詩意，從精神堅挺（站著）更進一步——伸張意志（放牧）：「我要放牧這漫天大雪」。

　　第四段，「我望著一對著急的兄弟。／／願望從來不能實現／天和地被悲傷分隔。」國家暴力橫行，甚至讓天與地為之畏懼為之沉默。「天地不可能合攏／心一直空白成零。」人性之火被澆熄！

> 風雪交加，我們總是被碰到疼處。
> 天和地怎麼可能
> 穿越敏感的人們而交談。
> 它怎麼敢惹寒冷的父親。
> 我看見人間的燈火都在發抖
> 連熱都冷了。

　　本段重申國家暴力之沉重與人民群眾的無聲哀嚎，「人間的燈火都在發抖」，家家戶戶都不能倖免於風雪肆虐。

　　第五段總結詩人的精神意向和終極觀照：

> 許多年代
> 都騎著銀馬走了

歲月的蹄子越遠越密。
只有我還在。

是什麼從三面追擊
我走到哪兒，哪兒就成為北方
我停在哪兒，哪兒就漫天風雪。

這是悲傷盛開的季節
人們都在棉花下面睡覺
雪把大地
壓出了更蒼老的皺紋。
我看見各種大事情
有規則地出入
寒冷的父親死去又活過來。

只有我一直迎著風雪
臉色一年比一年涼。

時間染白了我認識的山峰
力量頓頓挫挫
我該怎麼樣分配最後的日子
把我的神話講完
把聖潔的白
提升到所有的雲彩之上。

「銀馬」象徵金錢，這是威力不下於極權主義的另一個災難

之源。1992 年共和國從計畫經濟轉向市場經濟，金錢狂潮席捲一切，官商勾結成為時尚；在走向權貴資本主義的年代，唯有詩人保持清白抵抗誘惑，「只有我一直迎著風雪」，堅持詩人本色。「神話」是超越於「現實」之上的另一個存有域，「聖潔的白」形容精神標竿，將「雪」提昇與轉化。最後一段敘述詩人超越大風雪的精神宏願，也是為時代苦難默默進行的淨化性祈禱。

〈我看見大風雪〉不同於〈離騷〉之處在時代差異，〈離騷〉是政治抒情詩，寫作帶有特定目的，是屈原渴望為先秦時代統治階層服務的政治性文學文本；〈我看見大風雪〉的時代背景是中華人民共和國的極權政治，王小妮對國家歷史的暴力本質進行宏觀式描述與批判。〈我看見大風雪〉還有一個獨特之處是女性特質，它是一篇深具女性書寫特徵的陰性文本，柔弱勝剛強，語調從容定靜恰似風吹草偃，視域寬廣深厚宛如大地之母承托萬物。以暴制暴必然脆折，上善若水才是對策。〈我看見大風雪〉是一篇以大地之母的精神反擊父性天威的時代告誓，它延續了〈和爸爸說話〉擊碎意識形態幻象的勇氣，更進一步分判罪惡根源，釐清歷史真相，為黑暗時代開啟人性榮光。

〈我看見大風雪〉是一首罕見的長篇黑暗抒情詩，雖然劃分五段起承轉合，但一百二十四行一氣呵成，氣勢綿長韻律流暢。它不是激昂慷慨的英雄獨白，而是深沉靜默的母性祈禱；它的節奏波流不是激情式的滔滔翻滾，而是傾訴面積漸次擴張，直至空間廣大足以承載漫天風雪。它的黑暗寒冷質地除了對應時代命題，更顯露出詩人來自寒帶的身體氣象；南方多雨氣候產生潤澤宛轉的抒情詩，北方寒冷的環境催生出冷靜堅毅的詩情。王小妮出生與成長於吉林省長春市，位處北緯 44 度，較海參崴更偏北一些，每年有五個月氣溫在攝氏零度以下。寒酷的風土塑造了詩

人冷靜堅毅的性格，並由此滋生樸質清剛的抒情主體。王小妮的詩從不在表面上激烈，而是猶如地火運行，一旦衝決出土必然動魄驚心。

（三）風土詩：〈鄉村〉系列，2004年

古典漢詩「人與自然」的關係，注重人類情感和自然景物的聯繫交融。「田園詩」以詩人為主體，著墨於淳樸情感和鄉村生活，以平淡自然為抒情主流，東晉・陶淵明（365-427）稱鼻祖。「山水詩」歌詠自然景物，「宋初文咏，體有因革，莊老告退，而山水方滋」（劉勰《文心雕龍・明詩》），南朝・謝靈運（385-433）放情於山水，開啟人文山水意趣。中唐・白居易（772-846）延續盛唐・杜甫（712-770）「即事名篇」的現實主義，提出「諷諭詩」概念，強調「欲開壅閉達人情，先向歌詩求諷刺」（〈新樂府・采詩官〉），〈秦中吟〉十首和〈新樂府〉五十首是他的具體實踐，將敘事詩推向新高峰，將風俗人情與時代環境緊密連結。「回觀村閭間，十室八九貧。北風利如劍，布絮不蔽身。唯燒蒿棘火，愁坐夜待晨。」（〈村居苦寒〉節選），「典桑賣地納官租，明年衣食將何如？剝我身上帛，奪我口中粟。虐人害物即豺狼，何必鉤爪鋸牙食人肉？」（〈新樂府・杜陵叟〉節選）

宋代的田園敘事詩描畫鄉村生活艱苦，以柳永（987-1053）〈煮海歌〉、范成大（1126-1193）〈四時田園雜興〉為代表。〈煮海歌〉描寫浙江省定海縣鹽民熬苦鹽納重稅的艱辛：「秤入官中充微值，一緡往往十緡償。周而復始無休息，官租未了私租逼；驅妻逐子課工程，雖作人形俱菜色。」〈四時田園雜興〉撫摩鄉村生活的歲時景觀、人情世故與生活哀樂：「晝出耘田夜績麻，

村莊兒女各當家。童孫未解供耕織，也傍桑陰學種瓜。」不識者以為農民尚有餘閒，等到詩人點明：「垂成穡事苦艱難，忌雨嫌風更怯寒。箋訴天公休掠剩，半償私債半輸官。」讀者再也笑不出來。

王小妮〈鄉村〉系列從內涵面可以納入「田園敘事詩」範疇，也蘊蓄「諷諭詩」諷刺戒慎之意，我特名之為「風土詩」。〈鄉村〉系列以農民面對宿命的生命姿態為探索主題，提取鄉土素材進行歷史反思，賦予鄉村生活象徵涵義。

〈耕田的人〉

那個人正扶著犁翻起整座山頭。

他跟在牛的後面／他們兩個正用力揭開土地的前額。／暗紅的傷口露出來／能看見燃燒過後的紅。／刑罰過後的紅。／把疼痛默默挨過去的紅。

矮小的耕田人忽然不見了／剛翻出來的紅泥把他埋下山坡。／他的伙伴直挺起很大的頭／好像另一個耕田人戴上了牛的面具／好像犁的前後兩個親兄弟。

煙草的種子還在麻布袋子裡／勞動剛剛開始。／他們停下來／一高一低地咳嗽／後來，塵土蒙住臉，四周又靜了。

「燃燒過後的紅。／刑罰過後的紅。／把疼痛默默挨過去的紅。」隱含了地理與歷史兩個層面，就土地而言猶如經歷天災，

就歷史而言是慘遭人禍。「耕田人戴上了牛的面具」，象徵農民被土地羈絆的牛馬生涯。屬於農民的詞彙乃「翻開山頭」、「揭起土地」，對照詞彙：「塵土蒙住臉」、「紅泥把他埋下」，土地成為沉重的負擔，農民一生辛勞罕見喜樂。這首詩表現農民對於宿命的封閉式承受，毫無出路。

另有一種更加難堪的宿命圖景：沉淪式承受，出現於〈蘇東坡的後人〉：「滿是青苔的老屋，滿是青苔的老井。／清晨裡的第一個人從古代出來，漸漸的／又矮又無語又遲緩。／／後面跟著養蜂的，挖草藥的，半披著彩服舞獅的／把能出售的東西都擺上街。／望著通往村外的石拱橋。」老蘇的眼神仰觀清風明月，自稱蘇東坡後人的小蘇們「望著外鄉遊客的錢袋」；「河流淺得行不了船」，通往過去與現代的道路皆淤塞難行，保守遲鈍的鄉村乃生命沉淪人性僵化的必然結果。

〈提著落花生的〉描寫農民的另一種特殊選擇：「她站著，兩手提著剛出土的落花生」，一個農婦站在田地裡面向天際靜默不語，五個小孫子光著屁股，一個蒼老的母親坐在田埂上。剛剛出土的落花生來自大地的賜福，「她站著，穩穩地像任何大地方的高房子／滿園鮮花的房子／管風琴奏樂的房子。／鄉村的水塘遠遠地跳著黑汽泡／她的心正向外亮著。／／人說，那婦女是個信教的。」這不是田園豐收樂的景緻，而是一幅鄉村基督徒感恩祈禱的畫像。

中華人民共和國成立後，中共強制所有基督教會（天主教、東正教、新教）中斷與海外關係，改由無神論的共產黨設立的中國基督教三自愛國運動委員會和中國基督教協會管理。未加入「三自教會」者都視為非法，禁止其活動；所謂三自者，「自治、自養、自傳」。由於不認可中共控制的三自教會，許多信徒自發

組織教會，稱為「家庭教會」或「地下教會」；這些教會長期受到政府的監控毀壞。中國官方認可的基督教徒超過三千萬人，地下教會人數估計超過一億二千萬人。〈提著落花生的〉文本中的基督徒可視為地下教會一員，她面向天地接受神的賜福，內心由於感恩而敞亮、豐美、喜悅。一個鄉村農婦透過樸素的信仰，超越了時代的限制，詩篇勾勒開放式承受宿命者的生活片段，為鄉村景觀打開一個另類視窗。

不是所有人都接受宿命安排，有人偏要反抗命運。〈有了信仰的羊〉以寓言故事手法，敘述一群逃離動物農莊的羊——

> 羊群向著高處逃亡／皮毛很髒，心情很急。／前面的摔倒了後面的踩上來。／山坡越滾越快／還沒融化的山頂已經很近了。

> 最後的幾片雪出奇地白／天藍得嚇人／只有藏在深山裡的羊才這樣不顧一切／它們要去天上洗澡／乾乾淨淨地成仙。

> 山梁上起著風／追趕著，清潔著，神聖著這群小動物。／大團的白雲和黑雲都避開了／天留出最大的空間。

> 羊對羊群說話／導火索對火藥說話／絕不讓牧羊人靠近，不讓他追上來。

> 要多麼快才能甩掉牧羊人／把他塞回他的臭皮袍／把鼓在口袋裡的三個饃塞進他的肚子。／把他留在他那個發臭的人間。

清潔的「白雪藍天」與「發臭人間」相對照，羊群選擇了乾淨場域。這不是理所當然的選擇，而是基於兩個先決條件：一個是對「高處」與「最大的空間」的精神嚮往；另一個是「導火索」對「火藥」的身體情感催動。點燃「導火索」究竟依靠外在思想啟蒙，還是來源於內在自我覺醒，詩篇留出了想像空間。

　　王小妮的〈鄉村〉系列詩，為當代田園敘事詩開創一條真實深刻的道路；它抒發詩人對鄉土的關愛同情，也蘊蓄毫不留情的批判。王小妮的風土詩具有深刻的問題意識，〈過貴州記〉將鄉村取樣擴大到貧瘠省分：一個「骷髏遍布山間」、「碑石碎成一地」的乾硬地區，這個被時代的進步遺忘的人，「像黑山羊的屍體鑽出風暴掀亂的墓地」，他還沒有死透，膽小又緊張，「那人全身都是祕密／被埋藏的還活著，露出來的先死了。／碑石碎成一地的石匠的墓園／緊守著這世上最後一個沒出場的守墓人」。貴州，這個位處中國西南的偏遠省分，這位邊緣「守墓人」遙望中國大地變成一座大墓園，他的視線穿過了人民身體的骷髏，你能感受到一陣透心寒嗎？王小妮的風土詩表層是農村采風，裡層是時代症候的冷靜剖析。

（四）諷喻詩：〈月光〉系列，2003-2014年

　　王小妮的《月光》，一部經營十多年的意象詩專集（七十九首），以「月光」為核心意象建構當代中國的歷史圖像。「月亮／月光」在詩歌裡的意象運用歷史久遠，以唐詩為例，李白〈月下獨酌〉，張九齡〈望月懷遠〉，杜甫〈月夜〉都膾炙人口。對於「月」之個性化運用，以孟郊作品最突出。孟郊為韓愈無辜遭貶而鳴不平的〈連州吟〉：「孤懷吐明月，眾毀鑠黃金。」、「開緘白雲斷，明月墮衣襟。」視「月」為詩人的精神理想、文化懷抱，

主觀意味濃厚。〈秋懷‧其六〉意象功能奇絕：「老骨懼秋月，秋月刀劍棱。纖輝不可干，冷魂坐自凝。」月光尖銳如刀劍刺向人心，賦予「月光」負面價值。〈燭蛾〉之月的意象運用更為激越：「燈前雙舞蛾，厭生何太切。想爾飛來心，惡明不惡滅。天若百尺高，應去掩明月。」以「蛾」作為寒地百姓的化身。飛蛾撲火本是驅光性使然，但在孟郊瀰漫悲劇意識的詩裡，貧寒的老百姓根本不想活了，如果明月搆得到它也會被憤怒的民眾撲下來。中唐的孟郊詩，率先反映了晚唐窮途末路的時代風景。

王小妮的〈月光〉系列詩，意象運用也是以負面價值為主導，反映高壓時代下的人心困頓。意象運用有三種模式：一種作為時代象徵隱喻統治集團的權勢，一種回歸內心比擬詩人自身，另一種作為無限存有的「天」高懸在上。

「月」作為統治集團的工具，以「探照燈」最富戲劇性。〈它臨時出來了一下〉：

> 藏在天背後的那些著急的雲／鼓噪的傢伙們／正等待黑衣獄卒下達解散的信號／有人就等著一步登天了。

> 又大又白／月亮忽然打開它的探照燈／緊跟住半空裡糾纏不清的那一團／決不給它們自由。

> 後來的夜晚／又如一塊翻過臉去的中國銅鏡／天空嚇人的空著／黑了的鏡面上，印著不知道誰的臉。

閱讀這首詩，我聯想到一個歷史場景：「六四事件」。探照燈亮出來劃分了事件的前與後，「前」的情境影射學生派系為搶

奪權力糾纏不清，「有人就等著一步登天了」，「後」的夜晚形容時代轉趨暗啞空洞，「天空嚇人的空著」，兩者中間凸顯了極權政體的絕對意志——「決不給它們自由」，結構精當而思緒深邃。

《月光》詩集〈後記〉裡寫道：「這些詩寫在 2003 年到 2014 年，最初是紀錄 2000 年在鄭州的一個晚上，當夜月亮白亮照得地板反光，好奇去了視窗，月光進來，照在腳上。後來，寫了〈月光〉的第一首〈月光白得很〉……」。詩這樣開頭：「月亮在深夜照出了一切的骨頭。」月亮既不臣服於集體也不偎近個人，而是無限存有的當下朗現，承擔「啟蒙者」的角色，純淨透徹，包容一切，「月光使我忘記我是一個人」，此時之月不純然是感官體驗也是精神啟示：「生命的最後一幕／在一片素色裡靜靜地彩排。／月光來到地板上／我的兩隻腳已經預先白了。」生命的最後一幕預先來到，反而鼓蕩了詩人的創造意識；「月光」支撐詩人面向真實的勇氣，架構詩人立足人間的脊骨。

〈月光〉系列詩具有三段式結構特徵，前後遞進的三幕場景，隱含正反合的辯證性張力。〈天上的守財奴〉：

> 滿塘的荷葉都在展開／銀錠擺平了池塘／每一枚都微微有光亮。／素衣的持實人坐在它的天座／整夜整夜清點財產／寶物青青／全擺在了顯眼處。

> 風過去，錢財也過去，有些磕碰聲／只有碎銀子散在人間。／蠅頭小利們在水皮兒上互相兌換／繼續玩數字的遊戲。

起身關窗，相安無事／提著不過兩層的薄衫，窮人富人都
該睡了。

　　第一段，宏觀場景，重點是掌管財富命運的「天」。第二段，
池面近景，焦注於人間的金錢遊戲，「地」上有殘銀可撿。第三
段，特寫鏡頭，詩人關窗轉身，洞觀這一切無謂的爭執，屬意在
「人」。〈月光〉系列詩的結構安排大抵如此，三刀斃命風格明快；
王小妮的個性乾脆爽朗，詩如其人。

　　〈月光〉系列詩另一個特徵是非程式化意象，跨越「女性／
柔弱」陰性書寫的侷限。「月光」作為詩歌的文化符號，尋常的
指涉是：清白、光明、陰柔、寧靜；王小妮的月光沒有這一套，
不是她缺少抒情感官，而是時代情境太過殘酷。王小妮的〈月光〉
系列詩主調悲涼，月光意象蒼白透出腥紅，光照黑冷，令人不寒
而慄。月亮以四種隱喻模式交錯運用：集體的幫兇，偏照個人情
緒，超越古今的最高存有，遠離人間旁觀冷暖。王小妮的詩歌造
境源自個人生活，以人性情感興發詩意照應時代命題，發揚諷諭
詩批判考正的詩歌傳統。

四、王小妮的詩歌美學與精神信念

　　王小妮的詩從生活情境出發但不停留於現實表層，適時切入
生活裂隙裸露現象內核。王小妮過著平常人的日子，詩在柴米油
鹽的間隙點滴漫流；她是常態的家庭主婦短期的教師，天天爬格
子只是詩人本分。「詩，是現實的意外。……我活在自己的生活
裡。而我的詩肯定要跳出我的生活。」（訪談錄〈詩不是生活，
我們不能活反了〉，2004）但王小妮具有透視現實的非凡能力，

能在尋常的物象與人事，體察人性幽微洞觀時代訊息，賦予詩歌昂揚的精神。例如〈睡在臉上的貓〉：

有一個農民／在城市的黃葉子下睡覺。／我看見他臉上／正睡著一隻遍身黑紋的貓。

我貫穿城市要看清這一切。

所有的反光玻璃／都不能照到他。／在我接近的時候／只是看見一張黑亮安靜的人臉。

事情這麼深奧／等人接近了／一切都暗中改變／像一個玩笑。

但是我看到了／那動物只可能躲避進他的身體。／我看見了歲月的深溝／我的視力不會錯／那斑紋裡肯定另有生命。

年邁的農民站起來／挑起兩只散發甜味的竹筐／向著他炎熱的甘蔗田走。／他的走誰也追趕不上。

我奇異地看見／他把面部朝向西天。／他和天邊越來越貼近／又一隻紫紅色條紋的貓出現／睡在他原本平坦的臉上。

誰也說不清的神祕／他將走到事情的背面。／能不能提前到達最遙遠之地／讓我再看一次／是我編造了／斑駁的貓睡在臉上的故事嗎？

這是一首情境平常但視域奇特的詩，將詩意聚焦於農民臉龐。它具現三層視域：第一層：「一張黑亮安靜的人臉」，第二層：同一張臉上出現了「遍身黑紋的貓」和「紫紅色條紋的貓」，第三層是農民站起來，「他的走誰也追趕不上」，「他將走到事情的背面」。第一層與第二層的關係是層次變化，從尋常現實挖掘出隱匿的人性奧祕：兩隻貓象徵潛藏的人性，等待應變、伺機出擊。第三層從人臉移到腳步，老邁農民表現出年輕的生命力；詩從靜態場景轉向動態場景，藉著行為模式的變化（從睡覺到行動），暗示未來契機。這首詩表達對人性啟蒙與行為轉變的期待，一旦人性甦醒，「最遙遠之地」就不再遙不可及。

　　王小妮的詩「直覺宏觀」能力很強，直覺宏觀有別於思維宏觀。思維宏觀是透過思想架構鋪開網絡，它需要豐富的文化涵養與辯證思維能力支撐結構的開展。直覺宏觀的基礎也有兩個：一個是透視現象的直覺聯想力，從人臉的陰影聯想貓紋並演繹人性（透視與聯想同步運作）。另一個是從現象尋索結構基礎的整體宏觀力，從一張臉到兩隻貓，從睡覺到行動，從近景到最遙遠之地——三個結構基礎次第現形。因為富有直覺力與宏觀力，王小妮雖然重視具體的生活細節，從不膠著於瑣情碎意；王小妮的詩不需長篇大論，以短詩、組詩與系列詩見長，詩篇的架構簡約但視野廣闊內涵深刻。

〈卸在路邊的石頭〉

我看見
他們把車斗裡的石頭升舉起來。
我的手裡是不是拿了什麼？

驚奇使我把自己都忘了。
他們把一車車高高的石頭
卸出了彈奏鋼琴的聲音。

全部都是沉厚的低音
像精靈撞碎了天堂的門柱
那樂聲不可能等待在石頭裡
石頭離開山就死了
是死和死
磨擦而頓生了悅音嗎？

風使過路的人都看見了
那是些只穿著寬幅褲子的凡人
他們抬起油亮的手臂
卸下了一車音樂一樣的石頭

經過了悲傷的石頭低俯著
吸著工人嘴裡殘剩的香菸味
我不可能倒退回剛才的場面
沒有人能指出
誰是那一時激動的琴鍵

過去了的
就像不存在一樣
我早該不為這種小事而吃驚。

一車車石頭轟然卸下的聲音彷彿天堂的門柱碎裂傾圮，這聲響觸動了詩人的哪根神經？「是死和死／磨擦而頓生了悅音嗎？」是一車車石頭撞擊到地面而不是一顆石頭掉落，不是一個生命殞落而是一群生命消逝。直覺聯想力的跳躍推理：從落石洞觀生之殞，從一車車聯想一群群。整體宏觀力的結構思維：從轟然的聲音經驗連結壯烈的生命經驗，死與死劇烈磨擦的聲音扣響了詩人對「六四事件」大屠殺悲劇的回憶。一日夜之間槍聲大作，往後的消息卻石沉大海，彷彿「過去了的／就像不存在一樣」；那麼多石頭悲傷地低俯，「沒有人能指出／誰是那一時激動的琴鍵」。這是一場集體彈奏的歷史悲劇，藏匿在身體內的巨響永不消失。這首詩的寫法含而不露，但詩的箭矢卻尖銳得足以穿透任何鐵幕。

　　王小妮的詩緊扣時代脈動，從個人與集體相推相盪的複雜變奏提取詩意，不輕易遺忘不輕言放棄，呈現一個詩人高貴的情操。王小妮的詩以生活語調平緩敘述，但詩歌激情有如冰中懷炭，紙裡包火，「不為了什麼／只是活著。／像隨手打開一縷自來水。／米飯的香氣走在家裡／只有我試到了／那香裡面的險峻不定。／有哪一把刀／正劃開這世界的表層。／／一呼一吸地活著／在我的紙裡／永遠包藏著我的火。」（〈白紙的內部〉）語言如道家常，但內蘊鋒利的自由意志與堅韌的人性情感。

　　王小妮的詩在孤獨絕望的主調底下，隱含著對時代自由開放的期盼，「種子在布袋裡著急。／我走到哪兒／哪兒就鬆軟如初。／肥沃啊／多少君王在腳下／睡爛了一層層錦繡龍袍。／／在古洛陽和古開封之間／我們翻開疆土／給世人種一片自由的葵花看看。」〈出門種葵花〉顯現詩人高瞻遠矚、積極進取的精神，詩人在內心高呼：大好河山誰來眷顧？

從封建集權社會到自由開放社會有多遠？從極權政體到民主國家需要幾代人的努力？王小妮的詩試圖還原歷史真相，釐清時代變動的因緣果報。文明豐厚的國土為何變成了心靈枯瘠的荒原？「從那個啞人廢掉的嗓子，跑出四面漫開的大沙漠」（〈害怕〉）。詩人不害怕監控與整肅嗎？王小妮說：「我是個極膽小的人／……／總以為膽小是一個人的心事／可是害怕終於現身了，它直接撞過來／……／誰都在，誰也摘不掉，誰也逃不成／人除了害怕，什麼也不能做」（〈害怕〉），不管你懼怕與否，極權政體為了鞏固一黨專政的權力，必然否定人民做主的權利。在這條單行道裡，「人」只是實現社會性目的的工具，「個人」被貶抑為國家的囚徒；而「國家」掌握在黨的領導階層手裡，而非全國民眾的集合體。實行一黨專政的極權政體將黨等同於國家，黨的利益高於人民利益。

　　如果為了實現「共產主義」全面社會平等的理想（創建一個無階級社會），在共產黨追求無產階級專政的實踐過程中，已證明為失敗之途，改走「資本主義」經濟私有化的道路，共產黨繼續其一黨專政的合理性在哪裡？中國共產黨將無產階級與資產階級的鬥爭，轉移成國家特權階層（權貴官僚）與被統治階層（人民群眾）的對立，將異議者（質疑黨的政策與專政合法性者）一律戴上「反革命」或「意圖顛覆國家」的罪名進行殘酷制裁，「為人民服務」變成反諷辛辣的標語。但詩人無懼於鋪天蓋地的意識形態，清醒地選擇做「人」；要出賣靈魂很容易，要清醒地做人很難，這是一場堅苦卓絕的良知試煉。

　　　　沒有一個無辜者，就像沒有人不害怕／誰也不放棄，誰也
　　不饒恕，沒有人應該得到保護／勇敢的解釋早該推翻重

來，人要醒悟，他只能被害怕壓著／就像12月的北方，他必須蓋緊厚棉絮造的被子／／一切能搖的，發得出響動的，能被觸摸的／這種時候，只有害怕還會憐憫，還不肯放棄我們／它總是反身回來，把準星再訂正一遍／望望未來，能看見它給所有所有的，事先加蓋了絕對封印

　　具有絕對威權謀求全然控制的極權政治就是「絕對的封印」，剝奪人民參政權利的社會如何能有「未來」？它蔑視人的尊嚴，否定生命崇高的價值，時時用槍枝瞄準反對者的臉龐。「男低音女低音，太悶了太堵了，太驚世駭俗了／高音是假聲，中音是半個假聲，世上沒人聽到過真聲／／釘得均勻的籠子，落地的，不落地的窗子／開始用鐵造，後來用合金，現在改用不鏽鋼了／那些是專門用作裝置我們的器皿和牢房」（〈害怕〉）。太恐怖的純然假聲的時代大合唱！聽話者狗鏈上身，不聽話的閉鎖成囚徒。虛無殘酷的當代歷史場景的對立面，是王小妮誠摯真實的詩章，它無懼歷史謊言，堅持對「人」之價值進行不懈追索。

　　中國文學的現實主義精神在《詩經》已露端倪，但發展成豐富有力的傳統歸功於漢魏樂府詩。東漢・梁鴻的〈五噫歌〉：「陟彼北芒兮，噫！顧覽帝京兮，噫！宮室崔嵬兮，噫！人之劬勞兮，噫！遼遼未央兮，噫！」將統治階級的奢靡生活與平民階級的無盡勞苦相對照，發出五聲悲憤的嘆息。梁鴻因寫作〈五噫歌〉為漢章帝所不容，下令搜尋他，梁鴻遂隱姓改名生卒年不詳。漢末的政治動亂催生了王粲（177-217）的〈七哀詩〉：「出門無所見，白骨蔽平原。路有飢婦人，抱子棄草間。」魏・曹植（192-232）的〈泰山梁甫行〉寫濱海人民的貧困生活，衣著簡陋困居山林。詩人心存悲憫：「八方各異氣，千里殊風雨。劇哉邊海民，

寄身於草野。妻子像禽獸，行止依林阻。柴門何蕭條，狐兔翔我宇。」漢魏樂府詩以見證歷史的心態寫出社會苦難，敘事簡練情感深邃，彷彿王小妮詩歌的精神前導。

王小妮的詩歌美學強調意義當下性，具有直覺宏觀特徵。她的詩不依靠形上思維辯證，不執迷華美的修辭，任直覺力與真性情快意劈破現象迷障，直取命題核心。王小妮的時代意義是為「詩歌精神」確立標竿，語調不卑不亢立場堅定清晰，破除政治意識形態對價值的框限，堅守自由寫作的獨立與開放，在絕望年代以苦心經營的文字冷靜突圍。王小妮的詩內蘊對人性光明面的信仰，藉死亡返照生命，以黑暗凸顯光明，永恆懷抱愛與希望；「人人有了光芒，有了內疚之心」，「一直像峭壁抓緊了最後的荊棘草」（〈太陽真好〉）。王小妮的詩，對拘囚於意識形態牢籠、陷溺於物慾泥潭的人心深富啟蒙意義。

> 天寶太白歿，六義已消歇。大哉國風本，喪而王澤竭。
> 先生今復生，斯文信難缺。下筆證興亡，陳詞備風骨。
> 高秋數奏琴，澄潭一輪月。誰做采詩官，忍之不揮發。

這是孟郊（751-814）的詩〈讀張碧集〉，「澄潭一輪月」清白的精神境界也適合形容王小妮的人與詩。「下筆證興亡，陳詞備風骨」，王小妮的詩與古代諷諭詩反映現實、陳述時弊的傳統彷彿精神同盟；但賦予諷諭詩當代涵義，更加關注個人的心理因素與生命主體作用，從「歌詩合為事而作」的目的論跳脫出來，回歸人性的根本召喚。王小妮的詩內蘊強大的自由意志，堅守人性真實，煥發不平凡的精神風骨，以柔弱勝剛強的生命姿態，為黑暗時代點燃長夜明燈。

【參考文獻】

王小妮，《我的紙裡包著我的火》（瀋陽：春風文藝出版社，1997 年）

王小妮，《半個我正在疼痛》（四川：新華出版公司，2005 年）

王小妮，《有什麼在我心裡一過》（北京：作家出版社，2008 年）

王小妮，《致另一個世界》（臺北：秀威資訊，2013 年）

王小妮，《出門種葵花》（南京：江蘇文藝出版社，2016 年）

王小妮，《撲朔如雪的翅膀》（杭州：浙江文藝出版社，2016 年）

王小妮，《月光》（北京：東方出版社，2016 年）

理察・皮佩斯著；蔡東杰譯，《共產主義簡史》，（臺北：左岸文化，2005 年）

Maurice Meisner 著；杜蒲譯，《毛澤東的中國及其後中華人民共和國史》（香港：香港中文大學出版社，2005 年第三版）

張戎、喬・哈利戴著；張戎譯，《毛澤東鮮為人知的故事》（香港：開放出版社，2006 年）

封從德，《六四日記：廣場上的共和國》（增訂版）（香港：溯源書社，2013 年）

郝大維、安樂哲著；蔣弋為、李志林譯，《孔子哲學思微》（南京：江蘇人民出版社，2012 年）

劉勰著；王更生導讀，《文心雕龍》（臺北：金楓出版有限公司，1988 年）

蕭滌非著；蕭海川輯補，《漢魏六朝樂府文學史》（北京：人民文學出版社，2011 年）

余冠榮選注，《樂府詩選》（臺北：華正書局，1991 年）

王軍選注，《韓孟詩派詩選》（北京：北京師範學院出版社，1993 年）

林庚主編，《中國歷代詩歌選》（北京：清華大學出版社，2006 年）

錢鍾書編著，《宋詩選注》（北京：讀書・生活・新知三聯書店，2002 年）

第十三章【余怒（1966- ）】
余怒詩與余怒詩學

前言

　　余怒本名余敬鋒，1966 年出生於安徽省安慶市，1999 年在臺灣出版第一本詩集《守夜人》，引起兩岸詩壇注目；2005 年《余怒詩選集》與 2008 年《余怒短詩選》，印數甚少未廣泛流傳。2014 年余怒出版精緻厚實的詩選《主與客》，收錄 2000-2011 年詩一百零五首，2011-2013 年《詩學》系列七十四首（選錄五十六首），兩篇詩學論文與創作年表。2018 年 3 月余怒完成《蝸牛》，這本詩集包含一百二十四首十二行詩、一百二十四首九行詩，2019 年也順利出版。兩本新詩集顯現余怒突破自我與時俱進的詩藝。本章以《主與客》為重心兼及《守夜人》與《蝸牛》，探討三個命題：余怒《詩學》中的詩觀點、「余怒詩」的詩學特徵、余怒「詩學論述」的思想特點。

一、余怒《詩學》中的詩觀點

　　關於「詩」的詩（論詩詩），歷來有兩種類型，一種是關於「詩的文化傳統」的反思，如李白〈古風 · 大雅久不作〉、杜甫〈戲為六絕句〉，一種是關於「詩之本質與形象」的澄清，如

王維〈鹿柴〉、柳宗元〈江雪〉。余怒《詩學》系列探討的是後者，詩人對於「詩」的種種思考。《詩學》系列以感性的生活語調傳達知性內涵，是專心致志的探索性寫作。余怒《詩學》系列詩表達了什麼關於「詩」的思想？〈詩學9〉節選：

> 如果我是一個保守主義者，我會保持一種姿勢、一種路徑飛；／當然，如果四下沒人，我會仰兒八叉地飛，身體折成／一定角度地飛，像練瑜伽一樣直至某種極限地飛，邊喊邊飛。

余怒將詩歌寫作視為飛行，言下之意，其他文體的寫作無非步行。但飛行也有兩種類型：一種保守一種激進，「余怒詩學」式的飛行就像空中特技表演，旁若無人地吶喊；喊什麼內容不重要，重要的是極限姿勢（最大張力形式）。這是余怒詩學「形式重於先於內涵」的形象化展演，它確實比冰冷的邏輯論述來得有吸引力，動態感加上配音。〈詩學21〉：

> 一首詩要／直截了當，像裸體。／女人年輕，不需要／口紅、香奈兒。／／當然，一首詩不能／脫離具體的語境，像她／下了火車又乘大巴，坐上三輪，輾轉／夢遊到你的跟前。／／這時你就假設／你是醫生吧，／接觸乳房，純粹是／因為工作。這是「意義說」。／／也可以假設床前／明月光照著東一隻西一隻的鞋子。／你們摸黑做愛，不停地對／對方說：您好，請，對不起，謝謝。／／這是「意境說」。這些／可以拋之腦後。／但要控制節奏，否則就成了／金髮碧眼的傢伙打太極。／／要分清誰跟誰，

不是孩子／跟孩子（單純過家家？要警惕／性早熟），隔壁的／張大爺跟張大媽。／／從繼承傳統的／角度而言，這還是一首／抒情詩，不是男歡／女愛的詩。詩總歸是言志的吧，對不對？

這首詩有它的規矩與不規矩，規矩：它是一首四行詩七節，不規矩：對意境詩學與意義詩學的兩面調侃，對詩之抒情與言志功能的雙向嘲諷。余怒詩學否定詩的功能說、意義說、造境說，強調兩個重點：詩要裸體（脫棄偽飾），要分清誰跟誰造愛（警惕少年激情或油腔滑調）。余怒重視形式與內涵的和諧（身體功架與精神流轉的和諧，正宗的太極），內涵並非形式的附屬品（反之亦然）。他強調意識先行的寫作會戕害詩意，確認詩不是輸送意義／圖謀意境的工具。〈詩學51〉：

兒子喜歡夢幻西遊，女兒喜歡巧克力棒。妻子／喜歡往單眼皮上貼眼皮貼，她想變成雙眼皮。母親／喜歡搖頭，她頸椎不好。父親喜歡四處走走，與認識的／人聊天。弟弟弟媳喜歡坐在樹下／談佛，他們知道很多樹的名稱呢。／我被吸附在地球上。

這首詩跟「詩學」有啥關係？先從直覺性閱讀談起，它能逗君一笑，流露無奈感甚至虛無感，活得不耐煩；但要深入理解它，還是得超越表面趣味才行。「夢幻西遊」是電玩（心理性逃避現實），「巧克力棒」是物質享受（感官性沉溺現實），「貼眼皮貼」是改造容貌（時尚性妝飾現實），「喜歡搖頭」是肉體障礙（身體性抗拒現實），「與人聊天」是抒發壓力（心理性轉移現實），

「樹下談佛」是修身養性（精神性跳脫現實），「我被吸附在地球上」對存有既不否定也不肯定，如實知見「物與場所」的關係，對自己的限制與自由充滿信心，這不就是「詩」該做的事嗎？余怒詩開發出別具一格的「現代性」，將生活場景即興拈來，從容不迫地表達了深邃的詩意。〈詩學55〉節選：

> 我常常自詡為空氣，在這裡，／在那裡。僅僅為了瀰漫。
> 我這麼說不表示我真的就是／生態學意義上的上帝，或無所／不在的軟件裡的木馬病毒。／我只是某一個余怒的影子，正以／500光年／秒的速度返回這個星球。／讀我的詩，哪天你發現／手上某個指頭被凍掉了，／而你並不怎麼感到疼痛。

上帝／木馬病毒隱喻善／惡，瀰漫之空氣非善非惡，不帶任何道德氣息；這是「余怒詩學」對詩人超越性角色的客觀認定。「我只是某一個余怒的影子」這句話很有意思，「余怒」與「余怒的影子」是實與虛的關係，一個身體（實）可以有多重投影（虛），無限多的投射就是瀰漫，這是詩的特權；詩來自詩人但非等同於詩人。詩有速度加上重力，激發文字產生質變，放射出極寒或極熱的能量，端看閱讀者的體質。余怒詩是可感而難解的文本，而非不可解；若能保持「不解」的心態，以直覺感受文字撲面而來的能量，疼痛感將有助於理解指頭是怎麼被凍掉的。〈詩學59〉：

> 在免費公園裡，
> 望著水面發呆，

想著最近的煩心事，

公園收門票那會，我很少來此。

心無著落，像水生植物。

自由，何時為我所有？

但自由的具體形態我

又不是十分清楚。

糊塗啊，

整個的我和

四分五裂的我。

大鼻孔青蛙，仰身在湖面上。

（頭腦中，一幅青蛙戲水圖。）

湖面很大，足以

吸收人聲、鳥聲。

我意識到這又是一個

布爾喬亞的傍晚，對無所

事事的容忍沒有限度。

多想想遙遠的事吧，

十年後、二十年後。

趕走這隻厄瓜多爾青蛙。

　　余怒在發牢騷？不是，「詩學」針對的是詩不是詩人。當然，詩與詩人之間有千絲萬縷的連結，假設詩人是那隻「青蛙」吧，現實就是「湖面」。「自由，何時為我所有？」和「自由的具體形態」是什麼樣的關係？是內涵與形式的關係嗎？如果侷限於青蛙之思維就永遠脫離不了湖面設立的框架，意思是說，湖面是青蛙的現實侷限，要想脫離這個侷限不是改造湖面（工程太浩大，

非個人意願能完成），而是別讓自己「無所事事」（更有精神內涵？更有行動能量？自由意志更加強大？）。「厄瓜多爾青蛙」是瀕臨滅絕的物種，象徵詩人。〈詩學60〉節選：

> 現在雨開始下了。奇怪，我／竟想著怎樣在一首詩中去描寫雨。我明明知道／時間是寶貴的，卻有意浪費掉這個上午。我／今年48歲，還有許多時間，是嗎？玩牌時我／倒願意想想這個問題。現在雨大起來，它是一個／絕好理由。老婆，我不能提著溼淋淋的／鞋子回家。我的想法是，寫一首長詩，很長很長，／很長很長，幫我對付這日子。陰柔並且／野蠻，今天是2013年4月19日。

　　余怒討論的是形而上的思想問題，但他借用形而下的現實生活，借用得相當巧妙。「描寫雨」和「對付陰柔野蠻的日子」是兩種寫作心態，前者是模擬現實後者是解構現實，此即「散文」與「詩」的基本差異。很長很長很長很長的詩，不是文本篇幅之長也不是寫作時間之長，而是精神挺住，讓詩與現實呈現穩定的天秤平衡狀態，讓生命暫時不會被淋溼（但也只是暫時性措施）。余怒的苦惱是他無法假裝自己不是余怒，也無法對野蠻的生存環境視而不見。〈詩學68〉：

> 早餐吃了一碟豆子，
> 以致整個早上不想說話。
> 靜靜望著
> 沙發上翻滾的貓，
> 想忘掉我是個詩人。

唉，你知道我是一朵茉莉啊。
通常，月亮升起時我性慾強烈，
絞著手指，陷入可怕的沉默。
很多花，有著不為人知的排他性。
比如前天，我寫了一首詩然後
跑到浴室裡狠狠沖洗一番然後
換上新內褲跑到江堤上坐在凹凸
不平的水泥地上排除雜念。心想這下
行了吧，但最終還是失敗了。

　　余怒想忘掉自己是個「詩人」，也想忘掉自己是個「人」；
但一朵花跟一個人一樣孤獨。「排他性」說明了自我的獨特性，
一個人因獨特性（與眾不同）而受苦。寫詩也是一種被獨特性驅
使的無意識行為，不得不的詩歌書寫行為即宿命；想擺脫這種宿
命卻了不可得，這是詩人的反諷之語。到處都有想當詩人、著名
詩人、大詩人，自稱為大師的痞子，這種自戀狂妄的心念本身就
是非詩與反詩。貓能自由自在地沙發上翻滾，名正言順地當一隻
貓；可憐的余怒，被中國無所不在的政治意識形態下了詛咒，無
法名正言順地當人，難以實現猶如貓般翻滾的「自由」。〈詩學
69〉：

你還活著嗎？那麼，請坐，
你得證明自己不是一束光，且不可逆。現在我
在吃一塊夾心奧利奧，我將它掰開，吃一半，
留一半，留到夜裡三點鐘。那一半是你的。
兩個人，在一起玩玩假死遊戲。誰動

一下，誰就死了，永遠不得回來。
坐在牆角我想，這是我的房間，這是
我的床，這是我的牆角——不讓
別人代替我；這是從不響一聲的電話，這是
上個月的欠費單。（此時我成了
神祕的挖掘機，舉臂支撐著夜空）
我希望永遠活著，傾其所有以盡早贖身。

〈詩學 69〉延續〈詩學 68〉的命題，意念持續深入；上一首想忘掉詩人的身分（終結宿命），這一首希望盡早贖身（獲得自由）。「不讓別人代替我」即「排他性」，說法不同意思類似；獨特性是詩的第一要務。詩與詩人的關係就是「永遠活著」與「盡早贖身」；詩是第一性的，而詩人只是一個暫時的通道／載體。我與世界的關係是「不響一聲的電話」與「欠費單」的關係，表層是現實的負擔，裡層是理想的承擔。詩人「舉臂支撐著夜空」，托塔天王乎？好沉重的神話性任務。從功利性的現實立場而言，詩人天生有非現實傾向，有自我強迫症，逼迫自己凝視黑暗無懼死亡的要脅，只有真正的詩人才會費盡心機執意這麼幹。〈詩學74〉：

走在沙石路上我想起阿牛，
他的詩正在被人們遺忘，平常走在
柏油路上，我不會這麼想。鞋子裡
進了沙子，倒出來，聞聞它。

那時我們探討的問題包括：一個

忘了主語的句子是不是更吸引人，一個
搖滾歌手跳到臺上能增加多少現場感，一個
愛打扮的高個女人對嗨澀的現代詩有沒有免疫力，一個
被自行車拋出的人和一個被公交車拋出的人呢？

就在今天，上了公交車我還在想，
用我的詩去征服別人。車廂裡
你擠我我擠你，只能筆直地站著，
這裡你無暇珍惜你的新衣服，
這裡格外需要詩。

「鞋子裡進了沙子」，你才會感到行走之艱難；鞋裡的沙子
就是詩，沒有那粒沙你意識不到存有，你被現實無形驅動著而不
自知。走在柏油路上是現實生活的我，走在沙石路上是詩歌經驗
的我，兩種真實並行不悖；但沙子提供了行走的自覺，這是詩的
作用；就好比「公交車」上人擠人，現實變得沒有任何空隙，這時，
詩提供了想像空間，為窒息的現實開闢了革新的可能性。

《詩學》系列是對「詩」的詩性反思，是詩人有意識地擦拭
詩鏡，鏡中顯現的思想帶有啟蒙性質，不管是自我教育或社會教
育。《詩學》系列更奇妙的是思想的表達方式，鏡中顯現了動態
的現實生活而非靜態的抽象概念，這是《詩學》系列相當成功之
處；它讓閱讀中的體驗活動居於優先位置，又能消解思想活動的
理性侷限，使「詩的思想」更容易被感受與親近（但對缺乏想像
力的人還是沒轍）。《詩學》系列詩篇從具體的當代生活取材，
將平凡的生活廢鐵鍛造出鋒利的思想刀劍，立意非凡別出新裁。

二、「余怒詩」的詩學特徵

　　余怒《主與客》時期（2000-2013）有兩種書寫模式，取果核式與抓鰻魚式。取果核式以核心意象為主體，剝殼去皮吃肉丟出果核，主客分明；抓鰻魚式徒手對付鰻魚，鰻魚滑溜扭動人的身手跟著變換，主與客顛來倒去。余怒《守夜人》時期（1985-1999）看得出余怒詩學背景中超現實主義形式與存在主義內涵的交互作用，以造境手法達到解構現實的目的：「蒼蠅在盒子裡，／磁帶上的嘶嘶聲。／／纏著繃帶的手錶，／冰塊裡的嘀嗒聲。／／抽屜裡一隻爛梨，／木頭的呼吸聲。／／用化名去死，／找不到屍體。／／將這一切蓋上蓋子。」（〈環境〉，1997）詩裡變形的現實情境產生出濃厚的疏離感；「纏著繃帶的手錶」，超現實意象。《主與客》時期，余怒試圖採取更直接的方式逼視現實鍥入生活，這是更加困難的書寫挑戰：「住在一個地方，幾十年，／挪吧，醫生說，上海或紐約，這是／心理疾病，你看飛蛾。」（〈小旮兒〉節選，2009）人與現實共生的「在場感」更加強烈，不再需要扭曲現實框架；小旮兒對比於紐約等同黑牢對比於藍天，飛蛾撲火類比於人追求光明。

（一）取果核式書寫模式

　　《主與客》大致分為兩階段，第一個階段為 2000-2007 年，這個階段收錄的詩作較少，形式還在鍛造過程中流動，相對模糊與鬆散；第二個階段為 2008-2013 年，詩集收錄的詩作大部分來自此階段，形式凝聚內涵複雜。第二階段的開端就是〈主與客〉這首詩：

與你談話，很快活。
你故意用生活是如此糟糕之類的話來引起
我的煩躁。痙攣與和解之類。

新居的空氣，在玻璃框裡。
沒有人覺得反常，有一天
我請你來做客
談詩，喝浸了蟲子的酒。
不問你是誰，是什麼人，有沒有
對新鮮事物的適應性。
你沒有，我敬你一杯。
你是身體複雜的侏儒，我敬你一杯。
你是一邊旋轉一邊進食的獵奇者，我敬你一杯。

拿起電話時我還在想：新居可以
用來幹什麼。幹什麼呢？
會飛的蟲子有一顆病人的腦袋，漁夫捕魚
總要網吧？我們可以例外？
最終你只是你就像
我只是我。如果我趕你走，那意思就是
我煩透了，尼安德特人撞見了比利時人。

　　「尼安德特人」是史前人類，「比利時人」是現代人類，後者帶有前者的部分基因。如果我是主是尼安德特人，你是客是比利時人，「與你談話」意味著主撞見了客。主對客產生厭煩感，因為這個客人經常抱怨現實，他沒有對新鮮事物的適應性，是一

邊旋轉一邊進食的侏儒（有點像蒼蠅喜歡沾惹腐朽之物）。上述這些客體特徵是次要的，重要的是這裡為「新居」。「新居的空氣，在玻璃框裡」，玻璃框裡的空氣愈來愈陳舊，最終會要人命，但大家適應良好。余怒用詩把玻璃敲開了一個裂隙，只是一條縫隙而已，別緊張，新鮮空氣還不至於趁虛而入。主與客的談話，假裝很快活，假裝被和諧；這是余怒身處在「比利時人」群體中無法反客為主（返祖尼安德特人）的悲哀，也呈現出（一般人不自覺的主與客各自為政的）心理意識分裂狀態。

　　這首詩的核心意象是「新居」，一個尋常的現實生活場景，但余怒以個人生活為起點，藉顯的場所：「新居」讓隱形的框架：「玻璃框」現形，觸及生存環境的場所特徵。「新居」象徵時代的物質條件獲得改善，但沒有改變的是窒息心靈的極權體制：「玻璃框」。敘述脈絡猶如生活胡思般東拉西扯，其實經過作者縝密的文字安排；將即興跳躍的語言與理性思維的架構，天衣無縫地交織在一個文本裡，這是余怒詩的嶄新突破。詩裡的現實情境，乍看之下很正常細觀之後又有點異樣，有點像魔術大師變戲法，我稱呼此詩藝絕活的產兒為「魔幻現實詩」。

〈青蛙來到了我們的房間〉

青蛙來到了我們的房間。它坐著，在地板上，／眼睛圓圓的，彷彿了解我們。可以談談嗎？／我們的相似性，聲音，幾個基本詞，像／「哇」和「啊」，各自體內的生物鐘。／／──它們各自在敲。它催促青蛙而她／在催促我們。好像窗戶很多，過於明亮，好像／她願意為我們而這樣。但願慾望與她相似，為從未／存在，永遠不可能來臨

的時刻毀去身體。／／三年前或三十年前，也有過一隻青蛙，它的／叫聲聽起來在這裡可是卻在那裡，它撲過來／撲過去，找躲在穿衣鏡後面的我們。我們都／不見了，它不知道發生了什麼事。

取果核式的書寫模式相對而言容易體會，因為它有一種向心力與凝聚感。但書寫／閱讀的單向敘述／單向感應，並不保證交流對話的可靠性，這是余怒詩對書寫／閱讀向來的挑戰。余怒詩從來不是線性思維的產物，它的多義性（歧義性）語境期待讀者的主動考掘。就像這隻來到我們房間的青蛙，人與青蛙有相似性，有嗎？如果你沒有包容心與想像力瞬間就掐死了這隻青蛙，接下來甭談。詩的作用只是切開一條縫隙，只是萬千的推理／想像的線索之一，把鑰匙直接交到你手上有什麼樂趣呢？青蛙在房間裡這個事實不容忽略，還有那一面鏡子；有趣的景觀出現了，牠在找我們耶！我們躲在穿衣鏡後面幹什麼？鏡中顯現的不就是青蛙自己？牠又在找啥？青蛙（或者我們）因淪喪生命主體性以致於無法鏡中顯影，好辛辣的挖苦！余怒詩擅長提出五花八門的怪異景觀，挑戰讀者的想像與推理能力。接下來我們看余怒丟出什麼東西？一隻刺蝟。

〈刺蝟論〉

冬天冷，我們花一天時間／討論刺蝟。／我們在房子裡，開著空調，／穿著運動衫，心裡柔軟。／／刺蝟懷孕了，／刺蝟誤入農民的院子，／刺蝟邏輯混亂，生下一窩小刺蝟。／小刺蝟爬。我們討論得很認真。／／假設一隻光禿

禿的小刺蝟一個肉團滾到／我們的腳下或者直接爬到我們
的床上在／你我之間討論的間隙或者夢中，我們還／繼續
討論嗎？／／當然。／我們會沮喪，／夜不能寐而伸手於
窗外。／我們可以討論更現實的問題：我們。

　　這首詩提供了雙重快感，首先是語言性的快感，刺蝟在字行
之間在嘴皮子之間連爬帶滾，多麼熱鬧啊！但我們忽視了刺蝟之
刺的現實性。床上的刺蝟可真不妙，刺痛之餘激發了第二重快感，
「我們可以討論更現實的問題：我們。」逼迫讀者反向思考，討
論刺蝟的「我們」才是真正的問題關鍵。這首詩還是以核心意象
為核爆基地，標靶卻是點燃引信者，一個正在閱讀文本的「你」。
余怒以語言性快感輾轉擠壓出現實性快感，而非直接拿刀尖去捅
牆壁，這才堪稱作語言藝術大師。

　　余怒建構的詩歌空間帶有開放性特質，雖然立定了核心意
象，但烘托核心意象的花樣層出不窮，常常讓你抓不住把柄，
也允許你的閱讀想像主動參與，這也是余怒詩的絕活。就像〈鋼
筋問題〉開端就丟出核心意象：「早晨我想／將鋼筋扳彎。／鋼
筋是廢鋼筋，昨晚散步時撿的。」接下來穿越了一堆生活場景：
路人的質疑、我的辯駁、朋友對扳鋼筋的好奇發問：「這是幹什
麼？」這些過門的烘托讓生活變得具體可感，不是可有可無的修
辭（修辭是衣裳不是骨肉）；或者說，讓詩肉豐滿些以便撐起詩
骨。〈鋼筋問題〉節選：

太陽已經升得老高，
鋼筋卻一時彎不了。
我雙手無力且心猿意馬，老想著

別的事，身體啊，朋友啊，出門該穿
什麼鞋子啊，上班該填什麼表啊。
想專心致志地扳鋼筋而不可得，想把鋼筋扔了
又不甘心。
花在鋼筋上的時間太多了，
花在生活上的時間太少了。
差不多到了該吃午飯的時候了，而午飯卻沒有準備。
又來了一幫朋友，我有點傷腦筋，
我想把鋼筋送給朋友們。

這首詩處理了一個詩學問題，「扳鋼筋」就是詩的書寫經驗，
詩人與詩材料、詩語言的較勁。詩人就是時時活在「詩的經驗」
中的怪物，扳鋼筋的時間多過處理日常生活。生活對詩人而言就
是尋找詩的材料，看到路旁的「廢鋼筋」眼睛為之一亮；有這種
癖好的藝術家實際上也是詩人，比如臺灣的鐵雕藝術大師陳庭詩
（1916-2002）。但〈鋼筋問題〉隱藏一個更重要的命題：「我想
把鋼筋送給朋友們。」余怒詩的開放性顯現在此，把「問題意識」
向現實敞開與滲透。倒不是說多幾個人就能扳彎鋼筋，而是希望
更多人能將生活之腐朽改造為神奇，將鐵板一塊的政治現實鬆動
需要更多勇者的積極參與。

當代中國的核心命題是政治改革，但政治意識形態的攻防常
使詩歌寫作陷入困境；政治詩吃力不討好，批評太露骨是自找麻
煩，左右各打三十大板是找詩歌麻煩。余怒挑戰了政治詩的寫作
侷限，使用既簡單又透澈的方式，〈貓的政治〉如是說：

　　形式主義要不得。／對於寫作者，／和一個國家的治理

者。／／因為它不僅僅是／語言問題和寫在／紙上的法律條文。／／肉體和經濟基礎。／正如你無法脫離／女友或妻子談論女人。／／女人的形而上和我們／無法實現的／公民的權利。／／不是身分證上的／照片，火車實名制，／政府招募的網路黑客。／／形式主義是一隻／被點燃的貓而我們／憐恤的是它的皮毛。

　　這首詩與前一首詩在敘述結構上有一個共同點：開頭單刀直入，結尾回馬槍致命，不愧是武林高手。但我認為，更值得重視的不是詩歌形式面之精確優美，而是余怒詩的思想視野；正因為有透視現實的觀念與想像，才能找到精準對應的詩歌形式。形式只是附著的皮毛，內涵才是生命的骨骼與血肉。麻木的「我們」著魔於時髦跑車、奢華豪宅與各種時尚精品，對人民長期被剝奪的政治參與權利不置可否，我們就是那隻只管抓老鼠卻不顧自己火燒屁股的貓。

　　〈空虛也罷，糖果也罷〉呈現詩人挪移現實引發聯想的能力，從電影院的場景解構政治：「影片開始，情節裡出現／三個人。圍繞某個東西轉圈。／三角關係，我不關心。／一個孩子哭，嚷著，尿尿。有人在／輕聲指責他。引起更多的／孩子哭。尿尿，嗚嗚。有人吹起／哨子想制止，結果可想而知。」三角關係是私人問題，公眾場合吹哨子是公共問題，意義不同，詩人關心後者。孩子哭嚷著要尿尿，這是生命本能，妄想禁錮生命本能以致於戕害人的基本權利，結果可想而知，長期的壓抑只會引起更大的社會動亂。滿街的路人都懂，但高高在上的國家治理者腦袋空懸只想著鞏固權力，接不了地氣，任何改革都淪為原地空轉。

（二）抓鰻魚式書寫模式

余怒詩還有另外一種書寫模式：抓鰻魚式，它依靠的不再是核心意象，而是流動的事件與場景。比如〈越來越明白〉，故事一口氣說到底，但過程滑溜溜的抓不緊！

> 小時候同父親去五／里墩看槍斃人的情／景老在我的眼前出現。／臨刑前，那人重複／著一句話：行行好，／請忘記我。是的，我／也想花點錢將自己／冷凍起來，三百年／之後再解凍。好嘛，／父親，你睜眼再瞧瞧。／現在，我已經不能／冷靜地看待一件事。／我不知道自己是誰，／我不能擁有一枝槍。

這首詩基本上分三段：父子同看行刑場景、兒子冥想、兒子向父親訴苦。詩題「越來越明白」，意思是說生命經驗被時間醞酵催生了智慧，而智慧被總結為兩句話：「我不知道自己是誰，我不能擁有一枝槍。」真玄。詩應簡單而深奧，這是余怒詩的最高準則。〈越來越明白〉採用第一人稱敘述，帶有擬傳記性質，個人歷史小敘述；按余怒出生年1966，「小時候」為文革時期（1966-1976）。受刑人的話比較好理解，「請忘記我」，階級鬥爭中人命不值錢，忘記就是不要當作一回事；但生死事大，有一個觀眾忘不了，那個人正好是余怒。余怒好不容易長大了，歷史場景改變卻不大，還是一個人命不值錢的時代；2011年的余怒說：「我也想花點錢將自己冷凍起來，三百年之後再解凍。」三百年後時代總歸會不一樣吧？悲愴的歷史大敘述。總結的兩句話有何言外之意？我既不能當真實的自己，又不能革他人的命，我被迫

白活一輩子；請問，這是誰的罪過？詩不是刻意滑溜意此言彼，而是源自生命經驗之弔詭、歷史真相之殘酷。

〈不會發生〉

有的老人容易被紫色控制。有的老人容易被／上樓梯時跳躍的輪廓線或書中的人體示意圖。／我認識的一對有錢夫婦，在房子裡／起帳篷，待在裡面，不願出門。／／如果我有那樣的一本書或一幢別墅我也會。／坐在電腦跟前，想著這些沒影的事，自個笑。／印表機接受了指令，劈劈啪啪打出一句莫名／其妙的話：「被寵物咬了一口的她，醒悟了。」／／上班的路上我差點被一輛卡車撞了，香菸／從司機的嘴角掉到他的褲子上。他抽泣著，／將車子停下，抓住我的衣領。他稱呼我「死神」，／讓我朝著無人的駕駛室叫幾聲，以喚醒他。／／他身上有些東西我感到熟悉。那一年，我母親／企圖自殺，她的狗很懂事。它平時喜歡／在她的懷裡沒來由地抓撓，但那一天，／它沒有。它豎著尾巴望著她，直到她沒了勇氣。

這首詩結合了幾個事件與場景，出現「母親企圖自殺」這個未完成的事件。這首詩的鰻魚性更嚴重，扭個不停；不過它有個基本架構，四行詩四節，每一節有一個完整的敘事場。第一節、第二節陳述的都是逃避現實者的行為，大同小異。第三節突然用一個真實到逼近死亡的現實事件衝撞你，高分貝的噪音環境將你拖出幻想之境。第四節比第三節更恐怖，不是因為企圖自殺的是「我母親」，而是因為一段空白，生命中出現了沒有任何聲音的

一段空白；這段空白讓離魂回歸肉體，生命倖存下來。一首駭人聽聞的詩確實帶有療癒性，或者說啟蒙作用；余怒詩渴望達到的文學標的：與死亡為鄰，讓生命驚醒。

抓鰻魚式書寫模式對付的都是不好招待的傢伙，比如蚊子的飛行軌跡、時鐘的分針秒針、據說代表人民的人民大會代表們：

〈π 系列〉

眼前有一隻蚊子，干擾了電視畫面。／它飛得不規則。我想計算它的軌跡。／肯定與 π 有關。／這個世界上很多事都與 π 有關。如果老婆／不再讓我幹那些／一個大男人不該幹的活兒我就當一回物理學家。／我給女兒講故事，小傢伙動個不停，形容詞一樣我拿捏不住。詞語／在句子中，就像手推車在列車上，一男一女在屋子裡。／我啃骨頭的樣子你別笑，我確實／喪失信心了。一個人若／不重視身體的感覺早晚會被身體拋棄。／我不能下結論說鐘走得不對，死命地摀住分針甚至秒針。／在聽證會上，代表們會問：誰給你這個權力？我們沒瘋，對吧？

我用的詞是「對付」而非「應付」，余怒的詩不是寫著好玩，不是用來應付時光而是對付現實；為什麼非要對付現實不可，這就是一門學問了，〈π 系列〉講的就是這麼回事。按道理，π 是圓周率（一個超越數）；但現實與歷史不是數學能理解的，比 π 更難計算清楚。對付非理性，理性是撐不住的，「死命地摀住分針甚至秒針」表現出歇斯底里的行為，然後又出現更歇斯底里的行為：「代表們會問：誰給你這個權力？」怪哉！誰又給代表

們說這句話的權力？所以嘛「π」是無所不在的，故名「π系列」；這裡是 π 系列國度，即使數學天才也無法解答這個難題。「我們沒瘋，對吧？」我們都是 π，對吧？難道這個顯然瘋掉的當代中國跟你、我、他無涉？余怒的詩歌天問誰能答覆？

　　無論採用取果核式或抓鰻魚式的語言策略，余怒詩的文學標的都很清楚，但到達目的地的方式很詭異，常常出人意表，詩歌空間的造境相當魔幻，這是「余怒詩」的風格特徵。當文本甩出「我們沒瘋，對吧？」這樣的邀請函，接下來的反應是讀者的責任，沒錯吧！不要低估自己的智商老是說看不懂，沒錯吧！余怒詩帶有非定向性與未完成性，它的文學意圖需要讀者想像／推理的積極參與。余怒以去主體抒情的語調進行故作冷靜的敘事，批評意識隱藏在字行間，鋒刃歧出時帶有致命殺傷力。

三、余怒「詩學論述」的思想特點

　　余怒寫過幾篇扎實的詩學論文：〈從有序到混沌〉、〈語言中的置身與遠離〉、〈個性寫作者的窘境〉、〈感覺多向性的語義負載〉、〈體會與呈現：閱讀與寫作的方法論〉、〈話語循環的語言學模型〉。我想對余怒「詩學論述」進行分析，以闡發余怒關於詩的思想，借以澄清「余怒詩學」的特色；但反覆拜讀論文後，我發現這種嘗試可能會把讀者搞得更糊塗。

　　第一點原因，余怒論文借重的西方文化觀念來自：E・弗洛姆、哈羅德・布魯姆、讓・保羅・薩特、奧・帕斯、羅蘭・巴特、索緒爾、克羅齊、列維－布留爾、德里達、杰弗里・哈特曼、亞里士多德、維特根斯坦、梅洛－龐帝、喬治・萊考夫、保爾・德・曼（依前後引用順序排列），龐雜到讓人吃不消。

我同意人類思想有某種共通性，但質疑翻譯文本呈現的觀念準確性與文化適用性（如果余怒懂法文且在法國長住十年以上，我會謹慎考慮局部有效性）。第二點，余怒的論述假設人類語言問題具有普世性，認定西方語言學／符號學觀念可用來把現代漢語的脈；也就是說英語、法語、德語、義大利語等等西方語系的語言假說，可用來闡述漢語命題。我認為這個假設忽略漢語自身複雜豐厚的文化特性；當然，如果將現代漢詩看做全然是洋詩漢譯文本的影響產物，這種對待方式還是有點道理（當代華文小說的評論早就這麼幹）。但這種做法我認為是：無視於「漢語性」直接倒掉「漢語」這鍋渾水，等於把自家嬰兒也拋棄，必然複製「五四運動」將傳統與現代一刀切的文化災難。

　　第三點，余怒詩的先邏輯性與余怒詩學的邏輯性，兩者間的矛盾相當難以調和；如果嚴謹的詩學論述（有序），最後仍然指向了詩的歧義性（回到渾沌），這樣的「詩／思想」之論證似乎空跑了一趟。因此，我不否認「余怒詩學」的價值，深究其實那是井然有序的「思想」論證，但與渾沌之「詩」無涉。第四點，「余怒詩學」始終停留在語言形式層面，並未深入詩學層面，似乎傾向於澄清語言問題等同解決詩學問題，余怒曰：「在語言中置身與遠離」。我則認為：語言只是到達詩之彼岸的筏，耽溺於分析筏的構造無助於親近詩。第五點，余怒認為懂得語言操作的真相就能認清文學寫作與閱讀間的裂隙，進而鼓勵讀者的創造性參與（重視主觀的閱讀體驗而非被動接受文本釋義）。「詩是可寫性文本而非可讀性文本」，觀點我認同。但是，「詩與詩的經驗」本身就是高難度的放送／接收的獨特信息場，體驗不了的讀者看了聽了還是莫宰羊，無所助益。結果是再一次肯定艱難文本的艱難性，余怒詩歌的余怒性，如是而已。

「語言的語義不確定性、作者意圖的無言狀態和讀者讀解模式的隱喻性這三者共同構制了一個相互賦意、沒有邊際、向語言開放的無限的文本。它是一個包括了無數亞文本的『擴展文本』。三者的各自主體是這個擴展文本的共同作者，他（它）們的言說因為文明史的親緣關係而緊密地交織在一起以致我們很難將他（它）們一一辨認出來。」（余怒〈話語循環的語言學模型〉，2014）雖然余怒的論述對象是廣泛的文學文本，但我認為它是比較具建設性的「詩的思想」，也是「余怒詩學」《在歷史中寫作》系列論文的起點。「人類文明史中故去的眾多作者、同時代的眾多他者和本文作者相混淆，文本彷彿是他們琴瑟相合的合奏。這似乎表明，任何寫作都是歷史中的寫作。」從這個觀點延伸進行詩學思考，當代「余怒詩學」與傳統的「古典詩學」會不會產生更多的互動交流？「余怒詩」個人文本與「當代詩」其他文本會不會進行「在歷史中」的對話？或者依然立定於「余怒個體」的詩獨白／詩學獨白，堅持自我／他者難以交流的思想傾向？

　　在〈作者與讀者〉一詩中，余怒將詩歌形式視為炸彈，但「人們喜歡討論／月亮和一件裙子的美學」，所以尚未引爆（被讀者拒絕）的炸彈，被「送奶人／將它連同牛奶一起，送還給我。」書寫／閱讀的雙向溝通沒有完成是「作者與讀者」必須共同承擔的責任，一味怪罪讀者的層次與品味並不公允。余怒詩文本的折曲度與蔓衍性比一般詩文本來得複雜，造成不可收拾的歧義空間，強化了溝通的「不可能性」；後現代主義毫無節制的解構衝動，蘊藏著瓦解一切意義與阻絕溝通對話的危機。2015-2018年書寫的《蝸牛》系列，余怒採用十二行詩與九行詩格式，是一種形式自律的作法，它的閱讀美感與溝通效果明顯改善許多，也無礙其文本深度，是一種成功的美學實踐。

余怒與當代共和國詩人之間，呈現一種彼此誤讀／彼此拒絕的文化現象。在 2008 年 8 月今天詩歌論壇的「余怒詩歌討論會」上，針對李濤的提問：「你認為現階段詩歌創作是怎樣的一種狀態，也談談體制外寫作。」余怒回答：「一百個詩歌作者中，有六十個人在『面朝大海』，朗誦徐志摩和海子雜交的抒情詩，三十個人在不假思索地口吐口語詩，八個人在有板有眼地『敘事』，剩下兩個人，一個將紙筆扔了，不願再提詩歌，一個在考慮今後該幹什麼。」這種說詞跟某些口語寫作者／知識分子寫作者極度自負／自戀的姿態沒什麼兩樣。余怒欣賞的當代中國詩人是誰？廢名與顧城；眼光確有獨到之處，但不無偏食之憂。作者與作者間都充斥著彼此誤讀／彼此拒絕的傾向，又如何期待作者與讀者間的溝通可能性？

　　余怒「詩學論述」嚴謹的邏輯性，反映了余怒對自我與世界外表曲折但內在有序的思考。簡單說，余怒詩不是亂寫；說余怒「亂寫」的人，不是頭腦簡單就是懶得動腦筋，或者患了異端恐懼症。余怒創造出具有低調反諷特徵的魔幻現實詩，是一面映照當代社會無價值與反價值的詩鏡，一個能夠試煉人類智識能力與精神狀態的魔法窟。但「余怒詩」的敘述內涵也顯現了余怒自身的生存困境，詩中反覆壓抑／張揚的「被奴役感」，表明詩人始終擺脫不了（當代中國極權政體）政治現實的泥沼。

　　異端是相對於規矩而言，就詩的形式來談異端，余怒不如蘇非舒（1973-）、車前子（1963-）。蘇非舒的每一組詩都採用不同的語言策略，車前子幾乎每一首的語言策略都想盡辦法翻新；余怒詩儘管有階段性差異，左看右看還是余怒的樣子。余怒的詩可以學，儘管後學者看起來都很糟糕，一副贗品的模樣；車前子則是獨門獨戶沒有傳人，每首詩都新鮮得讓你倒吸一口氣，閱讀

者需要深厚的文化涵養而非去文化。車前子更像一位藝術家，你沒老車的真本事學不了，你沒老車的歪身體也學不了（形式的崎嶇與身體的不正有關，老車從小拄拐杖）。蘇非舒的詩則是沒人要學，「詩是這個世界上沒有的東西，因此，詩不是物，詩是物的不可能。所以，也不可能有詩的問題。」（蘇非舒〈由物及物或詩的終結〉，2004）「詩」與「詩的問題」都不存在，你要從何學起？但你可以跟他上終南山去體驗生存的基本命題，或直接去從事公民啟蒙教育與社區改造運動。蘇非舒將詩的問題還原到人的生存問題，比余怒還原到語言問題極端多了；車前子甚至說：「詩作為謎，只有謎面，永遠沒有謎底。」（車前子〈走馬燈之下〉），那還囉嗦那麼多語言問題幹啥！比較之下余怒的異端還稍嫌保守。

余怒文本中的「被奴役感」來自一個處於保守生存狀態的敘述者（暫且不將文學現實命題等同於生存現實命題），這個敘述者生活枯燥乏味到極點，像一隻籠中的猴子，「我希望我永遠活著，傾其所有以盡早贖身。」他意識到現實問題的根源在於夸夸其談的「我們」，甚至歸咎給沉默認命的「鄰居們」，但自己對於現狀自縛雙手一籌莫展，承認自己：「除了詩歌，生活中幾乎沒有讓我著迷的事物。」（〈王西平訪談余怒〉，2010）從事文本建構的是一個在文學現實裡打轉超過三十年（1985-2018年）的余怒，他自覺性進行著「藐視規則」的寫作。從形式面來看余怒的詩歌寫作，他確實在非凡的個性書寫中獲得了短暫自由，但其敘述內容卻是極端不自由的狀態與感受，所以他在語言場中建構的自由其實是一個文學假象。余怒對「不自由」的生存狀態極端憤怒甚至絕望，但他選擇的對策只是：「寫一首長詩，很長很長很長很長，幫我對付這日子。」雖然精神上挺住了，未免過於

消極。余怒事實上掉入傳統式中國思想家「話語循環」的陷阱；余怒建構的余怒詩，不但在形式上難以與人們和社會順利溝通，內涵上對自我與世界的表態都侷限在真實言說邊緣，無法暢所欲言，更別提藉由書寫之外的行動來實現個體真正的自由；「語言」在此，被貶值為自我增生、自我圓成的一個異化物，與自然生命的創造性本質失去聯繫。余怒詩在強調語言主體性，否定語言模擬現實的同時掉入另一個陷阱：忽視詩語言／詩行動（詩／詩人）的相互創生性，這是余怒三十年來始終走不出「被奴役感」的根本原因（這是中國境內絕大多數文化人共通的格局與命運）。

我相當肯定余怒的人格與思想，比如他堅持不加入中國共產黨，堅持成為工作職場裡的異類，這一點讓他在社會場域中相當吃癟。但余怒將「自由」侷限於書寫層面，思想話語上先鋒／行為運動裡保守的分裂狀態，呈現出當代中國知識分子精神上的典型病徵。余怒了解集體性的「形式主義」對時代發展造成蔽障，「你無法脫離／女友或妻子談論女人。／／女人的形而上和我們／無法實現的／公民的權利。」（〈貓的政治〉）坦言中國人民長久以來被剝奪了憲法賦與的各種公民權利（聽其反諷的語氣心裡相當不爽）。但公民權利來自哪裡？來自人民依共識建立的公民社會制度，公民社會制度為什麼建立不起來？因為群眾缺乏公民文化涵養，缺乏人的價值自覺、精神信仰與實踐能力。公民權利不是天上掉下來的金塊，也不是統治集團施捨的一碗飯。如果你想要創業但沒有錢，到處去訴苦，聽到的回答鐵定一致：「你自己想辦法吧！」沒有人會妄想銀行把錢捧到你家門口，是吧？如果你期待別人提供你資本，那跟權貴官僚走後門有啥差別？公民權利向來就不是被剝奪了，而是沒有足夠誕生它的土壤、養分與種子，這是前提條件；沒有這些日積月累的綜合因素，哪天

氣候合適了，還是什麼花也開不出來（「六四事件」就是慘痛案例）。如果你缺乏創業條件，你只能去創造條件沒有別的法子；難道你還痴痴地等著極權體制的憐憫，或期待別人幫你去爭取？或鎮日妄想它自我毀滅？

為什麼會產生話語先鋒行動保守的精神分裂狀態？這並不是當代中國知識分子的發明。讓我引用一段瑞士中國思想史學者畢來德（Jean François Billeter，1939-）的說法：「一種對語言本身的功能，也就是其創立性的否定。這種否定，在我稱作帝國意識形態的文化中，佔據了核心的位置。換句話說，先秦以降，漸漸發展出了一種否定語言創立性的文化。我認為這種語言觀是可以追本溯源的歷史現象，而從哲學的面向來看，則是種退步。」（畢來德〈追根究底談于連〉）「創立性」在此是強調：「語言重新創造現實的能力」，類似前面我所論述的：「詩語言／詩行動的相互創生性」。先鋒的詩保守的詩人（前衛的言說推縮的行為），根源於缺乏終極觀照以統合「人」的價值整體。被審時度勢、順勢而動、量力而為、明哲保身的現實性格籠罩的中國社會，對終極價值的關懷極度陌生，甚至興趣缺缺；而缺乏對行為道德準則、生命價值信念、人生最終目的三者的意義探究與精神信仰，讓生命的「主體性」始終無法建構完成，更遑論要追求民主，實踐法治，捍衛人權。終極觀照就是對生命之聖潔與尊嚴，恆常又堅定的信任，此即信仰的精神基礎；「信仰之缺席」，是被無神論掃蕩超過七十年的當代中國社會，一個普遍存在的吞噬人心的黑洞。

余怒詩不可否認地具有前衛的文學意圖：以語言歧義的自由對抗社會生活的不自由，以開放性的詩歌語言場的對抗封閉性的社會生存場。詩歌美學帶有後現代風格，呈現語言的歧異性、意

義的非確定性、文本的開放性等等特徵。余怒的獨立精神塑造了他不合時宜的生存狀態，他不想同流合汙，鄙棄主流的偽價值系統，無論社會時尚來自官方或民間對他都絲毫沒有誘惑力。余怒詩歌中的自由意識雖然有框架限制，但真實反映了極權體制下的社會與人心。余怒既不逃避也不狂妄的精神面貌，是一種樸實的人性姿態，「我的生活簡單而平俗，單位和家，兩點一線的運動。這樣挺好。我只是千萬市民中的一員，除了能寫寫字，沒有多大的能耐，我可不像有的詩人，整天為漢民族、漢文化、道德、人類的精神操心；也不喜歡遠遊，參加詩會、研討會什麼的。寫作是一項安靜的工作，熱鬧的環境對它是不利的。」（〈王西平訪談余怒〉，2010）話語中呈現的生活心態極端保守，但我尊重他對寫作的嚴肅堅持。

余怒文本中的焦慮狀態與絕望感，來自封閉的生存環境，無法與他者自由交流，無法從他者角度回看自身侷限，個人的身體／意識侷限在與集體的社會現狀對抗僵持的局面，難以對更真實更廣大的「現代文明」進行體驗式的交融互動，陷落於純粹觀念層面的質疑。《轉瞬》的詩集前言即提到：「詹姆遜在《文化轉向》中將晚期資本主義社會秩序的內在真相指認為『拼貼和精神分裂症』，其實可以擴展指認，這是現代文明下一切社會的共同特徵。」而極權政體對人民思想與言論的嚴密管控又造成生命實踐的自我制約，個體精神被限縮在框架允許的渾水中載浮載沉。這不是余怒個人的悲哀，而是當代中國自由寫作者的悲劇，更是中共統治集團對「人性」犯下的反人類罪行。對余怒而言，語言是一張面具，比具體的人還要真實；余怒被迫戴著這張面具和政治體制與社會現實打交道，表達生命原地打轉的悲愴。「一個省，不過巴掌大；／一個世紀，兩腿之間的距離。／患小疾，權當周

遊全身，讀歷史打盹。／舊制度，慢吞吞，缺乏／控制，如油脂中的章魚。／你說我缺乏靈魂，也對。／重複活著很痛苦，第二次疏遠第一次。」（〈周遭〉節選）

四、語言程式的開發或生命程式的創造？

2008 年 8 月的「今天詩歌論壇」上，北島與余怒有過一次對話，談到了當代中國詩人精神上的困境與對應之道：

> 北島：「記得我曾說過，希望你走得更極端。其實我的意思是如何在精神性上走的更遠，所謂精神性，我指的是你與社會與自己的緊張，以及超越的可能，形式只是這種精神性的外延而已，所謂形式上的突破往往與此有關。我想這不僅僅是你的問題，也是中國詩人普遍需要面對的問題，包括我在內。請問，關於這一點，你是否有深入的思考與反省？」

> 余怒：「『人與社會的緊張關係』我更願意理解為個體與集體的緊張關係，撇開其中意識形態的因素不說，這種緊張關係，我個人認為是超越任何時代的，換言之，任何一個時代都不可能消弭個人與集體之間的對抗。而個體自我的緊張關係不過是外在緊張關係的內化。從這個意義上說，個體的存在是荒謬的，總是『不合法』的，為了獲取『合法性』就必須放棄『緊張關係』，認識到這一點，是令人沮喪的。在我的詩作中，充斥著這種失敗感，擺脫它或

日超越幾無可能。因此，我只能將你的話當作一種
勉勵。」

　　理解歷史之嚴峻與現實之殘酷，應將余怒詩中的失敗感／絕
望感，看作詩與真實的相對凝視而非轉身逃避。余怒試著在「絕
望」這個現實框架中以書寫語言的去框架追索「自由」，哪怕只
是片面的自由；余怒深切明白這一點，知道此為一種病態存有，
且隨時進行自我療癒工作。

〈分享〉

　　野生藤蔓，／沿著木頭架子攀爬。／那是我為它準備的。
　　／我想從自然之物那兒分享顫慄。／（像從冰塊上，敲下
　　一小塊冰。）／或者站在橘樹下，／摘下一顆橘子，拿在
　　手中，／用眾所周知的語言談手中的感覺。／極簡主義的
　　我，有一顆灌木之心。／坐在石凳上，左手／抓住右手，
　　保持住沉默／（信任它並依賴）。讓我成為我的詩。

　　這首詩收入《蝸牛》詩集，「從自然之物那兒分享顫慄」傳
遞出傾聽／召喚的交融互動可能性；「讓我成為我的詩」則是祈
禱的目標，它象徵「整體性價值」的創造與統合。人從自然生生
之契機中得到支持的能量，信任它並依賴它；當生命裂隙消弭，
詩人與詩（詩行動與詩語言）將不再相互阻絕。

〈鳥兒斑斕〉

已知的鳥兒有上萬種。按照
飛行路徑為它們建立靈魂分類學。
樹叢間的、河灘上的、光線
裡的……五十歲之後我開始
接觸這些不知有生有死的生命,像剛剛
離開一個被占領的國家,突然與人
相愛而站立不安。等等或看看。
拉近某個遠處。聆聽空中物。
從聽覺那孔兒,探入那宇宙。

　　詩寫於 2017 年,五十而知天命的詩人,終於解脫心靈絕望
的自我束縛(離開一個被占領的國家),玻璃房開了天窗(聽覺
那孔兒),空氣得以往來穿梭,意識形態的銅牆鐵壁不再對自由
意志形成障礙,新的宇宙就在身旁彷彿伸手可觸。「突然與人相
愛」解除了詩人長久以來的孤獨感,「絕望」不再是一個束縛生
命的命題,而是一個鬆綁生命的命題;「愛」與絕望達成和解,「希
望」宛然在耳在目。

〈堪比〉

夏日海灘,我與一個
聲稱經歷過失明復明
的陌生男人並排坐著。
海浪暫時退去了,金黃的沙子現在十分耀眼。

他讓我學著他，也閉上眼睛，聽或者嗅，

「區分各種大海。」

「只要一點兒信任。」

那時我們的頭頂正盤旋著一隻白鷺鷥，

我感到我們的寧靜真的堪比它的寧靜。

2018 年的〈堪比〉，余怒創造一個「失明又復明的陌生男子」，憑藉（帶有奇蹟性質的）新生命之中介，人與自然產生精神同盟關係，沮喪憂傷的生命重新拾回寧靜。正是「寧靜」奠定人在世存有的根基，瓦解「虛無」無所不在對生命的侵蝕。〈堪比〉是魔幻現實詩的最佳範例，藉著詩歌過程中被創造性轉化的自我與世界，作者／讀者走出了無所不在的意識形態牢籠，「詩」與「詩人」都不再是囚徒。

余怒曾經是一個語言程式的開發者，余怒或將成為一個生命程式的創造者；詩人意識煥然一新的余怒，語言意識與生命意識不再彼此斷裂相互拮抗。余怒將「意念／場景」自由編織的詩歌空間，蘊藏去中心去框架的語言能量，它戴著「去作者面具」，手握「後現代解構匕首」，出入社會空間與自然場域，跳起魔幻現實之舞。魔幻現實詩為新詩開闢了一個既超越現實又介入現實，既渾沌又理性的美學界域。「余怒詩」卓爾不群，「余怒詩學」方興未艾。

【參考文獻】

余怒，《守夜人》（臺北：唐山出版社，1999 年）

余怒，《主與客》（武漢：長江文藝出版社，2014 年）

余怒，《蝸牛》（南京：江蘇鳳凰文藝出版社，2019 年）

余怒，《飢餓之年》（安慶：余怒，2011 年）

余怒，《轉瞬》（安慶：余怒，2018 年）

蘇非舒，《喇嘛莊‧地窖‧手工作坊》（臺北：唐山出版社，2009 年）

車前子，《散裝燒酒》（臺北：唐山出版社，2009 年）

畢來德著；周丹穎譯，《駁于連》（高雄：無境文化，2011 年）

余怒〈余怒訪談〉（來源：今天詩歌論壇 https://www.jintian.net/，2008 年）

余怒〈王西平訪談余怒〉（來源：時代詩歌網 http://shigewang.com/viewtopic.php
　　?t=18171&highlight=&sid=a785ce2a9907fa4a3429ade66e3b0069，2010 年）

第十四章【楊鍵（1967-）】
楊鍵的招魂史詩《哭廟》

一、楊鍵與《哭廟》

　　楊鍵，1967 年出生於安徽省繁昌縣桃沖礦，後遷居馬鞍山市，高中畢業後曾在馬鞍山鋼鐵廠擔任底層工人十三年。楊鍵受1992 年二哥去世之衝擊，隔年在南京棲霞寺皈依，1993 年寫出〈慚愧〉一詩，文化與道德命題得到初步開展。2003 年出版詩集《暮晚》，2007 年出版詩集《古橋頭》。2008 年初入選黃粱主編的「大陸先鋒詩叢」第二輯，2009 年楊鍵詩選《慚愧》在臺灣出版。黃粱的詩選評序〈七個關鍵詞〉，拈出：愛、苦、悲憫、種子、敬天、法祖、慚愧，七個詩人關注的人文命題。楊鍵 2001年開始《哭廟》的計劃性寫作，2012 年完稿，2013 年在朋友資助下以自主形式刊印，並於北京召開研討會，引起詩界矚目，2014 年《哭廟》正式在臺灣出版。

　　《哭廟》長達一萬兩千行，書名與明末清初的金聖歎（1608-1661）有關。「抗糧哭廟案」發生於清順治 18 年（1661 年），蘇州吳縣新任縣令任維初私取公糧三千石，又逮捕交不出補倉糧的百姓。當地幾個秀才同情農民遭遇，委由金聖歎書寫〈哭廟文〉控告新任縣令，「讀書之人，食國家之廩氣，當以四維八德為儀範。不料竟出衣冠禽獸，如任維初之輩，生員愧色，宗師無光，

遂往文廟以哭之……」，又出面號召群眾，導致聚集文廟抗議、赴衙門上呈狀紙的相關人士十八人被判死罪。據《辛丑紀聞》記載：「至辰刻，獄卒於獄中取出罪人，反接，背插招旌，口塞栗木，挾走如飛。親人觀者稍近，則披甲者槍柄刀背亂打。俄爾炮聲一響，一百二十一人皆斃死。披甲者亂馳，群官皆散。法場之上，惟血腥觸鼻，身首異處而已。」當其時，除哭廟案之外還發生一連串屠殺漢人的大案，金聖歎等人被冠以「搖動人心倡亂，殊於國法」之罪，明顯帶有威嚇地方士族的政治目的，金聖歎也因此事件被清末革命黨人視為反清烈士。楊鍵《哭廟》帶有強烈的批評意識，但其控訴目標不是一個不公不義事件，而是更大規模的災難。金聖歎〈哭廟文〉之批判目標，針對 1644 年入主中國建立大清帝國的異族統治者；楊鍵《哭廟》之批判，針對目標究竟是誰？閱讀《哭廟》即能明瞭。

　　《哭廟》本文分上卷：哭（約七百行）、中卷：廟（約六千五百行）、下卷：廟之外（約五千五百行）。上卷分四輯：詠、歎、哭、悼，各九首，呼應《楚辭》的〈九歌〉、〈九章〉、〈九歎〉、〈九思〉之題。中卷分三十四輯：起於前院，終於後院，中間是文廟的建築結構與地表風景。下卷分三輯：村鎮、亭臺樓閣、高山流水。《哭廟》本文之前有兩篇自序，序之前有三段題辭，各有其涵義。底下嘗試分章擇要評介。

二、《哭廟》分章評介

（一）題辭

　　《哭廟》第一段題辭出自《大學》：「堯舜帥天下以仁，而民從之；桀紂帥天下以暴，而民從之。其所令反其所好，而民不

從。是故君子有諸己而後求諸人，無諸己而後非諸人。所藏乎身不恕，而能喻諸人者，未之有也。」

第二段題辭出自《道德經・十七章》：「太上，下知有之；其次，親而譽之；其次，畏之；其次，侮之。」

第三段題辭出自《大乘無量壽莊嚴清淨平等覺經》：「佛所行處，國邑丘聚，靡不蒙化，天下和順，日月清明，風雨以時，災厲不起，國豐民安，兵戈無用，崇德興仁，務修禮讓，國無盜賊，無有怨枉，強不凌弱，各得其所。」

以上三段題辭分別代表儒家、道家與佛家的精神要義。儒家高舉倫理道德的理想主義旗幟，崇尚仁義譴責暴力，表彰聖人君子之德行。道家尊崇超越意識，強調居無為之事，行不言之教，符應自然之道。佛家以精神信仰為歸宿，相信緣起法則與正信能量。三段題辭所象徵的儒、道、佛思想、文化與精神，即楊鍵《哭廟》中「廟」之內涵。「哭廟」意謂著「廟」所象徵的精神文明瓦解，故為之慟哭，此與屈原〈離騷〉之遭離亂而憂懼有類似涵義。《哭廟》為衰頹的中國文明精神招魂，與屈原之〈離騷〉有兩個相異處。一個是屈原「離騷書寫」有主體抒情成分，帶有強烈的自傳性質；而楊鍵「哭廟書寫」更加尊崇空性，「個體」虛懸而不論。另一個是屈原「離騷書寫」具有雅言修辭特徵，而楊鍵「哭廟書寫」偏向白話修辭，更加樸素。楊鍵與屈原也有兩個人格相似點，他們都具有典型的理想主義性格，且對政治現實滿懷絕望之情。

（二）自序

《哭廟》自序有兩篇，自序一〈空園子〉為全書奠定了基調，連用三十六個「空」字，語調蒼涼情感連綿：

我是一座空園子，／我是一座空山，／我是一座空塔，／我是一座空廟。／我走神了，／也就有了一九四九年以來，／我是一個空了的中國。／中國是觀音啊，／是孔孟啊，／我是空了的孔孟，／是空了的觀音。／我沒有國家，／我只是一條空河流，／我只是一頭空獅子，／在陰水溝邊走著。

空山、空塔、空廟，三教皆已被毀棄，「空園子」即精神價值已被毀棄之存有。生命之流枯竭，精神內涵掏空，靈魂無處歸依；「陰水溝」象徵社會現實，陰暗穢濁。楊鍵認為：這些惡果都肇始於 1949 年，中華人民共和國成立之年；「我沒有國家」是一個道德判斷，他不認同建立在毀棄文明道統之上的政統，楊鍵拒絕承認它的合法性。

我只是一隻鳥的屍骸作的夢，／我只是一座空了的荒野夢見了鞋子。／天快要黑了，／天快要黑了，／在媽媽破破爛爛的莊嚴裡，／我得到了神聖的使命。／在媽媽破破爛爛的病痛裡，／我得到了幸福。／就讓我空了空了空了，／與犁溝為伴。／我只是一個空了的早晨，／我只是一片空了的暮色，／在一扇鐵門上流著。

「媽媽」是現實生活中的母親，一個詩人相依為命的帕金森症母親，那是楊鍵唯一能夠守護的倫理之「孝」。而楊鍵所關注的文明道統已被摧毀，「忠」只能讓他「在流動中／深陷恥辱」。「鞋子」與「鐵門」是自由與監禁的對比意象，一個「空了的中國」像似一座大監獄。

自序二以不同方式觸及相同命題：「我的危機感還在於我是一個中國人，竟然對自己本民族的文化不清不楚。我是生活在自己祖國的陌生人，而時光一天天過去，我對它的認識並沒有加深多少。這就是我的危機。在過去，它是人與人之間對立的苦難，在今天，又多出一層，那就是人與自然對立的苦難。在此危機之下，我所做的工作也許只是為了告訴人們母親是誰，她在哪一天失蹤，她的面容究竟是怎樣的？」這段敘述，在文化傳統毀棄之外增加了自然生態破壞的憂慮，而造就雙重危機的根源與動力來自哪裡？承受什麼後果？文章終結於此：「我以為是二十世紀下半葉我們共同的苦難造就了這一本苦難之書。」

（三）上卷：哭

九詠、九歎、九哭、九悼，九是虛指暗喻無窮數。詠、歎、哭、悼，有循序漸進之義；詠尚有懷抱可吟唱，悼被迫面臨虛無之情。慟哭無坦途亦無捷徑，楊鍵以哀歌四重奏層層迫近心地死灰之境。《楚辭‧九歌》是祭祀神靈的曲辭，《哭之卷》的九詠、九歎、九哭、九悼也有向天祝禱義。詠歎哭悼之主體，有時是個體我，有時是集體我；你們他們之所指，有時是受難者，有時是施暴者。《哭之卷》時而微觀時而宏觀，交相呼應有機編織，塑造出文本的生活感與生命感。

1、詠

〈六詠〉節選

我本是一個活生生的人一瞬間一塊白布把我蓋起來。／我本是書香門第一瞬間流落街頭，／我本是黑白的一瞬間變

成彩色的，／我本是有靈魂的一瞬間變成白紙一張。／／從哪裡認識我的死，／是肉體，／還是思想？／／我得到的死太多了，／死之臉／被塗了那麼多的黃金與脂粉。

　　活人被抬進棺木，書生被打成右派，它在猝不及防間就發生了；思想禁錮比肉體禁錮來得更殘酷，它在猝不及防間就發生了；「黃金與脂粉」之塗抹同樣來得猝不及防。1979 年改革開放後，經濟自由化政策將「死之臉」化妝，但政治自由化依然不許碰觸，「死」層層疊疊地纏繞在中國人民的生命周遭。〈八詠〉節選：「死之弦一彈再彈，／由仇恨一揮而就。／我擔心，／這世界最後連晒太陽的牆根也會消失。／／苦難裡的阿羅漢，／糞水已經淹到你的下巴……／一點秋色是我們的鄉愁，／一點米香是我們的鄉愁。」

　　「死」並非來自身體老化因素而是來自心理仇恨，此乃人為死亡而非自然死亡；中國共產黨的階級鬥爭理論與實踐由「仇恨」所推動，它製造的「糞便洪水」淹沒了整個中國。「晒太陽的牆根」之喻相當新穎，「牆」地位卑微與世無爭，默默地為人擋風守護家園，但也逃不過被拆毀的命運。

2、歎

　　〈七歎〉節選

　　你們埋葬了琴弦，你們埋葬了琴，
　　很多聖像也被標上死亡的記號。

　　埋葬呀，你們彼此埋葬，

你們所會的就是埋葬。

埋葬呀，波瀾壯闊的埋葬啊，
決不能代替聖賢的思想。

你埋葬了嗩吶，讓莽蒼蒼的泥土去吹，
你埋葬了嘴唇，讓渾濁的江水去唱。

「琴」意指古琴，在《說文解字》中訓為「琴者，禁也」；它可能是遠古巫師與上天溝通的工具，用來區分幸與不幸，驅魔趕妖。埋葬琴與聖像，意謂著無法除惡、摒棄善根。統治者嚴厲地禁制言論甚至不許人民言說死亡真相，大地只剩淒涼之歌吹而已。〈九歎〉節選：「在土地屬於國家所有的那一天，／人們就已經失去了故土，／這應該是更早的事情了。／此時，／汪齋公去世已三十幾年了，／劉尼姑水中自盡也有三十五年了，／而那個當年將土地廟／一把火燒盡的青年人已滿頭白髮，／淪落為乞丐也快三十五年了，／很少有人記得他曾做過什麼。／／很少有人再記得這片土地上發生了什麼。／忘掉了這一切，／又失去了故土。／夕陽回到一條蒼然的古道，／鞠下躬來。／我跪倒在長江邊垂首的蘆葦前，／不知道該做什麼，／有怎樣的未來？」

因為不許言說不許議論，歷史真相永遠被埋沒。1950 年 6 月毛澤東發動暴力鬥爭形式的「土地改革運動」，藉口土地財產重新分配實際目的是徹底摧毀地域鄉紳，超過百萬人數的地主不分青紅皂白被殺害；1953 年實行土地集體所有制，再次剝奪農民分得的土地，廣大農民依舊一無所有。摒棄文化傳統又摧毀精神信念，人們不知所來處與更高處，只剩赤裸裸的肉身和慾望，靈魂

被剝離成為虛無的空殼。詩人代表純潔尊貴的「人」跪了下來，向天地祈禱，茫然而無助。

3、哭

〈五哭〉節選

> 不是我在慟哭，／是江水在慟哭，／不是江水在慟哭，／是我在代替江水慟哭。／／在死去的江水上是我失魂落魄的眼睛，／我毀了我的基礎，／而我的母親不允許我墮落，／我的心不允許我淪亡。

「江水」是時間之流的喻擬，「死去的江水」是時間之死亡。就算肉體傷殘僅剩下眼睛微茫顧盼，詩人堅信我的精神不會死亡，因為我持守著根源：文化傳統（母親）與良知良能（心）。

〈八哭〉節選

> 在一條死胡同裡／我已經走了太久。／我心裡的苦水命令我說話，／我心裡的破碎命令我說話，／我是火車頭下／格格作響的鐵軌。

以「格格作響的鐵軌」形容苦難之深邃久遠，讓人怵目驚心。顛覆正義的暴力集團必然也要摧毀人的能夠反省的靈魂，「一條死胡同」讓人看不到未來也無路可逃。但是，身體的「苦水」會自然滿溢，「破碎」的心靈祈望重整；楊鍵試圖說出生民與大地遭遇的苦難，不僅僅是控訴，而是渴望召喚人心中恆存的不可摧

折的自由意志。

4、悼

〈五悼〉節選

　　叫他們跪下他們就跪下，
　　叫他們上吊他們就上吊，
　　他們的表情是荒草，肉案，菜幫子，
　　一場大火燒掉的山的表情，
　　腳趾縫裡擠出來的淤泥的表情，
　　他們在這著了魔的地方只是一串細而軟弱的聲音，
　　他們都有一雙空蕩蕩的木木然的痴痴呆呆的眼睛，
　　他們只是單身樓道裡燉著的幾塊臭豆腐。
　　他們像一團藥棉一樣被扔進了草叢裡，
　　他們像一塊石頭一樣被丟進了糞坑裡。

　　這是已徹底死亡的社會實情，荒禿的人格，淤泥的表情，被遺棄、被損害者的痴呆的眼睛；生命像糞坑底下的石頭，永世不能清潔，永世不見光明。他們為什麼這麼老實、認命？活得比螻蟻還不如。楊鍵接著說：「（沒有你他們才像一個人）／（沒有你他們才敢有靈魂）／（沒有你他們才有寺廟的語言）／（沒有你他們才有古代的聲音）」，為什麼這些話要加括號？因為這些話只能在心裡說無法在大庭廣眾說，括號中的「你」影射製造罪惡的獨裁統治者，這個「你」在〈九悼〉（上卷最後一首詩），會以形象現身：「一滴淚哽在咽喉，／一位母親拾麥穗的形象哽在咽喉，／一股老味兒哽在咽喉。／／一位扛著槍在地主家門前

轉悠的民兵哽在咽喉，／一場場災難卡在原地，／卡在一塊紅布上。」

「一塊紅布」，再清楚不過的象徵物，指涉中國共產黨，它製造了當代中國的無窮苦難。「如果我們有歷史／這幾十年的歷史是隨意處置的歷史，是生老病死全被奴役的歷史，／我們的歷史是一副我們沒有見過的生面孔。」《哭廟》之「哭」定格在這裡，從個人性歷史敘事向社會性歷史敘事向生命性歷史敘事廣大蔓延。

（四）中卷：廟

上卷以哭禱傳遞廣大受難者內心的悲慟，中卷呈現具體而浩蕩的災難事實。「廟」是人文精神的象徵，而文明殿堂之毀棄與荒蕪是苦難的核心。《廟之卷》以文廟之建築格局為章法布置依據，起於前院，以荒草頌開端。「荒草低下頭來，／一直低到膝蓋，／每一根荒草的胸口都掛著自己的亡命牌。」（前院〈荒草〉）人文毀棄，自然也無法倖免，荒蕪之景觀彌天蓋地。

前院〈荒草〉

荒草有一種神韻。／一個人在其中／花了很長時間才跪下／這是他一九五七年死去的父親的墳。／他靜悄悄跪在那裡，／聞到了松針味。／從小他就喜歡松針的腐爛味。／他長久地跪著，／不願起來。／希望自己同這些腐爛的氣味／融為一體。／荒草搖晃著，／不言不語。／沒有能力說出自己的苦難，／這才是真苦難。

1957 年 4 月 30 日毛澤東召集民主黨派負責人座談，提出：「知無不言，言無不盡；言者無罪，聞者足戒；有則改之，無則加勉。」號召各界人士提供意見，幫助共產黨整風，此乃毛澤東引蛇出洞的政治圈套。6 月 8 日毛澤東起草〈組織力量反擊右派分子的猖狂進攻的指示〉，「反右運動」的整肅正式展開。在此運動期間（1957-1958）總計約一百二十萬人（官方數字五十五萬人）被劃為右派（罪名：反對社會主義制度、反對無產階級專政、反對共產黨的領導地位）遭到迫害，其中七十萬名知識分子失去職位，並下放到邊疆、農村或監獄中勞動改造（勞動教養、監督勞動）。由於超負荷的勞動和不久之後的全國大饑荒，被下放的右派分子在勞改過程大量死亡。這是因莫須有罪名衍生的莫須有苦難，「荒草搖晃著，不言不語」，荒草無以計數映現受難者無以計數。苦難不會因為 1978-1980 年中共為右派分子平反而中止，加害者未曾受到定罪與懲罰，如何為受難者平反？「花了很長時間才跪下」，寫出受難群體深層的心理掙扎。右派分子家屬在社會中長期遭受歧視，他們內心的悲苦難以訴說，也無對象可以訴說。「沒有能力說」提點出人們缺乏反思能力與批評意識，這是邪惡勢力能廣泛得逞的社會基礎。

「反右運動」之後是 1958-1962 年「三面紅旗」（總路線、大躍進、人民公社）政策，在工農業上妄想超速增長，落實三項政策導致 1959-1961 年全國大饑荒，高達三千八百萬人至四千五百萬人活活餓死。《廟之卷》對慘絕人寰的實況，以詩意敘述進行歷史還原。土法煉鋼之可笑，詩人以家家戶戶搜鐵的風光掀露歷史劇場一角。屋脊〈康健紀錄的一九五八年〉：「家裡有鐵沒有？／早搜光了，沒有了。／／你家的門鼻子不小，我們弄走啦。／你們把門鼻子弄走，俺家咋關門哩？／／馬上就要過上好日子

啦，／家家都不用關門了。／／一夜間，千家萬戶沒了鍋，沒了犁／石磨、石碾也被挖去了鐵軸……」。

「1958 年至 1962 年間，中國陷入了人間煉獄。中共中央主席毛澤東帶領全國投入瘋狂的大躍進，企圖在十五年之內趕上並超越英國。毛澤東認為，中國有廣大的資源，即數以億計的勞動力，足以一舉飛越它的競爭對手。……為了追求烏托邦天堂，一切都集體化了，把農民集中在龐大的公社裡共同生產勞作，這些公社就是共產主義的試驗性標誌。農民被剝奪了他們的工作，他們的家園，他們的田地，他們的財產和他們的生計。食物由集體食堂根據工份按勺分配，於是就成為迫使人們服從黨的領導的武器。……這場實驗最終為國家帶來了史無前例的災難，奪走了數千萬人的性命。」這是著名歷史學家馮客（Frank Dikötter，1961- ）鉅著《毛澤東的大饑荒》序言開端。

楊鍵為這場匪夷所思的烏托邦實驗，提出他的形象化批判：

河〈烏托邦〉

我所追求的烏托邦／曾經讓千萬人餓死、坐牢、上吊，／烏托邦只是一個醜陋的黑洞，／長著陰毛，／媾和之時發出膠鞋身陷淤泥之聲。

詩中的主語「我」即毛澤東，是詩人慈悲，讓毛主動進行了自我審判。日日夜夜聽到膠鞋深陷淤泥之聲的廣大群眾，能不發瘋嗎？「淤泥之聲」是時代之聲，也是罪惡之聲。

上篇〈放鴨子的人〉節選

這個人喝酒的時候說話滔滔不絕，／不喝酒的時候一言不發。／村裡人說他在一九六○年把他爸爸吃了，／我們都不相信，他吃爸爸什麼呢？／那時的人餓得只剩下一張皮，一雙陷下去的眼睛，／血都要乾了，／何況稻草又被看守著，／煙囪被砸掉了，／鍋被沒收了，／他用什麼來燒呢？／他吃爸爸的時候媽媽還沒有死，／媽媽在一邊幹什麼呢？

　　為什麼吃爸爸？因為沒得吃。還有人吃樹葉、吃樹皮、啃白土、啃皮鞋，人吃人的慘劇在全國各地上演。除了惡魔沒有人會無動於衷，但共產黨鐵了心，仗恃著中國人多死不完。楊鍵的平靜敘述，最特別之處是拈出了第三者，這個旁觀者是媽媽，也可能是你與我，都是罪惡的同謀。東牆〈一個一歲多的小孩兒之墓〉節選：「有人押著這位母親讓她抱著這眼睛睜得大大的風乾的孩子去遊街，／因為這孩子都已經風乾了她還當他是活的去大隊的食堂為他打飯，／因為她的孩子都風乾了她還在欺騙大隊，／不讓她抱著這死孩子遊街讓誰去遊街？／只是這婦人的臉上一點表情也沒有，／她在村子裡走著，／懷裡抱著他風乾的小孩，／臉上一點表情也沒有。」這個場景豈止是恐怖，是詩人對人心的測試。這一幕曾經存在過，但早已被遺忘；詩人基於良知永遠烙印在心底，平靜地凝視，永恆般播映。

　　「三面紅旗」之後又迎來了「文化大革命」（1966-1976），毛澤東瘋了嗎？還是中國人全瘋了？最大的權力就是最大的罪惡，毛只不過利用階級鬥爭來為自己鞏固權力，如此而已。「文

化大革命不是一場群眾運動，是一個人在用槍桿子運動群眾。」
（馮客《文化大革命》）文革十年再度令至少兩百萬人頭落地，
傳統文化與倫理道德被摧殘一空。「一瞬間，『給我銬起來』的
聲音傳遍了大江南北，……／人世間頓成墓穴、牢房，與豬圈。」
（屋脊〈一九六六年九月〉）

河〈黑暗的由來〉

> 每一片落下來的樹葉都在哭一把鋤頭，／每一寸土，每一
> 片屋頂上的瓦，／每一滴雨，／都在哭連枷，哭桔槔，哭
> 扁擔，哭犁鏵／每一片落下的樹葉都在哭它們，／由此我
> 知道黑暗的由來。

落葉之哭和雨滴之哭，都不是為人而哭，因為具備人性意義
的「人」已經蕩然無存；人間世只剩下無人理會的荒廢農具，這
才是真正的大黑暗、大悲劇。

1976 年 9 月毛澤東去世，1978 年 12 月 18 日中共十一屆三
中全會召開，鄧小平啟動「社會主義現代化建設」，借以挽救窮
途末路的共產黨。但是鄧小平的改革開放無視於民間要求第五個
現代化「民主」之迫切訴求，導致權貴資本主義的畸形發展；官
商勾結搜刮土地霸占資源，紅色權貴與地方官員上下其手，社會
人心往物質享樂集體傾斜，精神文明加倍淪落。毛澤東利用人性
之恐懼實施硬性暴力統治，鄧小平利用人性之貪婪進行軟性暴力
統治；中共的國家治理結合了強調嚴刑峻法的法家思想與共產主
義階級鬥爭理論，將當代中國的道德根基摧殘殆盡。

楊鍵的屋脊〈一九八〇年〉，以神聖的象徵形象對比人性之

墮落：

> 有一扇窗永遠神聖，／永遠明亮，／永遠打不開，／裡面
> 住著一位冰凍的處女。

何謂「冰凍的處女」？清潔的良知良能之象徵，「永遠打不
開」形容社會人心從此與善根絕緣。慾望之野獸已被釋放出來，
全體國民尾隨物慾濁流狂奔，肆無忌憚的貪腐、掠奪、欺詐、淫
蕩大規模氾濫；楊鍵詩篇拈出了關鍵轉折年代：1980 年。但經濟
繁華背後是無根的人心，生命依然不是活物，奢靡的物質享受拯
救不了空虛靈魂：「江水的貧窮接近於無窮無盡的奢華，／小船
急速地划動想把自己栓在細瘦的蘆葦秤上。／／裸露的根，滾燙
滾燙，／別忘了，死是我們這裡真正的壓艙物。」（屋脊〈一九
九八年的長江水〉）窮到只剩下錢的社會是死亡的社會，中國人
的心靈被極權暴政與物質誘惑雙重綑綁，奄奄一息。

　　楊鍵面對如此荒誕的社會實存，除了絕望之外還能有什麼作
為？大殿由十首〈我的願望〉構成，它們合十祈禱著：

大殿〈我的願望之六〉節選

> 我願每一個被屈死的人，／如同大麥小麥，／如同米缸水
> 缸，／如同大床小床。／／我得仔細端詳這些大麥和小
> 麥，／我得仔細端詳你們的死，／如同端詳一面銀器上的
> 舊文字，／如同端詳一扇窗戶上的舊花紋。／／每一個屈
> 死的人，／都像是，／給我們紋身，／給我們刺繡。

楊鍵給屈死者招魂，等於也是給自己招魂；因為楊鍵也是一個屈死者，只不過在文字裡倖存。「紋身」、「刺繡」是轉化修辭，是讓精神不死的一種象徵動作，將苦難的記憶深化，埋入肉體裡、靈魂裡、文字基因裡、歷史脈絡裡。

《廟之卷》結束於後院，依舊是荒草頌。荒草之沉默不再只是空白，它被提昇為洞觀之道、精神之道、穿越生死之道的啟蒙者。詩人以心靈務虛之道平衡了物質的恐怖要脅，返回精神家園，家園裡「獨鶴與飛」。

後院〈荒草〉節選

你已經忘了回來，
我依舊獨飛。

你讓我有了生死，
在你蒼古的心田。

你不再回來，
你是我眼圈周圍的一道霜跡。

我獨自飛在苦難的水墨裡，
由此知道白鶴的由來。

廣大的苦難像似籠天罩地的漆黑墨色，如果沒有一絲留白，恐怖的黑暗會讓一切生命窒息而死。詩人為陰森的歷史變故留下一小塊生機，以虛白精神抵禦幽冥廣漠的死；「白鶴」是精神家

園的象徵，是家園毀棄之後倖存的不死者。

（五）下卷：廟之外

下卷分三輯，村鎮、亭臺樓閣、高山流水；從命名上觀察，
與中卷之廟堂呈現對比。如果說，中卷是闡述精神殿堂的荒蕪敘
事，下卷乃大地生民的受難敘事。這些受難事實不是詩人想像的
產物，而是借重歷史資料旁徵博引加以詩意編織。由於災難之普
遍與深重，《哭廟》的苦難敘事也層疊反覆，經常讓閱讀者透不
過氣來；但我能理解楊鍵的苦心。漫長無盡頭的苦難塑造了漫長
無盡頭的絕望，詩人要傳達如此的生命窒息感，惟有鋪陳漫長無
盡頭的文本氛圍，才能對應漫長無盡頭的時代氛圍。在生命即是
反生命的在世存有裡，美學即是非美學；《哭廟》為當代中國之
浩劫慟哭，而慟哭，惟一真情而已，楊鍵做到了這一點。如果
將一萬兩千行刪減為一千兩百行，當然美學更加精練結構更加扎
實，但傳達不出綿延之苦、難忍之情。

楊鍵的苦難書寫採取了多元的語言策略，有時重視心靈轉
折，有時專注具體事實，有時兼用反諷情境。〈趙村〉抒情取勝，
〈陳村〉偏重諷諭。

村鎮〈趙村〉

鴨舌草的氣息像母親，
松針的氣息像父親。

剛烈的苦難來臨了，
陰柔的、神祕的、母性的苦難遠去了。

你得與這苦難和睦相處，
你才能有平靜。

你得愛這苦難，
你才能變成苦難裡的阿羅漢。

因為竄改已經發生了，
因為可逃之路已經沒有了。

你得將跪功練就，
你得草草赴死。

徑直來到閻王的面前，
將殘苦的細節一一申述。

鴨舌草又名鴨跖草，開嬌小藍花，常見於路旁水邊等陰溼環境，常被鴨子踩踏故得此名。松針是松樹的葉子，形態如針，提取物能增加荷爾蒙分泌，使身體組織年輕化。前者屬性陰柔，後者意欲剛強。「剛烈的苦難」來自父性霸權之氾濫，強調階級鬥爭的共產黨帶給中國無窮的血腥與死亡。面對「竄改」的陽剛破壞力（歷來改朝換代莫不如此），中國百姓的基因裡早習慣於逆來順受，懂得陰柔以對，只能到「閻王的面前」告陰狀。楊鍵的思想裡蘊蓄著濃厚的佛家緣起思想、慈悲情懷，詩人說「愛這苦難」、「草草赴死」，是面對無路可逃時代的「非暴力」抵抗，這樣的舉措顯得消極。然而，《哭廟》敘事不是反抗獨裁暴政的起義檄文，而是紀錄災難事實，說明苦難曲折深重，釐清黑暗降

臨的來龍去脈。

村鎮〈陳村〉:「死人是三杯濁酒,一碗剩菜／死人都經過了專業訓練,／老老實實跪著,／如在本村://一個五六歲的小孩子在鬥爭會上控訴,／『別小看我,我是代表大人說話的!』／並指著地主說:『你得老實點。』／春光明媚那些冤魂是否已經重新投胎做人?」死亡彷彿一齣戲,從生到死都經過專業排練,連看戲的觀眾也很專業,魯迅早就揭發過如此場景。這些犯人是繼承了家產的老實地主,或被親友誣告被惡人陷害。「犯人是梅花、蘭花、竹子、菊花」(〈倪鎮〉)、「犯人是鹽、水、空氣、泥土」(〈湯鎮〉)。犯人不只是人也包括承載傳統的文明精神,被定罪的不只是人,連賴以生存的物質基礎也全被控訴;犯人是「人」,共產黨逼迫你成為「非人」,直到我的思想全是你的思想,我的語言全是你的語言,生命成為空殼成為傀儡。

面對生命普遍虛無化的危機,楊鍵提出他的對策,歸依根源,永不放棄:

亭臺樓閣〈義農去我久〉節選

我要在源泉裡說話,／我要是不在源泉裡／我就不能說話,而源泉//一定是空白才永不枯竭,／只有永不枯竭,／我才不會恐懼。

詩題來自東晉・陶潛〈飲酒二十首〉最後一首:「義農去我久,舉世少復真。汲汲魯中叟,彌縫使其淳。」伏羲氏、神農氏時代的上古社會保留淳樸之風,到孔子(魯中叟)在世時已經淪喪,先師為挽救世風日下汲汲於整理補救,也只能將破碎之道

短暫復興。「終日馳車走」的名利之徒多,「不見所問津」探求禮樂之道者少,這是世態人情的真實狀況;在孔子時代如此,在陶潛時代如此,在楊鍵時代亦復如此。但詩人堅持:「我要在源泉裡說話」,我不能放棄對於根源的嚮往與追求。一旦我放棄,生命的空白就是空無一物;一但我堅持,生命的空白就是永不枯竭的源泉。

亭臺樓閣〈敦倫堂〉

> 這些年你最愛的就是灰燼/你要把敦倫堂的灰從山頂背回家/供奉在桌上//供奉久了/你的臉/有一層溫潤如玉的表情//供奉久了/灰燼/會出現花邊//你必須長久地供奉空白/才能得到/空白的餽贈

「敦倫堂」是家廟祖祠,敦者,修養和睦;倫者,倫理秩序。儘管各地祖祠在文革破四舊運動中被燒成灰,但祖宗之教誨無法泯滅,那是家族的根源。「灰燼」是物質燒燬後倖存的精神象徵,倫理道德一旦長駐人心,生命就不會淪落於虛無之境。

在《哭廟》附錄〈我的詩不發生在城市,而在荒郊野外〉,楊鍵接受《南方都市報》的訪談曾經提及:「我有根,但無處扎根。我跟中國所有的人一樣,都處在一個飄零的狀態中,有家難回的狀態。」但中國文明亙古彌新的莊嚴精神給了楊鍵一個神聖的使命,在國破山河亦不再的環境中,寫出澄明歷史真相的《哭廟》,對時代賦予的嚴峻命題提出溯源性考查。

《哭廟》對人性動向、社會景觀與歷史真相有全面深刻的透視,展現史詩的視野與格局。它並不符合西方傳統史詩的定義:

一種關於重大歷史題材的民間敘事詩,在口傳歌謠與神話傳說基礎上發展而成;敘事脈絡中也沒有可堪稱頌的民族英雄。然而,《哭廟》對特定歷史時期與民族靈魂狀態進行了具有整體性價值的詩意洞察,在宏觀微觀兼備的綿長敘述裡貫徹著曾子(公元前505-435)所說:「士不可以不弘毅,任重而道遠。仁以為己任,不亦重乎?死而後已,不亦遠乎?」(《論語・泰伯》)對理想的不懈渴望與精神堅持;從這個觀點,我將其視為「漢語史詩」的當代建構。

楊鍵在詩篇裡,在散文裡,在訪談中,汲汲皇皇闡述的,就是能夠抵抗苦難之侵襲、物質之誘惑,承擔與立定中國文明的根基。歷史性苦難與千萬冤死者,催迫楊鍵走上這條文字宣道之途,「那麼多的死者變成了我的雙臂,/在滾燙冰冷的山河裡游著。」(高山流水〈墳〉)

《哭廟》是對當代中國悲劇,文化的、民族的、歷史的、社會的苦難,波瀾壯闊的海上雕刻。楊鍵走進荒煙蔓草的大地深處,凝視被政治意識形態所遮蔽的廣大死者飄盪無依的冤魂,為人民的深沉病苦繪出形貌,以十二年的漫長心血寫出《哭廟》,這是唯有大乘菩薩才能完成的任務。詩人的內心剛正不阿,文字如刀筆鑴刻墓誌銘教人背脊寒涼,平緩坦蕩的語調又彷彿柳絲拂面,是嘗盡心酸之後的噓寒問暖。

楊鍵的《哭廟》以剛毅的士之精神,還原了苦難之綿延廣大,追索迄今仍未終結的黑暗歷史,試圖澄清中國文明本源不斷流失的因緣果報,誓願宏大態度謙卑。楊鍵出生於1967年,那是一個眾人莫不引頸觀其亡的恐怖年代,楊鍵經歷過這樣的場景:「如果美被處以極刑,/(你就愛處以極刑。)/我就變成一場細雨,/(有時是腦漿)/出現在你家的天井。」(亭臺樓閣〈莫不引

頸觀其亡〉）如此沉痛的冤屈之苦難誰來招魂？

　　《哭廟》最後一首詩，為民族招魂！「姚相逢」者遙相逢也，古人今人，生者死者，彼此絕不陌生；在輾轉輪迴的道途上，在飯碗裡在香爐中在硯臺上，死亡絕非斷滅生命絕非虛無：

　　高山流水〈一隻羊〉

　　我在姚相逢的墳上吃草，／這也是個空墳。／這座墳有一頭牛看著江水的表情。／／墳啊，／沒有祖籍的墳，／帶著雨味蛇味星星味的墳。／／墳啊，／在飯碗裡，／在香爐裡，／在硯臺裡。／／魂兮歸來呀，／姚相逢──／／魂兮歸來呀，／飯碗、香爐、硯臺……／／魂兮歸來呀，／長江水──／／魂兮歸來呀……／／魂兮歸來呀……

三、虛無之境與虛白精神

　　「虛無」與「虛白」只是一念之隔。虛無來自唯物主義崇尚物質至上論，以物質為唯一事實存在的實體，貶低心靈與精神的價值；唯物論思想與資本主義洪流結合，一切向錢看主義讓當代中國陷入極端功利化深淵。虛白來自務虛精神，人與自然之道相親，生命懂得感恩與奉獻；感恩者誠意回饋，奉獻者謙恭自我。虛無以物質填滿現實生活，讓生命窒息；虛白崇尚精神性嚮往，讓心靈得以自由呼吸。虛無以暴力劫奪一切，摧毀倫理道德，無限地膨脹個人；虛白和諧自我與他人，尊重傳統文化，虛懷若谷。虛無是空無一物，虛白是永不匱乏。

　　楊鍵的詩崇尚虛白精神，唯有凝神於虛白處才能洞觀生命實

相，才能感應崇高精神之啟迪與純粹心靈的召喚：

〈不死者〉

我有一口井，／但已沒有井水，／我有兩棵松樹，但已死去，／死去，也要我在門前。／／因為我有一個神聖的目的要到達，／我好像依舊生活在古代，／在互古長存裡，舉著鞭子，跪在牛車裡。／／我懷揣一封類似「母亡，速歸」的家信，／奔馳在暮色籠罩的小徑。／我從未消失，／從未戰死沙場。／／山水越枯竭，／越是證明／源泉，乃在人的心中。

　　「山水枯竭」反映腐朽的社會現實是可見的物質性存有，「源泉湧現」來自心靈意念是不可見的精神性存有，一實一虛相互照應。「不死者」，不是一個物質性生命而是一個精神性生命，唯有虛白精神方能不死；而不死，並不是為了延長壽命占據存有，而是為了「一個神聖的目地」。此一神聖的目的不在此地而在遠方，因為此地的井水已枯乾；以末流枯乾對比出源頭豐盈，彰顯出「母亡，速歸」的歸根溯源命題。此一神聖的目的地即「文化傳統」，也就是我們的「所來處」；現世母親雖已亡故但崇高精神不會消失，實者必然消殞，虛者永恆常存。詩篇最後一行意念再度反轉：歸宿不在他方而是此地，「源泉，乃在人的心中」，唯有純粹心靈才能生生不息萬古長新，文明精神奠基於此。
　　楊鍵的詩，不是邏輯推理的結果，而是對天地萬象的直覺感應；不是理性思維辯證的產物，而是精神理念的凝聚與昇華。楊鍵的詩，呈現出一種非常古老的場所精神，與文化根源緊密聯繫；

正因此，他對於傳統文化之淪喪，感受比任何人都要來得深刻與強烈。楊鍵的詩，根源於漢語文化／古典漢詩，與西洋詩歌文化毫無干涉，從〈神祕的恩情〉能體會得更加清楚：

> 他們沒有挖到水，他們在坑邊虔誠地睡了。／睡夢中看見一條紅鯉魚翻進坑中，／水源源不斷，井做成了。／我有幸生在一個真誠可以感物的國家，／我的淚於是滴在井沿上。／人啊，你一無所有，連井水都是紅鯉魚所贈，／你們都忘了，這故事也無人再講述。

> 在這裡，我祈求的安寧不過是護佑一位農夫牽著他的老牛回家的暮色，／我祈求的智慧如同他手中悠然晃蕩的牛繩，／我的淚要滴在這根牛繩上，／因為在秋天的時候我總是被一種神祕的恩情環繞，／這恩情世代相傳，從未中斷，／我生活在一個懂得連井水都是上蒼恩賜的國家。

　　楊鍵的詩，承載著世代相傳的恩情，從未中斷。我的淚滴在「井沿上」「牛繩上」，人與萬物的神祕交感，蒼白的現代人幾乎無以明白。為什麼「連井水都是紅鯉魚所贈」？這是個人幻思？民間迷信？還是天人之際的無形能量網彼此迴響共振？這絕對不是一則故事，甚至也不是人文象徵，而是傳承久遠的古老智慧，比孔子、老子還要古老。「一個懂得連井水都是上蒼恩賜的國家」，就是楊鍵念茲在茲的「廟」，那座精神殿堂傾頹久矣。被無神論與階級鬥爭長期洗腦的當代中國人，不再相信誠意正心的能量，不再敬天法祖、尊道崇德；因此之故，善念善行隱沒，惡心惡行氾濫成洪流。

〈開善橋〉

江水上的夕陽開始燒他了，
田野上沉沉的暮色就是他的骨灰。
母親，這就是你的兒子
同你告別的方式。

你看，夜晚來了，
這正是他燒淨的時候，
卻留下這座橋，
怎麼也燒不化……

　　楊鍵的詩，無法從文字表面意義去理解，漢語詩歌真正的神祕與神聖顯現在此！怎麼可能夕陽之光能燒化一個人？一座石橋又如何能燒化？但是「開善」兩個字撞開了靈魂之門，石化之心迸裂開來，你頓然領悟：任何物質都會被時間消泯，但精神不朽畢竟長存，這座燒不化的橋就是被夕陽之光瞬間開顯的「善」，是善之核心：人類的良知與良能。兒子與母親就在這古老的精神鏈條上，達成隱密的永恆的精神同盟。

　　但「善」之珍貴如新鮮水果上的果粉，肆意撫摩便要汙穢與磨損，如何能在歲月衝擊之下完好如初？本來面目何其稀有！不忘初心何其難得！楊鍵以其渾樸的內在覺性提出詩的見證：

〈暮晚〉

馬兒在草棚裡踢著樹樁，

魚兒在籃子裡蹦跳，

狗兒在院子裡吠叫，

他們是多麼愛惜自己，

但這正是痛苦的根源，

像月亮一樣清晰，

像江水一樣奔流不止……

　　月亮是見證，江水是見證，見證什麼？見證自由意志，見證生命之愛。尊重生命、珍惜心靈之「愛」──禁錮生命、傷害心靈之「苦」，兩種對立的情感在〈暮晚〉裡，以一個身體影像的左右翻騰，交替著呈現，生命因為愛而飽嚐痛苦。在安寧的暮晚風光裡，月光的清亮堅決和江水的固執奔流，靜默維護了生命本來俱足的莊嚴。楊鍵的詩顯現兩種超越：超越文字相與超越現實相。月亮、江水與人間萬象，在詩歌空間裡如如現前，但楊鍵賦與這些現實物像不朽的靈魂，「他們愛惜自己」。如此之隨類賦形與形披神采，根源於《詩經》、《楚辭》；《詩經》、《楚辭》裡尋常可見萬象神采與人之精神行止相生相感的場面，楊鍵詩的本源性與精神性立足於此。「汎彼柏舟，亦汎其流。耿耿不寐，如有隱憂。……我心匪石，不可轉也。我心匪席，不可卷也。……日居月諸，胡迭而微。心之憂矣，如匪浣衣。」（《詩經·柏舟》）、「后皇嘉樹，橘徠服兮。受命不遷，生南國兮。深固難徙，更壹志兮。」（《九章·橘頌》）精神形象率皆如此，典型在夙昔。

　　《哭廟》肇始於詩人為歷史性災難慟哭，最終目的是為民族招魂復魄，尋找文化正脈與精神歸宿。《哭廟》不僅僅是控訴與批判，更重要是奉獻與承擔；「長久地供奉空白」是心靈奉獻，「在源泉裡說話」是文化承擔。《哭廟》對時代沉淪之感應，對文明

傾頹之浩嘆，對人民苦難之感同身受，煥發直擊心胸的鐘鼓聲音，詩歌大無畏的剛正精神讓人真心敬佩。

　　楊鍵傾向於將「中國傳統文化」視為一完美文本，尊崇聖賢理念擁護王道思想，對「傳統」採取傳統主義者的全盤接受態度，並質疑工業革命以來的現代化進程，是值得商榷的信念。「走向自由民主法治的開放社會」是一個無法逆轉的世紀潮流，只能隨機應變無法倒行逆施，要倒轉回唐虞三代的封建城邦或秦漢以下的集權帝制，中國仍會繼續開疆闢土侵略四方，改朝換代時再次讓屠殺反覆上演，基本人權也必然不受尊重。且以臺灣的歷史經驗，我敢斷言：要扭轉七十年以來中共對人民的長期洗腦，經由家庭教育、學校教育、社會教育，緩慢而穩定地調整畸形意識形態與錯亂歷史見識，至少需要另一個七十年，才能恢復成一個正常國家。更何況中共建政以來的國家治理模式，根本不具備現代化國家要素，法治觀念的建立、民主素養的養成，倫理道德的重整、以及對於自由的理性認知，需要幾代人的持續努力才有可能建構完成。

　　我認為，對「傳統」宜取批判性繼承的態度，將傳統視為一「動態文本」，世世代代不斷進行開放性詮釋與更新。楊鍵比較像農業時代的詩人，對文明現代化／全球化的興革利弊雖有直觀體會，受限於網路資訊管制、個人活動範圍與性格類型傾向，缺乏具體的生活經驗比較與理性分析考察。楊鍵詩雖然現代性稍嫌不足，也難以和都市文明進行對話，但文化底蘊深邃，語言誠樸篤實，保藏生命的創造性契機。

　　《哭廟》出版後，2014 年 12 月楊鍵受邀來臺北參加「臺灣國際詩歌節」，詩歌講座上楊鍵朗誦了〈山水是一條回家之路〉。這是一首長篇散文詩，為回返根源與務虛之道，提供寬敞的精神

空間。「山水」從出於自然而又超越之，「山水」是人文風景，是體現虛實之道的無涯天地。「智者樂水，仁者樂山；智者動，仁者靜；智者樂，仁者壽。」（《論語・雍也》）「智水仁山」不只能豐潤生活意趣，更是修身養性之途。以下摘錄片段，廣大招魂。

〈山水是一條回家之路〉節選

中國數千年來，山水猶如宗教，是平衡生死的重要存在。

在我們的水墨畫裡，我們必得要重建那荒寒之境、重建那出塵之境、重建那虛明之境、重建那空無之境、重建那心月孤圓之境，這是我們水墨畫的正脈，這種正脈一直在我們的時間裡流動，而這流動的正脈其實正是文人畫的流動，也是士的精神的流動，凡正脈皆有糾正的力量，這正脈意味著水墨畫的空間，其實不是一個物理的空間，而是一個生命的空間，倪瓚的〈容膝齋圖〉裡的小亭子，就是一個生命的空間。水墨畫裡的時間，也不是一個肉身的時間，而是一個真實生命的時間。水墨畫裡的顏色，無煙火氣的顏色，乃是一種本來生命的色澤。

新詩也同樣如此，漢語本身是一種與萬物沒有隔閡的語言，我們的文明其實也是一種無隔的文明，在相當長的時間裡它變得不通天，不通地，不通草木，不通生死，所以我們的白話新詩雖然有近百年的歷史，依然得要重建我們漢語的宮商角徵羽，重建我們漢語的韌性、空性、靈性，

重建我們漢語的逍遙遊，重建我們漢語的歸去來分，重建我們漢語的桃花源，乃至最終重建我們漢語的禮樂精神，重建我們漢語的自然性，重建我們漢語的山水精神，似乎這些才是安頓我們身心的密碼。

【參考文獻】

楊鍵，《慚愧》（臺北：唐山出版社，2009 年）

楊鍵，《哭廟》（臺北：爾雅出版社，2014 年）

楊鍵，〈山水是一條回家的路〉（馬鞍山：楊鍵，2014 年）

莫理斯・邁斯納著；杜蒲譯，《毛澤東的中國及其後中華人民共和國史》（香港：香港中文大學，2005 年第三版）

張戎、喬・哈利戴著；張戎譯，《毛澤東鮮為人知的故事》（香港：開放出版社，2006 年）

馮克著；郭文襄、盧蜀萍、陳山譯，《毛澤東的大饑荒：1958-1962 年的中國浩劫史》（新北：印刻文學，2012 年）

馮克著；向淑蓉、堯嘉寧譯，《文化大革命：人民的歷史 1962-1976》（新北：聯經出版公司，2017 年）

第十五章【吉狄兆林（1967-）】
英雄系譜：彝族詩人吉狄兆林

一、彝族詩人吉狄兆林

　　涼山彝族自治州位於中國四川省西南部。涼山彝族的直系祖先為雲南省昭通地區古侯（古伙）、曲涅（曲尼）部落，兩千年前古侯、曲涅兩大家支率眾北渡金沙江，進入大小涼山定居。涼山地區西靠大雪山脈、雅礱江，東與南被金沙江環抱，北界大渡河、岷江；涼山彝族據此孤立險要地帶，文化上阻絕了來自中原漢文化的侵擾，也遲緩了現代化變革，至今仍保留濃厚的古文化資訊。

　　彝族詩人吉狄兆林（1967-），漢名傅兆林，彝名吉狄日鐵（日鐵，詩人自釋為流浪的水），吉狄兆林是雙語結合的筆名，標誌了他們這一代彝人文化混血的命運。詩人出生於涼山州會理縣小黑箐鄉（彝名：吉狄米色姆地，姓吉狄、米色的人們居住的地方），大梁村（彝名：吉狄火草兒，吉狄家族率先開發定居之地）。此地屬於涼山南區：包括會理、會東、寧南、米易、鹽邊等縣，自古稱名「日木所什」，當地彝人操所地方言。吉狄兆林是火草兒吉狄家族的現任族長，師範學校畢業後任教於當地小學，一生足跡都在家鄉附近盤桓，獨來獨往。

他以漢字書寫的新詩文本，迴異漢文化聖人系譜的詩思維與詩視域，呈現英雄系譜的異他美學。他在人數眾多的「彝族現代詩群」之外另闢蹊徑，不在修辭與意象層面，而在心靈與精神層面，以融合狂野激烈與幽默機警的民間生活話語，演繹了原始的彝、厚土的彝、人性的彝、英雄的彝，展現彝族畢摩文化「日月星辰有良心，萬物有靈，眾生平等」之旨。本章根據他的詩集《夢中的女兒》、《我背著我的死》，散文集《彝子書》與相關文獻，進行文化闡釋。

二、吉狄兆林詩篇文化闡釋

吉狄兆林詩篇中出現頻繁的動物是「羊」，羊是涼山彝族山區生活的重要資產兼生活伙伴，人與羊的關係緊密。他的第一本詩集《夢中的女兒》自序〈和一隻跪乳的羔羊比美〉提到：「我要說的只是『我還在。在我的大黑山上，一頭黑牛一樣地，在著』。更多的時候，我撫摸著身邊的隨便一棵樹，一葉草，一塊石頭，雖然沒摸到先人的體溫的殘留，但我知道，它們至少應該被我當爺爺一樣尊敬。作為孫子，我的態度當然應該十分端正，所以我說：『置身其中，按輩分我最小／小得可以和一隻跪乳的羔羊比美。』所以我用了差不多二十年的時間，才寫下這樣的六十首小詩。」這段話表達詩人的生活倫理與寫作觀念，敘述人與故鄉的連結，流露誠摯的寫作心態。視黑牛、羔羊如己身兄弟，尊敬鄉土的一草一木如祖先，顯現彝人「萬物有靈」的自然生態觀，也表達彝子對土地與先人的尊重。

〈故鄉〉

羊在草上搖晃
草在風中搖晃
放羊時我睡在山坡上
母親的乳汁
穿透時空

讓我永遠吮吸
你分不清唱歌的
是我還是羊

　　吉狄兆林的詩語言明朗，乍觀之下只是大白話，平實敘述中流淌奧祕的詩意。何謂「故鄉」？為什麼「母親的乳汁」會穿透時空，讓我永遠吮吸？風吹拂，搖晃著羊與草，草地傳來的歌鳴，混合著人與羊；草、羊、人形成共生關係，一個有機生態場。陽光普照（彷彿母親的乳汁），那是滋養萬物的宇宙能量。若將「母親」視為天地之母，「乳汁」則為宇宙能量，故言：「讓我永遠吮吸」，寓意永不衰竭，也顯現了天地之母照應萬物的大愛。詩人將此有機生態場視為「故鄉」，超越了倫理性的土地家園範疇，指涉存有學意義上的萬物根源。這是一首自我意識擴張昇騰，人的靈性意識與天地超越意識連結的詩章。

　　〈牧羊曲〉

　　看見一隻羊打敗一隻羊／我的身上屬於父親的部分就傻笑

／看見一隻羊被一隻羊打敗／我的身上屬於母親的部分就
　　會疼／經常地傻笑經常地疼／我就成了現在這模樣

「打敗／傻笑」陽性能量勝出，「被打敗／疼」陰性能量盪
漾；生命經歷一陽一陰折騰，反映人性中殘暴與慈悲的雙重傾向。
詩人處於是非、善惡不斷強力拉扯的時代，無可奈何只能悲歌以
對。「我是這片土地最無用的孩子／一個無羊可牧的牧羊人」
（〈妹妹〉），「無羊可牧」是個隱喻，形容當代社會詩人無處
容身，也指涉存有域中無「心」可牧，表達人的心靈困境。

　　詩人在當代社會找不到歸宿，這個時代又看重哪些玩意？
暴露什麼嘴臉？「活著本身已經是恥辱／卻還在假裝幸福的表
演」，「傻豬和瘋狗的混合編隊／肆意汙染土地母親和河流／還
臆想著天下無敵」，前者指責被壓迫者諂媚上級的表演，後者批
判壓迫者的殘暴自大。詩人面對虛偽的人群與冷酷的官僚，「有
時甚至恐懼得想殺人」（〈妹妹〉）；但「詩人」本質上就是牧
羊人，絕不讓羔羊／良知迷失，〈牧羊曲〉唱出人類心靈最高貴
的聲音。

　　〈原野之一〉

　　我總是羨慕那些比我高的身體。／但我也願意一百年地就
　　這樣／和這些四隻腳的朋友們在／一起。我拖兒帶女地喜
　　歡它們／喜歡它們一年一度那麼豬那麼狗地／參與了白雪
　　化成春天／這麼有意義的事情。為了安慰它們請它們繼續
　　保持／對待生活的這份真誠／我常常這樣說，有時候也曾
　　經／四隻腳地這樣想：170釐米的高度上／空氣已經多麼

稀薄！

　　吉狄兆林詩歌的核心主題之一，是成為「人」的艱難。豬與狗一年又一年「參與了白雪化成春天」，表達大自然裡萬物渾融共生的狀態。文明進程將人類異化為萬物之靈，一個 170 釐米的人高高在上，卻呼吸不到清新空氣，遠離自然法則，生存意義遠遠不如「四隻腳的朋友們」。詩人寧可與豬狗為伍，「拖兒帶女地喜歡它們」，語調幽默平淡，反諷深刻。〈半夜狗叫〉一詩的喻擬手法類似，狗叫有多種可能：抗議、譴責、追問、感慨、恐懼、憤怒、絕望，「每種可能都是狗嘴說狗話／都比我有出息／我有悲哀萬種／從沉默到沉默」。尊貴的「人」受限於嚴酷的社會體制，喪失思想與言論自由，導致人嘴不能說人話，萬種悲哀只能吞回肚子裡。詩的語調冷靜節制，深層情感卻如默雷轟響不絕於耳。〈山裡〉也採用了對比性反諷，山裡各種小蟲小鳥「自由地歌唱或低語」與「羞愧得不敢自稱人」的我對照強烈，無法自由歌唱的人類有何尊嚴可言？成為「人」的艱難與渴望，不斷挑戰著詩人的言說邊界；不能直言「非人」處境的窒息感，只好託言「空氣多麼稀薄」。

　　〈阿嫫惹牛歌〉

　　大風吹落，樹葉一片／那當然不是我媽媽，那當然／我的媽媽，得到一點口糧／正走在回家的路上。她知道／村口的大石包上，她的兒啊／阿嫫惹牛啊，正在成長

　　大風吹起，落葉一片／那當然不是我媽媽，那當然／我的

媽媽，苦夠了累夠了／去了她想去的地方。她知道／村口的大石包上，她的兒啊／阿嫫惹牛啊，已經長大

大風啊你吹吧，吹得落葉滿地吧／大風啊你吹吧，吹得落葉滿天吧／滿天的滿地的落葉全都是媽媽／阿嫫惹牛的媽媽

　　吉狄兆林擅長以動植物為喻，不是個人癖好，是「萬物有靈，眾生平等」的觀念對生活的啟迪。媽媽「走在回家的路上」，回歸哪裡？人的母親回去宇宙母親懷抱，萬物根源的「故鄉」。「滿天的滿地的落葉全都是媽媽」，從倫理情感而言，形容人子的思念無盡；從自然生態而言，天地萬象都是我的媽媽，人不孤單。自然從一片綠芽到滿樹綠蔭，人從出生到成長，萬物彼此連結是永續的天恩。彝人對生命常懷感謝之心，死亡不過是「正走在回家的路上」；古老質樸的生存智慧，將人從社會規範與倫理框架中解放出來。

　　彝族學者羅慶春（詩人阿庫烏霧 1964-，西南民族大學彝學學院院長）提到：「彝族文化的第一個核心就是『碩』。這個『碩』是民間社會世俗層面的倫理道德，在漢語裡所說的『仁義禮智信』以及勇武都在裡面，確切的意思是無法解釋的。彝族之所以成為彝族是因為『碩』，當然這個『碩』今天也受到影響；第二個就是畢摩信仰，這個是宗教信仰層面的。靠這兩個東西架構了整個彝族，這兩樣東西是跨階級、跨區域的。」（阿庫烏霧〈啟動整個彝族文化的書寫時代〉）從這個觀點來看吉狄兆林的詩，能更深切體會詩人對道德意識、倫理情感的重視與對族群傳統的精神信仰，是建立在文化深層結構上自然生發的品格。

〈大海〉

> 我還沒有看見過大海，不過／從我身邊經過的一條大河它連接著大海／／從小我就給了這條河應有的尊重／和熱愛，對大海非常嚮往／／我從馬背上下來／走進了一所剛剛創立的鄉村小學／／天上的太陽越看越像太陽／我的眼睛一天比一天明亮／／初具規模的那所鄉村小學門前的小山上／老師我今年比去年還要年輕／／到我的胸膛裡來吧，大海

　　「大海」不是風景而是胸襟，智慧是生存胸襟而知識是紙上風景。既然人可以召喚大海「到我的胸膛裡來」，當然「我今年比去年還要年輕」，胸襟視野通過觀念與想像的轉化產生了決定性變革。詩篇從文化與自然之對照顯影「生命」的創造性契機，深化自我意識擴展世界圖景。詩人大刀闊斧地以山河海為喻，文字質樸視域深廣，令人追憶起遠古哲人之思。

　　「平生第一次親自而且獨自，看見了金沙江，盤著腿坐在了毛先生當年率領那支雖然處境艱難但是因為信仰的力量而充滿希望的隊伍巧渡金沙江時曾經住過的岩洞中，生平第一次深切地體會到了自己的渺小、可憐、微不足道──我從來沒有如此近距離地看見過那麼多的水，匯聚在一起，那麼渾濁那麼野蠻那麼囂張那麼怵目驚心地滾滾而來滾滾而去。」（〈傻笑的金沙江〉）詩人從大自然的狂野雄渾中獲得身體性經驗，讓人的眼睛「一天比一天明亮」，進而敞開胸襟拓寬了生命願景。

〈農民阿薩〉

> 我是農民阿薩今年三十五歲／叫炊煙按時在瓦板屋頂上升
> 起／是我每天主持的儀式／有時用一點酒有時不／時間就
> 這樣一年，一年地過去／這很容易使人滋生／一種頂天立
> 地的感覺／／在我漫長的農民生涯中／也曾經一次又一次
> 地衝動／但我從來沒有想過／要建造一座金字塔／或者修
> 築一條萬里長城／原因很簡單／／苦蕎坡上偶爾地站直一
> 次身體／又站直一次身體／快樂，是手到擒來的快樂

讚美生活，讚美勞動，讚美天、地、人三位一體，表達詩人對生命之虔誠與信任。天有天文，以屋頂上按時的「炊煙升起」虛擬至高無上的天庭；地有地文，以苦蕎坡上「站直一次身體又站直一次身體」的田野勞動來彰顯；人有人文，以「每天主持的儀式」和「手到擒來的快樂」流淌身心和暢之樂。人活著，油然而生千秋萬世頂天立地之感，並不需要金字塔與萬里長城作為物質旁證。「農民阿薩」是詩人化身，一個超越族群與地域的人類之子，拒絕被現代化物質文明消費與異化；他的簡樸生活與安樂和諧的身心靈，是人類精神文明的最高典範。

吉狄兆林年輕時也迷失於都市之繁華，對彝文化充滿無知的傲慢與偏見；又費盡心思舉家搬遷到會理縣城定居，遠離了故土。但詩人終究認清「我們總不能不要靈魂，豬狗不如地活著。」（〈放慢腳步，等等自己〉）聽從靈魂的聲音回歸古老的家園，從而讓自己的文字浸潤著文化靈氣與鄉土芬芳。

〈阿詩瑪已經在路上〉

從火草兒／站在詩歌上，看天下／我看見雲貴高原上空一朵羞澀的雲，飄著

我懷疑／那是彝族民間故事中美麗／而且知道自己有多美麗的阿詩瑪／處女阿詩瑪

從詩歌上下來／在火草兒玩泥巴／一玩就玩出了滿臉皺紋／我卻至今相信有個神話需要我／成為主角

相信／三千年如一日地愛著的／三千年如一日地恨著的／我的

阿詩瑪已經在路上

　　彝族撒尼人有一篇廣為流傳的敘事歌謠《阿詩瑪》，它通過美麗少女阿詩瑪與她的哥哥阿黑和狠心財主熱布巴拉家的鬥爭，歌頌對自由的不懈追求和勇敢的反抗精神。雖然阿詩瑪不答應求婚，他們卻厚臉皮來搶親；阿詩瑪憤怒地撕碎新娘衣裳，以致被監禁。阿黑歷盡各項比鬥贏得勝利，將妹妹救出；兩人欲渡黑龍潭，卻被熱布巴拉家作法興起的洪水把她捲走。哥哥對著山峰高喊：「阿詩瑪！」山谷傳來迴響，傳來阿詩瑪的歌聲。從今以後，人們高喊：「阿詩瑪！」回聲便蕩漾在山谷間。
　　彝族撒尼人隨時隨地歌唱〈阿詩瑪〉，甚至把自己比作阿詩瑪，不斷用自己的生活來豐富它，用美麗動人的詩句刻畫自己喜

愛的阿詩瑪。吉狄兆林的〈阿詩瑪已經在路上〉延續這種傳唱文化，以「雲貴高原上空一朵羞澀的雲」形容美麗少女，是山裡人才能想到的比喻。「站在詩歌上，看天下」，詩人彷彿騰雲駕霧，拔高到神聖空間，「在火草兒玩泥巴」又把生活落實為田野勞動；將神聖場域與世俗場域連結起來，產生「有個神話需要我成為主角」的精神信仰。這個信仰的核心內容是：「三千年如一日地愛著與恨著」，阿詩瑪是永恆的處女，昭示族群世代堅持的自由與反抗精神。神話需要我，表示人與神的連繫沒有中斷，「我的阿詩瑪已經在路上」，現實生活需要神話的滋潤，需要永恆的愛的呼喊與迴響。

吉狄兆林對彝族傳統處於凋零狀態產生危機意識，各種傳統節慶與生活禮俗逐漸表象化與物質化，「但我堅信這些表象的改變不重要，重要的是內在精神的堅守與傳承。」（〈放慢腳步，等等自己〉）詩人強調的文化精神內涵，是通過現實生活打磨，並重新加以心靈詮釋的當代釋義，而非保守地注重形式細節，〈阿詩碼已經在路上〉就是一次創造性的個人示範。

吉狄兆林的人與詩，滿盈著原始的厚重的彝文化精神，但這樣的生命狀態與靈魂格調，在當代社會往往顯得不識時務與不合時宜。不合時宜是脫隊落伍，在一個講求經濟效益的現代社會，自由心靈與高尚精神抵不過論斤叫賣：「我有一隻鳥／叫它太陽怕它熱死／叫它月亮怕它冷死／叫它某國怕它累死／看看天看看地／摸摸腦門拍拍大腿／我把它變成了一隻雞／雞是論斤賣的東西／根本用不著名字／啊世界請聽我回答／我有一隻雞」（〈回答〉）。管它是鳳凰還是金烏，在失去象徵的消費世界裡都不管用了，高貴的能飛的詩篇也比不上一隻雞的價錢。

吉狄兆林對自己的書寫傾向作出解釋：「我比較感興趣的是

地域性和民族性題材，當然『時代性』也是個難以迴避的問題。前者使我愉悅、自豪和滿足，後者帶來的多半是恐慌和焦慮。因為前者屬於媽媽一樣養育了我的『彝文化』，當然符合我的審美習慣和要求；後者卻是陌生的、粗礪的，既有經驗很難對付的。或者再換種方式說：作為詩人的我對我所經歷的時代充滿懷疑、甚至覺得它『有病』。」（〈放慢腳步，等等自己〉）詩人關於時代之病有兩方面的回應，一個是市場經濟帶來的追逐金錢的潮流與心靈的空虛感，吉狄兆林借一個彝族勞動者「拉鐵」的眼光，反諷追逐現實者之空茫：「天氣漸漸熱了／又漸漸地涼了／這個十字路口匆忙趕路的人還是這麼多／賣力氣的拉鐵就開始不明白／不明白他們究竟失去了什麼／要那麼著急地去找尋」（〈賣力氣的拉鐵〉）。詩人提供出對照鏡像：

> 好兄弟拉鐵說他經常／感到身後有座山。我說／我看得見／我確實也曾經看見／／那是一座普通尋常的山。立著。像／極了一位心裡太多感嘆的彝族老頭／挺著胸脯瞇著／雙眼。那挺著的胸脯仔細一看／已經皮包骨／那瞇著的雙眼他就是／不閉上

「身後的山」象徵精神歸宿，拉鐵失去了現實的父親，但沒有失去精神的父親，他沒有心靈空虛的問題。這首詩涉及文化意識與現實意識，反映民族文化和時代風氣的齟齬。

詩人對時代之病的另一回應是政治力對彝族群與彝文化的壓迫：「矮矮的暖洋洋的土牆後面／一些叫不出名字的小蟲動不動／就裝死，在我面前也裝死／我反覆對它們講我不是王村長／王村長還在鄉政府喝酒／它們根本不相信」（〈回鄉偶書〉）。唐

朝詩人賀知章（659-744）的〈回鄉偶書〉是老少對話：「少小離家老大回，鄉音無改鬢毛催。兒童相見不相識，笑問客從何處來？」平實動人的民間生活情感，但其時代背景是詩人離開複雜官場後的心理解脫，「何處來？」滲透著難言的人生況味。當代彝人的回鄉之行，不過是從鄉鎮回到山村，人與蟲卻無法交談，不是因為種屬差異，而是人間的信任早已破產，足堪玩味的也是潛臺詞部分。吉狄兆林對社會現象的諷刺，顯示了他的價值取向與道德承擔，這是詩人的不識時務。

〈諾蘇〉

風要我黑，我就黑
我的黑，和火塘邊的鍋裝的黑是一個媽生的。
我不說
我是死了，要用火燒掉的人

雨要我白，我就白
我的白，是繞山的遊雲白給太陽看的那種白。
我不說
我是死了，要葬在那山頂上的人

為什麼我的眼裡不含淚水
因為我的名字叫諾蘇

少數民族在漢人主流社會沒有得到平等公正的對待，彝族族群的身分認同問題變得越趨尖銳。吉狄兆林看到彝族自治區漢化

程度越來越嚴重，彝文化正在走向消亡，寫下了〈諾蘇〉，用輕鬆的話語揭示他所強調的彝人身分。本詩描述彝人尚黑，崇火，死後火葬於自己土地的習俗。「彝」是外族所賜名分，「諾蘇」才是本族人自稱；平淡而自信地說：「我的名字叫諾蘇」，這是一個肯定句，不含淚水，承載了詩人渴望回歸與正名的民族情結。

〈在這裡生活〉

> 這是個美麗的地方／我是個幸福的人／在這裡生活我常常這樣想／這樣想著的時候我就看見／我的羊們也正用綠色的眼睛／向我傳送著溫情／／（我相信它們知道我想說的／話。我相信它們懂得我此刻／為什麼這麼自豪）。／／真想喊它們聲兄弟／用我曾經把鞭子狠狠地／抽在它們身上的／右手

吉狄兆林的詩性幽默，有時詼諧有時殘酷；「這裡」是哪裡？看你的反思到達哪個層次而定。這首詩只有十三行，卻像似利刃凌遲體膚，漸層深入而見骨。本詩當然不是敘述人對羊的虐待行徑，而是更殘酷的：人對人的驅逐與壓迫，情境背後隱藏著外來統治族群的優越身影。「美麗的地方與幸福的人」讓人產生錯覺，但羊的眼睛反映出人的形象，主宰者的鞭子應聲揚起；而羊主人的背後，還有另一個更高位階的壓迫者存在。詩人冷靜的書寫猶如磨洗明鏡，鑑照出「這裡」的社會真相。

吉狄兆林的幽默語調，顯現天生樂觀的民族性格，也透露出少數族群在漢人／漢文化蠻橫擴張下的邊緣化處境。就像拉鐵佇立邊城，走向繁華世界對他而言彷彿步入懸崖；但詩人不得不狂

言：「他的身後有座山」，彷彿窮鄉僻壤才是世界的中央，自我取樂的背後深蘊著絕望與哀傷。從現實世界而言，吉狄兆林是一個地域範疇上的偏僻鄉野詩人，也是一個族群結構上的少數民族詩人，雙重邊緣帶給他的生存壓力，經常令他痛苦難當。但對痛苦的舒壓詩人找到巧妙的方法，將批評意識融入詩篇的現實反諷中；「夢想」自己打了自己一巴掌，哪怕這個中國夢出自渺小的我還是哪個大人物。〈夢想〉：「我曾有過一個偉大的夢想／為人類的文明與進步寫本書／塑造一個幾乎完美的人／給他自由的心靈／給他高貴的品質／給他遠大的理想／讓他邁著偉大的／光榮的正確的腳步／在這個互相吃屎／還要假裝沉醉的年代／一次次痛不欲生／讓全世界因為嫉妒／因為怯懦和自卑／拒絕他羞辱他恐嚇他／逼得他生不如死／然後他就死了／全世界就都輕鬆了／輕鬆不了的就將是我／我於是很輕鬆還似乎／有些慶幸地放棄了／這個偉大的夢想」。

用主流的族群語言書寫邊緣的民族處境，一般而言相當吃力，因為受限於語言制約和思維慣性。以藏族詩人唯色為例，她畢業於成都西南民族學院漢語文系，1989 年之前成都時期書寫的詩篇，音色瀰漫著漢文化甚至西方文化氛圍；但 1990 年重返拉薩之後，詩篇的藏文化逐步深厚，最後取得絕對優勢。她雖以漢文書寫，但通過文化自覺克服語言的制約。吉狄兆林出生於窮鄉僻壤的會理縣小黑箐鄉，畢業於昭覺師範學校，沒有出離過涼山地區；他沒有使用彝文寫作主要因素是他的生活彝語是所地土語（涼山南部方言），而非規範彝文要求的聖紮土語（涼山北部方言）。「我曾經學習和使用過彝文，後來慢慢就放棄了（也許某一天還會重新學習和使用，因為沉澱在心底的某些東西實在很難用漢語表達）。」（〈放慢腳步，等等自己〉）但吉狄兆林的

漢文詩篇，怎麼看都不是漢人寫得出來的文字，彝人彝味十足。這種超越語言／文化界限的情況（以非母語寫作呈現母語文化主體性），我在美國原住民詩人西蒙・歐迪斯（Simon J. Ortiz，1940-）的英文詩篇裡也同樣驚豔過。

〈在紐約城的飢餓〉節選　西蒙・歐迪斯，余石屹譯

飢餓把你搜查個遍，／它總是在問你，／吃過了嗎，孩子？你在哪兒？／你吃得好嗎？／你做的事／對得起我們的人民嗎？／／這個城市的水泥建築，／那油膩的風，灼熱的窗戶，／以及自動機器的尖叫，不能，／真的不能，解除那種飢餓，／雖然我曾經切切實實地／渴望過用它們來／填滿我的肚囊。／／所以我輕聲地唱起來：／我用周圍／卑微的一切所在／餵我，／我用／你的靈魂餵我，地球母親，／讓我冷靜，讓我謙卑。／保佑我吧。

　　平實的文字，幽默的語調，邊緣的視點，廣闊的胸襟，異文化特色躍然紙上，隱約流淌著對現代文明的批評；而且僅僅一首短詩，自我意識、社會意識、文化意識、靈性意識全部到位。這些特徵，在吉狄兆林的詩篇裡一樣出色；甚至萬物有靈的思想也類似。西蒙・歐迪斯寫出：「『你真的是詩人？』／／『是啊。』／／蟋蟀總是那樣說話。／／幾天後的一個夜晚，／我聽了很長時間，／一對夫妻在耳語，／大約一千萬年前，／在亞洲的一個山洞裡。／那是很久很久以前，／他們相互依偎著，／整夜都在唱歌。／／『我不知道你是詩人。』」（〈詩人〉節選）吉狄兆林也書寫：「我深深地相信／空氣稀薄的高地上這些石頭／是一

些有情有義的傢伙／我甚至相信它們都有一雙單眼皮的固執的小眼睛（像我一樣）／最適合用來表達愛／／我們相處的時間至少已經三千年／／我知道搬動它們／從來不是身體就可以幹好的事／也不能叫搬，要／懷著敬意說：請──」（〈一些石頭〉節選）時間尺度在文字中猛然擴張，存有物之間的人為界限被取消，天地萬象交會成親密不可分割的整體。

不同的是：西蒙‧歐迪斯受到美國社會與文化界尊重，在大學任教，甚至受邀參加 2012 年青海「國際原住民詩人圓桌論壇」；吉狄兆林不僅在四川詩壇默默無聞，甚至在彝族現代詩群中都是一個異類。根本原因不言而喻，他的聲音太真實太刺耳。

彝族現代詩群的風雲人物是吉狄馬加（1961-），涼山昭覺人，彝族新詩的領軍人物，上述國際詩會主持人，曾經擔任過全國政協委員，中國少數民族作家學會會長。他的詩長成什麼模樣？吉狄馬加〈古里拉達的岩羊〉：

再一次矚望／那奇妙的境界／其實一切都在天上／通往神祕的永恆／從這裡連接無邊的浩瀚／空虛和寒冷就在那裡／蹄子的回聲沉默／／雄性的彎角／裝飾遠走的雲霧／背後是黑色的深淵／它那童貞的眼睛／泛起幽藍的波浪／／在我的夢中／不能沒有這顆星星／在我的靈魂裡／不能沒有這道閃電／我怕失去了它／在大涼山的最高處／我的夢想會化為烏有

雖然也牽扯到羊，也尚黑，也渴望與天連結，它卻是典型的修辭性文本。神祕的永恆，無邊的浩瀚，童貞的眼睛，我的靈魂，我的夢想，我怕失去了它，甚至說明這是大涼山的特產。很抱歉！

我的評語是：「空洞，做作」。類似詩篇的確占據著主流文化，如此詩人往往主宰著時代權勢。此詩收錄在《當代大涼山彝族現代詩選 1980 ～ 2000》，吉狄馬加理所當然排名居首；吉狄兆林僥倖地也被選錄幾首，看看他的〈羊皮口袋〉怎麼寫。

〈羊皮口袋〉

我估計這個夏天要熱死人同志們
特別是窮人到富人的路上
我估計不熱死人也要擠死人
同志們死人的事情一旦要發生
誰能阻止？這一點有偉人早就說過
昨天寫的半首詩中我也說了。由於

我目前還只是個未成名的詩人
我提出的希望當然也比較小
我說我希望它發生的地點
離我媽和我遠一點
最好能隔上幾座像樣點的山

在昨天寫的半首詩中我
不僅運用了我爺爺的名字還亮出了我
的羊皮口袋
這是我的祕密武器
不到前面是虎後面是狼的時候
一般是不可以輕易亮出的

是我爺爺特意留給我的
是我媽一針一線縫補過的
是我的身體和心靈都離它不開的

當然我也沒有說要頑抗到底
我同意在這個夏天添幾根白頭髮。因為
我知道這個夏天之後
我要找到的地方叫哈那所什在那裡
我媽一眼就能
認出跳朵荷舞的姑娘群中誰
是我的阿依嫫
我的阿依嫫
我的阿依嫫啊就會
一根一根地把我的白頭髮輕輕去掉

同志們如果連這一點準備都沒有
我怎麼好意思36歲

　　為什麼會擠死人和熱死人？因為時勢所趨，時代一心一意追
逐的目標是「錢」，可以用數字衡量的經濟價值。而詩人選擇精
神價值，它的象徵物是「羊皮口袋」。它裝不了多少錢幣，卻可
以容納一切，是文化傳統的延續（我爺爺特意留給我），蘊含倫
理親情（我媽一針一線縫補過）；因為擁懷終極價值（哈那所什：
理想歸宿），詩人的信念才能如此堅定。有趣的是最後兩行，它
那自我調侃的句型和語調，我經常在臺灣原住民朋口中聽到，
這是少數民族在現代社會邊緣化處境的共同迴響。

一個被龐大意識形態綁架／操控的文化工具，只是表面風光的可憐蟲；那個人煞有介事地振臂高呼：「我是彝人！」意思彷彿是：「痴心於榮華富貴者請跟我來！」。吉狄兆林對此進行了間接批判：「身處科學技術日益發達、發達得足以毀滅地球於瞬間的現代社會，很容易感嘆『昨天已經古老』，擁有八千年甚至更久遠文明的彝族，當然更已經古老得彷彿到了窮途末路。這似乎很不幸，又似乎很值得自豪。身為彝人，我因此很反感來自慣於意淫世界的所謂主流社會的『勤勞勇敢』、『熱情好客』、『能歌善舞』等官話、套話，也很反感自從吉狄馬加的一聲『我是彝人』橫空出世以來，那些幼稚、膚淺、甚至滑稽的模仿者們唱起的廉價頌歌。」（〈放慢腳步，等等自己〉）、「當我聽到有人居然還在以某地『山歌』的名義，紅光滿面地唱著『母親只生了我的身』時，確實感到很恐怖——一個人，為了從激烈的生存競爭中勝出，獲得錦衣玉食、功名利祿，混到『有奶便是娘』的地步已經夠無恥，如果他的辦法竟然是羞辱本該拿來尊重和愛的母親，那麼，僅僅使用人類的語言絕難準確描述他的邪惡。」（〈母親怎麼可能只生了你的身〉）吉狄兆林上述這些話才像是「人」講的話，不愧詩人本色。（「母親只生了我的身」，歌詞上下文是：「唱支山歌給黨聽／我把黨來比母親／母親只生了我的身／黨的光輝照我心」）

對於說話不像話的族人，吉狄兆林還有更加辛辣的人話要說。〈一頭豬的非正常死亡〉：

> 一頭豬，生而為豬，天賦堅強／堅強地斷奶又堅強地接受
> 絕育手術／及時去除體內最後一絲不安定因素／再堅強地
> 告別原產地大黑山／隻身來到矮郎街王某家的豬圈／任年

豬，並從即日起享受相關待遇／從此它就一直住在那個陰暗然而／暖和的地方，該吃就吃，該睡就睡／不煩惱，不抱怨，不說怪話／有時起用祖傳的厚實嘴唇／拱拱冷硬如鐵的水泥牆自娛自樂／有時即興脖子扭扭，屁股扭扭／給主人和串門的鄰居來點才藝表演／以寬容、知足、感恩的生活態度以及／日益肥壯的身體，多次榮獲／主人和鄰居們的好評／彷彿成了勵志典型／彷彿為自己也為主人／具體化了傳說中的幸福／可是今天，圓滿完成使命／光榮獻身的時刻已經指日可待的今天／迎著早晨八九點鐘的太陽它卻／毫無預兆也未經許可就直挺挺躺著／任隨王某等人辱罵還是哀求／就是一動不動——就好像／玩夠了傳說中的幸福／它想換種花樣玩玩死／一不小心玩過了頭／再難回頭也就／懶得再回頭

　　年節賽豬公各地皆有，「年豬」吃得好養得肥嘟嘟，肥到不堪入目；但年豬還能殺來敬神，人「任年豬」能幹啥？他被養起來的目的就是「不說怪話」，意思是禁止說人話。「具體化了傳說中的幸福」，非常具體，看看某達官貴人圓滾滾的體態你就知道有多具體。一頭語言與心靈被體制絕育的豬，享受特殊待遇，「一直住在那個陰暗然而暖和的地方」；但多少人早已習慣良知「陰暗」不見天日？多少人對「豬圈」無限嚮往拚命往裡擠？「非正常死亡」不是身體器官報廢，而是心靈沉淪人性墮落。「接受絕育手術」，一句話包含多少弱勢族群的辛酸與痛楚。

　　吉狄兆林並非自居光明之子，不過是一個貧困孤單的棲居於邊城的待死之人，他的絕望與痛苦既真實又恐怖；活著，無論一天、一年還是一生，生存的困境看不到改變的可能性。詩人如實

觸摸它敘述它，堅挺著一種自認為瀟灑的姿態自我遣懷。〈矮郎街的黃昏〉：「熱熱鬧鬧的白天／一般始於屠戶老劉家的豬叫／然後是豬心死在豬肝上／等著被賣掉，吃掉／然後是落日的餘暉從山頭，從樹梢／從空空蕩蕩的街口，輕輕散掉／暴露出我一直羞於承認的孤單和懦弱／然後我又假裝自帶了光明和美酒／在等人」。「等人」，多麼豪放的心態，胸襟永遠敞開！詩人倖存一股文化自信，保持一口熱氣在，自然而然就寫了幾個字，說點人話，如此而已。「支持我做人並情不自禁寫點什麼的，始終還是血液中奔湧不息的母語文化。這是個偏居一隅卻優秀得看似強大實則虛弱自卑者們不敢正視、甚至忍不住要想方設法加以抵制和詆毀的文化。人的文化。當然，還必須承認，它也並非十全十美，附著其上的需要不斷剔除和揚棄的垃圾也顯而易見。我相信，當多元文化的共用與傳承日漸成為人類共識，這個『人的文化』必將獲得應有尊重，煥發出勃勃生機造福人類。若干年來，我一直在內心深處用母語祈禱著這一天早日到來，時不時也用漢語力求安靜、真實地紀錄，感覺憂傷而自豪。」、「就這樣活著、寫著，彷彿還是孩子一個，一算飯齡卻已四十有九。除了『我有悲哀萬種』（〈半夜狗叫〉）的感嘆，為了顯得成熟、老練些，我不得不打起精神對深信的神靈、親愛的人們做出這樣的表態──我背著我的死──並以此作為生活和寫作的基本態度。」（〈假裝在等人：我的詩歌與生活〉）

　　彝人相信自己是：神鷹把三滴血滴落在蒲嫫尼惹百褶裙上誕生的英雄「支格阿爾」的後裔；我背著我的死！多麼慷慨悲壯的英雄情懷。吉狄兆林與我並不相識，但從文本閱讀感受到的品格與威儀，我確信，他是我心目中在世僅存的英雄！

〈我背著我的死〉

我背著我的死
晒著我的太陽
不喝酒也可能很衝動
比如大聲地笑：啊，在我和抑鬱的
大黑山之間，全是辣子都不辣
我說不辣就不辣
比如悄悄地哭：啊，在我和傻笑的
金沙江之間，全是鹽巴都不鹹
我說不鹹就不鹹

我背著我的死
晒著我的太陽
有時酒後反而很冷靜
很冷靜地原諒掉全世界
唯獨不能原諒的是自己
尤其不能原諒舌頭等
敏感脆弱多事的部分

我背著我的死
晒著我的太陽
包括祖地孜孜濮烏在內的敬愛的
南高原啊，紛亂虛假得無聊
甚至無恥的這世上
只有您，我必須尊重

也只有您，最讓我心動
我想動用您古老神奇的子宮
重新做人

「辣子」血般紅，「鹽巴」淚般鹹，不在乎生存之鹹辣才是
真正的人！「我背著我的死」，無懼生存並隨時可以赴死；詩人
背負死亡重擔進行詩歌書寫、文化傳承。吉狄兆林有一個態度兩
種堅持，一個態度：向死而生絕不妥協，兩種堅持：真實言說與
文化傳承。「舌頭」是真實言說的象徵，說真話讓詩人吃盡苦頭，
但詩人有大黑山、金沙江、南高原這樣的精神同盟，「只有您，
我必須尊重」，文化傳統與歷史記憶在我身上流淌，詩人渴望返
回大地母親的子宮；在祖靈懷抱裡，我將重新誕生自己。文化意
識、自然意識、靈性意識三方交會於生命主體意識之中，神聖的
詩章誕生。

「彝族是個不需要英雄的民族，因為每一個具體的彝人，潛
意識裡都把自己看成了英雄。」（〈放慢腳步，等等自己〉）獨
特的觀念與信仰來源於卓越的文化傳統，不是裝模作樣可以學得
來。吉狄兆林的詩，它的魅力由多種要素構成：萬物有靈的詩歌
生態場，幽默反諷的批評意識，真實深刻的人性情感，除此之外，
還有一種相當稀有的品格：真誠縱放的原始力量，文化人早就被
馴服得不敢奢想的「原始」；正是撲面而來的大塊魂魄，令小官
僚小知識分子小市民不敢正面逼視。

敢對命運女神說出批判的話語，不向惡劣的時代環境低頭，
誰就是真正的英雄！英雄不說空話，以「身體」驗證自己的真實
存在。〈致命運女神〉：「圓圓的苦蕎粑一樣／掛在藍天上的是
太陽／而不是月亮；或者是月亮／而不是太陽；我用屁股／也能

看清楚。如果這一點／還不能證明我也是你應該關照的人／我想我只能硬著頭皮把弟弟請出來／硬硬地提醒你想想，作為女神／是否也有不對的地方／就彷彿這天底下／唯獨我有弟弟」。裸辣的「操」之言詞，不是為了褻瀆女神，而是勇敢地抵抗命運，不向外在環境的任何壓制低頭。在〈致命運女神〉中亮相，硬硬的「弟弟」並無性的意味，而是象徵生命之根的原始力量；當身體蠻野之非理性與時代環境之非理性形成對照鏡像，或許意義的火花能夠瞬間被擦亮。

　　吉狄兆林詩篇的原始力量也迴響在他的情詩中。現代人雖然脫離門當戶對的規範，卻又受制於全球化的物慾氾濫潮流，不是把感情玩弄成可供消費之「物」，就是將身體異化成「物」。雙重物化之後，「愛」仍舊缺席，只剩下生物本能的性或條件交換式婚姻。現代人的愛情語彙，不是太膚淺就是太濫情。

　　當代漢語情詩普遍瀰漫著失戀的悔恨感，與「愛」一點關係也沒有。吉狄兆林的情詩彌天蓋地洶湧浩蕩，「愛」是觸手可及的雄渾能量，而非被虛無纏繞的脆弱情緒。吉狄兆林的情詩身體感強烈，彷彿春雷乍響萬物復甦，立時振奮人心：

〈越西〉

人世間有個地方叫越西／油菜花一年一年地盛開／盛開的油菜花就像油菜花，無需修飾／就像天生麗質的馬海阿鵑，不用化妝

這是我珍貴人生的第四十四個春天／作為一個詩人，如果有幸到了越西／油菜花盛開的越西／我發誓，我絕對願意

和一隻蜜蜂交換下輩子／讓他面對天生麗質的馬海阿鴿／心慌意亂，手足無措，語無倫次

而我早已扇動翅膀，隨清晨的第一縷陽光／輕輕叫醒了屬於我的油菜花／她正在一臉露水，一心喜悅／一身幸福地等我

〈美食家〉：「是愛情把我變成了美食家／是你給的愛情把我變成了美食家／所以我要痛快地吃，瀟灑地吃／吃你頭頂的月亮，也吃月亮下／各色花卉悄然綻放的聲音／吃你身後的木佛山，也吃孤獨的老鷹／獨自飛越木佛山時，翅膀的酸，心的疼／吃你右邊的拉布沃卓／也吃拉布沃卓正在拼命追趕的時代／凌亂鏗鏘的腳步／吃你左邊的邛海，也吃邛海沿岸青翠的柳兒／草兒們，夜色藏不住的恬美／吃你本人迷人的眼神，也吃你迷人的眼神／難以遮掩的憂傷和甜蜜／一直吃到你不停地叫停／吃到你投降」。吉狄兆林的詩歌武器比別人豐富而銳利，愛情語彙推陳出新，熾烈的情歌既現代又古老；還有那身體性經驗的「吃」，好像你也被嚐了一口般身體舒展而消融。

「親愛的阿鴿／全世界，只有你明白／吉狄兆林這是要帶著你，隨著這／漫山遍野的蕨萁草，不聲不響／半睡半醒地練習生／也練習死／／還要練習忘了生和死／只記得愛——足以使骨頭變輕／血液變黑的人對人的愛／因為我們，卑微如草／貴為人」（〈蕨萁草〉），「練習生也練習死」與「練習忘了生和死」，說法聞所未聞，原創之極；前者是狹義的男女之愛如夢似幻，後者是廣義的尊貴的生命之愛。

〈歌唱〉

設我為王，向我看齊，聽我歌唱吧，親愛的阿鴿
雖然我，就只是大涼山上，普普通通的一粒黑苦蕎
但是，你知道，這些日子，有一顆孤獨的心啊
一直在，一直在抑制不住地跳動

設我為王，向我看齊，聽我歌唱吧，親愛的阿鴿
我要用我抑制不住地跳動的心歌唱
歌唱生命；我要用我洋溢著幸福的生命歌唱
歌唱愛情；我要用我足夠燃燒一萬年的愛情歌唱
歌唱這屬於別人，也屬於我的世界
歌唱懂得愛，追求愛，擁有愛的每一個生命
歌唱渴望愛，理解愛，珍惜愛的每一顆心

設我為王，向我看齊，聽我歌唱吧，親愛的阿鴿
就算我，就這樣，幸福著，燃燒著，歌唱著
離開了人間，也請你相信，那是為了更好地愛你
愛這個世界；從此，照在你身上的每一縷陽光
落在你身上的每一點雨雪風霜；碰到你鼻子
和嘴唇的每一絲空氣；閃現在你夢裡的
每一寸彩虹……都將毫無例外地
鐫刻著我熊熊燃燒的火焰般
溫暖的歌

這是一首英雄的情歌，大方，壯闊，燃燒著深沉的愛之火焰。

它似乎不是現代人能寫出來的文字，而是一闋跨越時空界域的「愛之頌」。它以「設我為王，向我看齊，聽我歌唱吧，親愛的阿鴿」作為主導旋律，三次迴旋唱誦，迴響面積漸次擴張，最後收束定止於「溫暖的歌」，風暴寧靜的中心。這首詩將個人孤獨的心跳、熱情的歌聲，與天地間的陽光、雨雪、空氣、彩虹連結在一起，形成一股莫之能禦的「愛的宇宙能量」，生生不息映照萬物，這才是人世間永恆渴望的廣博之愛。

〈請賜我一杯原汁原味的蕎麥酒〉

未成年的斑鳩兄弟低調而務實
堅守著一片空空蕩蕩的蕎麥地，欲言又止
眼看那天空越來越黑，越來越黑
黑得它失去了方向，看不見了未來
也不驚呼：不能再黑啦
再黑我就只能等死啦──它開始裝死
裝死的斑鳩卻被那個時候的我當成了
一隻溫柔乖巧的小鴿子

那個時候的我經常假老練
全靠別人吃剩的陽光，勉強度日
眼看那天空越來越低，越來越低
甚至低過了自己的肚臍眼
也不驚呼：不能再低啦
再低我連褲子都穿不成啦──我開始虛構
虛構的圖景中自己也成了

一隻溫柔乖巧的小鴿子

生活卻不同意虛構，也不支持裝死
溫柔乖巧的小鴿子，早已灰飛煙滅
如今的我，心比天高，命比紙薄
如蒙不棄，收我為奴，請你首先
賜我一杯原汁原味的蕎麥酒

　　詩人並沒有被愛情沖昏頭，溫柔乖巧的鴿子在現實生活中難以存活，為什麼？因為天色黑暗氣候陰沉，「天空」隱喻遮天蓋地的時代環境。「越來越黑越來越低」形容人性空間／生存空間受到擠壓，現實露出殘酷的嘴臉，人的感覺與想像自動關閉。但詩人承認「命比紙薄」的現實處境後，仍然堅執「心比天高」的精神立場；「愛」依舊是永恆的宇宙能量。破除人間幻象的詩人剩下一條路可走：回歸彝人（收我為奴），堅守彝文化（原汁原味的蕎麥酒）。堅守人性真實是現實生活的最後一道防線，連這一道防線都失守普世價值就會徹底淪陷。

　　在一個無神論橫行的國度，詩人對終極價值的信仰並沒有消失；彝族的精神信仰不只表現在宗教儀式與社會禮俗，也滲透到心靈活動與日常生活。神聖領域和世俗領域在彝人的社會生活裡密切交織，吉狄兆林的詩篇也不例外。「日木所什地方有一首古老歌謠總是反覆提到一個地名：哈那所什。反覆地唱著要去那樣一個地方卻又每天每天地日出而作日落而息，一些人不知不覺就老了就死了；另一些人又開始像模像樣在苦蕎坡上來回走動，結婚了，生兒育女了……」這是詩篇〈哈那所什〉的題辭。詩開端於某次遠古的戰鬥：

〈哈那所什〉

或許是一次戰鬥的間隙
剛用青青蒿草止住傷口上的血
一個騎馬的人笨拙地張開大嘴
他預感到：一些聲音
在蕎麥的花上
等他已經很久要經過他
傳達給信心正在動搖的兄弟
他說，有一個地方
名字叫哈那所什

戰鬥發生在他們和狼群或者別的誰
之間，這已經無關緊要到現在
仍然值得一提的是他們
又踏上了征途

從苦難到幸福
多麼遙遠的路程，還是要走
一邊走一邊還要在頭上
繡起英雄結
他們說，有一個地方
名字叫哈那所什

（顯然他們已經沒有了身體
但我總是聽見他們爽朗的笑聲：來吧

到我的懷抱裡來成長吧孩子）

他們的馬
那時的馬
經常會忘記自己是馬
朝著英雄們離去的方向
哈那所什的方向
它們眼含熱淚慢慢死去
遍地生長的蒿草
度過了默默無語的一生
又站在寂寞的山岡上等待
等待快樂的孩子和憂傷的孩子一起來
把它們做成火把，點燃
舉在手中輕輕地搖啊搖
一條火把照亮的路
就這樣下來。而今天
和自己搏鬥我就用掉了
整整一個上午
到下午我又發現
我親愛的馬
已經不再是原先那一匹

雖然我一直都比較堅強
這時候
也開始非常需要愛情
我想做一個憤怒地站起來

的動作可我
從來就沒有坐下

一生中的一天
又要就這樣過去，愛人啊
我承認接下來的時間裡
我可能會哭泣
我承認喝酒也不是辦法
但是請你一定陪我相信
相信，有一個地方
名字叫哈那所什

　　可以將「哈那所什」視為理想歸宿、族群家園或精神信仰，
端看你心靈投射的向度而定。這首詩表達一個民族的歷史過程與
歷史經驗，時間跨度相當大。三階段進程：神話英雄的年代、歷
史英雄的年代、現實英雄的年代。以一個聲音：「有一個地方名
字叫哈那所什」，將漫長的時間貫串起來。從無端太初的「他
說」，到英雄們的「他們說」，再到獨自一人的「我說」；從「他
們和狼群的戰鬥」退縮為「我和自己搏鬥」，不但史詩的馬消失
了，甚至連心靈的馬都陌生起來。吉狄兆林以凝鍊的語言搭配層
次井然的結構，演繹出既遙遠又貼心的敘事詩，幻現出一個宏偉
的神話／現實交織的視域；而其核心意旨是，對彝人與彝文化終
極價值的關愛與信仰永不變改。
　　「我還是自信我的『哈那所什』處處不在然而也無處不在；
也自信能夠於『雞蛋碰石頭』式的對抗、『生活在別處』式的逃
避以及『知其不可奈何而安之若命』式的被動接受之外，踏出一

條適合自己的路——『向死而生，轉身去愛。』」（〈我的哈那
所什〉）這是一種多麼英勇的生存姿態，也是跨時間跨地域跨文
化的「詩歌精神」的具體發揚。「儘管我還願意相信自己的靈魂
終將沿著先輩足跡回到『孜孜濮巫』、回到『篤姆阿普』身邊，
但我同時也相信——神不在天上某個地方，也不在地上哪個角
落，就在人血激蕩的心靈深處，就是一個個『我』們自己。」

三、文化自信與地域堅守

　　自信「我的『哈那所什』處處不在然而也無處不在」，堅持
「向死而生，轉身去愛」；吉狄兆林文本中瀰漫的哀傷與憤怒，
絕非個人遭遇之私密情事，而是整體族群歷史經驗之迴聲。〈去
過新疆的人〉，以委婉的手法傳達難以向外人道的民族感傷：

　　〈去過新疆的人〉

　　很久以前／和你們一樣／我也簡單地把人分成了男人和女
　　人／後來才知道／這種分法／確實不夠準確

　　後來我二十郎當歲／在昭覺師範當學生／每個月總有那麼
　　幾天／要擠在賒帳的隊伍中／所以我同意了／把人分成窮
　　人／和富人。那種分法

　　其實也很不恰當／這是我再後來才知道的／再後來我／去
　　了一趟新疆／我有了一種自己的分法／我把人分成了：去
　　過新疆的人／和沒有去過新疆的人

這首詩有濃厚的中國語境，不明白關鍵詞「新疆」就很難進入文本堂奧。同樣是三段式論述：性別意識，階級意識，族群意識。性別意識是身體性的，階級意識是思想性的，族群意識是民族性的，範疇不同。新疆全名為「新疆維吾爾自治區」，顧名思義境內族群以維吾爾族為主體。依2014年人口統計，新疆自治區：總人口兩千三百二十二萬人，漢族37.01%（八百五十九萬人），維吾爾族48.53%（一千一百二十七萬人）。四川省涼山彝族自治州：總人口四百五十三萬人，漢族47.55%（兩百一十五萬人），彝族49.13%（兩百二十二萬人）。兩地有幾個共同點：一、兩地區的原住民族自古以來占絕大多數，1949年後漢人大量移入，原住民族人口比例只剩半數。二、兩地區的政治、經濟、文化資源皆由漢人主導。三、兩地區原住民的族群文化與民族認同逐漸被國家政策所弱化。四、因在地資源被襲奪與資源分配差異，兩地區原住民族從地域的主體逐漸變成地域的客體，被殖民狀況越來越嚴重。造成上述現象的主因是國家民族政策，其民族政策主軸乃依分化、殖民化、同化路線逐步推進，核心思維與戰略目標就是「漢族大一統」。

「去過新疆的人」獲得少數民族命運的參考座標，看到新疆維吾爾族在祖居地過著極度貧困的生活，經濟、文化、宗教被外力限縮壓抑的民族困境，而「沒有去過新疆的人」仍然對個人與民族的未來抱持幻想。2014年中共開始建置新疆「再教育營」，至2017年達到高峰，上百萬維吾爾族穆斯林被關押，進行思想改進、文化清洗與強迫勞動，涉及種族滅絕罪行。

傅佳傑的論文〈少數民族怨氣的經濟根源——以四川涼山地區為例〉，將中國的少數民族聚居地區分為三類：周邊邊疆、中原邊民、內地邊疆。新疆、西藏屬於周邊邊疆，散居各省的少數

民族如內地回族屬於中原邊民，涼山彞族自治州屬於內地邊疆典型。中原邊民的漢化程度與國家認同度最高，新疆、西藏自古以來就有長期獨立的歷史事實（自主獨立的王朝），加上民族文化與傳統宗教的向心力，對漢人主導的同化政策始終採取排拒的立場。散居雲南、貴州、廣西等地的彞族長期面臨彞漢雜處的生存狀況，民族認同與文化主體相對被削弱。大小涼山周邊（四川涼山彞族自治州）因為地理環境封閉，相對獨立的歷史事實（部落聯盟制國家），擁懷畢摩信仰等因素，彞族的文化主體性與民族認同感一直十分強盛，對於本民族逐漸被同化的趨勢，形成極度掙扎的矛盾心理。就涼山彞區的內地位置與民族實力而言，它沒辦法走分離路線，又對國家政策對本民族的歧視與不公平待遇無可奈何，社會衝突難以化解。

1949 年以後，涼山彞區最重要變革是社會主義改造，採取協商和武力並舉，在土地分配上進行對地主的革命；實際改革結果，傳統彞族的社會結構和治理模式也被大部分消滅。傅佳傑嘗言：「就涼山彞區內部的社會運行而言，自民改之後，長老習慣法制度被全盤打碎、宗法管理被極力壓制，涼山彞區實際是一個無法制社會。相應地，社會運行主要依靠強制性弱、地域性強的家庭道德約束甚至是個人自我約束。亦即，社會的制度化管理坍縮為家庭和個人單位的自我管理。其後果是顯而易見的。涼山彞族地區長時期生產凋零、毒品橫行、青年身心糜爛、酗酒鬥毆等社會案件頻發，而毗鄰的安寧河谷地區經濟發展、對外交流頻繁、社會事業快速推進。如此鴻溝又加劇了民族隔閡，更使得彞族青年越發難以就近融入現代化產業。」

「只有少數民族學習漢語，而漢族不學習少數民族語言是一種『跛行』的語言文化政策，其後果沒有得到足夠認識。這種跛

行的語言文化政策最直接的後果是少數民族瞭解漢族而漢族不瞭解少數民族，進一步而言，以漢族為主體的國家機器對少數民族地區的管理也因此變得困難。」（傅佳傑〈少數民族怨氣的經濟根源——以四川涼山地區為例〉）

上文論述間接說明了國家民族政策的漢化主軸，與對少數民族歧視打壓的事實。

彝族詩人／學者羅慶春對家鄉與民族的困境如何解析與面對？他有三個觀點值得重視：

「我感到更可怕、更擔憂的是我們這些文化人、知識分子對本民族文化的妄自菲薄，沒有文化自信，甚至是有民族虛無主義的傾向，另外還有一些人是得到新中國以來所謂的唯物主義思想的教育和影響，或者是強勢文化對我們民族弱勢文化進行的一些不公平的、不客觀的定位和評價，直接成了我們一部分少數民族文化人的教養，他以為這就是先進的、進步的，這就是好的，他以為他的祖先文明的遺產、文明的符號和文明的成果都是野蠻的文化，迷信的、落後的。」

「地域的堅守很重要，因為彝族有一個固定的地域，這個地域我們還沒有失去，這個地域你要想把它徹底地異化，你要相對雲貴高原這一片橫斷山區的古老的龐大的一個族群完成徹底地異化，或者讓它母語徹底地消失，這也不是一件容易的事情。」

「我的行動就是我用一生堅持彝文寫作來踐行我對我的歷史文化、我的民族的現實和未來的理解與判斷、把握與表達，這個闡釋的能力和義務。我同時還用終生的漢語寫作來捍衛我的母語，這個叫大母語了，廣義的母語，用漢語寫作來捍衛我的廣義的母語文明的尊嚴，這個在我這裡叫用『第二母語』保護母語。」（羅慶春〈啟動整個彝族文化的書寫時代〉）

我將這三個觀點命名為：文化堅守、地域堅守、母語堅守。

〈喊太陽〉

我曾經問過雞舌頭問過／羊骨頭，為什麼我的心口時常如此地疼痛？／得到的盡是一些含糊的暗示／我有兩個未成年的兄弟／破爛著衣裳明亮著眼睛／剛剛從漢文書上得知原來地球只是個球／他們要我到城裡的人民醫院／看一看醫生他們以為／那是有時間去就可以去的地方／我輕輕告訴他們在哪匹山上／就只能唱那種調子他們還聽不懂／我只好自己一個人，喊。我要

喊出一個太陽／騎著紅馬來／給我勇氣和力量／喊出一個太陽／騎著黑馬來／暖和仇人的身體讓他們活動開四肢／老虎一樣咆哮用聲音／就能把我的血／從耳朵上咬出來並主動作證：血是熱的

我的血是熱的／我就還要喊。我還要／喊出一個太陽／騎著白馬來／專門照那個日夜兼程向我奔來的／兩千零又兩年了還在路上的／心口和我一樣疼痛的／黑女人

「在哪匹山上就只能唱那種調子」，就是吉狄兆林的文化自信與地域堅守！其中的彝族生活語調與彝人情感模式，滿盈著真正的彝文化精神。「喊出一個太陽」，意謂著：我是生命精神的主宰者，我是生活道路的導引者。〈喊太陽〉雖然不是彝族母語詩，但飽滿的生活情感讓它接近於母語；它比多數「彝族現代詩

群」充斥彝文化原型意象的漢語詩，更加直接、質樸、有力量，具備原始的彝、厚土的彝、人性的彝與英雄的彝四大特徵。「原始的彝」，讚美它純粹的文化質地，「厚土的彝」，推崇它與土地家園的親密連結，「人性的彝」，尊敬它對身體情感的真實執著，「英雄的彝」，驚嘆它為人類文明寶藏著英雄系譜；它與漢文化尊崇的聖人系譜是完全不同的精神典範。

「因為我身為彝子，自幼浸泡在故事、歌謠、格言、諺語等形式的彝族民間智慧無所不在的環境中，而且至今從未真正遠離過。我知道，生命很短暫，真正值得堅持的除了作為一個人無論如何失去不得的良心和尊嚴，事實上確實已經寥寥無幾。我得以保持了一種相對沉靜的生活態度。我的詩歌也因此得以具有了一定程度的幽默色彩。」（〈我的詩歌與生活〉）

吉狄兆林對於彝文化的自信不只來自血緣基因，也來自生活場域中文化禮俗的浸潤。儘管原汁原味的彝文化正在快速消逝，基於自身家族的悲劇性命運（父親作為地區性頭人儘管主動捐出所有家產依然被清算最後選擇毒殺自己，母親絕望於生活扶養獨子成人後服農藥自盡），基於意識到作為倫理上獨子的傳承責任感；母親身亡後，吉狄兆林毅然決然從嚮往物質文明的虛榮與對遠方的愚蠢幻想中拔身後退，回歸民族與鄉土。

吉狄兆林在詩中找到自我療癒之道，「得益於詩歌的滋潤而避免了漆黑一團的內心」；安身立命之道，「在我一次次陷入困境時撐起我的腰，讓我從未失去人格和尊嚴」。吉狄兆林稱呼詩歌為：「這個你是紳士她就是淑女、你是嫖客她就是婊子的奇妙精靈。」在人類文明的詩歌殿堂上刻劃一道永不磨滅的光跡與血痕。

「只要繼續沉浸在媽媽一樣可愛的彝文化中，到時間了，只

需輕輕地站起來，就一定能夠幸福地把它看見：對於民族精神可以起到一點建設性作用的詩篇；忍住內心的狂喜把它一筆一畫記下來就行了，就可以永遠地朝左邊睡去了。」（〈第X種取暖法〉）吉狄兆林稱呼自己的這種詩寫狀態為「奇蹟」，形容非常準確。詩歌書寫他，造就了直接面對自然與生命的樸素詩人；文化涵養他，一個扎根於鄉土承續傳統精神的民族詩人。這種深層的詩歌生發現象可比擬萬物生長，原生種子掉落在原生土地上，不論風霜雨雪一派欣欣向榮的模樣。一個佇立在有機生態場中的原住民，一種呼應萬物的原生態詩歌，詩人與詩率皆生機盎然。我稱呼吉狄兆林的歌詩為苦蕎調，它從出自然條件嚴酷的高寒山區，又走過狂烈歷史風暴的人為摧殘，詩篇瀰漫大無畏的精神氣場。

吉狄兆林的書寫還蘊藏著一個文化理想：「我彷彿看見我們的精神傳統正如空心老樹般飄搖在這日益粗糲的『現代文明』的風雨中；我希望能夠趕緊摘下些種子種下並使之大面積破土而出，面對新境遇、新挑戰，獲得新知識、新經驗，以更加自信、包容和開放的姿態重新拔地而起。」（〈我背著我的死〉）廣大胸襟與超邁遠見造就他的文字：不計一己榮辱，直面人心與歷史，敢於超越時代界限，開拓新天新地。

吉狄兆林從卑劣汙濁的社會場域倖存下來，幽居偏鄉獨對曠野，詩歌中取火燃薪，暖和自己照亮他人。無論謙卑也罷，自負也罷，退藏也罷，進取也罷，任人說去他不在乎。一粒種子落土，只有上帝知道它能養活多少人。

【參考文獻】

吉狄兆林，《夢中的女兒》（重慶：重慶出版社，2003 年）

吉狄兆林，《我背著我的死》（會理：吉狄兆林，2016 年）

吉狄兆林，《彝子書》（會理：吉狄兆林，2016 年）

吉狄兆林著；阿索拉毅主編，〈放慢腳步，等等自己〉《彝詩館訪談錄》（西昌：中
　　國彝族現代詩歌資料館，2014 年）

發星工作室主編，《當代大涼山彝族現代詩選 1980~2000》（北京：中國文聯出版社，
　　2002 年）

西蒙・歐迪斯著；余石屹譯，《為雨而行》（北京：清華大學出版社，2013 年）

傅佳傑著；阿索拉毅主編，〈少數民族怨氣的經濟根源─以四川涼山地區為例〉《彝
　　詩館訪談錄》（西昌：中國彝族現代詩歌資料館，2014 年）

阿庫烏霧著；阿索拉毅主編，〈啟動整個彝族文化的書寫時代〉《彝詩館訪談錄》（西
　　昌：中國彝族現代詩歌資料館，2014 年）

第十六章【張士甫－肖水】
語言維度的典範詩章

一、詩的語言空間形態

　　一首詩的語言空間形態，對詩歌空間的詩意重心位置與詩意迴響的音色旋律，具有決定性作用，也是形塑風格的基本要素。詩歌空間呈現文本的詩歌情境、詩意迴響，語言空間顯示文本的修辭模式、語言策略。詩歌空間由語言空間所建構，但非所有語言空間都能產生詩意迴響，能產生詩意迴響的媒介體也不侷限於語言文字。詩的語言空間構成（由外而內）區分五大層級：語言體裁、語言鏡像、語言動能、語言調性、語言意識。本章就語言空間形態的五大層相（材料、構成、策略、情思、意識），分別條列出兩種對照性發展藍圖（雅／俗、虛／實、曲／直、柔／剛、聚斂／擴散），每個層相精選三位共和國詩人及其代表性詩章，進行文本詮釋和語言分析；一方面從語言維度探討「典範詩章」的內涵與形式，另一方面以多元形態的新詩文本，構成共和國新詩的文化圖像，檢驗其文化體質。

二、文本詮釋／語言分析

（一）語言體裁：雅／俗

　　語言體裁區分雅言修辭與白話修辭。新詩的語體運用可白話可雅言也能兼用兩者，詩體可採用格律規範也能摒棄格律規範，這是古今中外詩學發展的常態。崇尚白話詩的「我手寫我口」是幼稚思想，白話也有粗糙、雅致的區分；也沒有人的書寫文字和說話語言完全一致，除非是口述文本。文學語言與現實語言相互生成，雅言修辭與白話修辭共生互涉，這是文學發展的常態。雅言與俗言無法絕對性劃分，都能用來寫詩，若調配得宜巧妙運用，語言空間變化多端。

1、雅言修辭

（1）張士甫（1946-）

<h4 style="text-align:center">〈愛情詩第一首〉節選</h4>

我已把廣場等成原始時代的原野
子規在灌木中啼叫

第一抹熹微伴隨一位汲水的村女
從歪歪斜斜的黃土路走來
焦燥是歡樂和夏天聯合發出的請柬無法放在身邊
不時想起她在夢中投來的木瓜
風吹動雲影掠過扇面的陰影

她若不來日子像一只扔棄的空酒瓶

　　張上甫的詩風是纖穠，語言空間濃密，修辭典雅情理細緻。兩個特徵：一是形象化的語言，這是古典漢詩的主要特色，但被現代人忽略。「夢中投來的木瓜」，既現代又古典，彷彿熟識但又新鮮，披上潛意識氛圍。二是句構的擴張，如第五行是複雜單句，它的意念軌跡一波三折。漢語的句式有繁簡之分，繁句是不避繁複，以求充分表達。本句的第一層是述補結構，「無法放在身邊」作補語，補充說明「焦燥」是一張急性子的請柬。第二層：「歡樂和夏天聯合發出」是用來修飾「請柬」，說明焦燥的因緣。是慾望的盛夏，盛夏中的歡樂，人不由自主地想念愛情。

　　〈愛情詩第十三首〉：「她給詩歌做了一碗百合花湯又送一棵千年首烏／問我還要什麼還不能回答她就走了／於是我裝作逛商店裝作吃水果／水裝出水的樣子太陽在熟睡和做夢／可心的五米深處一種憂悶斤斤計較／反反覆覆告訴我我的嘴仍然是嘴／歷史之主不像櫻唇的櫻唇誰都不拒絕」。古典詩學傾重質感之美，強調心靈的內在需要；譬如書法，從精神氣質開展，無法修飾與模仿，純粹自然屬性之美，語言放懷流瀉不待尋思。「她給詩歌做了一碗百合花湯又送一棵千年首烏」，為什麼不送別的呢？「百合花湯」、「千年首烏」即質料，質料是不能換的，生命的體性、氣質、神采盡皆在此。雅言修辭的最高境界，言有盡而意無窮，詩的境界妙在玲瓏剔透，又含蓄清遠不可湊泊。

　　張士甫，出生於江蘇省徐州市，詩集《幽會在馬尾松下》榮獲臺灣《現代詩季刊》1993 年「第一本詩集」出版贊助。

（2）陳東東（1961-）

　　〈雨中的馬〉

　　　黑暗裡順手拿一件樂器。黑暗裡穩坐
　　　馬的聲音自盡頭而來

　　　雨中的馬
　　　這樂器陳舊，點點閃亮
　　　像馬鼻上的紅色雀斑，閃亮
　　　像樹的盡頭
　　　木芙蓉初放，
　　　驚起了幾隻灰知更鳥

　　　雨中的馬也注定要奔出我的記憶
　　　像樂器在手中
　　　像木芙蓉開放在溫馨的夜晚
　　　走廊盡頭
　　　我穩坐有如雨下了一天

　　　我穩坐有如花開了一夜
　　　雨中的馬。雨中的馬也注定要奔出我的記憶
　　　我拿過樂器
　　　順手奏出了想唱的歌

　　文字韻律多麼沉穩內斂，時空恍惚現實消泯，只剩音色點滴

漫流，猶如唐代王維（692-761）〈鹿柴〉：「空山不見人，但聞人語響。反影入深林，復照青苔上。」當冥思內聚的「我」，心靈沉澱至無依傍處，馬的蹄音白盡頭奔入，穿過雨聲，穿過花開的聲音，而復奔出記憶之門。〈雨中的馬〉是一首論詩詩，也是一首純詩，字字音色和諧，無一絲雜音，韻律婉轉細緻。這是完全立定於內心的詩，它的場景與現象無涉。雅言修辭是純然的文學語言，純然的詩性語言，不允許任何一個贅字，每一個字都是絕對必要的音符，彈奏出音色奧美的旋律。

陳東東，出生於上海市，1981年開始寫詩，曾任詩歌刊物《傾向》、《南方詩志》主編。

（3）海子（1964-1989）

〈九月〉

> 目擊眾神死亡的草原上野花一片／遠在遠方的風比遠方更遠／我的琴聲鳴咽淚水全無／我把這遠方的遠歸還草原／一個叫馬頭一個叫馬尾／我的琴聲鳴咽淚水全無／／遠方只有在死亡中凝聚野花一片／明月如鏡高懸草原映照千年歲月／我的琴聲鳴咽淚水全無／隻身打馬過草原

這是一個精神退位眾神死亡的時代，無神論猖獗的當代中國更是如此。「遠方」意指未來，未來有什麼？「死亡中凝聚野花一片」，「歸還」內蘊絕望之意。「馬頭」高昂琴聲鳴咽，「馬尾」低垂淚水全無（彷彿馬頭琴斷裂成兩截），詩人在明月高懸之下孤獨行吟。〈九月〉是海子歌謠風新詩的典範之作，「我的琴聲鳴咽　淚水全無」，反覆再三。海子詩學強調「意象與咏唱的合

一」，韻致優美的語言感染力強大。人們或許享受了他者的苦楚，但不知道有沒有品嘗到悲劇的刀鋒？「詩，說到底，就是尋找對實體的接觸。……其實，實體就是主體，是謂語誕生前的主體狀態，是主體的沉默的核心。」（海子〈尋找對實體的接觸〉），海子詩最終觸及沉默之核，以獨坐的寂靜解構時代的喧囂，以個體的孤獨背棄集體的虛無。「願你有一個燦爛的前程／願你有情人終成眷屬／願你在塵世獲得幸福／我只願面朝大海，春暖花開」（〈面朝大海，春暖花開〉節選），願你們功成名就豪宅連棟，留給我一坏小小墳土，獨自一人面朝大海（海上唯有浪花剎那生滅），文字典雅但聲音淒婉。

海子（本名查海生，1964-1989），出生於安徽省懷寧縣，1979 年越齡就讀北大法律系，畢業後分發至中國政法大學，1989 年 3 月 26 日在山海關至龍家營之間的鐵道臥軌自盡。

2、白話修辭

（1）楊黎（1962-）

〈像〉

> 行色匆匆者，他像不像／有心事？比如疑惑和牽掛／就像某一天，像我站在路邊／在抽菸，煙幕瀰漫像炸彈／而且就扔在離我不遠的地方／但它沒有爆炸，它只漸漸升起／又散開，直接無影無蹤，沒了消息／就像一個美女，她懷抱著石頭／二十年後，居然想把它變成自己的小孩

楊黎是一個白話意識濃厚的詩人，詩有兩項絕活，一是說話不講道理，二是會使語言魔法。不講道理所以說出來的話像沒用

的廢話，會變戲法的語言又讓你摸不清來龍去脈。跳脫常態思維與規範修辭的大白話，常從看似不可能的角度出手，帶來驚奇感。「一個女人對另一個女人說／看啊，整個世界就我們的乳房那麼大」（〈我聽見一個女人說〉），髮廊小姐重色輕藝，俗話說色膽包天，楊黎敢用乳房窒息世界則是語膽包天。「請不要對我說人生是一齣悲劇／即使它是悲劇我也無法／從臺上跑下來／從前有一個和尚就是因為中途跑過一回／結果到現在他的戲都還沒有演完」（〈2006年8月25日送楊輕回成都〉），把「人生如戲」逆向演繹得令人拍案叫絕。〈像〉到底想像什麼呢？第一個形象，低頭趕路的人（有心事）。第二個形象，路邊抽菸者（心事重重）。第三個形象，懷抱石頭的美女的幻想（讓人想起母的屈原，或從二十年的幻覺中醒來，除了詩之外一無所有的楊黎）。他有牽掛所以寫詩，他疑惑為什麼寫詩讓他一無所有？詩歌煙霧將詩人圍攏在語言幻境中，如至高無上的王者，煙霧散盡後，留下一肚子石頭般的心事，既不能將石頭換錢，哭也無法軟化它。楊黎的白話修辭不正經，一種另類的嚴肅。

楊黎，出生於四川省成都市，自稱是「第三代詩歌運動」領軍人物與「廢話寫作」開創者。

（2）車前子（1963-）

〈即興（選擇）〉

> 蒲公英未經首肯，／換走我的頭，／它沒什麼，我可不行，／變得小心翼翼，／怕跑來什麼傢伙對著我——猛吹。／／於是我選擇無人之境出沒。

漢語新詩史上有兩大語言天才，一是顧城，一是車前子。前者粉絲出奇地多，學習模仿者眾；後者知音怪異地少，獨門獨派沒有傳人。沒有傳人的緣故是沒法學，沒法學有幾個因素，第一個因素是招數創新而奇特，「猛吹」一語雙關，「蒲公英」是政治道具，可不是什麼自然元素。車前子的創新有根有源，文本背後有深厚的文化涵養，這是很難有樣學樣的第二個因素。車前子的語言造境來自思想透視力，還有難以窮竟的奇門遁甲之術。「即興」是相對於結構而言，不遵循思維辯證的脈絡，步伐自由縱躍甚至在想像中飛翔，詩歌空間自有隨意賦形之美。老車的詩，不是即興書寫可以概括，也不陷落語言遊戲之流；既非解構主義脈絡，也有別於西方語言詩的玩法。

　　車前子使喚的大白話看似明朗，滋味卻非比尋常。再來一碗老車麵條大家嚐嚐。〈麵條〉：

> 十歲：我生日那天祖母打著電筒出城，／披星戴月走幾十里路買回河蝦。／給我做碗鮮豔的油燜蝦麵，／（五星紅旗那麼鮮豔。／／父母討厭麵條，他們愛吃飯。／在天井，我對祖母說：「我不是人，／我是神。」／父親放下筷子痛揍了我，／他是無神論者。

　　讀完這首詩你作何感想？純粹把它當作詩人生命經驗的回憶錄來讀，還是你從五星旗與無神論中看出什麼苗頭？「詩是一首一首慢慢寫出來的，就像積德，不能著急。寫詩是向虛無行善，但從另外方面，從何說起？從何說起！它又像與人間交惡。」老車說得多麼妥貼，真實不虛又不與人同。

　　車前子本名顧盼，出生於江蘇省蘇州市，以文化散文大家廣

為人知，詩有奇氣傲骨不易咀嚼。

（3）周雲蓬（1970-）

〈中國孩子〉

不要做克拉瑪依的孩子，／火燒痛皮膚讓親娘心焦／不要做沙蘭鎮的孩子，／水底下漆黑他睡不著／不要做成都人的孩子，／吸毒的媽媽七天七夜不回家／不要做河南人的孩子，／艾滋病在血液裡哈哈的笑／不要做山西人的孩子，／爸爸變成了一筐煤你別再想見到他

不要做克拉瑪依的孩子／不要做沙蘭鎮的孩子／不要做河南人的孩子／不要做山西人的孩子

不要做中國人的孩子，／餓極了他們會把你吃掉／還不如曠野中的老山羊，／為保護小羊而目露凶光

不要做中國人的孩子，／爸爸媽媽都是些怯懦的人／為證明他們的鐵石心腸，／死到臨頭讓領導先走

〈中國孩子〉是白話敘事詩的典型案例，但並列結構的語言組織則為非典型。詩以否定語氣推展旋律積疊情感，扣人心弦；組合當代中國五次社會事件，彰顯時代命題：

「克拉瑪依友誼館火災」，1994 年 12 月 8 日新疆克拉瑪依市友誼館發生特大火災。在當地教育局為歡迎官員而組織的學生演藝活動中，靠近燈光的舞臺布幕因過熱自燃釀發大火，導致三

二五人遇難，其中二八八人為中小學生。多名倖存者證實火災發生後有位女領導站在前頭，拿話筒對學生說：「坐下來，讓領導先走」，導致大部分學生來不及逃生葬身火窟。

「沙蘭鎮洪災」發生於 2005 年 6 月 10 日，黑龍江省寧安市沙蘭鎮發生特大山洪，洪水淹沒沙蘭鎮中心小學，造成一一七人死亡一零五人為學生。隔天是端午節公家機關提前放假，鎮幹部王慶濤接聽了王家村書記的報警電話後，表示只有一個人走不開隨即掛掉電話，洪災訊息無法即時廣播釀成大禍。

「吸毒的媽媽七天七夜不回家」，事件發生於 2003 年 6 月 4 日，長年吸毒的成都婦女李桂芳偷盜被抓，她尿檢呈陽性按規定送去強制戒毒。李桂芳向辦案人員反映其三歲女兒獨自在家無人照顧，請求聯繫其姊姊；但辦案民警怠忽職守，家人及鄰居都未接獲通知，導致三歲幼女李思怡被困家中活活餓死。

「賣血導致集體感染艾滋病」，河南省因生活貧困村民賣血謀生，有艾滋病一百人以上的重點村落多達三十八個，死亡者不計其數。「山西不斷發生的礦難」，中國生產了世界上 35％的煤，但因礦難而死亡人數卻占全球 80％，人為疏失是主要因素。

周雲蓬，出生遼寧省瀋陽市，幼年眼疾因醫療不當失明，1995 年到北京展開歌唱生涯。2007 年出版音樂專輯《中國孩子》，歌詞詩意濃厚，批判社會現實的同時流露悲天憫人胸懷。

（二）語言鏡像：虛／實

語言鏡像區分想像情境與現實情境。想像情境是一個虛擬空間，現實情境是一個實體空間；詩的語言可以構造出想像情境，也能摹擬現實情境，它們都是詩的真實。立足於現實情境的詩，與讀者的日常視域吻合容易親近，運用想像力變奏的詩，對想像

知覺遲鈍的讀者構成挑戰。

1、想像情境
（1）張棗（1962-2010）

　　〈骰子〉

　　　　六個平面，六面鏡子，／六個新娘，一個模樣。／六朵落
　　　　花同時被整理，／十多只乳房墜在腰際，／新娘坐下，虛
　　　　無般委屈。／／哪兒感覺雷雨是帷幕，／哪兒就有這樣的
　　　　房間。／／那兒，／那兒，時代總是重複這樣的絮語：／
　　　　／說，「沒有我」：／──好，沒有你。／不，說：「沒
　　　　有你」：／──好，沒有我。

　　中國這個國家賭場只提供一種賭具：「骰子」，這粒六面骰
子實際上只有一種選擇：「六個新娘，一個模樣」，賭客永遠是
輸家沒法子玩。人民自然不甘心，於是就發問：怎麼都沒有「我」
的位置？國家就回答：「我」當然是最優先的，「你」並不重要。
人民又追問：不是說黨要「為人民服務」嗎？國家又回答：黨的
一切作為都在為人民撐腰，人民萬歲。雞同鴨講完全無法交流。
但莊家不能更換，賭具也不能更換，奈何？本詩的「骰子」之喻
精彩絕倫，轟隆的雨聲把一切對話的痕跡都湮滅無存。

　　〈燈籠鎮〉　　2010

　　　　燈籠鎮，燈籠鎮／你，像最新的假消息／誰都不想要你／
　　　　除非你自設一個雕像／／（合唱）／假雕像，一座雕像／

燈紅酒綠／／（畫外聲）／擱在哪裡，擱在哪裡／／老虎
銜起了雕像／朝最後的林中逝去／／雕像披著黃昏／像披
著自己的肺腑／燈籠鎮，燈籠鎮，不想呼吸

　　「雕像」是對理想化人物的造型紀念物，它是「假消息」的
替代品，因此，這個雕像也是一個假典型。「誰都不想要你」是
一個宏觀的全知判斷，雕像無處擱置，結果就引來「老虎」。「老
虎」來自暴虎馮河之喻，人們不顧凶險徒手博虎。雕像的結局就
是消逝於「最後的林中」，這是一個預設的全知判斷，「披著自
己的肺腑」的雕像顯然已被肢解，開膛剖腹，結束了它假理想之
名腥風血雨無惡不作的一生。到處樹立雕像與充斥假消息的「燈
籠鎮」，它的命運又如何？「不想呼吸」，隱喻當代中國政治反
覆玩弄著自我窒息的邪門遊戲。「骰子」、「燈籠鎮」都來自想像。
　　張棗（1962-2010），出生於湖南省長沙市，1986 年留學德
國獲博士學位，2006 年回國任教，2010 年 3 月病逝於德國。

（2）安琪（1969-）

〈我生活在 XX【教條小說】〉

我生活在 XX。
直到成年我甚至不懂如何簡單地犯罪。
我有一個稀奇古怪的老舅公。
他說，剪刀可不是用來修理地球和迷霧？
我像喜歡呼吸一樣喜歡陳詞濫調。
在我身上，長著兩只可持續發展的抽屜。
它們總是處於白痴狀態。

無窮無盡的白日夢浪費了我的氣味和感覺。

以致我出去兩次都不能找到地獄。

我發火了！

我的拇指捆著一封自殺症患者的信。

它威脅我它可以報復我用強姦或嫉妒。

我們只好抽籤決定勝負。

一些屍體堆積起來無法整容。

讓我再聞聞？

我認識 A 和 K。

A：一個天才詩人的價值。

我想，一陣骯髒的風也比一湖死水來得帶勁。

偽善的歌功頌德阻止了眾多優秀細胞。

所以我設計一把匕首。

所以我一走進棺材就毫不客氣地把門鎖上。

到處都是陷阱，陷阱幾乎不存在。

這是歐陽江河的句式。

我肯定欠下黑夜什麼：瞬息神？靈感蟲？

我生活在 XX。

事實上，我已使 XX 處在殺出 XX 的位置。

〈我生活在 XX【教條小說】〉是組詩《輪迴碑》第二首。「輪迴碑」意味著什麼？「人們把孵出星星的夜晚塞到肛門裡／（我發現觀眾不止地球一人）」（〈第一首〉）、「我看到白花花的血液／它們被抽出紅色素，它們被槍斃。／墓碑像更具活力的蜻蜓／極為興奮，用茉莉和水仙澆築頭臉／（魯迅爺爺，你的花還撿得起來嗎？）」（〈第三首〉）前者將美麗希望塞進醜陋絕望

的屁眼裡，每一天都黑暗無比每一天都臭不可聞；後者直接宣判生命死刑，即使魯迅再生，對墓碑到處飛翔的人間景觀也無能為力。「碑」象徵死亡，「輪迴碑」形容人類反覆沉陷於死亡境界不得超生；這座碑矗立在哪裡？就是XX。〈我生活在XX【教條小說】〉的言說方式具有意識流特徵，它的語言動能軌道不是線性直通，而是上天下地飛翔浮潛，忽兒東忽兒西，有點歇斯底里的跳躍敘述。粗略規劃，全詩可分七個敘述段落，但安琪採取不分節一氣呵成的連續體，形塑出一種相互滲透形跡飄忽的夢囈語調，借說夢話諷刺現實。大人的童心早被現實世界姦殺了，女兒敢說的母親萬萬不敢說，大人被迫陳詞濫調歌功頌德。現實世界被安琪形容為一部「教條小說」，而詩就是反教條。「輪迴碑」，具有宏觀視域的想像空間構造。

安琪本名黃江嬪，出生於福建省漳州市，主編質量兼具的《中間代詩全集》（與遠村、黃禮孩合編）。

（3）趙卡（1971-）

〈「給我一塊銅，我醒酒」〉

攏手站在草原上是下流的。／陰山之北，驛道兩側；對鏡梳妝，耽於冥想。

耽於嗜睡者的慵懶牙床，一個少女刻苦練習手淫／耽於散布流言的侏儒耽耽於懷荒謬的歲月／歷史就是一頂疲倦的氈房。／你遺世獨立／我爛醉如泥

「給我一塊銅，我醒酒！」

〈需要〉

一匹瘦馬，迎風而立，它緬懷／逝去的征途。／一座城池
需要洗劫／繞過阿富汗，大喊：印度斯坦！

世界征服者／需要征服的成果／需要反覆懲罰

就像粗心的草原／需要三十二座羊圈／破爛的氈包／需要
一個踉踉蹌蹌的酒瓶子

大夏的乞食者以無限哀憐之情／需要窩闊台和拖雷的鐵蹄
踐踏／蒙古人需要陶醉他們偶像的神話／而淪落風塵的女
子／她多麼需要一碗冷豬油

天邊的大幕拉開／需要三粒彩色紐扣／沸騰的劇場／需要
一聲低低的咳嗽

撼人肺腑！悲愴莫名的歷史滄桑感突穿紙面。侏儒／少女的
身體關係對應漢族／蒙古族的殖民關係。「攏手站在草原上」的
卑微膽怯對比「鐵蹄踐踏」的豪情壯志。「給我一塊銅」，刀鋒
凜冽劈向大漠，彷彿成吉思汗（1162-1227）銅刀在手。女子的三
粒鈕扣當前，男子只能應以蒼老低咳，內蘊詩人自我悲憫，殘酷
之極；藍天不再，只剩蒙古族自我陶醉的帳幕遮住眼睛。

楊海英獲獎巨著《沒有墓碑的草原——蒙古人與文革大屠
殺》，前言：「按照中共官方見解，『有三十四萬六千多名幹部
與群眾被誣陷為反黨叛國集團的民族主義分裂政黨——內人黨成

員，其中二萬七千九百人被迫害致死，由嚴刑逼供、駭人聽聞的野蠻拷打身體致殘者達十二萬之眾』。另外還有五萬或十萬人被迫害致死之說。顯然，中共的所謂『正式見解』是一個人為操作的保守數字。即使我們信任中國政府這個『善意』的數據，那麼當時的內蒙古自治區漢族人口已經達到一千三百萬，而蒙古人人口僅占一百四十萬，至少每一個蒙古人家庭都有被捕者，幾乎找不到親友中沒有不受迫害的蒙古人。」2020年8月中國政府取消內蒙古自治區學校的蒙古文教學改用漢文教學，蒙古族文化陷入滅絕境地。如果蒙古文化的傳承與蒙古民族的自尊都消失，詩人憂慮：「蒙古族」何時會亡種？兩首詩都是將現實與歷史的碎片混和拼貼，重整為符合心理情感的想像意境。

趙卡（本名趙先鋒），出生於包頭市土默特右旗，蒙古族。

2、現實情境
（1）蕭開愚（1960-）

〈人民銀行〉

陸家嘴的樓群在傍晚的灰霧中／垂下昂貴的頭顱。／人民銀行的椅型大廳／有麻臉警衛禁止我們這些人進入。／我們不是銀行家和銀行家的親戚，／我們不是這座銀行要算計的人物。／我們就是人民，男人和女人，／莫名其妙但是喜氣一身。／／銀行的母親竭力端坐，／老而權勢，吞嚥著串串數字。／哦，這些數字一驚一詫，／多半是黃連的苦味，／少許是可卡因的飛黃騰達的幻覺。／它們過多地來自乘法，／它們野蠻而心虛地堆積，／朝著一次友好

的、徹底的腹瀉。／／那些害怕人民的數目的人／上了講臺，並從會議廳去了銀行。／我曾聲稱我是個無產階級詩人，／卻酷愛到外灘和陸家嘴轉悠。／這個謎語就像高壓電通過椅子／征服相似的神經網絡，戰利品／就是後來的沉默。／少於人民又多於人民。

　　「人民銀行」就像「人民大會堂」一樣，是人民的禁地，它們是專為紅色權貴們準備的金庫與寶座。蕭開愚形容人民是「莫名其妙但是喜氣一身」，一群樂觀的聽天由命的傻子，生活在絕望邊緣的人民沒有悲觀的權利。紅色權貴們站在人民的對立面，「從會議廳去了銀行」，權力的直通車開進了金庫，想搬多少就搬多少。「它們過多地來自乘法」，諷刺這些權貴們的財富是不義之財，不是胼手胝足一磚一瓦積累起來的勞動所得。蕭開愚的詩經常在結尾處往下鑽，鑽探的深度讓人驚詫：被改革開放的高壓電制伏在慾望誘惑裡的人民，電流麻痺他們的思想和語言能力，「沉默」戰勝人的良知與理想。「少於人民又多於人民」是一則歷史謎語，少數紅色權貴憑什麼剝奪／瓜分多數人民的參政權利與經濟資源？「人民銀行」首先是一座實體建築，然後被轉化提昇為黨國象徵。

　　蕭開愚，出生於四川省中江縣，與臧棣、孫文波合作主編《中國詩歌評論》。1997 年旅居德國，2005 年回國任教。

（2）葉匡政（1964-）

　　〈商務合作〉

　　　　我不在乎一個幻覺／啤酒，談話，和一些商業祕密／兩個

對手的擁抱／更真實，也更親密／他們面對面坐著，像兩個點／／都把目光投得很遠／這果真是我想要的？／這果真是一個人咬緊牙關／換來的？掩去我的臉／我多像一只遞出的器皿／／一次緩刑。請透過玻璃看我／請透過這張貌似平靜的臉／請透過這顆翻滾、下沉的心／我已多次被這種時刻／壓倒。沒有善惡／／沒有真假，甚至沒有什麼／能證明有過這種時刻／對手就這樣來臨／我就這樣，成為自己的擺設／這是握住的手，這是／／兩隻為掠奪而相撞的手／這是掌心的冷熱，從警告／到拋錨，只有瞬間／這是一顆心，因失去面容／而在驚怯、沉寂中說出：永不！

　　葉匡政出版於 1999 年的《城市書》，是中國 1978 年新詩潮以降，較早觸及都市生活題材與現代化議題的詩集，〈商務合作〉表達的就是理想與現實間驚心動魄的無形拉鋸。敘述者將「商業祕密」視為幻覺，將「兩個對手的擁抱」視為真實，兩相對照，刻意混淆了真實與幻覺的性質，帶有解構人性的涵義。「他們面對面坐著，像兩個點」，人性退藏，只剩下不帶絲毫感情的抽象的點。「器皿」，一個盛物的工具，有血有肉的自我消失。「緩刑」隱喻心靈與現實間持續性的拉扯。「沒有善惡」，取消道德判斷；「沒有真假」，利益的多寡替代了存有的真假。你挖掉當下的根，喪失存有感，虛無剎那降臨；我被迫成為非我，一個談判桌上累積籌碼算計得失的商業工具。「掌心的冷熱」預告著冷酷者的勝算比例；手，攻城掠地的祕密武器，握手，猶如兩車高速對撞，具有現代性特徵的形象思維。〈商務合作〉的敘事聚焦於現實性場景，但主題關注內蘊

心理性場景。

葉匡政，出生於安徽省合肥市，主編「華語新經典文庫」、「非主流文學典藏」、「獨立文學典藏」等多種叢書。

（3）尹麗川（1973-）

〈海洛因8號〉

起先的故事／是對面那女孩講的／說「911」被預言過／大國就要動用核武／明年就世界末日／／然後我說起／一個行為不藝術／某男當眾吃掉／一份流產的肉胎／胎是他找一個妓女／付錢幹過懷上流下的／／接著老C提到／西北的毒販／讓吸毒女吸世上最炫的／海洛因4號／等她十月懷胎生子／拿嬰孩的骨頭／和4號粉末一起煉出／更炫的8號／／後來我們只好／又說起世界末日／一邊吃燒烤，一邊看電視／節目裡一條狗去高速公路自殺／它沒死成，飛奔的汽車戛然而止／這是個輪胎廣告／那狗演得可真不錯／目光悲傷極了

尹麗川的詩影像感強烈，場面調度靈活；尹麗川的詩女性知覺潑辣，沒有調味餘地。「你說今晚，讓我待在裡面／多麼舒服。它就該待在你裡面／它就是你的⋯⋯／你嘆口氣說完，打起了呼嚕／我整夜失眠。它在我體內／它不是我的。我多了個東西」，異色的〈愛情故事〉，超敢秀的人性真實現場。「『出來吃XX呀你丫的B被CAO爛了吧／我CAO你媽的B的⋯⋯』／一個大媽在罵另一個大媽」、「『出門別忘了帶B喲⋯⋯』」（〈今天上午〉），尹麗川邀請讀者一起體驗女人罵街的藝術，個中滋

味匯聚了多少女人的經驗與淚水。〈海洛因 8 號〉講述四個悲傷的現實。第一個：未來，核戰開打世界末日。第二個：過去，當眾吃嬰兒胎盤。第三個：過去，殺嬰煉毒。第四個：當下，一隻狗的死亡體驗。本詩重點不在海洛因，在最後兩行：「那狗演得可真不錯／目光悲傷極了」。對應閑聊吃燒烤的現實生活，電視廣告不過是虛擬影像；對應於麻木心死口吐泡沫的年輕人，那隻狗悲傷十足真情流露，更有資格稱為「生命」。背反人性的情境一層一層交疊而下，冷酷地停留在狗的目光，將激烈的反諷平淡地蘊藏。尹麗川以嶄新的語言策略看待自我與世界，極度貼近現實的影像讓人膽戰心驚。

尹麗川，出生於重慶市，詩人、紀錄片導演。

（三）語言動能：曲／直

語言動能區分跳躍敘述與連續敘述。有些詩人擅長連續敘述，有些詩人習慣跳躍敘述。連續敘述的語言波流前後連貫，跳躍敘述的語言波流經常斷裂與轉向。不同的主題相應要求不同的敘述模式，相異的書寫性格也會呈現出相異的語言動能軌跡。曲言敘述像似穿越山林溪谷的障礙賽，直言敘述好比在運動場上競技。

1、跳躍敘述
（1）多多（1951-）

〈依舊是〉節選

依舊是七十只梨子在樹上笑歪了臉
你父親依舊是你母親

笑聲中的一陣咳嗽聲

牛頭向著逝去的道路顛簸
而依舊是一家人坐在牛車上看雪
被一根巨大的牛舌舔到

溫暖啊，依舊是溫暖

是來自記憶的雪，增加了記憶的重量
是雪欠下的，這時雪來覆蓋
是雪翻過了那一頁

翻過了，而依舊是

冬日的麥地和墓地已經接在一起
四棵淒涼的樹就種在這裡
昔日的光湧進了訴說，在話語以外崩裂

崩裂，而依舊是

你父親用你母親的死做他的天空
用他的死做你母親的墓碑
你父親的骨頭從高高的山崗上走下

而依舊是

每一粒星星都在經歷此生此世

埋在後園的每一塊碎玻璃都在說話

為了一個不會再見的理由，說

依舊是，依舊是

「冬日的麥地和墓地已經接在一起」是關鍵轉折，死亡場景祕密湧現，高潮則是「埋在後園的每一塊碎玻璃都在說話」，難以言傳的痛苦還在大地中翻滾，以沉默的話語控訴。情感節制的敘述模式，讓沉慟感更加深邃。「依舊是」，意謂著悲劇還在繼續，傷痕無法彌合與撫慰，「依舊是」是組織全詩跳躍敘述的黏合劑。

〈在它以內〉：「埋你的詞，把你的死／也增加進來／微小到不再是種子／／活在碗裡／不平，而沒有波瀾／／人的無疆期待／便如排列起來的墓碑／可以穿行整整一個國家……」。極度簡約的語言加上跳躍敘述模式，讓詩像似一則謎語。何謂「在它以內」？「它」意欲何指？我的解讀趨向於「詩」。詩有它的本然與應然，詩的本然就是「在它以內」，詩之存有的基本條件。一個條件是「埋詞」，一個條件是「你的死」，兩者都必須置之死地而後生；寫詩就是玩命，重點是「埋」！〈在它以內〉像似天書，因為這些字還有寫字的人被地獄火煉過。「碗」是一個容器，就是詩的形式，「不平，而沒有波瀾」，不平保持了心靈初衷，沒有波瀾是放下現實意識，總匯於創造性自身；詩與詩學盡在其中，理想與現實盡在其中。一首詩能存活多久？發揮多少影響力？多多提出自己的美學判斷：「排列起來的墓碑／可以穿行整整一個國家」，它傳播的不是死亡訊息，而是其反面：「無疆

期待」。詩，如是浩瀚，真實、清肅與神祕。

多多本名栗世征，出生於北京，1989 年旅居歐洲，2004 年回國任教。

（2）藍藍（1967-）

〈真實〉

――獻給石漫灘75.8垮壩數十萬死難者

> 死人知道我們的謊言。在清晨／林間的鳥知道風。／／果實知道大地之血的灌溉／哭聲知道高腳杯的體面。／／喉嚨間的石頭意謂著亡靈在場／喝下它！猛獸的車輪需要它的潤滑――／／碾碎人，以及牙齒企圖說出的真實。／世界在盲人腦袋的裂口裡扭動／／……黑暗從那裡來

「75.8 潰壩事件」是指 1975 年 8 月河南省南部淮河流域，尼娜颱風造成的特大暴雨，導致 8 月 8 日凌晨 1 時起六十二座水庫相繼潰壩，一七八〇萬畝農田被淹，一〇一五萬人受災，並伴隨有大面積的流行病蔓延，是世界第三大水災及山體滑坡事件，石漫灘是其中一座大型水庫名稱。河南「75.8 垮壩事件」，一直被中共政權視作國家機密不對外公布。2005 年有關數據首度公開，內部文件披露死亡人數為二十三萬人，官方公布死難人數為二萬六千人；此乃本詩為什麼以「真實」為標題，它是對應於「謊言」。雙行詩 4 節可比擬作八行體律詩，每一節的情境相對獨立，節與節之間意念跳躍但彼此呼應，詩意迴響一層一層漸次擴展與深化；它不是線性推理模式，而是情境交響模式。前八行構造出完整的詩歌空間，敘述內容也充足可觀；但作者添加了第九行，

「……黑暗從那裡來」，此乃歷史謊言的根源，也是時代黑暗的根源。獨立的一行就像穿甲彈一樣，貫穿之後還要持續深入再爆破，才算完成任務。完美的八加一，對八行體的創造性繼承與現代化改造，相當具有潛能的新詩體。這首詩的文學意圖不在於控訴悲劇，而是釐清禍根；作者追究的最終真實是國家的「謊言」，是無所不在的謊言讓人民活在淪喪存在價值的黑暗中。本詩的關注主題是現實事件，但採用跳躍敘述的模式深入現實底層。

藍藍本名胡蘭蘭，出生於山東省煙臺市，詩人、劇作家。

（3）肖水（1980-）

〈接納〉

每雙手，在睡夢中
放回胸口，都像是久別重逢

一隻勞作時，提起過裝滿鵝卵石的籮筐
另一隻，只負責在半夜的月光中攀折最新鮮的雲朵

夢中能做異想天開之事，現實裡只能老實做人；或現實裡被迫作為非人，只能在夢裡顯露人形。睡夢中的手，有一隻還停留在現實裡搬動重物，另一隻潛入夢想攀雲摘月無所不能。「久別重逢」隱喻彌合生命經驗的裂痕。〈我對民主的不滿〉：

我對民主的不滿，就像
一隻蜂鳥遠遠地，盯上了一枚懷孕的漿果。

在回來的路上，你衝我大聲嚷嚷，我只是笑笑

我看見，天上有雲，水裡的魚把雲當作甜點或者晚餐。

　　上聯的我是自我嘲諷的我羨慕民主的我，嫉妒一枚經過他人授粉而大肚子的漿果。為什麼開花時不通知我一聲？下聯的我是嘲諷他人的我贊成民主的我，諷刺批評民主者如魚戲雲影，只能在心理上解饞（以批評補償內心的空虛）。上下聯通過空行巧妙轉換敘述主語與思想視野，簡單潑辣。〈真相〉：

　　窗外是清晰的
　　大格子玻璃阻擋了陽光的翻轉

　　說話的人需要先變成一隻
　　小鳥，才能啄到桌上剩下的米粒

　　標題「真相」，驚悚人心的命題。隔著玻璃，窗外景物一目了然，陽光東來西往運作正常；隔著玻璃，從窗內能眺望窗外的景觀包括陽光，但永遠觸摸不到陽光普照的世界，這是第一層的殘酷。如果敘述者安於當一隻受困玻璃的籠中鳥，桌上剩下的米粒就是主人對你的施捨；反之，你堅持要當自由人，不斷撞擊玻璃，休想分到現實的一杯羹，這是第二層的殘酷。以極短的篇幅顯現極權國度的生存真實，疏離個人情緒，低限詩學的極致。

　　上引三首詩都是雙行體 2 節（雙聯詩），空行具有變換敘述軌道的結構作用。〈接納〉的語言動能：連貫式，詩意重心：第 2 行。〈我對民主的不滿〉的語言動能：並列式，詩意重心：上

下聯。〈真相〉的語言動能：並列式，詩意重心：標題、上下聯。肖水詩的語言空間極度簡練，語言動能經常跳躍與換軌，詩歌空間具有形上思維特徵。

肖水本名黃瀟，出生於湖南省郴州市，在大學任教。

2、連續敘述
（1）湯養宗（1959-）

〈斷字碑〉

> 雷公竹是往上看的，它有節序，梯子，膠水甚至生長的刀斧／落地生是往下看的，有地圖，暗室，用祕密的囈語帶大孩子／相思豆是往遠看的，克制，操守，把光陰當成紅糖裹在懷中／綠毛龜是往近看的，遠方太遠，老去太累，去死，還是不死／琵琶樹是往甜看的，偉大的庸見就是結果，要膨脹，總以為自己是好口糧／丟魂鳥是往苦看的，活著也像死過一回，哭喪著臉，彷彿是廢棄的飛行器／白飛蛾是往光看的，生來衝動，不商量，燒焦便是最好的味道／我往黑看，所以我更沉溺，真正的暗無天日，連飛蛾的快樂死也沒有

碑石斷裂又因風雨侵蝕導致碑誌模糊，象徵歷史真相難辨，詩人讀碑試圖辨識時代容顏。第一個圖形：「雷公竹」。巨大高聳的竹子，像一把不要命的梯子拼命往高處長，發明黏合膠避免骨頭鬆脆斷裂，鋸下來可以保鄉衛國，明末戚繼光（1528-1588）戍守福建的部隊就是持此兵器掃蕩倭寇。第二個圖形：「落地生」又名落花生。受精的子房鑽入土中發育成繭狀莢果，花生串在土

層裡挖掘祕密網絡。被「祕密的囈語」養大的孩子彷彿在地底流竄，隨時準備衝出地面形成野火。第三個圖形：「相思豆」。相思有懷遠之意，兩地分隔的戀人需要彼此信任，人格節操最重要，要堅定意志以抵抗歲月侵蝕。第四個圖形：「綠毛龜」。遍地泥濘眾生緩慢爬行，死不是好辦法，活著只能苟且偷生。

第五個圖形：「琵琶樹」。滿樹都是甜食，看著就膩；庸俗者拼命痴肥，貪圖好價錢，彷彿人生欠缺的只是一碗飯。第六個圖形：「丟魂鳥」。這隻鳥生來只會唱哀歌，絕望感濃郁得嚇死人，好像翅膀早就燒燬了無法飛行，其實是自廢武功。第七個圖形：「白飛蛾」。蛾子激情，天生如此，正向思維沒什麼不好，但執意當燒烤之物不太美妙，直通通撲火是死腦筋。第八個圖形：「我往黑看」，不憶苦不思甜，不唱哀歌不嚷革命，「真正的暗無天日」。斷字碑上空無一字，沒有歷史的歷史讓反抗也失去意義，反抗什麼呢？大哉問。〈斷字碑〉的語言波流連貫而下但語意曲折深奧，諷刺時政兼洞觀世俗，當代亂世歌謠。

湯養宗，出生於福建省霞浦縣，詩人、劇作家。

（2）啞石（1966-）

〈小動物的眼睛〉

老實說　對於山谷中的小動物
我心懷愧疚　無法直面它們的眼睛
那裡面有紫色的霧（沙沙流曳著）
有善意的、並將在膽怯中永恆存在的
探詢。當暮色伴我回到石屋
它們就出現　於眾多暗處

創造我　且期待比那皺褶、潮溼的

樹皮　人能給出更為堅定的音訊。

我知道　即使躲進隨手翻開的書裡

它們也會在語詞的空白處探出頭來

望著我　低語將要蒙受的羞辱、泥塵。

是的　到了牙齒一顆顆疏鬆、脫落的晚年

我還會記起這一切　堅持著

並用靈魂應答那再度斂聚的童真

　　2007 年 5-7 月啞石入四川青城山後山石屋小住，寫下三十首心靈冥思意味的《青城詩章》，〈小動物的眼睛〉即《青城詩章》組詩之一。青城山是四川成都郊區道教聖地，前山人文薈萃，後山清幽，詩意棲居的理想處所。「小動物的眼睛」出現於暮色裡，「於眾多暗處／創造我」，蟄居暗處的牠們顯然偏處弱勢，卻是生命的活水源頭。牠們不為人世所倚重，只能躲在「語詞的空白處」，還常被社會規範喝斥、被階級體制驅逐。但牠們善意的眼睛不離不棄，無視於歲月的變改，與人長相左右。詩人將「童真」悄然外化為小動物之眼，與「心懷愧疚」的被社會模塑定型的大人，在難得的幽靜時光裡，面對面談心。純潔的孩子童真與滄桑的老年晚景不再是斷裂的兩極，魂魄終將聚斂為精神統一體。

　　依於自然，人終於能「墮肢體，黜聰明，離形去知，同於大通」（《莊子‧大宗師》），脫棄被人文社會異化的囚籠，生命成為自由自在的主體，猶如光芒四射的黎明。〈黎明〉：

勿需借助孤寂裡自我更多的

沉思　勿需在鏡中察看衰老的臉

其實那鏡子也和山谷的黎明
一樣朦朧。今天的黎明就是
所有的黎明。露水、草霜、清淨山石
偶爾會洩露礦脈烏黑的心跳。
「你未來之前　它就這樣做了。」
現在　你是一粒微塵溶在黎明裡
築一間石屋　只是為了更為完滿地
體驗肉體的消亡　體驗從那以後
靈魂變成一個四面敞開的空間：
昆蟲、樹木在這裡聚會、低語
商議迎接沐風而至的新來者
就像鏡子迎接那張光芒四射的臉。

　　大自然是靈魂的一面明鏡，詩也是。《青城詩章》是心靈山水詩誠摯寧靜的當代演繹，連續敘述模式，但情境漸層深入。

　　啞石本名陳小平，出生於四川省廣安市，在大學任教。

（3）雷平陽（1966-）

〈殺狗的過程〉

這應該是殺狗的
唯一方式。今天早上10點25分
在金鼎山農貿市場三單元
靠南的最後一個舖面前的空地上
一條狗依偎在主人的腳邊，它抬著頭
望著繁忙的交易區。偶爾，伸出

長長的舌頭，舔一下主人的褲管
主人也用手撫摸著它的頭
彷彿在為遠行的孩子理順衣領
可是，這溫暖的場景並沒有持續多久
主人將它的頭攬進懷裡
一張長長的刀葉就送進了
它的脖子。它叫著，脖子上
像繫上了一條紅領巾，迅速地
躥到了店舖旁的柴堆裡……
主人向它招了招手，它又爬了回來
繼續依偎在主人的腳邊，身體
有些抖。主人又摸了摸它的頭
彷彿為受傷的孩子，清洗疤痕
但是，這也是一瞬而逝的溫情
主人的刀，再一次戳進了它的脖子
力道和位置，與前次毫無區別
它叫著，脖子上像插上了
一桿紅顏色的小旗子，力不從心地
躥到了店舖旁的柴堆裡
主人向它招了招手，它又爬了回來
──如此重複了五次，它才死在
爬向主人的路上。它的血跡
讓它體味到了消亡的魔力
11點20分，主人開始叫賣
因為等待，許多圍觀的人
還在談論著它一次比一次減少

的抖，和它那痙攣的脊背

說它像一個回家奔喪的遊子

　　殺狗的方式很多種，雷平陽憑什麼說它「唯一」；唯一的可能：
這隻狗是「走狗」的象徵，主人殺狗憑藉狗對主人的信任。中國
歷史發展，從奴隸社會到封建社會再到官家社會，中央集權體制
一直沒變。按共產黨對「解放」的歷史說詞，無論人民當家作主
或創建無階級的平等社會，主人（官僚集團）與狗（人民群眾）
的階級區分不應存在。但此詩呈現的社會景觀與歷史圖像，隱約
表明「解放」是個謊言。主人的殘暴欺騙、狗的愚忠與圍觀者人
性情感之麻木，與解放前沒有絲毫改變。為什麼會產生如此荒謬
的歷史停頓？而其歷史成果卻是「人被馴化成走狗」，這是一種
反人類罪行；家園淪落為死亡陷阱，「回家」就是為自己辦喪事。
一個有趣的事實：「2018 年 1 月 19 日，政協雲南省第十一屆委
員會常務委員會第二十三次會議在昆明召開，著名作家、詩人雷
平陽當選雲南省第十二屆政協委員。」人與狗已經很難區別開來。
〈殺狗的過程〉屬於典型的連續敘事，但賦予「殺狗的過程」歷
史性象徵。

　　雷平陽，出生於雲南省昭通市，國家一級作家，享受國務院
特殊津貼專家，中國作協第九屆全國委員會委員。

（四）語言調性：柔／剛

　　語言調性區分陰柔的抒情聲音與陽剛的思辨聲音兩大類型。
抒情聲音與思辨聲音的判斷基準，主要在於情感與思想的比例調
配。抒情聲音雖有激烈與委婉的差異，皆不宜理直而氣壯；思辨
聲音有高亢與低沉的分別，總不能情勝而理屈。抒情的調性傾向

舒緩曲繞，思辨的調性偏好緊湊推盪。

1、抒情聲音
（1）翟永明（1955-）

〈母親〉

無力到達的地方太多了，腳在疼痛，母親你沒有／教會我
在貪婪的朝霞中染上古老的哀愁。我的心只像你

你是我的母親，我甚至是你的血液在黎明流出的／血泊中
使你驚訝地看到你自己，你使我醒來

聽到這世界的聲音，你讓我生下來，你讓我與不幸構成／
這世界的可怕的雙胞胎。多年來，我已記不得今夜的哭聲

那使你受孕的光芒，來得多麼遙遠，多麼可疑，站在生與
死／之間，你的眼睛擁有黑暗而進入腳底的陰影何等沉重

在你懷抱之中，我曾露出謎底似的笑容，有誰知道／你讓
我以童貞的方式領悟一切，但我卻無動於衷

我把這世界當作處女，難道我對著你發出的／爽朗的笑聲
沒有燃起足夠的夏季嗎？沒有？

我被遺棄在世上，隻身一人，太陽的光線悲哀地／籠罩著
我，當你俯身世界時是否知道你遺落了什麼？

歲月把我放在磨子裡，讓我親眼看見自己被碾碎／呵，母親，當我終於變得沉默，你是否為之欣喜

沒有人知道我是怎樣不著邊際地愛你，這祕密／來自你的一部分，我的眼睛像兩個傷口痛苦地望著你

活著為了活著，我自取滅亡，以對抗亘古已久的愛／一塊石頭被拋棄，直到像骨髓一樣風乾，這世界

有了孤兒，使一切祝福暴露無遺，然而誰最清楚／凡在母親手上站過的人，終會因誕生而死去

　　〈母親〉是翟永明享譽詩壇的名作《女人》組詩二十首之七。詩的自白口吻，讓文學自我與現實自我在文本中隱密重疊。對生命信仰者而言，誕生是神聖的；對無神論氾濫的當代中國而言，誕生是一場災難。母女之間的臍帶相連關係以血跡顯現，母親的黑暗與陰影也通過血液流傳，女兒的被遺棄與被碾碎感間接映照了母親的命運。「孤兒」從何誕生？是童貞對待世界如處女，世界卻以粗暴對待童貞。藉女兒之手眼書寫母親，是顯現「女人」在現實世界處境的敘事策略，容納了雙份的生命重量。女人生存的悲劇感從誕生之際即註定了嗎？還要更早，因緣於「古老的哀愁」。〈母親〉最動人之處是人性情感的雙向拉扯，生命／死亡、光明／黑暗、祝福／遺棄、欣喜／哀愁、連結／斷裂，情感真摯令人動容。翟永明的抒情詩有三大特色：戲劇性語言風格、女性身體感濃厚、情境構造複雜深邃。

　　翟永明，出生於四川省成都市，「白夜」酒吧創辦人。

（2）呂德安（1960- ）

〈在埃及〉

從前有一回，有人打老遠寫信對我說：
風喜歡收藏你身上的東西。
我以為那句話就是詩歌，
因為我喜歡它的聖經般的口氣。
我從窗口望出去，世界
發生了變化。而詩歌的瞳孔變小
怎麼辦？我但願他指的是其他東西
可偏偏是它：一頂皺巴巴的帽子。
那一天，冥冥中就覺得自己
要丟東西可沒等我喊一聲「啊！等等！」
就在幾步遠的沙漠，而那頂紅色的帽子，
已經開始翻滾，頑固得就像一支落日的歌，
最後落入埃及人的墓穴裡。
我，眼巴巴的，這才意識到風——
怎麼辦？那帽子喜歡顫抖，又似乎
更喜歡躲藏，這證實了帽子的瘋子本性。
不過那片滿是黑洞的大地
倒是它的完美合適的去處——
我後來這麼想，這才讓人老遠的寫信，
把它當作一回事。但是他
也沒有辦法把它找回來，他說，
為這事他今後會每天都去對那個黑洞

喊一聲「哈囉」──我明白
這不光是一句俏皮話。我把地址留給他：
一個守墓人，心裡卻不抱一絲希望，
而且打那以後我開始覺得：在一個人身上
再沒有什麼是不可以放下的了。

　　呂德安的詩，沒有奇形怪狀的自我誇大，也沒有纏繞不去的
憂愁與憤怒；單就這兩點特徵，讓他獨樹一幟。他詩裡發出的抒
情聲音，來自一種成熟厚實的性格與東西詩學之交融，一種身心
靈統合的原生性文本，而非尋常所見的模仿西方詩歌的次生性文
本。次生性文本讓人不快之處在於：身心靈的文化雜交狀態呈現
一種傾斜欲倒的樣態，總是讓人覺得哪裡不對勁；有時是衣裝拼
貼怪異，有時是表情嫁接不協調，有時像似器官移植或整型過度。
〈在埃及〉的文本背景雖然在異鄉，詩人並不玩弄疏離的戲碼；
詩就是詩，人生就是人生，道理哪裡都一樣。呂德安的詩，能讓
讀者品味到文學與現實渾然不分的魔幻氛圍，你也無庸去煩惱風
與帽子是什麼關係？無形中，詩的薰風將你繚繞、淹沒，讓人沉
醉甚至啟蒙，此乃抒情聲音的稀有境界。
　　呂德安，出生於福建省福州市，1991 年起旅居美國，往來福
建、紐約兩地。

（3）沈葦（1965-）

　　〈安魂曲〉

　　拿什麼來安慰這些亡靈
　　這些死不瞑目者？

恐懼和悲痛傳向他們要去的世界
驚醒古老的亡靈、地下的先輩

拿什麼來安慰這些亡靈
這些死不瞑目者？

早逝的先人走過來了，懷抱這些
肢體不全的孩子，哭泣

拿什麼來安慰這些亡靈
這些死不瞑目者？

他們睜大的眼睛再也看不見藍天白雲
我替他們看，看得羞愧，滿面淚流

拿什麼來安慰這些亡靈
這些死不瞑目者？

詩歌無力安慰，語言已是啞巴
今天還在唱歌跳舞的人是可恥的

拿什麼來安慰這些亡靈
這些死不瞑目者？

他們無法合攏的眼睛看著我們
看著我們的生命和斷腸

拿什麼來安慰這些亡靈

這些死不瞑目者？

請在他們眼瞼上放一朵新疆玫瑰吧

請用一小塊玉石讓他們合眼、安息

　　2009 年 7 月 5 日在新疆首府發生歷史性暴力衝突：「烏魯木齊七五事件」。事件發生時身處現場的沈葦，以極其痛苦的語調寫下一組大詩《安魂曲》，寫作時間為 2009.7.5-7.31。此詩副題為「獻給烏魯木齊七五暴力事件中無辜的死難者」，包含二十首詩與後記，詩前引用德語詩人里爾克的詩〈嚴重的時刻〉：「此刻有誰在世上某處哭，／無緣無故在世上哭，／在哭我。／／此刻有誰在世上某處死，／無緣無故在世上死，／望著我。」由於新疆網路管制，沈葦趁出差到青海西寧，將全詩發給「詩生活網」，9 月 7 日全詩上網發表。上引為《安魂曲》壓軸詩章。

　　《安魂曲‧後記》：「但願我永遠不會寫下這些詩，也希望你們永遠讀不到這樣的詩，如果暴行不會發生，罪惡不會挑戰人類的極限，恐懼不會顛覆我們的語言……但暴行還是發生了，就在我的眼前。它不是詩，只是一份詩歌紀錄，一份親歷檔案。它會從一個角度告訴你們，這個夏天，我生活的城市烏魯木齊究竟發生了什麼。由於七五事件，我個人持續二十年對新疆理想化的表達和描述已頃刻被「顛覆」，「新疆三部曲」（《新疆盛宴》、《新疆詞典》、《新疆詩篇》）已被我深刻質疑。」維吾爾族死者的眼瞼上，才會被安放新疆玫瑰與和闐玉，葬禮有象徵涵義。沈葦要祭奠與撫慰的，是正在死亡的「新疆」的身體與靈魂。「安魂曲」，極致的抒情終極的禱告。

沈葦，出生於浙江省湖州市，1987 年浙江師範大學中文系畢業，1988 年定居新疆烏魯木齊市，長期從事文化與教育工作。

2、思辨聲音

（1）歐陽江河（1955-）

〈畢卡索畫牛〉

接下來的兩個星期畢卡索在畫牛。
那牛身上似乎有一種越畫得多
也就越少的古怪現象。
「少」藝術家問，「能變成多嗎？」
「一點不錯，」畢卡索回答說。
批評家等著看畫家的多。

但那牛每天看上去都更加稀少。
先是蹄子不見了，跟著牛角沒了，
然後牛皮像視網膜一樣脫落，
露出空白之間的一些接榫。
「少，要少到什麼地步才會多起來？」
「那要看你給多起什麼名字。」

批評家感到迷惑。
「是不是你在牛身上拷打一種品質，
讓地中海的風把肉體刮得零零落落？」
「不單是風在刮，瞧對面街角
那間肉舖子，花枝招展的女士們，

每天都從那兒割走幾磅牛肉。」

「從牛身上，還是從你的畫布上割？」
「那得看你用什麼刀子。」
「是否美學和生活的倫理學在較量？」
「挨了那麼多刀，哪來的力氣。」
「有什麼東西被剩下了？」
「不，精神從不剩下。讚美浪費吧。」

「你的牛對世界是一道減法嗎？」
「為什麼不是加法？我想那肉店老闆
正在演算金錢。」第二天老闆的妻子
帶著畢生積蓄來買畢卡索畫的牛。
但她看到的只是幾根簡單的線條。
「牛在哪兒呢？」她感到受了冒犯。

　　〈畢卡索畫牛〉呈現少與多相互詭辯，〈一半之半〉則是好
與壞彼此毀損：「壞人的一半好不起來／好人的一半比壞人還
壞」。歐陽江河的詩善用辯證語法，如〈拒絕〉：「並無必要服
從……並無必要申訴……並無必要讚頌……並無必要堅強……並
無必要牢記……並無必要饒恕……並無必要憐憫。」一連串相互
否定之後，拒絕亮出底牌，流露對「拒絕」的猥褻與綑綁。
　　歐陽江河 1993 年寫於美國的〈晚間新聞〉提到：「一個公
開流血的事實／變成隱私上升到異鄉人的天空」，不要產生悲憤
即將湧起的錯覺，開篇時作者的立場就很鮮明：「這樣的獻身以
後被證明是假想的。……那些書本中的年輕人被亞細亞修辭術葬

送了」，軍隊屠殺市民與學生的「六四事件」再一次被精美的詭辯修辭消費掉。當2012年詩人寫出〈念及肥肉〉，你就不會訝異：「這一身好肉，憑什麼如此盈餘，／憑什麼把增值稅算在社會主義頭上。」歐陽江河是典型的不碰極權體制問題的聰明文人，並與國家的意識形態戰略恰好呼應：將專制極權與人民民主的政治對立，轉移為社會主義與資本主義的對壘。〈畢卡索畫牛〉又是怎麼回事？畢卡索是一條貨真價實的西班牙公牛，歐陽江河正在進行一場對牛彈琴的文字表演。

歐陽江河本名江河，生於四川省瀘州市解放軍家庭。

（2）周瓚（1968-）

〈翼〉

有著旗幟的形狀，但她們／從不沉迷於隨風飄舞／她們的節拍器（誰的發明？）／似乎專門用來抗拒風的方向／／顯然，她們有自己隱密的目標。／當她們長在我們軀體的暗處／（哦，去他的風車的張揚癖！）／／她們要用有形的幅度對稱出／飛禽與走獸的差別／（天使與蝙蝠不包括於其中）／假如她們的意志發展成一項／事業好像飛行也是／一種生活或維持生活的手段／她們會意識到平衡的必要／但所有的旗幟都不在乎／這一點；而風箏／安享於搖頭擺尾的快樂。／當羽翼豐滿，軀體就會感到／一種輕逸，如同正從內部／鼓起了一個球形的浮標／因而，一條游魚的羽翅／絕非退化的小擺設它僅意味著／心的自由必須對稱於水的流動

周瓚對女性心靈／身體圖式長期進行詩意探索，1998 年 5 月與翟永明共同創辦女性同人詩刊《翼》，也完成一首詩，標題〈翼〉。她發現一種完整的女性生命類型：身體性女人。女人的身體主動性強大，她們擁有慾望的「節拍器」，男人只能跟著節拍舞動。她們天生一副隱密的雙翼懂得飛行，而男人的張揚不過是僵立在原地亂轉的風車。她們酷愛自由，不在乎現實與理想的平衡（讓男人傷腦筋去），她們像風箏（脫離了旗桿的旗幟），「安享於搖頭擺尾的快樂」。她們兩瓣對稱的羽翅一旦衝了血（豐滿），身體的某個部位（或許是陰戶）鼓起如「浮標」，位置標定了，主體得到確認，不只如魚得水而且自在飛行。〈翼〉的思維辯證相當細膩，意念翻湧向前但持續往深度探索，總結於最後一行：「心的自由必須對稱於水的流動」，心靈／身體不再相互排擠，而是對稱與扶持。周瓚長期關注性別議題與陰性書寫，詩篇富有思想深度與現代性視野。

　　周瓚本名周亞琴，出生於江蘇省，詩人、劇場編導，2008 年與曹克非合創「瓢蟲劇社」。

（3）呂約（1972-）

〈法律的羊毛披肩〉

> 鄉親們／這頭羊被判處死罪／因為它用烤羊肉／餵了一名逃亡到我村的／殺人犯／／為了維護法律的尊嚴／讓我們首先殺死殺人犯／從他肚子裡掏出羊肉／然後請來爪哇國的煉金術士／戴上十二層口罩／用一年零十一個月／從發臭的羊肉裡提煉出／最純正的犯罪基因／然後／來自密西西比河的克隆大師／躲在皇家科學院的密室裡／花費三年

零七個月／終於克隆出／這頭羊／／好了，鄉親們／讓我們將這頭罪犯／立即押赴刑場！

這首詩的語調模仿法官的口吻，對殺人案件進行公開宣判。中國的刑事案件通常不會公開審理，除非是特別案件有政策宣導的必要。但經過特別安排的公審與判決，經常引起更大的質疑，因為不充分的審理條件與離奇的安排。為「法律」披上羊毛披肩，隱喻當代中國的法律是一頭披著羊皮的「狼」。法律的功能原本是維護公平與正義，但狼不這麼認為。狼的手段與目標駭人聽聞，它借維護法律尊嚴之名毀損受刑者的屍體，此處影射中國獄政的黑暗面：盜賣死刑犯活體器官；接下來的目標是立案搞錢，提煉基因與克隆技術賺飽了巨額回扣；繞了一大圈之後還能吃一頓烤全羊，何樂不為？所以中國法律這頭狼的最終目標還是「吃」，不管是吃人，吃錢，還是吃一頭「代罪羔羊」，這頭羊就是十四億的「鄉親們」。

呂約在解剖了中國法律現實的荒謬之後，提出對於法律的正見，這是詩人一貫的雙向撫摸模式。〈春天的法律〉：

每個人開一朵花／長一根刺／這很公平／／誰要是躲在角落裡／只顧開花／不長刺／或者只長毒刺／不開一朵花／連粉紅色的花都不開／他得站出來向我們賠禮道歉／這樣才能避免流血／避免花錢

「公平」是法律的立足點，「開花」：讚美／贊成，「長刺」：批判／否決，法律之前人人平等，每個人都有效力相同的一票。這是呂約心目中的「法律」（既能避免流血又能避免花錢），合

乎春天的自然律，簡明扼要，充滿智慧的詩意辯證（但把國家憲法當作廢紙的中共一黨專政從不理會這一套）。

呂約，出生於湖北省，學者、新聞媒體工作者。

（五）語言意識：聚斂／擴散

語言意識區分聚斂性語言意識與擴散性語言意識。語言意識是語言空間建構的主宰者。書寫者的語言意識傾向於召喚與傾聽（身體性經驗），語言空間呈現聚斂性，迴向自身；書寫者的語言意識傾向於溝通與銘記（工具性功能），語言空間流露出擴散性，指涉他者。身心靈處於聚斂狀態，詩的經驗偏向於語言傾聽詩之召喚，以詩為主體。身心靈處於擴散狀態，詩的經驗偏向於心靈撩撥語言構造詩，以詩為客體。

1、召喚傾聽
（1）何三坡（1964-）

〈大風〉

大風把我吹醒，我最先聽見燕山傳來哐啷的響聲，我起床推窗一看，空中有石頭在奔跑，在月光下奔跑，它們大小不一，陣容龐大。宛如巨流。我看到柿子樹上的一隻鵒鳥在石群中撲打著翅膀，被石頭捲跑了，我出門去追趕，我跑進風中，在石頭裡狂奔，用比石頭更快的速度狂奔。

感知無形的聲音情境並將此自然聲境轉換為文字，比對形象的刻畫更不尋常。「大風」狂暴之聲勢，作者以「宛如巨流」的狂奔石群形容之，聲音肖像十分逼真。我「用比石頭更快的速度

狂奔」，表達人與自然融合的願望，流露出人對「自由」的渴望；生命解放形骸，超越界線而神遊甚至飛翔。視覺與聽覺在這些文字裡交互滲透，得到優美的感官平衡。人跑進大風中則是觸覺參與，生命的「覺知力」瀰漫擴張到存有的每個角落。

〈清風〉

> 躺在秋天的清風裡／身體下是柔軟的松針／／一匹豹子走來／腳步很輕／它太飢餓了／吃掉了我的胳膊／它的牙齒雪白／發出清脆的響聲／／醒來時／天空比海水還藍／它一塵不染

「躺在秋天的清風裡／身體下是柔軟的松針」，彷彿身體也變成清風化做松針。自然生態中萬物平等，彼此分享共生共榮，人與豹何嘗不可。此地不是佛家的捨身場，而是道家夢蝶式的醒悟，人向內在世界傾聽，而後豹子被召喚前來。「一匹豹子」究竟存活在現實裡？還是踏足於夢中？誰也說不清。人如何才能與自然同體共生？當清風、松針與人身圓融交會，主體與客體不再判然二分，此時此刻，渾沌就是自然法則。「一塵不染」不只是藍天，也是人心的超然境界，多少有些禪意。「我在 1995 年，搬出圓明園畫家村後，過上了一段相對黑暗的生活，是偶然得到的一本書拯救了我，它叫《五燈會元》，是一本彙集了古代中國幾乎所有禪宗公案的書，開始一年我看得不甚了然，感覺是一本模糊哲學，後來好像突然開了點竅，發現了一絲的光明，並由它指引著我走出了洞穴。」（何三坡〈茨木訪談錄〉）

何三坡，出生於貴州省德江縣農村，土家族，在北京北郊的

燕山腳下度過幾年時光。

（2）史幼波（1969-）

〈白象和黑象〉

　　你知道嗎，你正在你的夢中
　　你夢見你是一根舊鐵鏈
　　你的夢，把一頭白象拴牢了
　　還有一頭黑象
　　也想推門到夢裡來

　　前五行出現了四層空間，第一層：現實世界與現實中的你，第二層：現實中的你正在做夢，第三層：夢境中的你（一根舊鐵鏈）與白象之互動，第四層：夢境之外的黑象（正在推門）。你會問，究竟是怎麼一回事？現實中的你被實相（實象）與空相（空象）層層包裹，但你渾然無知。現實中的你並不知道你在做夢，也不知道你正被自己夢見；你不知道栓牢白象是舊鐵鏈，還是操縱舊鐵鏈的手；夢境之外的黑象位居何處？夢中之夢的空間藏身何處？唯有詩能同時演示現實與幻象。

　　現在，請打開門吧
　　你一定很激動，眼瞼在狂跳
　　那頭黑象就站在你的床前
　　夢和鐵鏈都在冒煙，說明你身體
　　的某個部位，正在塌陷

打開門的是誰？不會是那條舊鐵鏈，對吧！而是躺在床上正在做夢的你，你用潛意識的遙控手法把夢中之門打開（但你並不知情）。開門即邀請，黑象接受召喚來到床前。現在床前有什麼？一條鐵鏈、兩頭象。「夢和鐵鏈都在冒煙」，不知道被什麼能量無形中加熱。夢升溫，意味著現實的升溫開關被啟動；反思一下，你的身體機制出了什麼問題？

> 那頭黑象就這樣掀開你的被子
> 它看著你，並不知道
> 你就要夢見它了。它就這樣闖進來
> 從你塌陷的部位、燒紅的鐵鏈
> 以及，卜筮的肩胛……

　　這首詩不是無端的狂妄之想，黑象闖進來也不是無緣無故。鐵鏈被火淬煉到「燒紅」的程度，說明這場夢經歷了千災萬險。心靈歷險中的你將身體視為祝禱工具，「卜筮的肩胛」被燒紅而迸裂現出謎般的文字，它啟示了什麼徵兆？

> 終於，你用自己的身體
> 拴牢兩頭象了。你像平常一樣醒來
> 額頭滾燙。白象和黑象不見了
> 你恍惚跟一條舊鐵鏈有關
> 你不知道，你還有塊肩胛在夢裡

　　「一條舊鐵鏈」的影像纏繞著你，但鐵鏈的兩端到底拴著什麼？記憶不周全。「白象和黑象不見了」是因為醒來？還是因為

栓牢？說不清楚。「有塊肩胛在夢裡」是文學象徵還是身體性經驗？「你不知道，你還有塊肩胛在夢裡」，說這句話的人到底是誰？他從頭到尾都知道你所不知道的事情！他是你又大於你；唯一的可能，他是你的靈性大我。這首詩出現三個「我」：意識表層之我（現實自我），意識底層之我（生命本我），高於現實與夢境的超越意識之我（靈性大我）。「白象與黑象」、「一條舊鐵鏈」、「身體」三者的關係又如何？你要做過這場夢謎底才會揭曉。

　　史幼波，出生於四川省劍閣縣，篤信靈性寫作的精神力量，文化意識濃厚。

（3）宇向（1970-）

　　〈劈柴〉

　　　去劈
　　　長滿眼睛的樹
　　　去劈
　　　滿身傷疤的樹
　　　劈那個按照自己的形象
　　　創造它們的主
　　　樹的主
　　　去劈
　　　主身上的眼睛
　　　去劈
　　　主的傷疤
　　　它們立在自己的墩上

等待著起泡的手

掄斧頭

乾淨俐落

　　宇向的〈劈柴〉怵目驚心，語詞攜帶鋒刃，行氣短促斬釘截鐵，沒有彎扭的脾性，沒有逃脫的空隙，從起手到落地一氣呵成，迎面劈破，迎面劈破什麼？〈劈柴〉就是斬殺樹，「長滿眼睛的樹」是充滿期待的樹，洋溢希望，劈殺它。「滿身傷疤的樹」是聚集痛苦的樹，滿懷絕望，劈殺它。「劈那個按照自己的形象／創造它們的主」，劈殺造物主，劈殺樹的主，事實上就是去劈殺孕育孩子的母親，劈殺生命之根。去劈「主身上的眼睛」、「主的傷疤」，意即將生命的希望與痛苦，一起劈殺殆盡。

　　欲深入理解〈劈柴〉的動機與後果，要將宇向的〈最後的女巫〉一起合觀。「女巫」在中世紀歐洲社會被視為異端，是脫逸於正統宗教／社會規範之外，以幻術、咒語施展魔法的神祕女性。過著不道德生活的女人被認定與魔鬼有來往，也被視為女巫的同路人；她們悲慘的下場通常是送上十字架酷刑。「最後的女巫」之言「最後」，也帶有一點警醒意味：

　　像一隻蝙蝠斜掛在空中／／沒有肝腦塗地／沒變形／汗毛
　　不凌亂／翅膀張著／肚皮依舊粉嫩柔軟／風來了，也不動
　　／不是明信片／不是標本／如此清晰／周圍瀰散著孤獨的
　　清晰：／／與上帝較量後的寂靜

　　〈劈柴〉觸及「罪」，〈最後的女巫〉坦言「罰」。縱觀百年來的漢語新詩，類似題材與生命經驗之書寫，以〈劈柴〉、〈最

後的女巫〉最為一刀直入；心理意識不斷向內凝視與逼近，語言意識聚斂成鋒刃，藉以剖開黑暗之核。它以詩意書寫的方式觸及生命的神聖性課題與人的生存困境，並渴盼身心靈得到復活與更新的契機。

宇向，出生於山東省濟南市，詩人、畫家。

2、溝通銘記

（1）嚴力（1954-）

〈詠嘆調〉

> 一說起詩意的生活／很多人就想成為／每天都能睡到自然醒的／那縷陽光／但這決不能成為他們／辭職的理由／因為那縷陽光／不可能向太陽辭職／／為此／我從中悟出了／古往今來的人們／其實都奔忙在／追趕生活的生活中／而那被追趕的生活裡／其實還沒有人

嚴力 1986 年留學美國，1987 年在紐約創辦「一行」詩歌藝術團體，出版《一行》詩刊。嚴力的詩具有豐富多元的現代性景觀，擅長運用辯證思維和轉化修辭，探索文化現象與社會生活。誰不想詩意地棲居，但將「詩意的生活」擺在規則嚴謹的都市節奏裡，語詞馬上餿爛掉。「睡到自然醒」、「辭職」每天伴隨著上班族，天天在心裡打卡；但只有陽光不用打卡，沒有老闆在背後盯著。詩意的生活就像那縷自然陽光，永遠矗立在人造框架之外；而現代化生活總是在框架中追趕框架，永遠跑不出人為格式。
〈體內的電梯〉：

浪漫能夠抵抗平庸／幽默更能夠讓知識跳起舞來／沒有多少人還想用古代的一馬平川／奔馳在沒有高樓大廈的身體裡面／古代史太膚淺／我們挖到了遺跡下面的礦石和石油／考古學不算神祕／現代人甚至在自己的心中／也在用高樓來建立將來的遺跡／所以偉大的我們啊／為了到頭腦上去眺望思想的風景／甚至要像觀光客一樣／在自己的體內等待電梯

「一馬平川」奔馳在身體的曠野上，多麼迷人的風景；樹立在古典情境對立面的是當代風光，「在自己的體內等待電梯」。自然物象槓上人造機械，主體的自由奔放讓位於主客的二元對立，人成為生命的客人，受制於人為羅織之物。「觀光客」，一個大眾化的尋常字眼，但被詩人運用得意義非凡。嚴力詩蘊藏一位想像的對話者，詩人透過日常性交談傳送詩意波濤。

嚴力，出生於北京市，畫家、詩人、小說家，往來上海、北京、紐約三地，《一行》詩刊創辦人。

（2）丹真宗智（1975-）、才旺瑙乳（1965-）

〈間隔鍵：一個建議〉　丹真宗智英詩，傅正明漢譯

把你的天花板拉一半下來吧／幫我在中間弄一層落腳的地方。／／你的碗櫃鑲嵌在牆壁裡──／還有個空格子留給我嗎？／／讓我在你的庭園裡／隨玫瑰和刺藜一起生長。／／我要睡在你的床底下／從鏡子裡反看電視。／／在你的陽臺上能聽到嗎？／我正在你的窗口歌唱。／／開門，／讓我進來。／／我正靠在你的臺階上休息／你醒來後請

叫醒我。

〈被玉收藏〉 才旺瑙乳漢語詩

鳥兒向西，人向北／頭埋入深深地獄／最後的一滴血，一
粒黃金／被深處的一塊玉所收藏

寂靜中的玉，殘缺不全的牙齒／深入比白骨更深的內心，
遊刃於斯／最後的血，抽乾事物／擊傷它，在火中歌頌
黑暗

疾病中的火焰／白骨啊，深入內臟的鳥兒／它在黑暗中靠
黑暗的磷火取暖／逼瘋白骨，又在白骨中啼泣

鋒利地停住。是血、是血在遊走無垠／鑽玉取火，用呻吟
自焚／突然的打擊使我們垂向一邊／垂下內臟的底層

這不可企及的黑，斷髮的刃／比鳥兒的叫聲更加殘忍、淒
厲，和動聽／我們被一塊虛弱的玉／傷痕累累地收藏，並
且深入

玉，和玉中，顱殼，我們顧影自憐的臉／淚流滿面。傷口
和玉已經留下／蚌病成珠，我們／在傷口深處找到了歸宿

《西藏流亡詩選》2006 年在臺灣出版，主編傅正明（1948-）
前言：「自從西藏『和平解放』以來，雪域精神自由的空間，包

括藏人歌唱的自由場地，卻反而縮小了，這是一個難以否認的歷史的反諷。七十年代，流亡中的藏傳佛教大師創巴仁波切的英語詩歌創作達到高峰期，八十年代，在西藏境內相對寬鬆的文化環境中，端智嘉開創了現代藏文新體詩的寫作，從此，西藏自由詩歌，或稱廣義的流亡詩歌，成為西藏文化的一股潛流。1995 年 3 月 13 日，全球藏人作家協會在印度達蘭薩拉藏人流亡社區成立，標誌著當代西藏文學的一個發展里程碑。」這段話扼要地為「藏族流亡詩」設定了文化座標。

由於歷史因素，藏族現代詩歌從開端即裂變成三種語言書寫模式：英語、藏語、漢語。流亡，不只是流離於西藏國土之外，也是對文化／宗教／家園之整體性破碎的自我鏡像／自我定位，廣義的流亡與地域遷徙無關而是身分自覺。

一個說「開門，讓我進來」，一個「頭埋入深深地獄」，前者強調溝通銘記，後者注重召喚傾聽，兩首詩都讓我無言以對，任何一個血性的人類都應該感到慟心與慚愧。西藏文化讓人震撼之處，在其崇高卓絕之精神能量足以貫穿人心。凝視！傾聽！召喚！覺醒！你從才旺瑙乳以身體為材料點燃的豎琴火光裡洞見了什麼？你從無家可歸者的遭遇能喚醒自性的慈悲喜捨嗎？

丹真宗智（1975-），出生於印度達蘭薩拉，藏族英語作家，以行動者聞名的圖博流亡詩人。才旺瑙乳（1965-），出生於甘肅省天祝藏族自治縣，藏人文化網總編輯。

（3）杜綠綠（1979-）

〈情詩〉

我看不上那些人的情書，／勉強來寫一首情詩。／／這首

詩裡有海灣，極速的蟹／突然升起的圓月／光是橘黃色，你在倒鞋裡的沙。／／我愛你，小鞋子。／我愛你，燒烤爐。／我們的晚飯是一天的開始。／／你在吃我的腳趾，踝／你抱起這些骨頭像抱著棉花糖。／寶貝，我的奶奶說過，／如果不洗乾淨腳就別想上床。／她揍得我很疼，／給我扎兩根小辮兒，還用土得掉渣的罩衫／打發我。／／我不是被剪了毛的山羊，我也／不是青草。／輕點兒，傻瓜，／請慢慢地咬我的膝蓋／那裡有許多傷痕，你摸一摸／凸起的，凹下去的。／／是的，你將看到我一次又一次／被割傷／擺動的鐘，節拍器的枯燥，／陽臺上長出番茄它酸啊／讓牙齒傷心，／讓你猶豫舔著我的肚臍。／／我愛你，十一點。／我愛你，孤獨的房間。／／我們睡在床上／向大海飄去，你吻我的臉／像是要吃掉這一天，我把自己／放進你的胃裡，我說／／我要寫一首像樣的詩／來傷害你。

詩從男女邂逅寫起，滿月之夜勾引動情激素謂之「突然」，「極速的蟹」形容蠻橫的男人慾望，傳神而新穎。「你在倒鞋裡的沙」，象徵沙漏傾斜，特別時刻被啟動。地點「海灣」，光「橘黃色」，帶有浪漫／色情氛圍的寬闊大床。愛情大餐開始享用。「你在吃我的腳趾，踝」，這不是親密猥褻而是殘酷吞食，因為敘述者反諷地說：「寶貝，我的奶奶說過，／如果不洗乾淨腳就別想上床。」（別擔心我的腳不夠乾淨）、「請慢慢地咬我的膝蓋／那裡有許多傷痕，你摸一摸」，這是長敗英豪的肺腑之言。「擺動的鐘，節拍器的枯燥」，性一再凸顯（愛再次缺席），「陽臺上長出番茄它酸啊」，番茄沒有蘋果那麼性感，故言「酸」，

讓你猶豫。「十一點」隱藏色情意象，隱喻陽具堅挺的角度；它的對比意象是孤獨的房間，無愛性交讓心靈越發孤寂。「你吻我的臉」，這是性交結束後的禮貌之舉；但敘述者不是枯木，「我把自己／放進你的胃裡」，是心甘情願還是別有他圖？「一首像樣的情詩」的腐蝕性會不會賽似硫酸？〈情詩〉以溫柔的語調傾訴渴望溝通，委婉道來私密的情事，以海灣（床／虛無）貫串全詩，提供身體一個戲劇表演的舞臺。

杜綠綠本名杜凌雲，出生安徽省合肥市，2004 年起寫詩。

三、語言維度的詩學反思

新詩百年來最常糾結的語言空間命題是語言體裁，「白話詩」的白話白得不像話；新詩肇始於對傳統文化無知，後人再盲目偏執一端只能說是愚蠢。現代漢詩與古典漢詩，從語言文化而言一脈相承，它們的媒介體是「漢字」，文化母體是「漢語文化」。「白話詩」注重以明朗語言傳達詩意，強調現代精神，而語質細膩追求境界的「現代漢詩」寶藏漢語文化之美，這是層次不同的兩種文化取向，可以共存不應偏廢。

把雅言寫得像日常話語，把白話寫得像細緻雅言，那才叫出神入化的詩語言。杜甫詩的雅言書寫精湛老練，「蕩胸生層雲，決眥入歸鳥。」（杜甫〈望岳〉節選）、「或看翡翠蘭苕上，未掣鯨魚碧海中。」（杜甫〈戲為六絕句〉節選）；白話書寫樸實深邃，「囊空恐羞澀，留得一錢看。」（杜甫〈空囊〉節選）、「苦將白髮不相放，羞見黃花無數新。」（杜甫〈九日〉節選）。詩篇的語言本體層之美歷歷在目，這是無從取代的漢語文化主體性的根本。

新詩百年來最被漠視的語言空間命題是語言意識。民初新詩注重溝通與銘記，多數詩篇的語言組織呈現單向度平面化缺陷。共和國新詩受到政治意識形態壓迫，多數詩人的心靈焦慮語言躁動，書寫向度聚焦社會意識文本（雅詩），輕忽美學意識文本（風詩），遺漏文化溯源意識文本（頌詩）。單向度平面化的語言策略與政治意識形態的主題關注，造成意義詩學獨大而意境詩學萎縮的格局，不利於文化深耕與多元開展。

　　語言意識是連結心靈活動和語言資源的橋梁，詩的心靈動向／語言萌芽是同時且同質的雙向聯動關係。一個真正的詩人懂得珍惜這一「詩的經驗」，借助語言將自我與世界渾然解構並重整，詩與詩人同步誕生，每一次的書寫都是創世記。

　　本章評介三十一位詩人（出生年 1946-1980），及其典範詩章，象徵性呈現共和國新詩的文化圖像。就選樣文本的詩歌情境／詩意迴響觀察，二分之一詩文本流露「政治體質與受難心靈」的文化特質，超脫此一範疇者也有二分之一（張士甫、陳東東、楊黎、葉匡政、尹麗川、肖水、啞石、翟永明、呂德安、周瓚、何三坡、史幼波、宇向、嚴力、杜綠綠）。就選樣文本的修辭模式／語言策略分析，三分之一詩文本內蘊漢語文化的審美特質（張士甫、陳東東、海子、張棗、趙卡、藍藍、肖水、湯養宗、何三坡、史幼波），三分之二詩文本深受歐美詩、蘇聯詩的文化影響（論證上述分析需另立課題）。就詩歌空間的情境音色而言，半數文本浸染「政治體質與受難心靈」，優點是介入現實見證歷史，缺點是政治意識形態對書寫向度有顯著影響，不利新詩主題的多元化開展。就語言空間的結構類型而言，歐美詩、蘇聯詩的文化薰陶重於漢語詩學的傳承轉化，顯示新詩的「文化主體性」建構尚待努力。未來新詩的探索與實踐如何突破上述格局？這

是新詩作者／讀者／教學者／評論者必須共同面對與因應的文化核心課題。

【參考文獻】

張士甫，《幽會在馬尾松下》（臺北：現代詩季刊社，1993 年）

陳東東，《導遊圖》（臺北：秀威資訊，2013 年）

海子著；西川主編，《海子詩全編》（上海：上海三聯書店，1997 年）

楊黎，《一起吃飯的人》（重慶：重慶大學出版社，2013 年）

車前子，《新騎手與馬》（南京：江蘇鳳凰文藝出版社，2017 年）

周雲蓬，《春天責備：周雲蓬詩文集》（臺北：華品文創，2011 年）

蕭開愚，《山坡和夜街的涼暖》（臺北：秀威資訊，2013 年）

張棗，《鏡中》（臺北：秀威資訊，2015 年）

安琪，《奔跑的柵欄》（北京：作家出版社，1997 年）

葉匡政，《城市書》（廣州：花城出版社，2011 年）

趙卡，《厭世者說》（呼合浩特：趙先鋒，2012 年）

尹麗川，《油漆未乾》（臺北：黑眼睛出版社，2007 年）

多多，《依舊是》（臺北：秀威資訊，2013 年）

藍藍，《一切的理由》（臺北：秀威資訊，2015 年）

肖水，《艾草》（太原：北岳文藝出版社，2014 年）

湯養宗，《去人間》（北京：中國青年出版社，2015 年）

啞石，《火花旅館》（臺北：秀威資訊，2015 年）

雷平陽，《雷平陽詩選》（武漢：長江文藝出版社，2006 年）

翟永明，《稱之為一切》（瀋陽：春風文藝出版社，1997 年）

呂德安，《兩塊顏色不同的泥土》（武漢：長江文藝出版社，2017 年）

沈葦，《安魂曲》（北京：詩生活網站，2009 年 9 月 7 日）

歐陽江河，《手藝與注目禮》（臺北：秀威資訊，2013 年）

周瓚，《周瓚詩選》（西安：太白文藝出版社，2019 年）

呂約，《回到呼吸》（太原：北岳文藝出版社，2014 年）

何三坡，《灰喜鵲》（北京：中國戲劇出版社，2008 年）

史幼波，《支磯石之秋》（成都：史幼波，2005 年）

宇向，《陽光照在需要它的地方》（臺北：秀威資訊，2015 年）

嚴力，《嚴力詩選》（臺北：唐山出版社，2013 年）

丹真宗智，《達蘭薩拉下雨的時候》（臺北：允晨文化，2012 年）

桑傑嘉等著；傅正明主編，《西藏流亡詩選》（臺北：行政院蒙藏委員會，2006 年）

杜綠綠，《我們來談談合適的火苗》（北京：中國青年出版社，2015 年）

安琪、遠村、黃禮孩主編，《中間代詩全集（上下卷）》（福州：海峽文藝出版社，2004 年）

楊海英著；劉英伯、劉燕子譯，《沒有墓碑的草原——蒙古人與文革大屠殺》（新北：八旗文化，2014 年）

李江琳，《1959：拉薩！——達賴喇嘛如何出走》（新北：聯經出版公司，2016 年二版）

李江琳，《當鐵鳥在天空飛翔：1956-1962 青藏高原上的秘密戰爭》（新北：聯經出版公司，2022 年三版）

總結
詩歌文化的傳統與現代

一、雙重邊緣的觀察者與評論者

　　新詩史規劃，是一個全新的文化挑戰，因為這是第一個百年，缺少歷史性前文與座標性前文可以參照。在歷史過程中書寫歷史是經營《中國百年新詩》最困難之處，因為觀察距離太過逼近。假設時間快轉，三十年、五十年、百年之後重寫之，觀點與結論必然不同；但文化詮釋權不會空等議論者轉世，「詩」與「史」早被掌握權力者捏得歪扭變形。本書有一顯著特點，書寫者不是共和國作家。黃粱（1958-）出生成長於臺灣，與中國新詩主要連結，在於1999年與2009年策畫主編《大陸先鋒詩叢》二十卷，並於叢書出版後，兩度赴共和國各省區拜訪民間詩人群。由於詩叢策畫採公開徵稿模式，認識不少被壓抑被排斥的先鋒詩歌作者，理解他們的生存處境，也藉此契機收藏豐富的詩刊詩集，對於寫作本書多所助益。臺灣相對於中國，從東亞地緣政治來說位居邊緣，又長期受到中共文攻武嚇的壓迫；黃粱經歷三十年戒嚴，在臺灣新詩界又自覺性位居邊緣。雙重邊緣的處境與身分，對於民初新詩作者與共和國新詩作者受時代環境制約與政治情勢影響的艱難處境，更加能夠感同身受，這是催促黃粱書寫《中國百年新詩》的動力來源。書寫者位處中國之外，與書寫對象拉開一定

距離，對於觀察與評論的客觀性有其優勢，避免政治體制與權力網絡的干擾。

《中國百年新詩》依據「黃粱詩學」獨特的審美標準，不受主流敘事與文化權威的框限，詩人定位與詩篇裁選迥異於現存的各種論述。本書以詩的文化理想（詩是語言的最高形式，詩人是人類文明的精神象徵）為最高準繩，闡釋語言空間與詩歌空間，關注語言意識和詩人意識，通過資料梳理與文本細讀設定文化座標。座標一旦釐清，時間軸、空間軸、價值軸安置妥當，歷史脈動與新詩生成發展的關係是什麼？民初新詩與共和國新詩的文化圖像有何特徵？詩篇的美學建構有何成果？詩人的精神追索有何建樹？相對來說就能澄清。有了評量尺度與參照座標，才能進行宏觀總覽的文化檢驗與審美比較。

二、百年新詩文化點檢

1917-2017 為中國新詩第一個百年，百年新詩的歷史序列依文化發展劃分三階段：萌芽期 1917-1937 年，斂藏期 1937-1977 年，運動期 1977-2017 年。雖云百年歷史，其實只有六十年斷續性伸展，斂藏期四十年被迫停滯沉潛。新詩斂藏期的歷史脈絡：1937-1945 年（八年抗戰）、1945-1950 年（第二次國共內戰）、1950-1966 年（鎮反、土改、反右、三面紅旗）、1966-1977 年（文化大革命），四十年間因外患、內戰與階級鬥爭，外部文學環境與個人自由意志受到殘酷擠壓，新詩創作只能苟延殘喘。

民初新詩（1917-1949）與共和國新詩（1949-2017），整體的文化圖像外現哪些特徵？內蘊哪些問題？從四個面向：文化現象、詩歌空間、語言空間、審美精神，進行宏觀式診斷。

（一）民初新詩文化

1、文化現象：文化斷裂與主體喪失

　　1917 年 1 月，胡適〈文學改良芻議〉發表後引起多方迴響，文學革命／新詩運動即其後續的衍生物。胡適提倡新詩之語體、詩體解放，是帶有「革命」涵義的文化運動。新詩革命拋棄傳統文化，取法外國詩歌，借西洋孕母來懷現代漢詩的胎兒，產出「文化斷裂與主體喪失」的畸形嬰。文化斷裂與主體喪失衍生出認同錯亂的場所精神，新詩革命如此，共產主義革命亦復如此。「革命」是中國現代化難以擺脫的夢魘，以狂熱的翻天覆地的手段追求虛幻的烏托邦；直到二十一世紀，小監獄（非法禁錮）與大監獄（極權體制）依然假借「共產主義革命」之名而橫行。

2、詩歌空間：文化格局的自我囿限

　　民初新詩開端期的文化認知：將文化傳統淺薄化（獨尊白話文學），把文學窄化為現實主義奶水與花朵（提倡寫實，面向國民與社會），囿限新詩文化的發展格局。但傳統詩學的生命底蘊並未斷絕，依然在文化地層醞釀創造性契機。現代漢詩不經意流露的美學意識、社會意識、文化溯源意識，隱然對映古典漢詩的核心文學類型：風、雅、頌。但此一文化礦脈純屬偶然迸現，並未受到重視，難以形成能夠積澱與開展的文化資源。

3、語言空間：偏重口語輕視書面語

　　民初新詩的語體實驗以白話書寫為主流，語言組織受到歐美詩的文化影響，偏重語言意義層（意象、意流）的開發，形成意義詩學獨大意境詩學萎縮的文化局面。強調白話還形成一種弊

端，語言性情層（語感、語調）、語言本體層（語質、語法）沒有得到足夠重視，產生新詩文本語言粗淺、詩質疏鬆的普遍現象。由於新詩運動偏愛口語元素，輕視書面語元素，過度強調自我意識，廣博深厚的漢語文化傳統資源，往往被忽略甚至被抵制與蔑視。

4、審美精神：缺少思想觀念的基礎建構

文化建築需要挖地基埋礎石，但新詩建設缺少思想觀念的扎實基礎，詩的思想不夠深刻與周全。民初新詩場域，不但傳統詩歌文化的現代性轉化沒有發生，西方詩歌文化的思想性譯介也嚴重不足。詩是什麼？詩的經驗如何判準？詩的基礎構成有哪些？詩的文化座標如何架構？關注者稀少。詩的思想不受重視，審美評價缺乏判斷依據，審美精神難以自我提昇；缺乏審美精神作為價值支撐，新詩文化無法精益求精更上一層樓。

（二）共和國新詩文化

1、文化現象：傳統與現代鏈結斷裂

絕大多數的共和國新詩作者，他們的文學典範是外國詩人與外國詩章：不但如此，他們況且視古典漢詩與漢語文化如無物，棄如糟粕。他們寫詩運用的工具是「漢字」，卻不理解漢語文化博大精深的內涵。對他們來說，語言只是工具；但語言不是製造詩歌的工具而是文化母體，語言塑造話語者的心靈與意識。文化傳統不是抽象知識彙編，而是身體經驗、生活方式、風俗祭典、道德綱常、精神信仰之統整，文化不是觀念的集裝箱而是身體的骨架血肉。因為土改、反右、三面紅旗、文化大革命的階級鬥爭摧殘，復受意識形態宣傳與教育長期洗腦，傳統文化的精神內涵

被政治力侵蝕竄改，意欲辨正名義並將傳統與現代重新鏈結，難乎其難。

2、詩歌空間：政治體質與受難心靈

詩歌空間最顯著的特徵是「政治體質與受難心靈」。無論第一代至第四代乃至歸來者，共和國詩人遭受極權體制的強大壓迫，自由寫作的文學環境與創造契機，長期受到壓縮與禁制。嚴峻的時代環境，塑造了詩人不得不與政治意識形態對抗的「政治體質」，進而催生詩篇中普遍反饋的「受難心靈」。政治體質與受難心靈，反映詩人伸張自由意志的艱辛歷程，也侷限了新詩文化的多元開展與美學探索。

3、語言空間：心靈焦慮語言躁動

共和國新詩的語言空間，心靈焦慮和語言躁動是常態景觀；心靈焦慮語言躁動，根源來自階級鬥爭政治運動的遺毒。新詩潮以降的新詩場域，五花八門的詩論爭、詩事件此起彼落不曾斷絕。喧囂環境只能產製浮誇性詩歌，消費時代只能催生消費性文本。焦慮的創作心靈不利深刻思想的醞釀勃發，也不利詩歌文化的提昇。躁動的語言意識傾向於溝通與銘記（工具性功能），輕忽召喚與傾聽（身體性經驗），文學探索只能觸及語言意義層（表皮層／觀念形象），難以抵達語言性情層（中間層／人文精神），進而滲透語言本體層（核心層／語言能量）。浮誇性話語模式結合工具性語言意識，終將導致整體性文化隳壞。

4、審美精神：評價座標匱缺核心價值模糊

心靈焦慮語言躁動，詩的思想難以扎根，審美評價座標缺乏

建構的動機與條件。匱缺審美評價座標的具體標誌，是共和國新詩場域不絕如縷的「十大詩人」、「詩歌成就獎」的文學網絡權力角逐，這些虛偽的文學活動跟「詩與思想」毫無關係。共和國新詩場域，詩歌寫作百花齊放蔚為大觀，詩評寫作嚴重滯後。審美評價座標匱缺的外部因素，是權力網絡之操控與管制，主流詩歌與邊緣詩歌各自為政，學院論述與民間論述難以交流。審美評價座標匱缺的內部因素，是基礎詩學建構乏人問津，因為詩學建構曠日持久又缺乏現實利益。詩與思想不能相互扶持，詩歌文化不易綜合薈萃；回歸詩學的審美評價座標無法落實，終極觀照無從定位，核心價值必然模糊。「詩」淪落為爭名奪利的社會性工具，而非凝聚生命回返「創造性自身」的價值轉化契機；「詩人」競向權力網絡與社會時尚獻媚，而非自我形塑為感天納地、連結自他的文化運通之道。

三、傳統與現代的關聯

從源遠流長的漢語文化巨流來梳理詩歌史，古典漢詩與現代漢詩之間無法人為斷裂，因為「傳統」是身體性命題不是觀念性命題；一個人再怎麼漠視所來處，不代表肚臍上沒有留下文化母體的水痕。鏈結傳統與現代有先天、後天兩條臍帶，先天臍帶是語言材料和族群精神，後天臍帶是文化抉擇與身分認同。詩統、道統屬於先天臍帶，文統、政統屬於後天臍帶。

（一）詩統：極公共極私密

詩的傳統毫無疑問就是詩的母親，胡適冒然要以外國孕母幫忙新詩懷胎是一件胡扯的事。漢語詩歌傳統源遠流長，我的性情

親近於「漢魏樂府詩」，它是黃粱詩最初的母親；後來又上溯回到《詩經》懷抱，以更加感恩的心情澄清母親的面容。如果不是出於對詩經、漢魏樂府與唐詩的尊崇，渴望接續漢語詩歌的源頭活水，黃粱不會以「詩」為一生志業。1982 年 2 月，我獨居八里海濱忽然動筆寫起古詩，《八里古詩集》三十二首，五七言率性為之，三十六天完成，隨後忽轉為自由體文字一發不可歇止。我不知道那是不是「詩」，也不在乎，純粹是身心靈通過傾聽與召喚，文字自然現身。扎根在文化母體與身心性靈中的語言，才能茁長成枝繁葉茂的文化森林，頂天立地的人之樹。

詩的傳統極公共，一條流淌數千年的巨流河，所有的「漢語／漢字」都在裡面翻騰，變化莫測；語言材料是詩統的核心成分，離開她任誰也別想寫下第一個字。詩的傳統極私密，每一代詩人對她的領悟不盡相同，每一代詩人都在重新創造她。

（二）道統：公共財

道統是公共財，它是擎起整個族群精神殿堂的柱礎，也是精神存有域的最高範型，西漢史學家司馬遷（前 145-前 86）謂之「天統」。漢語文化的道統是《六經》、《四書》、《老子》、《莊子》、漢譯《佛教經典》，對我來說最受用的是《老子》與《南傳阿含經》。《老子》永遠讀不完，每次都有新的領悟，《南傳阿含經》無所謂懂不懂，讓祂穿透性命就行；這不就是「詩」嗎？真正的詩必然如是。「道可道，非常道。名可名，非常名。……天之道，利而不害，聖人之道，為而不爭。」、「佛所說法，唯一緣起：此有故彼有，此無故彼無。此生故彼生，此滅故彼滅。」

一個生命中沒有立定道統軸樞的詩人根本無法想像，因為道統是內嵌於身心靈的原始基因。百年詩歌場域中的新詩作者，大

多迴避道統之溯源，無知於精神殿堂之內建。他不理會「文明精神」的源頭風景，也無視於「身體氣象」的根源，對「詩」的認知墮落為把玩文字的「當下遊戲」，傾洩情緒的「一己之私」。這種類型的作者，只能逐時尚之波流，自造文字樊籠。

（三）文統：公共財私密化

文學傳統是公共財的私密化，每個人擇定的文學傳統不盡相同。有人酷愛西洋詩，原文、漢譯都行，有人愛唷古詩詞，有人兼愛古今中外一視同仁。在小我的文學傳統中，每個人都有自己認定的文學典範；有些人對於她極端痴愛，有些人經常移情別戀，率皆人性之常。黃粱的文學傳統隨著年齡增長不斷變化與擴展，也有如如不動者：詩經、樂府、史記、文心雕龍、二十四詩品、陶潛、李白、杜甫。非漢語詩人，我尊敬前蘇聯詩人奧西普・曼德爾施塔姆（Osip Mandelstan，1891-1938），儘管透過翻譯，我能感受其堅如大地磐石的詩章，精神氣場之寬闊與崇高。1987年諾貝爾文學獎得主約瑟夫・布羅茨基（Joseph Brodsky，1940-1996），推崇他為二十世紀最偉大的詩人。

（四）政統：一間想像的房子

政統是一間想像的房子，讓人得以安居樂業。有人選擇棲居於詩，太抽象無濟於事。有人選擇棲居於大地，大地固然開闊，但我不會宣稱自己是地球人，或者安那其（anarchiste 無政府主義者）。道理很簡單，人類維護自然生態是天經地義的事，但千瘡百孔的地球不會護佑你的存在；會眷顧你身家性命的是想像的共同體：國家。有人心懷鬼胎，立足民主臺灣卻希望中共用極權體制來壓迫他，這樣的人不是利令智昏的紅統派就是意識形態偏

執狂；有人高呼共產黨萬歲，卻把全家大小移民到西方先進國家，除了精神分裂沒別的說辭。資本主義的功利社會是人性的常態發展，所以需要民主與法治來約束它；共產主義幻想的無階級社會是人性的惡性病變，它自居於「真理」之位所以膽敢無法無天。

（五）回歸詩歌母親的懷抱

政統是一間不斷變動的租賃房子，你希望它不變是不可能的，改朝換代是歷史常態；有人天生死心眼或被長期洗腦致殘，總認為「祖國」必然偉大，他們的「愛國情操」超越是非善惡的價值判斷。「國家」這個想像共同體與「民族」這個想像共同體，來自各種元素的變動組合，它的成立有一個先決條件：共同體與個人間享有權利、義務對等的關係；妄想一個恆常不變的共同體並盲目地為它犧牲奉獻，是對人性情感的褻瀆。

道統是創生文明的根基無法輕易發明，不可將道統與文統混淆。想把《四部吠陀本集》、《聖經》、《可蘭經》、「古希臘」視為文明之道的源頭，沒問題；別亂扯但丁、莎士比亞、李杜、紅樓夢，他們只能放進個人文統脈絡，文統不拘古今中外。政統，國家共同體來自全體國民身分認同的共識，任何人的國家民族認同都應該得到尊重，但別強求別人認同。如何運用「漢字」塑造現代漢詩風格？如何繼承與開創詩歌傳統？詩統是有根有本的巨流河，棄絕詩歌母親的人別妄想寫出真正的詩。

四、「新詩傳統」的建構困境

「新詩傳統」是一個嶄新名詞，一個發展百年的文化領域總該留下什麼痕跡，不會被時間洪流衝擊潰散的「不屈之石」；河

床上的磊磊巨巖與清澈活泉就是傳統的核心，提供源源不絕的創造性契機。一條河如果沒有磊塊激泉只剩泥灘碎石，必然細菌叢生魚群枯死。「新詩傳統」是新詩文化的河道，生機盎然的磊塊與激泉顯現她的建構意義，汙濁荒涼的泥灘與碎石裸裎她的建構困境。百年新詩經歷的歷史波折與時代磨難，不可謂不艱難，她的激盪意義與存在困境值得深入思考。

「中國百年新詩」河床上常見的景觀是激泉、泥灘、磊塊、碎石，錯雜散亂風景怪異，對新詩作者與新詩讀者而言皆如此，野雞與鳳凰比肩是尋常現象，劣幣逐良幣是通常結果。清濁分流美景悠揚的景觀轉眼即逝，汙穢死寂生態錯亂的景觀常態駐留。從文化發展的歷史脈絡推想其因果，我認為，「新詩傳統」的建構困境有以下四端：

（一）縱向連結困境

百年新詩縱向連結呈現兩種困境，一種是現代與傳統的斷裂。新詩草創時強調與舊詩傳統斷絕關係，這是一個罕見的文化現象，跟中國共產黨將天外飛來的馬克思列寧主義視為指導思想一樣荒誕。不可否認因果相連，歷史演化與文化偏變有它的時代因素；令人納悶的是，歷經百年的文化實驗與社會實踐，斷裂的趨勢、盲從的趨勢依然牢不可破。

百年新詩縱向連結呈現的另一種困境，是不同時代之間的斷裂。現在少有人關注民初新詩，彷彿它是上古史。朱光潛、聞一多、廢名、梁宗岱、戴望舒、施蟄存、穆旦、鄭敏、吳興華，已經變成骨董。共和國新詩經歷「反右」、「文革」、「六四」之摧殘，歷史斷裂破碎難以銜接，相當多的詩人與詩篇被縱橫交錯的權力網絡禁制與遮蔽，難以進入評論視野與文化座標，無法通

過對話交流彰顯審美價值與詩歌精神。

（二）橫向對話障礙

百年新詩橫向對話呈現兩種障礙，一種是文化區塊與文化區塊相互隔絕。中國新詩與臺灣新詩、香港新詩、新馬新詩，彼此的文化交流不能說沒有，但缺乏深層的人文對話。匱缺深層對話的主要因素，是缺乏了解對方的動機與能力。中國、臺灣、香港、新馬的人文環境與歷史脈絡本來就不同，彼此之間的文化異質性大於文化同質性，不同文化區塊的文本語境皆有自身特色。如果沒有交流誠意，就像中國詩人多多所言：「我對臺灣新詩的語感不太能適應。」對話之門就此關閉。臺灣新詩研究者對民初新詩、共和國新詩同樣有困惑，覺得研究中國新詩比研究臺灣新詩困難加倍，也屬合情合理。總之，要跳脫自我中心的視野限制與政治意識形態牽絆，不是一件容易之事。

百年新詩橫向對話呈現的另一種障礙，首先是強勢權力網絡對弱勢族群作者的壓抑，接著是詩集團與詩集團相互屏蔽。官方權力網絡掌握優勢資源壟斷話語權，民間寫作與知識分子寫作互不理解難以溝通。主流敘事者影響力廣大但缺乏容納他者的誠意，詩集團之間的論戰我執太深彼此雞同鴨講。權力網絡壟斷話語權，詩集團爭奪話語權，始終是漢語新詩界的文化之癌。

（三）詩學視野狹隘

百年以來的新詩學呈現兩種狹隘傾向，一種是從眾媚俗的時尚詩學。凡是受到媒體鼓吹得到市場迴響的文本，都經過權力網絡一系列的包裝與吹捧；浮誇的人情推薦文與簡單的讀後感長期以來成為評述主流，培養了一大群膚淺庸俗的盲從粉絲。缺乏批

評意識與問題意識的新詩評論，無法開拓詩學視野。

新詩學另外一種狹隘傾向，是觀念保守的學院詩學。學院詩學最擅長的工作是為明星詩人精心打扮，目標明確且收益匪淺。學院詩學受限於理論的框架與方法，每一篇評論的架構與思路都類似，缺乏創造性與想像力，而且很聰明地挑軟柿子文本來嚐。結果顯而易見，為主流詩人添妝美顏的評論汗牛充棟，而非主流詩人依舊乏人問津，任其自生自滅。

（四）文化格局限制

百年新詩的文化格局呈現兩種偏斜傾向，一種是集團性文化格局。集團性文化格局來自特定的文化工廠（無論官方或民間），他們的工作重心是組織權力網絡，鞏固權力網絡。他們把社團、詩刊、文刊、出版社、學者、媒體人、評論寫手進行了有效連結，為共同利益塑造／主宰了封閉型文化環境。沒有進入權力網絡者或與權力網絡沾邊者，休想分一杯羹；他們精心打造了所謂的十大詩人，他們確定了誰是經典詩人、閃耀新星。

百年新詩文化格局呈現的另一種偏斜傾向，是崇洋性文化格局。西洋詩文本的翻譯與介紹百年來不絕如縷，對文學涵養有正反兩面的雙重影響。造成格局偏斜的外部因素是洋詩漢譯文本，它既培養又侷限了幾代人的語言組織、意象塑造；內部因素來自新詩人的傳統文化涵養粗陋與文化自信心不足。過度洋化的審美興趣與文化思維長期以來占據主流形成時尚，大量以漢語書寫的仿洋詩文本／次生性文本氾濫成災。

五、百年新詩的文學遺產

中國百年新詩承受專制、革命、極權的磨難，經歷語體、詩體變改與新詩潮衝擊，催促它轉化靈魂提昇精神。中國百年新詩表面熱鬧內在寂寞，歸根究柢面目模糊；心靈焦慮語言躁動，傳統文化涵養不足，缺乏奉獻精神與文化理想，三大因素並存以致難成大器。「詩人」被當做社會邊緣人，文化影響力稀微；「詩」填補報章雜誌版面，論單字計小酬；文學討論會小說當家，詩旁邊涼快去。

但百年新詩畢竟留下了不可忽視的文學遺產。何謂「文學遺產」？文學總生產文本中最有價值的部分：軸心詩人與典範詩章。百年新詩的文學總生產文本浩瀚如大漠沙塵，要從中篩選出有價值的文本實乃艱鉅的挑戰，關鍵在於秉持獨特的審美眼光和一貫的詩學尺度。《中國百年新詩》以「決定性經驗」與「整體性價值」裁量對象文本，強調問題意識與批評意識，審美判斷、歷史判斷、道德判斷三方並重，面對不同的對象文本審美標準前後一致。黃粱考量詩歌美學的多元性與文化圖像的完整性，重視異他美學與角落文本，提昇邊緣隱匿者壓抑主流顯豁者，不讓權力網絡與社會時尚扭曲審美價值遮蔽詩歌精神。

本書評介一百零四位詩人，出生年從 1881 年至 1981 年，試圖建構百年新詩的文化圖像，彰顯「見證歷史真相，守護核心價值」的詩歌精神。基於論述框架與敘述脈絡之限制，不可避免地遺漏不少優秀的詩人。依詩人出生年排序如下——

1880-1899 年出生詩人群八人：

魯迅（1881-）、沈尹默（1883-）、周作人（1885-）、胡適

（1891-)、劉半農（1891-)、郭沫若（1892-)、徐志摩（1897-)、
聞一多（1899-)。

1900-1919年出生詩人群十九人：

李金髮（1900-)、廢名（1901-)、朱湘（1904-)、馮至
（1905-)、戴望舒（1905-)、施蟄存（1905-)、蘇金傘（1906-)、
水天同（1909-)、艾青（1910-)、孫毓棠（1910-)、卞之琳
（1910-)、何其芳（1912-)、吳奔星（1913-)、路易士（1913-)、
方冰（1914-)、田間（1916-)、陳敬容（1917-)、穆旦（1918-)、
蔡其矯（1918-)。

1920-1939年出生詩人群十二人：

唐祈（1920-)、鄭敏（1920-)、吳興華（1921-)、曾卓
（1922-)、綠原（1922-)、牛漢（1923-)、木心（1927-)、
流沙河（1931-)、林昭（1932-)、張元勳（1933-)、沈澤宜
（1933-)、昌耀（1936-)。

1940-1959年出生詩人群十九人：

郭世英（1941-)、黃翔（1941-)、張士甫（1946-)、郭路生
（1948-)、北島（1949-)、芒克（1950-)、多多（1951-)、周倫
佑（1952-)、海上（1952-)、胡寬（1952-)、嚴力（1954-)、于
堅（1954-)、楊煉（1955-)、王小妮（1955-)、翟永明（1955-)、
歐陽江河（1955-)、顧城（1956-)、柏樺（1956-)、湯養宗
（1959-)。

1960-1969年出生詩人群三十二人：

蕭開愚（1960-)、呂德安（1960-)、孟浪（1961-)、韓
東（1961-)、陳東東（1961-)、張棗（1962-)、楊黎（1962-)、
龐培（1962-)、虹影（1962-)、車前子（1963-)、西川（1963-)、
海子（1964-)、臧棣（1964-)、葉匡政（1964-)、馬永波

（1964-）、何三坡（1964-）、張執浩（1965-）、沈葦（1965-）、才旺瑙乳（1965-）、余怒（1966-）、伊沙（1966-）、啞石（1966-）、唯色（1966-）、雷平陽（1966-）、朱文（1967-）、楊鍵（1967-）、吉狄兆林（1967-）、藍藍（1967-）、周瓚（1968-）、史幼波（1969-）、安琪（1969-）、李龍炳（1969-）。

1970-1989 年出生詩人群十四人：

宇向（1970-）、蘇淺（1970-）、周雲蓬（1970-）、趙卡（1971-）、呂約（1972）、蘇非舒（1973-）、朵漁（1973-）、尹麗川（1973-）、巫昂（1974-）、丹真宗智（1975-）、杜綠綠（1979-）、鄭小瓊（1980-）、肖水（1980-）、昆鳥（1981-）。

在這一百零四位當中，詩人意識具備言志的道德勇氣，心靈經驗沉著深邃，審美精神匯聚出終極觀照核心價值的軸心詩人，本書標舉九位並且專題論述：穆旦、林昭、昌耀、胡寬、于堅、王小妮、余怒、楊鍵、吉狄兆林。其他詩人率皆詩學有成，限於篇幅與架構無法專題論述，期待後續挖掘。上述一百零四位詩人貫串艱難坎坷的百年新詩，對「見證歷史真相，守護核心價值」發揮關鍵性作用。

最有價值的文學遺產會對文化產生激盪與蛻變作用，成為嶄新的文學傳統的一部分。「詩」對文化場域產生變革／轉化作用的關鍵元素有三：一個是語言美學，一個是審美精神，一個是文化理想。現代漢詩「詞的本質」有何語言文化特色？運用這些文字材料，漢語詩人想要建築出什麼樣的精神殿堂與詩歌家園？哪些詩人與詩章能夠振聾發聵永駐人心？詩歌作者念茲在茲的文化理想是什麼？「現代漢詩」憑藉什麼在世界詩歌文明中安居一席之地？《中國百年新詩》嘗試叩問與回答。

六、未來新詩的文化理想

如果歷史條件俱足，中國新詩下一個百年最重要的工作，是建設現代漢詩的「文化主體性」，推動以詩的經驗為核心的「啟蒙運動」，發揚詩歌文化獨特的精神與理想。首先要成立「國際性漢語詩歌研究中心」，它是新詩自我革新的起點。研究中心賦有四大文化任務：向漢語詩歌傳統溯源與學習，精進新詩書寫、閱讀、評論、教育的整體環境，建構嚴謹的文化座標與新詩學術，推動詩歌文化的國際性交流。研究中心賦有三大研究綱領：審美性新詩文化、歷史性新詩文化、地域性新詩文化。六大專業項目：詩人學、詩美學、詩語言學、詩史學、論詩學、譯詩學。因應專業需求，要建立研究員／資深研究員制度，藉以提昇研究和評論的品質。唯有建設獨立自主的研究機構，才能改善文學環境故步自封、集團派系相互齟齬的現象，將傳統與現代深刻連結，讓在地深耕與國際交流同步開展，以豐富的數位資料建置與嶄新的文化論述視野，重塑新詩的文化圖像，對當代社會與現代文明產生正向影響力。

「詩」乃感覺、思想、行動三方和諧的生活方式，在行住坐臥中綻放美之芳馨；「詩」與文化傳統、土地家園、道德倫理、精神信仰、審美價值，共構成生機盎然的人文生態網絡。「詩的經驗」是審美經驗的核心，「詩歌精神」護佑自由開放的觀念與想像，「詩」為人類心靈帶來無端無盡藏的啟蒙之光。

本書是一場「詩史互證」的文化工程，一方面，從詩歌文本中見證歷史，此一詩史，非止於歷史事件實錄，而是更加深刻的歷史真相與人性真實的互動交融。另一方面，從歷史文本中感應

時代語境對個人語境的壓抑與推擴，從而凸顯出真金不怕火煉的詩與詩人。本書又是一場語言空間和詩歌空間的「百年運動史」，百年以來的語體和詩體，從革他者之命到革自己的命，顯示一條漫長而艱辛的，語言之路、詩歌之路、文化轉型之路，意欲實現審美精神淬鍊、價值信念重整的世紀宏圖。我願望，不論親愛於詩者還是陌生於詩者，都能借重百年以來的詩意迴響之助，經由「解構自我／重整世界」的詩歌經驗，以生命自身為創造對象，解除歷史魔咒的禁制，揭穿虛無抵抗虛無，跨越黑暗泥沼邁向光明淨域。

黃粱作品輯要

【著作】

詩評集《想像的對話》（唐山，1997）

詩集《瀝青與蜂蜜：黃粱歌詩》（青銅社，1998）

三十年詩選《野鶴原》（唐山，2013）

二二八史詩《小敘述：二二八个銃籽》（唐山，2013）

雙聯詩選《猛虎行：黃粱歌詩》（唐山，2017）

新詩史《百年新詩 1917-2017》（一）（青銅社，2020）

新詩史《百年新詩 1917-2017》（二）（青銅社，2020）

新詩史《百年新詩 1917-2017》（三）（青銅社，2020）

新詩史《百年新詩 1917-2017》（四）（青銅社，2020）

新詩史《百年新詩 1917-2017》（五）（青銅社，2020）

新詩史《百年新詩 1917-2017》（六）（青銅社，2020）

新詩史《百年新詩 1917-2017》（七）（青銅社，2020）

新詩史《百年新詩 1917-2017》（八）（青銅社，2020）

詩文集《君子書：黃粱歌詩》（釀出版，2022）

新詩史《臺灣百年新詩（上卷）：歷史敘事與詩學闡釋》（釀出版，2024）

新詩史《臺灣百年新詩（下卷）：精神標竿與文化圖像》（釀出版，2024）

新詩史《中國百年新詩（上卷）：新詩史略與文化圖像》（釀出版，2025）

新詩史《中國百年新詩（下卷）：軸心詩人與典範詩章》（釀出版，2025）

【策畫主編】

文化評論集《龍應台與台灣的文化迷思》（唐山，2004）

大陸先鋒詩叢 1 朱文卷《他們不得不從河堤上走回去》（唐山，1999）

大陸先鋒詩叢 2 海上卷《死，遺棄以及空舟》（唐山，1999）

大陸先鋒詩叢 3 馬永波卷《以兩種速度播放的夏天》（唐山，1999）

大陸先鋒詩叢 4 余怒卷《守夜人》（唐山，1999）

大陸先鋒詩叢 5 周倫佑卷《在刀鋒上完成的句法轉換》（唐山，1999）

大陸先鋒詩叢 6 虹影卷《快跑，月食》（臺北：唐山，1999）

大陸先鋒詩叢 7 于堅卷《一枚穿過天空的釘子》（唐山，1999）

大陸先鋒詩叢 8 孟浪卷《連朝霞也是陳腐的》（唐山，1999）

大陸先鋒詩叢 9 柏樺卷《望氣的人》（唐山，1999）

大陸先鋒詩叢 10 詩論卷《地下的光脈》（唐山，1999）

大陸先鋒詩叢 11 唯色詩選《雪域的白》（唐山，2009）

大陸先鋒詩叢 12 張執浩詩選《動物之心》（唐山，2009）

大陸先鋒詩叢 13 楊鍵詩選《慚愧》（唐山，2009）

大陸先鋒詩叢 14 臧棣詩選《空城計》（唐山，2009）

大陸先鋒詩叢 15 龐培詩選《四分之三雨水》（唐山，2009）

大陸先鋒詩叢 16 蘇淺詩選《出發去烏里》（唐山，2009）

大陸先鋒詩叢 17 鄭小瓊詩選《人行天橋》（唐山，2009）

大陸先鋒詩叢 18 伊沙詩選《尿床》（唐山，2009）

大陸先鋒詩叢 19 蘇非舒詩選《喇嘛莊 · 地窖 · 手工作坊》（唐山，2009）

大陸先鋒詩叢 20 車前子詩選《散裝燒酒》（唐山，2009）

讀詩人177　PG3102

 中國百年新詩（下卷）：
軸心詩人與典範詩章

作　　　者	黃　梁
責任編輯	邱意珺
圖文排版	黃莉珊
封面設計	嚴若綾

出版策劃	釀出版
製作發行	秀威資訊科技股份有限公司
	114 台北市內湖區瑞光路76巷65號1樓
	電話：+886-2-2796-3638　傳真：+886-2-2796-1377
	服務信箱：service@showwe.com.tw
	http://www.showwe.com.tw
郵政劃撥	19563868　戶名：秀威資訊科技股份有限公司
展售門市	國家書店【松江門市】
	104 台北市中山區松江路209號1樓
	電話：+886-2-2518-0207　傳真：+886-2-2518-0778
網路訂購	秀威網路書店：https://store.showwe.tw
	國家網路書店：https://www.govbooks.com.tw
法律顧問	毛國樑　律師
總 經 銷	聯合發行股份有限公司
	231新北市新店區寶橋路235巷6弄6號4F
	電話：+886-2-2917-8022　傳真：+886-2-2915-6275

出版日期	2025年2月　BOD一版
定　　　價	490元

國家圖書館出版品預行編目

中國百年新詩. 下卷：軸心詩人與典範詩章/黃粱
著. -- 一版. -- 臺北市：釀出版, 2025.02
　　面；　公分. -- (讀詩人；177)
　　BOD版
　　ISBN 978-626-412-024-1(平裝)

1.CST: 新詩 2.CST: 中國詩
3.CST: 中國文學史

820.91　　　　　　　　　　　　　113016484